Weitere erotische Highlights aus dem Programm des Knaur Taschenbuch Verlags finden Sie ab Seite 359.

Über die Herausgeberin:
Marie van Helden, geboren 1970 in München, arbeitet als Lektorin und Herausgeberin für verschiedene Verlage. *Liebesspiele* ist ihre erste erotische Anthologie.

Mehr Informationen über die Autorinnen und Autoren dieses Buchs finden Sie ab Seite 347.

LIEBESSPIELE

Sinnliche Entdeckungen

herausgegeben von
Marie van Helden

Die in diesem Buch geschilderten Ereignisse sind erotische Fantasien – Ähnlichkeiten mit lebenden und verstorbenen Personen sind nicht beabsichtigt beziehungsweise entsprechen – im Kontext einer fiktiven Geschichte – nicht der Realität.

Originalausgabe Oktober 2004

Ein Unternehmen der Droemerschen Verlagsanstalt
Th. Knaur Nachf. GmbH & Co KG., München

Redaktion: Katja Volkmer
Umschlaggestaltung: ZERO Werbeagentur, München
Umschlagabbildung: Stefan May
Satz: Ventura Publisher im Verlag
Druck und Bindung: Clausen & Bosse, Leck
Printed in Germany
ISBN 3-426-62687-X

3 5 6 4 2

INHALTSVERZEICHNIS

* *Titelformulierungen stammen von der Herausgeberin.*

Nina George

Cash

Samuel

»Willst du es mit Gewalt?«

Sie nickte, stumme Bejahung in den Augen.

»Dann wehr dich.«

Sie schob ihn fort. Sie kämpfte. Und hatte keine Chance. Wollte sie wirklich keine? Er spulte bei dieser Szene vor. Videos hatten auch nicht viel Sinn, sich auf das vorzubereiten, was er tun wollte. Musste. Sollte.

Wie auch immer, es war beschlossene Sache. Es kam ihm verblüffend widersinnig vor, dass er jemals auf eine Frau treffen würde, der er diese Frage stellen musste. Um herauszufinden, was sie wirklich wollte und was nicht. Ganz zu Diensten, küss die Hand, was darf's danach sein, Massage, heißes Kerzenwachs auf den Lenden oder doch ein Stückchen Apfelkuchen? Überhaupt: Siezte man sich? Vorher ja, aber dann? Ging man zum Du über, sobald die Unterhose lose um die Knöchel schlabberte, oder wurde dabei geschwiegen? Was, wenn er auf eine traf, die beschimpft werden wollte? Würde er das hinkriegen, oder würde ihm ein »Sie, Sie … ungezogenes Ding, Sie!« herausrutschen? War der Job erledigt, sobald sie kam oder wenn die Zeit um war? Und was, wenn sie ihren Höhepunkt einfach verschwieg und heimlich öfter kam als einmal? Bekam er dann so etwas wie einen Bonus?

Samuel spürte, wie sich sein Gesicht mit Röte überzog. Sex war irgendwann mal einfach gewesen, als man sich an die Abläufe gewöhnt hatte. Küssen, Halsbeißen, Gänsehaut verabreichen, ausziehen, dabei Bauch küssen, tiefer rutschen, vorbereiten, hoch arbeiten, hineingleiten und dann die üblichen Bewegungen mit ein paar Variationen. Zwischendurch an die Steuererklärung oder die fette hässliche katholische Lehrerin denken, damit es nicht zu schnell zu Ende ging. Danach kuscheln, löffeln, Abfahrt. Wenn's mit Liebe war, dabei in die Augen sehen.

Und warum gab es keine Ausbildung für diese Nummer? Frauen schienen das ja von Natur aus zu beherrschen, einen Mann zu verführen, aber umgekehrt war es schon schwieriger. Er machte sich erstmals ernsthafte Sorgen, nicht zu wissen, was eine Frau will. Im Bett. Oder schlimmer noch, woanders als dort! In der Dusche vielleicht. Seife, rutsch, knack, Chiropraktiker. Oder auf der Motorhaube und sie verbrüht sich die Grübchen am Po und er dengelt mit den Eiern den Mercedesstern ein. Oder sie will's vor dem Spiegel, eine Spielart, für die er nie schwärmte. Er mochte seinen Gesichtsausdruck nicht sonderlich dabei, und sie würde den Bauch einziehen und sich nicht entspannen können. Liebes Lieschen, vielleicht geriet er ja auch an jemanden, der Zuschauer brauchte! Er brauchte das jedenfalls nicht. Wer wollte sich schon ausmalen, wie er dabei von hinten aussah. Und fesseln, wie war das eigentlich noch mal mit fesseln? Nur mit Nylonstrümpfen oder auf keinen Fall mit Nylonstrümpfen? Erwartete sie Handschellen mit rosa Puscheln oder doch angewärmtes Metall? Schlag mich, aber tu mir nicht weh? Oder wenn er die Spannung nicht halten konnte? Obwohl, das war eigentlich nie das Problem. Das Problem war vielmehr: wohin mit den Händen? Er hatte oft alles Mögliche gemacht, aber wären die Ladys mal so nett und reagierten? Nee. Das ewig gleiche zarte Seufzen, ob er ihr durchs Haar strich oder die Fußsohlen massierte, die Achillessehne anknabberte oder die Zunge im Ohr versenkte: seufz, hmhm, aha. Nichts war klar. Gar nichts wusste er, keine hatte ihm freundlicherweise mal eine Gebrauchsanweisung *Weiblicher Körper in drei Tagen* in die Hand gedrückt. Aber nun war es sein Job, es zu wissen. Schließlich war er seit drei Stunden offiziell buchbarer Gigolo. Ein Mann für eine Nacht. Ein Kerl für zwischendurch.

Er ließ das Video wieder anlaufen. Der Kerl mit dem Waffeleisenlook auf dem Kopf verströmte sich gerade über den Busen der wehrhaften Dame. Sie tat so, als ob es ihr gefiel.

Durfte ein Callboy eigentlich auch kommen? Oder war das geschäftsschädigend? Samuel vergrub den Kopf in den Händen und hatte nicht mal mehr Lust, sich einen runterzuholen.

Als das Telefon klingelte, wusste er, dass es das Büro war. Sie hatten den ersten Auftrag. Er nahm erst beim achten Klingeln ab.

Showtime.

Katharina

Liebes Nachtbuch, ich fasse zusammen: das letzte Mal Sex irgendwann im Verlauf des vergangenen Jahres. Mit einem Kerl, der mehr über Eso-Terrorismus weiß als über erogene

Zonen. Und seine rotblonden Härchen auf der Brust blieben mir ständig an der Zunge hängen, ekelhaft. Orgasmus vorgetäuscht, um die Sache zum Ende zu bringen. Zweiten Orgasmus vorgetäuscht, da er sich nicht dadurch beirren ließ. In Ohnmacht geflüchtet, damit er aufhört, die ewig gleichen, stupiden Bewegungen zu vollführen, dabei seine Zunge wie einen lauwarmen Waschlappen in meinem Mund abzulegen und für immer dort drin zu lassen. In höchster Not seinen Namen geschrien – Holger! Der eignet sich für Lustschreie in etwa so sehr, wie eine Kuh zum Drachenfliegen neigt. Dann kam er, freundlicherweise auf mir, nicht in mir. Mich wochenlang geschämt, es so nötig zu haben, mit einem rotblonden, blassen Esoteriker mit Rededurchfall im Bett gewesen zu sein. Dort, im Bett, arbeitete er allerdings stumm vor sich hin und wurde dabei so rot im Gesicht wie ein Fettsack nach vier Treppenstufen.

Danach Sex abgeschworen und Vibrator gekauft. Unspannend gefunden. Das Surren hört sich an wie ein Mixer oder eine elektrische Zahnbürste. Und das will ich persönlich nicht zwischen den Schenkeln stecken haben.

Danach ein paar Mal verliebt, aber nicht allzu sehr. Schon beim Küssen bemerkt, ob er ein guter Liebhaber ist. Leider nein. Allesamt Dumpfküsser. Plombenondulierer. Gaumenbesetzer und Unterlippensauger. Und danach beim Reden im Mundwinkel Speichelfäden ziehen, bäh.

Blödester Anmachspruch: »Komm Baby, du willst es doch auch.«

Originellster Anmachspruch: »Dein Kropfband da ist doch der Schwarze Gurt zum Blasen.«

Romantischster Versuch: »Ich sehe weites Land in deinen Augen.«

Ja. Sehr schön. Was interessieren ihn die Augen, ich bestehe aus Trieb von den Zehen bis zum Scheitel, Himmel! Hiermit wird feierlich Tag 131 eingeläutet. Vielleicht bin ich bereits zugewachsen?

Ella hat mir großzügig ihren künftigen Exfreund angeboten. Ich mag keine gebrauchten, eingerittenen Männer. Außerdem könnte ich mich versehentlich verlieben, wer will das schon. Nur um sich nicht so billig vorzukommen. Verlieben nach dem ersten Mal gehört zu meinen Lieblingsbeschäftigungen. Es sei denn, es ist so scheiße wie mit Holger. Dann eher nicht. Dann erledigt sich das bisschen Liebe mit schlechtem Sex innerhalb von zwei Minuten. Aber ich sage nur: Auch da war es schon Tag 67. Es war eher wie ein Gnadenakt. Bevor ich vergesse, wie das geht, die Knie bis an die Schultern zu ziehen. Eine Yoga-Kerze hätte allerdings mehr gebracht.

Also, verlieben. Das muss so ein geheimes Programm sein, was bei mir anspringt. Sex allein darf's ja nicht sein, bisschen Gefühl wertet das Ganze doch enorm auf. So zu tun, als sei man verliebt, adelt lustbetonten Sex zum gesellschaftsfähigen Umgang. Ich hasse es, gesellschaftsfähig zu sein. Könnte ich mich auch mal ohne Sex verlieben? Oder, andersherum: Sex haben, ohne den Selbstbetrug der Emotions-Investition? In den Masseur verliebe ich mich ja auch nicht, nur weil er so nett meinen Körper behandelt. Ob es auffällt, dass ich jede Woche zweimal da bin? Ich hab erst jetzt nach sechs Monaten mitbekommen, dass er stockschwul ist. Und dafür all die erotischen Fantasien von wilden Spielen auf der orthopädischen Liege! Ich meine, ich verliebe mich auch nicht in den Pizzaheinzel, nur weil er mich vor dem Hungertod rettet! Alles körperliche Bedürfnisse, aber kaum steckt so ein Teil in einem drin, tut das kleine Herzchen gleich so, als ob man mit dem Kerl durchbrennen sollte, Haus bauen, Kinder kriegen, die ganze Nummer. Nur um ja kein schlechtes Gewissen zu haben.

Nummer. Genau. Eine gute, schnelle, nee, ich revidiere: genau getimte Nummer. Mit einem, der weiß, was er tut. Wozu gibt's eigentlich die Gelben Seiten? Ich bestell mir jetzt einen Mann. Nachdem es mit der Auslieferung vom Universum ja eher nicht so gut geklappt hat. Jedenfalls wurde er bis letzte Weihnachten immer noch nicht geliefert, der große, gut gebaute, warmherzige, liebevolle, supergeile Macho mit Hirn. Auch esoterischer Scheiß, diese Bestellungen beim Universum. Ködern einen mit Parkplätzen, klappt ja wunderbar, aber dann: wie abgeschnitten. Keine Männer lieferbar. Nur Auslaufmodelle. Oder hab ich etwa vergessen zu bestellen, zu welchem Weihnachten der Kerl genehm wäre? Hallo! Ihr da oben! Ich meinte letztes Jahr, aber bitte, hier habt ihr noch eine Chance: Wie wär's bis zum nächsten Wochenende? Ja? Bis ihr mir den Richtigen schickt, kann ich mich ja mit dem Falschen amüsieren.

Sie klappte ihr Moleskin-Notizbuch zu und wählte die Nummer des Büros. Schnell, bevor sie der Mut verließ. Hoffentlich würde das keiner mitkriegen. Katharina schämte sich jetzt schon. Na ja, wenn er scheiße war, konnte sie immer noch einen Orgasmus vortäuschen und gehen. Wie hieß doch das Hotel mit den Betten, die Spiegel im Dachhimmel besaßen?

Samuel

Auch 'ne Art, über Verhütung zu sprechen, dachte Samuel, während er die Adresse mitschrieb.

»Hotel Village, Zimmer 44. Die Dame erwartet Sie. Und denken Sie bitte daran: *cash*. Vorher. Rufen Sie umgehend an, wenn Sie da sind und wenn Sie das Etablissement verlassen. Beachten Sie bitte Ihre Sorgfaltspflicht gegenüber der Klientin.«

Man hatte sich das Modell supergeiler Macho mit Herz und Hirn bestellt. Er lebte, das reichte fürs Herz, sein unnützer Hochschulabschluss stand fürs Hirn, und mit dem Macho musste die Lederjacke gemeint sein, die er trug, als er sich im Büro vorstellte.

Er ging ins Badezimmer und wusch sich seinen Larry im Waschbecken, roch panisch an den Fingern, die er durch die Achselhöhlen gezogen hatte, und verfluchte sich, dass er sich nicht auch dort zu rasieren pflegte. Das tat er nur im Gesicht, dreimal meistens, damit keine der Damen Flecken im Dekolletee bekam oder an den Schenkeln. Manche waren verheiratet, hieß es. Wer weiß, vielleicht war das ja doch Standard, total rasierte Callboys. Hoffentlich hatte sie kein Piercing an der Schamlippe, dann konnte er das mit der Sorgfaltspflicht vergessen. Fingernägel kontrollieren. Nicht vergessen, die Armbanduhr abzunehmen, sonst sähe es aus, als hätte er es eilig. Keinen String tragen, sondern schwarze, enge Baumwollboxer. Alles, was nicht eindeutig heterosexuell aussah, konnte die Mandantin, ach, nee, Klientin, abschrecken.

Diese paar Tipps von Riko halfen nicht wirklich. Riko. Der Hengst im Stall, das Zugpferd des Büros. Riko, der Womanizer, einer, der ein Dutzend Stammkundinnen bediente und sich die Anschaffung eines Karteikastens gegönnt hatte. Mit den Vorlieben der Damen. Welches Parfüm welche am liebsten bei ihm schnupperte. Welche Musik welche bevorzugte. Außerdem allerlei Kleidergrößen, falls die Lady sich wünschte, er würde mal Dessous mitbringen (und die Rechnung nachher als Spesen absetzte). Allergien, No-No-Themen, Champagnermarke, Kosenamen, Hormonzyklus, Lieblingsstellung, Orgasmusfähigkeit. Und vor allem trug er sorgfältig ein, wie er sie geliebt hatte. Letzte Woche: zweimal Cunnilingus, Massage, Honig von den Brustwarzen schlecken. Davor die Woche: Schaumbad, Fußwaschung, Nägel lackieren, Augen verbinden, a tergo im Arbeitszimmer. Ja, Arbeitszimmer. Riko machte inzwischen Privatvisiten. Hausbesuche. Der hatte es gut.

»Alles eine Frage der Organisation und Zuverlässigkeit. Frauen lieben Kontinuität, auch im Bett. Hast du die Stelle aller Stellen gefunden, mach weiter, bis sie kommt. Keine Abwechslung, sonst wird sie zur Furie, wenn du plötzlich die Leckrichtung oder das Stoßtempo wechselst, wo sie doch gerade kurz davor ist. Merke: Such so lang und gut du kannst nach dem magischen Punkt. Und wenn du ihn hast, lass ihn nicht mehr los«, hatte er Samuel erklärt, während er in der Kleiderkammer des Büros nach einem Smoking fahndete.

Heute Abend stand Oper mit anschließendem Analverkehr auf dem Programm. Das war eine Ausnahme, es wurde angefordert. Ein Model auf Durchreise hatte gebucht und Riko war ungehalten, dass er außer der Reihe denken und liefern sollte. Denn Riko hatte sich ein System zurechtgelegt, nach dem er akribisch vorging: Für jede Woche des Jahres sah er andere Praktiken und Variationen vor. Nicht, dass sich eine Kundin langweilte, weil sie schon wieder Dildospiele im Hausflur machten oder das fünfte Mal Trauben aus dem Bauchnabel zutzelten. Nur er – und jetzt auch Samuel – wusste, dass er in einer Woche bei allen dasselbe machte, aber nie bei einer Frau das Gleiche wie letzte Woche. So konnte sie ihm frühestens nach einem Jahr draufkommen, dass er nach Plan vögelte.

Diese Woche stand im Zeichen von Öl. Badeöl. Massageöl. Russische Methode, die vorsah, den Ladyrocker zwischendrin in angewärmtes Öl zu tauchen. Öl auf den Brüsten, Fingerspiele auf dem öligen Venushügel, Öl zwischen den Zehen, und wenn's mal ganz heftig sein sollte: zwei Körper in Öl auf einer speziellen Matte, die sich Riko in Belgien hatte anfertigen lassen. Zum Herumglitschen, ohne dass die Laken eingesaut wurden.

»Frauen mögen es dreckig,«, dozierte Riko, während er sich den weißen Binder zurechtrückte, »aber sie hassen es, wenn du ihnen Arbeit machst. Nicht aufpasst, wohin die Kerzen tropfen, oder Flecken auf dem Bett hinterlässt. Ja, du darfst ihnen die Klamotten vom Leib rupfen, aber bitte doch nicht die teure *Wolford*-Strumpfhose im Schritt zerschneiden! Das muss man wissen, was man darf und was nicht. Und wann man Spielsachen mitzubringen hat. Ich zerreiße ja am liebsten *Nur-die*-Strümpfe, kost kaum was und die Klientin geht ab wie 'ne Katze auf Dope.«

Samuel wusste gar nichts und hätte eine Edel-Marke am Bein nicht von der von Budnikowski unterscheiden können. Die drei anderen Ratschläge Rikos – sei ein Gentleman, schau ihr immer in die Augen, gib ihr das Gefühl, wunderschön zu sein – halfen nicht sonderlich, seine Nervosität zu besänftigen. Warum tat er das überhaupt? Konnte er nicht lieber Taxi fahren? Auf der anderen Seite: Er hätte exakt 54 Jahre Taxi fahren müssen, um seine Schulden zu begleichen, weil die Versicherung nicht zahlen wollte. Samuel hatte als Sprengstoffexperte versehentlich das falsche Haus hochgejagt. Das kommt davon, wenn man nicht richtig hinsieht, was auf dem Zettel steht. Die Stadt, der das Gebäude gehörte, sah überhaupt nicht ein, warum er nicht dafür gerade stehen sollte. Und die Versicherung seines Arbeitgebers sah nicht ein, warum sie für menschliches Versagen einspringen sollte. Und sein Chef sah nicht ein, warum er so einen Analphabeten noch länger beschäftigen sollte. Seine Verlobte sah nicht ein, warum sie so einem Versager noch länger die gemeinsame Wohnung erlauben sollte. Und Samuel sah nicht ein, dass er deshalb unter der Brücke schlafen sollte. Das tat seinen Händen nicht gut, die wenigstens bei hochexplosivem Zeug wussten, was sie taten, aber bei weichen Frauenkörpern ins Zittern kamen.

Außer Waffen- und Drogenhandel war ihm nur Prostitution als Mittel zum schnellen Geld eingefallen. Um während seiner neuen beruflichen Perspektive nicht versehentlich an die Ehefrau seines alten Arbeitgebers zu geraten (die olle Schrapnelle hätte ihn sicher kastriert), wechselte er vorsichtshalber auch die Stadt und begann ganz von vorn. In jeder Hinsicht. Ein Pennäler der Liebe. Und da war es auch schon, das Hotel Village.

Was wäre, wenn sie ihm unsympathisch war? Oder er ihr? Das Büro hatte ihm eingeschärft, sich im Falle des sofortigen Ablehnens – aus welchen Gründen auch immer – mit Handkuss zu verabschieden. »Sie erinnern Sie an eine alte Liebe, Sie sind zu klein, Sie haben die falsche Haarlänge, die Dame verlässt der Mut …« Handkuss, auch das noch! Küsste man da wirklich oder deutete es nur an?

Er drückte die Klingel, sagte sein Sprüchlein: »Ich werde auf der 44 erwartet«, und stieg die erste Etage bis zum Foyer hoch. Nach einem kurzen Nicken zum Rezeptionisten erklomm er die drei Etagen bis in den vierten Stock, bis zur Nr.

44. Von da an war er also eine Hure. Käuflich, aber nicht bestechlich.

Katharina
Sie hatte sich Mühe gegeben. Beine enthaart. Fußsohlen gepeelt. Schamhaar zu einer schmalen Landebahn getrimmt. Kein aufdringliches Parfüm aufgelegt, stattdessen aber halterlose Strümpfe und fast transparente, schwarze Unterwäsche. Das Haar offen, ohne Spray darin, was wäre, wenn er sonst einen Niesanfall bekäme? Wie sollte sie ihn eigentlich empfangen? Im halb offenen Kimono, den sie sich mitgenommen hatte? Obwohl, sie mochte es, ausgezogen zu werden. Wie ein Geschenk ausgewickelt.

Sie ärgerte sich, dass sie gefallen wollte. Darum ging es doch gar nicht! Er hatte einen Job zu erledigen, und zwar überzeugend. Wenn sie mit ausgeleierten Leggins und stoppligen Beinen ankäme, egal. *Er* hatte seine Arbeit zu leisten und sie gefälligst anzubeten. Oder?

Sie war aufgeregt. Sie mochte keine Kondome, aber es musste wohl sein. Was wäre, wenn sie vor Aufregung nicht feucht würde? Würde sie ihr Geld zurückbekommen? Das Geld. 250 Euro. Für drei Stunden oder die ganze Nacht, wie sie wollte. Sie hatte es in einem roten Umschlag auf der Kommode platziert, vor dem in Gold eingefassten Spiegel. Gegenüber dem Bett – das mit einer roten, nerzweichen Decke und üppigen Kissen lockte – im Dachhimmel, tatsächlich: ein Spiegel. Rosenmuster in der Tapete. Marmorbad. Vollverspiegelt. Badewanne für zwei. Man merkte, dass das Village ehemals ein Puff war.

Das Telefon klingelte, sie nahm ab.

»Der Herr ist unterwegs«, meldete der Mann vom Empfang. Der, der vorhin sagte, sie solle irgendeinen Namen in die Anmeldung schreiben.

Katharina öffnete den ersten Knopf ihrer Seidenbluse. Hoffentlich war er nett und hatte Herz. Hoffentlich wusste er, was er tun sollte, denn sie hatte ganz vergessen, was sie eigentlich wollte. Sie zündete die Teelichter an, in den zehn roten orientalischen Teegläsern, die sie selbst mitgebracht hatte. Der flackernde Schein beruhigte sie. Der rote Bouvet-Champagner perlte in den Gläsern. Aus dem *ipod*, ihrem mobilen Songmanager, verteilten sich sanfte Grooves im Zimmer. *Gotan Project*. Es sollte ein bisschen wie bei ihr im Schlafzimmer sein, damit sie sich selbst nicht so fremd vorkam. Sie betete sich ihr Mantra vor: »Verlieben ausgeschlossen.«

Samuel und Katharina

Er klopfte. Die SMS an das Büro, mit dem Hinweis, er sei nun anwesend und alles in Ordnung, keine Killer am Start oder so, hatte er bereits zum Senden startklar. Als sie die Tür öffnete, war er erleichtert.

Die Frau, die ihn ansah, als ob sie nicht erstaunt war, ausgerechnet ihn zu sehen, ihn, den Sprengmeister, den 34-jährigen Frischling, den Loser, war hübsch. Beim näheren Hinsehen sogar schön. Braune Augen mit einer Prise Bernstein. Dunkle, feste Haare. Ein rührendes Grübchen auf der rechten Wange, dass sie mit einem kleinen Lächeln entblätterte. Eine warme Hand, die zu seiner passte, als sie sich begrüßten, mit Handschlag. Er trat ein und das Zwielicht der Kerzen beruhigte ihn sofort. Er hatte nicht erwartet, dass sie das Terrain vorbereitet hatte. Wahrscheinlich wusste sie, was sie tat. Kurz durchschoss ihn die Frage, warum eine so angenehme Frau einen wie ihn benötigte. Oder ob sie vom Büro angeheuert war, um ihn einzuweisen? Fast hoffte er es. Sein Puls beruhigte sich. Ja. Das würde es sein. Sie würde ihn an die Hand nehmen, bestimmt.

Er zog seine Lederjacke aus und hängte sie über die Lehne des Rokokostuhls, drückte währenddessen heimlich an seinem Handy auf Senden, nahm dankbar das Champagnerglas und roch in alter Gewohnheit daran.

Katharina beobachtete den Fremden. Sie mochte, wie er roch und dass seine Hand warm und trocken war. Er schien zu wissen, was er mit seinen Händen machte. Ob Samuel sein richtiger Name war? Seine Augen waren das Beste an ihm. Als ob er den ganzen Himmel in sich trug. Wimpern, für die andere töten würden. Aus seinem weißen Hemd lugten am Halsansatz Härchen hervor und ein kleines, silbernes Kreuz. Es passte zu ihm. Sie stieß mit ihm an.

»Ich heiße Katharina.« In das Echo des Klirrens ergänzte sie: »Und ich bin völlig normal gepolt. Keine Gewalt, kein Beschimpfen, keine Toys. Das Geld liegt da drüben. Ich will nichts Besonderes. Eigentlich nur Liebe.«

Die Stille nach dem unerlaubten Wort war nicht unangenehm. Er lächelte und es ging eine kleine Sonne in seinem Gesicht auf. Katharina spürte, wie sie errötete. Sie hatte nicht nachgedacht, nur geredet. Es fühlte sich seltsam an, über das zu reden, was sie wollte. Als ob sie das erste Mal überhaupt den Mund aufmachte, um über ihre Wünsche zu reden, und nicht, um zu fragen, wie er's denn gern hätte. So, wie sie es sonst gehalten hatte.

»Ich meine nicht wirklich Liebe, ich meine … weißt du, was ich meine?«

Er hatte keine Ahnung. Und nickte. Er trank sein Glas aus und stand auf. Liebe. Gut. Er würde einfach so tun, als ob er sie liebe. Und wenn es nur für diese Nacht war, es sollte sich wie für immer anfühlen. Sie war eine gute Einweiserin. Das Büro war doch nicht so geschäftskühl, wie er befürchtet hatte. Er streckte ihr die Hand entgegen und zog sie an sich, um mit ihr zu tanzen. Er wollte sich an ihren Körper gewöhnen. An ihren Duft, ihre Bewegungen. Er stellte sich vor, dass er ihr gerade einen Heiratsantrag gemacht und sie ja gesagt hätte. Eine Zeit voller Liebe würde vor ihnen liegen. Sie würden ein Haus auf dem Land haben und Kinder. Und niemals im Schlafzimmer streiten.

Katharina spürte, wie die Spannung nachließ. Sie mochte die Nähe zu seinem Körper. Verdammt, die Jungs hatten echt Ahnung. Tanzen war doch so einfach, um die erste Verlegenheit zu überbrücken. Sie spürte seine Hand an ihrem unteren Rücken, die andere, wie er ihre Finger zu der Stelle über seinem Herzen legte. Es war schön, so zu tanzen. Sein Gesicht glitt an ihrem Haar entlang. Als er einatmete, übergoss sich ihr Nacken mit einer Gänsehaut, die auch an ihrem Bein hinunterraste. Sie hatte plötzlich Lust, sich von ihm küssen zu lassen.

Seine Lippen berührten ihre Wange, ihr Kinn. Als sie die Augen öffnete, hoben sich im selben Moment seine Lider. Sie sahen sich einen Moment in die Augen, bevor er sie küsste.

Sie hatte vergessen, dass es auf diesen Moment ankam. Wie er küsste, so liebte er und eigentlich wollte sie diesen Zeitpunkt genau kontrollieren. Das war das Gütemerkmal. Dummerweise hatte sie es restlos vergessen. Als er innehielt, um sie sich nach dem Kuss anzusehen, fiel's ihr wieder ein. Wenn er so vögelte, wie er küsste, würde sie ihn nie vergessen. Er hatte sie mit Liebe geküsst. Liebe, die dann von Lust eingeholt wurde. Er hatte wirklich sie und ihre Lippen gemeint und nicht nur Küssen simuliert, wie es andere getan hatten. Und nur einmal hatte die Spitze seiner Zunge die Innenseite ihrer Oberlippe gestreift, ganz zart.

Samuel hatte das Gefühl, zum ersten Mal in seinem Leben wirklich geküsst zu haben. Wie sie ihm entgegenkam. Wie ihre Lippen sich seinen anglichen, wie lebendig sie waren. Einem Impuls folgend nahm er sie mit einem Schwung auf die Arme und trug sie, wie ein Mann seine Braut tragen würde, zum Bett, legte sie behutsam ab und hielt sie immer noch so in den Armen, als sie sich weiterküssten.

Nach Stunden, nach einer Ewigkeit, begann Katharina zu wispern. Sie fühlte sich so sicher bei ihm, dass sie ihm sagen wollte, musste, konnte, was sie wollte.

»Zieh mich aus, bitte.«

Und er tat es. Je ein Stück von ihr, je ein Stück von ihm.

Sie musste nichts tun, nur zwischendurch küssen, dringend und sich nach Hautkontakt sehnen. Er zog sie aus, bis auf ihre Stockings. Mit jedem Strich über ihre Haut, überall, fühlte sie sich schön. Endlich hatte sie mal Zeit. Endlich wurde ihr mal die Zeit gelassen, die sie brauchte. Keine Hektik, dass sie sich beeilen musste, auf Touren zu kommen, bevor die Sache bei ihm schon wieder vorbei war. Sie durfte genießen. Er berührte sie so, wie sie sich selbst berührte, wenn sie mit sich allein war. Als ob er von keiner Stelle genug bekommen könnte.

Samuel wunderte sich über sich selbst. Früher hatte er zugesehen, dass er hart wurde und einer Frau damit zu Leibe rückte. Das musste er jetzt aber nicht. Katharina war eine einzige sensible Zone. Er genoss es zu sehen, wie sie reagierte. Als ob sie ihm mit jeder Regung antwortete. Ihr kleines Lustzittern, wenn er ihren Hals liebkoste. Das Heben ihrer Hüfte, wenn er mit beiden Händen links und rechts an ihren Innenschenkeln entlangfuhr. Ihre Hände, die nach ihm griffen, um ihn näher zu ziehen, als er mit seinem Mund ihre weichen Schamlippen behauchte.

Ganz vorsichtig geht er mit ihr um, öffnet sie und will nichts mehr, als sie zu verführen. Er will ihr dienlich sein. Nicht mehr, weil es sein Job ist, der Handschuh passt ihm ja nicht einmal. Sondern weil sie sie ist. So riecht. Sich so bewegt. Weil sie so natürlich ist und etwas in ihm zum Fließen gebracht hat.

Als er sich neben sie legte und sie ansah, seine Hand zwischen ihren Beinen, fragte er sie leise: »Ist es hier richtig?«

Er hatte nie zuvor gefragt.

»Ein bisschen höher«, flüsterte sie. »Mach es so, als ob du Kreise malst ...«

Kreise. Er lächelte. Es war so einfach. Wenn es gesagt wurde.

Er malte kleine Kreise auf ihrer Perle, küsste ihren Mund, ihre Zungen berührten sich. Er registrierte in jeder Sekunde, was ihr Körper tat. Jetzt spannte sie ihn an und er ahnte, er hatte den Punkt gefunden. Er durfte nicht aufhören, er dachte an Riko, weg mit dir, Mann, ich hör ja nicht auf. Und polierte weiter, auch wenn ihm danach war, in sie zu gleiten. Sie drückte die Fersen in die Laken, streckte die Beine. Ihr Venushügel wurde fester, enger. Ihre Küsse atemloser, sie hatte die Augen geschlossen. Sein Schwanz drückte sich an ihre Hüfte, wie er so neben ihr lag.

Sie kam in seiner Hand. Und öffnete die Augen, sah ihn an.

Samuel hatte das Gefühl, ein Geschenk zu bekommen.

Katharina ließ sich von ihm halten. Er war ganz bei ihr,

immer noch. »Ich will mit dir schlafen«, sagte sie. Und lauschte den eigenen Worten nach. Das hatte sie noch nie zu einem Mann gesagt, meist war es in tonloser Stille geschehen oder mit einem Schwall obszöner Worte.

Der einfache Satz ließ seinen Penis zucken. Er war gemeint, ja, er, Samuel. Sie wollte nicht gefickt werden, sie wollte mit ihm schlafen! Er griff auf das Schränkchen, auf das sie Kondome gelegt hatte. Es war verdammt lang her, dass er so ein Teil in der Hand hatte, er war seiner Verlobten treu gewesen, aber es war wie früher: aufreißen, drüberrollen. Es ging ganz leicht. Er fühlte sich sicher. Er legte sich zwischen ihre Beine, sah sie an, küsste sie. Drängte sich nicht gleich in sie, sondern umfasste seinen Schaft an der Wurzel und ließ seine Spitze zwischen ihren Rosenblättern auf und ab gleiten. Er wollte den Moment davor auskosten. Der kleine Moment davor, der ihm nicht lang genug dauern konnte, mit ihr. Wie sie ihn ansah. Wie diese Flämmchen in ihren Augen tanzten, auch wenn er wusste, es war der Widerschein der Kerzen. Ihre dunkelbraunen Brustwarzen. Ihr kleiner weicher Bauch. Alles war rund an ihr, alles, und es schmiegte sich alles so warm in seine Hände.

Jetzt umschlang sie ihn.

»Komm«, sagte sie. »Bitte.«

Er glitt hinein. Sie war so warm. Ihre Sunny war gleichzeitig fest und doch so weich. Was machte sie mit ihren kleinen Muskeln? Als ob sie ihn tief in sich küsste, festhielt. Er sah an sich hinab. Wie er sich in ihr bewegte.

»Lass mich dich lieben«, raunte er und fragte sich, ob er wirklich gesprochen hatte, mit dieser Stimme. Und dann liebte er sie. Begann, zwischen ihren Beinen hin und her zu rutschen, nur ein bisschen, um sie mit seinen Bauchmuskeln dort zu erreichen, wo vorhin seine Hand lag. Er hatte den Punkt einmal gefunden, er wollte ihn ein zweites Mal finden.

Diesmal schrie sie, als sie kam. Und weinte. In ihr Weinen hinein steigerte er sein Tempo und ließ los. Auf dem Gipfel keuchte er ihren Namen. Katharina. Er würde ihn nie vergessen.

Als er nackt zum Tisch ging und mit den beiden nachgefüllten Gläsern zurückkam, lächelte sie. Ihr Grübchen lachte ihn an.

»Da bin ich ja beim ersten Mal gleich an einen Profi geraten«, sagte sie.

Samuel sah sie an. Es dauerte etwas, bis er begriff, dass er sich getäuscht hatte. Und dass es ihm nichts ausmachte.

»Ich habe das zum ersten Mal gemacht«, gab er zu.

Katharina betrachtete den Mann. Der, der ihr eben noch so nah war, dass sich ihre Seelen zu berühren schienen, in Liebe. Das schien nicht sonderlich zu klappen, das Nicht-Verlieben. Mist.

Sie nahm sein Gesicht in beide Hände. »Zumindest hat es mit der Universumsauslieferung diesmal geklappt«, murmelte sie.

Samuel wusste nicht, was er davon halten sollte. Aber er wusste, dass er liebte. Und dass es egal war, ob Liebe für immer oder nur eine Nacht dauerte. Die Frage war nur, ob Liebe in seinem Geschäft überhaupt eine Rolle spielen durfte. Oder ob er nicht doch lieber Taxi fahren sollte. Gleich ab morgen.

Charles Bukowski

Hundekuchen in der Suppe

Ich hatte einen langen Clinch mit dem Alkohol hinter mir und während dieser Zeit hatte ich meinen miesen Job verloren, mein Zimmer und (vielleicht) meinen Verstand. Nachdem ich eine Nacht in der Gosse geschlafen hatte, übergab ich mich in den ersten Strahlen der Morgensonne, wartete fünf Minuten und kippte dann den Rest aus der Weinflasche runter, die ich in meiner Manteltasche fand. Ich begann ziellos durch die Stadt zu gehen. Solange ich in Bewegung war, hatte ich das Gefühl, als sei ich irgendwie noch in Einklang mit den Dingen um mich herum. Das war natürlich ein Irrtum. Aber in einer Seitengasse rumzustehen half auch nicht gerade weiter.

Ich lief eine ganze Weile herum, ziemlich benommen. Ganz vage kam mir der Gedanke, wie faszinierend es wäre, den Hungertod zu sterben. Ich brauchte nichts weiter als einen Platz, wo ich vor mich hin dösen und in Ruhe abwarten konnte. Gegenüber der Gesellschaft empfand ich keinerlei Hass. Ich hatte mich längst daran gewöhnt, ein Outsider zu sein.

Schließlich kam ich in die Außenbezirke. Die Häuser wurden spärlicher. Es gab Felder und kleine Farmen. Mir war so schlecht, dass ich nicht einmal Hunger verspürte. Es war heiß, ich zog den Mantel aus und hängte ihn über den Arm. Allmählich bekam ich Durst. Nirgends eine Spur von Wasser. Mein Gesicht war blutverkrustet, ich war in der Nacht auf die Fresse gefallen, mein Haar war schmierig und ungekämmt. Verdursten jedoch entsprach nicht gerade meiner Vorstellung von einem leichten Tod; deshalb beschloss ich, irgendwo um ein Glas Wasser zu bitten. Am ersten Haus ging ich vorbei; es wirkte ziemlich abweisend. Ich ging weiter die Straße runter und kam zu einem großen, dreistöckigen Haus, das völlig von Efeu überwuchert war; ringsherum jede Menge Sträucher und Bäume. Als ich die Stufen zur Veranda hinaufstieg, hörte ich drinnen merkwürdige Geräusche und die Luft roch ein bisschen nach rohem Fleisch, Urin und Exkrementen. Trotzdem, das Haus machte einen freundlichen Eindruck. Ich läutete.

Eine Frau von etwa dreißig Jahren kam an die Tür. Sie hatte langes Haar, rötlich braun, sehr lang, und ein Paar braune Augen sahen mich an. Sie sah gut aus, trug enge Blue Jeans, Stiefel, ein blassrosa Hemd. Sie wirkte weder ungehalten noch verängstigt.

»Ja?«, sagte sie, fast mit einem Lächeln.

»Ich hab Durst«, sagte ich. »Könnte ich ein Glas Wasser haben?«

»Kommen Sie rein«, sagte sie. Ich folgte ihr ins vordere Zimmer. »Setzen Sie sich.«

Ich ließ mich vorsichtig auf einen alten Stuhl nieder. Sie ging in die Küche, um das Wasser zu holen. Dann hörte ich, wie etwas den Gang heruntergerannt kam. Es kam ins Zimmer gesaust, blieb stehen und sah mich an. Es war ein Orang-Utan. Er sprang vor Begeisterung auf und ab, als er mich sah. Dann machte er einen Satz und landete auf meinem Schoß. Er brachte sein Gesicht ganz nah an meines heran und einen Augenblick lang sahen wir uns in die Augen. Dann nahm er den Kopf zurück, schnappte sich meinen Mantel, sprang herunter und rannte mit meinem Mantel hinaus auf den Gang und stieß merkwürdige Laute aus.

Sie kam mit einem Glas Wasser herein und reichte es mir. »Ich bin Carol«, sagte sie.

»Und ich Gordon«, sagte ich, »aber das spielt jetzt keine Rolle mehr.«

»Warum?«

»Na ja, ich bin erledigt. Aus. Vorbei. Du weißt schon.«

»Was war es? Alkohol?«, fragte sie.

»Alkohol«, sagte ich; und dann, mit einer Handbewegung: »... und die da draußen.«

»Mit denen hab ich auch Trouble. Ich bin völlig allein.«

»Soll das heißen, du lebst ganz allein in diesem großen Haus?«

»Na ja, das nun wieder nicht!« Sie lachte.

»Ach so, ja. Der große Affe hat übrigens meinen Mantel geklaut.«

»Oh, das ist Bilbo. Netter Kerl. Bisschen verrückt.«

»Ich werd den Mantel heute Nacht brauchen. Die Nächte sind kalt.«

»Du bleibst heute Nacht hier. Du siehst aus, als müsstest du dich erst mal ausruhen.«

»Wenn ich mich erst ausruhe, mach ich das Spiel vielleicht noch weiter.«

»Solltest du auch, finde ich. Ist kein schlechtes Spiel, wenn man richtig darauf einsteigt.«

»Ich bin mir da nicht so sicher. Außerdem, warum willst du ausgerechnet mir helfen?«

»Ich bin wie Bilbo«, sagte sie. »Ich bin verrückt. Behauptet man wenigstens. Ich war drei Monate in der Klapsmühle.«

»Ohne Flachs?«

»Ohne Flachs«, sagte sie. »Und jetzt mach ich dir erst mal 'n Teller Suppe.«

»Die Bezirksverwaltung«, sagte sie später, »möchte mich gerne rausekeln. Sie haben ein Verfahren gegen mich laufen. Glücklicherweise hat mir Daddy ziemlich viel Geld hinterlassen. Ich kann mich also wehren. Sie nennen mich Crazy Carol. Mein antiautoritärer Zoo ist ihnen ein Dorn im Auge.«

»Ich lese keine Zeitungen. Antiautoritärer Zoo?«

»Ja. Ich *liebe* Tiere. Mit Menschen hab ich nur Schwierigkeiten. Aber, Mann, zu Tieren finde ich einfach ein *dolles* Verhältnis. Vielleicht hab ich wirklich 'n Knall. Ich weiß nicht.«

»Ich finde dich ausgesprochen nett.«

»Ehrlich?«

»Ehrlich.«

»Ich hab immer den Eindruck, die Leute haben Angst vor mir. Freut mich, dass du keine Angst vor mir hast.«

Ihre braunen Augen wurden immer größer, dunkler, etwas Nachdenkliches lag darin, und während wir uns unterhielten, bröckelte die Mauer zwischen uns langsam ab.

»Hör zu«, sagte ich, »tut mir Leid, aber ich muss mal aufs Klo.«

»Den Gang runter und die erste Tür links.«

»Okay.«

Ich trabte den Gang runter, dann links. Die Tür stand offen. Ich erstarrte. Auf der Handtuchstange über der Badewanne hockte ein Papagei. Und auf dem Frottierteppich hatte sich ein ausgewachsener Tiger häuslich niedergelassen. Der Papagei ignorierte mich, der Tiger starrte mich gleichgültig und gelangweilt an. Ich verdrückte mich rückwärts und begab mich schleunigst wieder ins vordere Zimmer.

»Carol! Mein Gott, da liegt ein *Tiger* im Badezimmer!«

»Oh, das ist Dopey Joe. Der tut dir nichts.«

»Na ja, aber ich kann unmöglich scheißen, wenn mich dabei ein Tiger anstarrt.«

»Ah, so 'n Quatsch. Komm mal mit!«

Ich schlich hinter ihr den Gang entlang. Sie ging ins Badezimmer rein und sagte zu dem Tiger: »Komm, Dopey, beweg dich. Der Gentleman hier kann nicht scheißen, wenn du ihn ansiehst. Er denkt, du willst ihn fressen.«

Der Tiger sah Carol völlig uninteressiert an.

»Dopey, du Bastard, ich sag's nicht zweimal! Ich zähle jetzt bis *Drei!* Also: Eins ... Zwei ... Drei ...«

Der Tiger rührte sich nicht.

»Na gut! Selber schuld!«

Sie packte den Tiger am Ohr, zog ihn richtig am Ohr und brachte ihn tatsächlich aus seiner Ruhestellung. Die Katze fauchte und spuckte; ich konnte die Reißzähne sehen, die Zunge; aber Carol schien das überhaupt nichts auszumachen. Sie zog diesen Tiger am Ohr da raus und führte ihn den Gang entlang. Dann ließ sie das Ohr los und sagte: »All right, Dopey: auf dein Zimmer! Du gehst jetzt sofort auf dein Zimmer!«

Der Tiger machte ein paar Schritte den Gang runter, drehte sich einmal um die eigene Achse und fläzte sich auf den Boden.

»Dopey!«, sagte sie. »Geh auf dein Zimmer!«

Die Katze sah zu uns her und rührte sich nicht vom Fleck. »Dieser Hundesohn wird immer unmöglicher«, sagte sie. »Ich werd ihn bestrafen müssen, so Leid es mir tut. Ich liebe ihn nämlich.«

»Du liebst ihn?«

»Na sicher. Ich liebe alle meine Tiere. Sag mal, was ist mit dem Papagei? Stört der dich auch?«

»Nee, ich glaube, der macht mir nichts aus«, sagte ich.

»Also dann: guten Schiss.«

Sie machte die Tür zu. Der Papagei starrte mich an. Dann sagte er: »Also dann: guten Schiss« – und ließ einen fallen, platsch, in die Wanne ...

Wir unterhielten uns den ganzen Nachmittag und Abend und ich verdrückte einige gute Mahlzeiten. Ich war nicht ganz sicher, ob das alles tatsächlich echt war oder ob ich Delirium tremens hatte. Oder vielleicht war ich tot oder hatte den Verstand verloren und sah Visionen.

Ich weiß nicht, wie viele verschiedene Tiersorten sich bei Carol herumtrieben. Die meisten waren sogar stubenrein. Es war eben ein richtiger antiautoritärer Zoo.

Die Tiere hatten regelmäßig Auslauf und absolvierten ein gemeinsames »Shit-Training«, wie Carol es nannte. Sie führte sie in Gruppen von fünf oder sechs aus dem Haus, hinaus ins Freie. Fuchs, Wolf, Affe, Tiger, Panter, Schlange – na ja, was es eben so gibt in einem Zoo. Sie hatte fast alles. Aber das Eigenartige war, dass sich die Tiere gegenseitig nichts taten. Sie kriegten gutes Fressen, das half natürlich (die monatliche Rechnung für das Fressen war enorm; Papa musste 'ne Menge Kies hinterlassen haben), aber ich hatte auch den Eindruck, dass die Tiere durch Carols liebevolle Zuwendung in einen Zustand friedlicher und beinahe augenzwinkernder Freundschaft versetzt wurden – in einen Zustand liebestrunkener Verklärung sozusagen. Die Tiere fühlten sich einfach *wohl*.

»Schau sie dir an, Gordon. Schau sie dir gut an. Man muss sie einfach gern haben. Sieh doch, wie sie sich *bewegen*. Jedes auf seine Art, ganz unverwechselbar, ganz *es selbst*. Sie sind nicht wie die Menschen. Sie *ruhen* in sich, sie haben sich nie gegen die Natur versündigt, sie sind nie hässlich. Sie haben die Gabe, sie haben noch dieselbe Gabe, mit der sie geboren wurden …«

»Ja, ich glaube, ich verstehe, was du meinst …«

In der Nacht fand ich keinen Schlaf. Ich zog mich wieder an, bis auf Schuhe und Strümpfe, und ging durch den Hausflur zum vorderen Zimmer. Durch einen Vorhang aus Perlenschnüren konnte ich hineinsehen, aber nicht gesehen werden. Ich stand da und sah rein.

Carol lag nackt auf dem Kaffeetisch auf dem Rücken, nur ihre Beine baumelten herunter. Ihr Körper war aufregend weiß, als hätte er nie einen Sonnenstrahl gesehen; ihre Brüste waren nicht groß, aber ausgesprochen fest – sie schienen fast ein Eigenleben zu führen, sich in die Luft zu bohren, und die Brustwarzen waren nicht dunkel schattiert wie bei den meisten Frauen, sondern hatten so ein flammendes helles Rot, wie Feuer, nur mehr *pink*, beinahe wie Neon. Meine Güte, die Lady mit den Neon-Titten! Ihre Lippen hatten die gleiche Farbe, sie waren geöffnet, verträumt. Ihr Kopf hing leicht über die Tischkante und diese langen, rotbraunen Haare baumelten da runter und wehten leicht hin und her und kringelten sich auf dem Teppich. Ihr ganzer Körper wirkte, als sei er glatt poliert – nicht einmal die Ellbogen und Knie schienen hervorzustehen. Das Einzige, was abstand, waren ihre spitzen Brüste.

Und *auf* ihrem Körper ringelte sich eine große Schlange. Ich weiß nicht, was für eine Sorte. Jedenfalls, sie züngelte und bewegte den Kopf leicht vor und zurück, direkt neben Carols Gesicht, mit langsamen, geschmeidigen Bewegungen. Hin und wieder entrollte sich die Schlange und glitt auf Carols Körper hin und her, es sah aus wie eine Liebkosung, und dann zog sie sich wieder leicht zusammen und man konnte sehen, wie ein Zittern durch Carols Körper ging, sie keuchte und erschauerte. Dann kitzelte die Schlange Carol am Ohr, richtete sich auf, sah sie an, verharrte abwartend, und dann tat sie es wieder. Ihr Züngeln wurde schneller und dann öffnete sich Carols Möse, rot und herrlich anzusehen im Schein der Stehlampe, und ihre Mösenhaare kringelten sich einladend …

Ich ging zurück auf mein Zimmer. Eine beneidenswerte Schlange, dachte ich. Ich hatte noch nie eine Frau mit so einem Körper gesehen. Das Einschlafen fiel mir jetzt noch schwerer.

Am nächsten Morgen beim Frühstück sagte ich zu Carol: »Du *liebst* deine Tiere wirklich, hm?«

»Ja, alle. Jedes Einzelne«, sagte sie.

Carol sah noch besser aus als am Tag zuvor. Sie hatte geradezu eine Aura. Ihr Haar schien zu leben, es schien bei jeder ihrer Bewegungen zu tanzen, und die Sonnenstrahlen, die durchs Fenster kamen, ließen es feuerrot schimmern. Ihre großen Augen waren dunkel und tief und strahlten eine innere Ruhe aus, als hätten sie nie Angst und Zweifel gekannt. Sie war halb Tier, halb Mensch.

»Hör zu«, sagte ich, »vielleicht solltest du dem Affen sagen, er soll meinen Mantel wieder rausrücken. Ich mach mich dann auf die Socken.«

»Ich möchte nicht, dass du gehst«, sagte sie.

»Du möchtest mich in deinen Zoo aufnehmen, hm?«

»Ja.«

»Ich eigne mich nicht. Ich bin ein Mensch.«

»Aber du bist noch unverdorben. Du bist nicht wie die anderen. Du bist innerlich noch ungebunden, noch nicht festgelegt. Die anderen sind alle verhärtet. Du nicht. Du musst nur noch zu deiner wahren Natur finden.«

»Aber ich bin vielleicht ein bisschen zu alt, um mich ... lieben zu lassen wie der Rest von deinem Zoo.«

»Hm, ich ... ich weiß nicht ... ich mag dich sehr gern. Kannst du nicht bleiben? Vielleicht finden wir für dich ...«

In der Nacht konnte ich wieder nicht schlafen. Ich ging wieder durch den Hausflur und stellte mich vor den Perlenvorhang und sah rein. Diesmal hatte Carol einen Tisch mitten ins Zimmer gerückt. Es war ein Eichentisch, fast schwarz, mit massiven Beinen. Carol lag auf der Tischplatte, den Hintern ganz am Rand, die Beine breit, die Zehen berührten gerade den Teppich. Die eine Hand lag über ihrer Möse. Dann nahm sie sie weg. Während sie die Hand wegnahm, schien ein hellrosa Schauer durch ihren ganzen Körper zu gehen. Eine fluoreszierende Welle durchflutete ihren Körper und verebbte. Das helle *pink* schien sich einen Augenblick lang in ihrer Kehle zu stauen, dann löste es sich auf, und ihre Möse öffnete sich langsam.

Der Tiger schlich gemächlich um den Tisch herum. Dann

kam er langsam in Fahrt und schlug mit dem Schwanz. Carol gab ein tiefes Stöhnen von sich. Der Tiger war in diesem Augenblick gerade zwischen ihren Beinen angelangt. Er blieb stehen. Richtete sich auf. Legte seine Tatzen links und rechts neben Carols Kopf. Sein Penis stand hervor; er war gigantisch. Der Penis sah ihre Möse an, suchte Einlass. Carol fasste ihn an und versuchte ihn zu führen. Beide fieberten vor Hitze und konnten es kaum noch aushalten. Dann drang der Penis ein Stück weit ein. Der Tiger zuckte plötzlich mit den Hinterbacken und stieß seinen Penis ganz rein ... Carol schrie auf. Dann klammerten sich ihre Hände um den Hals des Tigers und der Tiger machte sich an die Arbeit. Ich drehte mich um und ging zurück auf mein Zimmer.

Am nächsten Tag aßen wir draußen mit den Tieren zu Mittag. Ein Picknick. Ich schob mir gerade eine Portion Kartoffelsalat rein, da gingen ein Luchs und ein Silberfuchs einträchtig an mir vorbei. Ich hatte mir eine ganz neue Welt der Erfahrung erschlossen.

Die Bezirksverwaltung hatte Carol gezwungen, einen hohen Zaun aus Maschendraht zu installieren, aber die Tiere hatten immer noch ein großes Stück freies Land, auf dem sie sich austoben konnten. Wir beendeten unser Picknick und Carol streckte sich im Gras aus und sah in die Wolken. Mein Gott, wäre ich doch bloß ein paar Jahre jünger!

Carol sah mich an: »Na komm runter, alter Tiger!«

»Tiger?«

»›Tyger, Tyger, burning brigth ...‹ Wenn du tot bist, wird sich's herausstellen. Dann wird man sehen, dass du ein gestreiftes Fell hast.«

Ich streckte mich neben ihr aus. Sie drehte sich herum, legte ihren Kopf auf meinen Arm.

»Du siehst aus wie eine Mischung aus Randolph Scott und Humphrey Bogart«, sagte sie.

Ich lachte. »Sehr witzig.«

Wir sahen einander an. Ich hatte das Gefühl, als würde ich gleich in ihre Augen reinfallen.

Dann machte sich meine Hand selbstständig und strich ihr über die Lippen. Wir küssten uns. Ich zog sie an mich heran. Meine andere Hand strich ihr durchs Haar. Es war ein langer Kuss. Es war die reine unschuldige Liebe. Aber einen Steifen hatte ich trotzdem. Ihr Körper drängte sich an mich, bewegte sich, schlangengleich. Ein Strauß stakte vorbei. »Meine Güte«, sagte ich, »meine Güte ...« Wir küssten uns wieder. Dann kam sie in Fahrt. »Du Scheißkerl«, sagte sie, »ah du Scheißkerl, was hast du mit mir vor?« Sie nahm meine Hand und steckte sie in ihre Blue Jeans rein. Ich fühlte ihre Mösenhaare. Sie waren schon ein bisschen nass. Ich rieb sie und knetete sie da unten, dann steckte ich ihr den Finger rein. Sie küsste mich wild. »Du Scheißkerl! Du Scheißkerl!« Dann riss sie sich los.

»Nicht so schnell! Lass uns langsam tun, langsam ...« Wir setzten uns auf, sie nahm meine Hand und studierte meine Handfläche.

»Deine Lebenslinie ...«, sagte sie. »Du bist noch nicht lange auf der Erde. Sieh mal. Schau dir deine Handfläche an. Siehst du diese Linie hier?«

»Ja.«

»Das ist die Lebenslinie. Und jetzt sieh dir mal meine an. Siehst du das? Ich bin schon mehr als einmal auf der Erde gewesen.«

Es war ihr Ernst und ich glaubte ihr. Man musste Carol einfach glauben. Sie war das Einzige, an das man glauben konnte. Der Tiger lag zwanzig Schritte von uns entfernt im Gras und sah herüber. Ein Windstoß blies Carol das rotbraune Haar über die Schulter zurück. Ich hielt es nicht mehr aus. Ich packte sie und wir küssten uns wieder. Wir fielen rückwärts ins Gras. Sie riss sich los.

»Rammdösiger Tiger. Ich hab gesagt: *Mach langsam*!«

Wir quatschten wieder eine Weile. Dann sagte sie plötzlich: »Sieh mal – ich weiß nicht, wie ich es ausdrücken soll ... aber ich hab solche Träume. Die Welt ist müde. Irgendwas nähert sich dem Ende. Die Menschen sind abgestorben, versteinert. Sie sind sich selber leid geworden. Sie beten um ihren Tod und ihr Gebet wird erhört werden. Ich, ich ... na ja, ich versuche so was wie eine neue Kreatur hervorzubringen, die einmal das bisschen Erde bewohnen soll, das noch übrig ist. Ich spüre, dass irgendwo auch noch andere solche neuen Wesen in sich tragen. Vielleicht an mehreren Orten. Diese neuen Kreaturen werden zusammenkommen und sich fortpflanzen und überleben, weißt du? Aber sie müssen von allen Lebewesen, den Menschen eingeschlossen, nur das *Beste* in sich vereinigen, wenn sie auf dieser klein gewordenen Welt überleben wollen ... Lauter solche Träume ... Findest du, ich bin verrückt?«

Sie sah mich an und lachte. »Denkst du auch, ich bin Crazy Carol?«

»Ich weiß nicht«, sagte ich. »Schwer zu sagen.«

Wieder konnte ich in der Nacht nicht schlafen. Ich ging hinunter und sah durch den Perlenvorhang ins vordere Zimmer hinein. Carol lag auf der Couch. Allein. Eine kleine Stehlampe brannte. Sie war nackt und schien zu schlafen. Ich zog die Perlenschnur beiseite und ging hinein. Ich setzte mich ihr gegenüber auf einen Stuhl. Die Lampe beschien den oberen Teil ihres Körpers; der Rest lag im Schatten.

Ich zog mich aus und ging auf sie zu. Ich setzte mich auf den Rand der Couch und sah sie an. Sie öffnete die Augen. Es schien sie nicht zu überraschen, mich neben ihr sitzen zu sehen. Aber im ruhigen Blick ihrer braunen Augen lag etwas ganz Eigenartiges, etwas Fremdes; etwas, für das keiner von uns einen Namen hatte.

Ich beugte mich zu ihr hinunter und küsste sie hinters Ohr. Ihr Atem ging schneller. Ich glitt an ihr herunter, meine Knie rutschten über den Rand der Couch, ich züngelte an ihren Brustwarzen, rutschte tiefer, zum Bauchnabel, zurück zu den Brustwarzen, dann ganz hinunter, wo ihre Haare begannen, küsste sie dort, biss sie ein wenig, nuschelte an den Innenseiten ihrer Schenkel. Sie bewegte sich, gab schwache Laute von sich, »ah, ah …«, und dann öffneten sich ihre Schamlippen und ich war dran, ließ meine Zunge langsam auf ihnen kreisen, erst so herum, dann anders herum; ich biss leicht zu, steckte ihr zwei Mal die Zunge hinein, tief rein, wieder heraus, ließ wieder meine Zunge kreisen. Es wurde nass da unten, es begann leicht salzig zu schmecken. Wieder ihre Laute, »ah, ah …«, und dann ging die Blume auf, ich sah die kleine Knospe und kitzelte und leckte sie mit meiner Zungenspitze, ganz leicht, nur einen Hauch. Sie kickte mit den Beinen, sie schlang sie mir um den Nacken, versuchte mich in sie hineinzupressen, ich arbeitete mich wieder an ihr hoch, leckend, beißend, bis zur Kehle, mein Penis drängelte und drängelte, sie nahm ihn in die Hand und dirigierte ihn in die Öffnung. Als ich ihn reinschob, fanden sich unsere Münder, wir hingen fest, aneinander, ineinander, ihr Mund war feucht und kühl, aber unten hatte sie einen kochenden Hochofen, und ich hielt meinen Penis ganz starr in ihr drin, während sie daran zappelte und bettelte …

»Du Scheißkerl, du Scheißkerl … mach schon! Beweg dich!«

Ich ließ sie zappeln. Ich stemmte die Zehen gegen das untere Ende der Couch und drückte ihn tiefer rein, dann ließ ich ihn drei Mal auf und ab schnalzen, ohne meinen Körper zu bewegen. Ihre Möse antwortete mit wilden Zuckungen, zog sich zusammen, saugte. Wir machten es noch einmal, und als ich es nicht mehr aushielt, zog ich ihn fast ganz heraus und rammte ihn rein, noch einmal, dann hielt ich ihn wieder still und ließ sie daran zappeln. In dieser Tour machte ich weiter und schließlich geriet ich so außer mir, dass ich stieß und stieß und spürte, wie er größer wurde, wir steigerten uns zusammen in Ekstase und vergaßen alles um uns herum.

Wir kamen gemeinsam und ich ließ ihn drin, er blieb hart, und als ich sie jetzt küsste, waren ihre Lippen so weich, dass sie zu schmelzen schienen. Wir blieben eine halbe Stunde so liegen, dann stand Carol auf und ging ins Bad. Ich ging nach ihr. In dieser Nacht gab's da drin keine verpennten Tiger. Es gab nur den alten Tyger, der Feuer gespuckt hatte.

Unser Verhältnis entwickelte sich, geistig wie sexuell; allerdings muss ich zugeben, dass Carol es während der ganzen Zeit auch weiter mit ihren Tieren trieb. Trotzdem, wir verlebten glückliche Monate miteinander. Dann stellte sich heraus, dass Carol schwanger war. Was sich doch aus so 'nem Glas Wasser alles entwickeln kann …

Eines Tages fuhren wir mal wieder in die Stadt, um Vorräte zu kaufen. Wir schlossen die Haustür ab wie immer, trafen aber sonst keine weiteren Vorsichtsmaßnahmen. Von Einbrechern hatten wir nicht viel zu befürchten, schließlich liefen ja Panter und Tiger und diverse andere so genannte gefährliche Bestien herum. Das Fressen für die Tiere wurde täglich angeliefert, aber für unsere eigene Verpflegung mussten wir ab und zu in die Stadt fahren. Carol war dort gut bekannt. Jeder kannte Crazy Carol und es gab immer Leute, die sie in den Geschäften anstarrten – und jetzt auch mich, ihr neues Schoßtier, ihr neues *altes* Schoßtier …

Wir gingen in einen Film, der uns nicht gefiel. Als wir rauskamen, hatte es leicht zu regnen begonnen. Carol kaufte ein paar Umstandskleider, dann gingen wir in den Supermarkt und besorgten uns die Fressalien. Wir fuhren gemächlich heimwärts, unterhielten uns, in bester Laune. Wir waren zufrieden mit dem, was wir hatten. Die anderen waren uns egal; wir hatten längst aufgehört, uns darum zu kümmern, was sie von uns dachten. Natürlich spürten wir ihren Hass. Wir waren Außenseiter. Wir lebten mit wilden Tieren zusammen und die Tiere waren für ihre Gesellschaft eine Bedrohung – das dachten die jedenfalls. Und wir waren eine Bedrohung für ihren Lebensstil. Wir liefen in alten Klamotten herum. Ich ließ mir einen Bart wachsen, ich hatte Haar am ganzen Schädel und das Haar war trotz meiner fünfzig Jahre knallrot. Carols Haare gingen ihr bis runter an den Arsch. Und ständig entdeckten wir Dinge, die uns erheiterten. Echtes, befreiendes Gelächter. Das konnten sie nicht begreifen. Im Supermarkt z. B. hatte Carol gesagt: »Hey, Paps, hier kommt das Salz! Fang das Salz, Paps, du alter Kaffer!«

Sie stand unten am Gang, drei Leute standen zwischen uns, und sie warf mir das Pfund Salz über ihre Köpfe hinweg zu. Ich fing es auf. Wir brachen in schallendes Gelächter aus. Dann sah ich mir das Salz an.

»Nix zu machen, Tochter! Du Flittchen, willst wohl, dass ich Arterienverkalkung kriege, was?! Wir nehmen *jodhaltiges*

Salz! Fang auf, Sweetheart, und pass auf das Baby auf! Das arme Schwein wird später mal noch genug getreten werden!«

Carol fing das Salz auf und schmiss eine Packung jodhaltiges zurück. Die *Gesichter* von diesen Leuten ...

Der Tag war angenehm verlaufen. Der Film war mies gewesen, aber ansonsten hatten wir uns gut amüsiert. Wir machten unsere eigenen Filme. Sogar der Regen tat gut. Wir kurbelten die Fenster herunter und ließen es reinregnen. Als ich in die Einfahrt einbog, stöhnte Carol auf. Es war ein herzzerreißendes Stöhnen. Sie sackte in sich zusammen und wurde kalkweiß.

»Carol! Was ist los? Hast du was?« Ich zog sie an mich. »Was ist los? Sag doch ...«

»Ich hab nichts. Aber *die* haben was getan. Ich spüre es, ich weiß es, oh mein Gott, oh mein Gott – diese elenden Schweine, sie haben es getan, sie haben es getan, diese gottverfluchten Schweine.«

»Was denn?«

»Mord – das Haus – alles ermordet ...«

»Warte hier.«

Als Erstes entdeckte ich Bilbo, den Orang-Utan. Er lag im Wohnzimmer, mit einem Loch in der linken Schläfe. Sein Kopf lag in einer Blutlache. Er war tot. Abgemurkst. Sein Gesicht war eine grinsende Fratze. Eine schmerzverzerrte Fratze, durch die ein Grinsen drang, als hätte er beim Anblick des Todes eine überraschende Entdeckung gemacht, die ihn trotz seiner Qualen grinsen ließ. Na ja, er wusste darüber jetzt besser Bescheid als ich.

Dopey, den Tiger, hatten sie an seinem Lieblingsplatz erwischt – im Badezimmer. Die Mörder hatten ihn mit Kugeln voll gepumpt, offensichtlich aus Angst. Es gab eine Menge

Blut. Ein Teil davon war schon geronnen. Seine Augen waren geschlossen, aber das Maul war in einem Zähnefletschen erstarrt, und die großen prächtigen Reißzähne standen hervor. Selbst im Tod war er noch majestätischer als jeder lebende Mensch.

Der Papagei lag in der Badewanne. Für ihn hatte eine einzige Kugel genügt. Er lag unten am Abfluss, Kopf und Hals abgeknickt unter seinem Körper, den einen Flügel unter sich begraben, den anderen weit gespreizt ... der Flügel wirkte wie ein lautloser Schrei.

Ich durchsuchte die übrigen Zimmer. Nichts war mehr am Leben. Alle tot. Der schwarze Bär. Der Kojote. Der Iltis. Alle. Totenstille im ganzen Haus. Nichts regte sich. Wir konnten nichts mehr tun. Die Tiere hatten für ihre Individualität bezahlt – und für unsere. Jetzt hatten wir ein großes Begräbnis am Hals.

Ich räumte die Leichen aus dem Wohnzimmer und aus dem Schlafzimmer; wischte das Blut auf, so gut es ging. Dann ließ ich Carol ins Haus. Ich setzte sie auf die Couch und hielt sie fest. Sie weinte nicht, aber sie zitterte am ganzen Körper. Ich streichelte sie, redete ihr gut zu ... Hin und wieder wurde sie von Krämpfen geschüttelt und dann stöhnte sie »Ooooh, ooooh ... mein Gott ...« Nach gut zwei Stunden fing sie an zu weinen. Ich blieb bei ihr, hielt sie fest. Schließlich schlief sie ein. Ich trug sie zum Bett, zog sie aus, deckte sie zu. Dann ging ich hinaus und besah mir die Wiese hinter dem Haus. Gott sei Dank war es eine große Wiese. Von einem antiautoritären Zoo waren wir über Nacht zu einem Tierfriedhof geworden.

Es dauerte zwei Tage, bis wir sie alle begraben hatten. Carol spielte Trauermärsche auf ihrem Plattenspieler und ich hob Gruben aus, hievte die Leichen rein und scharrte sie zu. Es war unendlich traurig. Carol steckte Kreuze mit den Namen der Tiere auf die Gräber. Wir tranken Wein und sagten kein Wort. Leute fanden sich ein und linsten durch den Maschendrahtzaun; Erwachsene, Kinder, Reporter und Fotografen von den Tageszeitungen. Als ich am Ende des zweiten Tages das letzte Grab zugeschaufelt hatte, nahm mir Carol die Schaufel aus der Hand und ging damit zum Zaun. Die Leute wichen ängstlich zurück und murmelten was. Carol schleuderte die Schaufel gegen den Zaun. Die Leute duckten sich und hoben die Arme vors Gesicht, als fürchteten sie, die Schaufel werde ihnen durch den Zaun hindurch in die Fresse fliegen.

»All right, ihr Killer«, schrie Carol, »jetzt könnt ihr euch *freuen*!«

Wir gingen ins Haus. Draußen lagen 55 Gräber …

Nach ein paar Wochen machte ich Carol den Vorschlag, einen neuen Zoo zu gründen und diesmal einen Wächter einzustellen.

»Nein«, sagte sie. »Meine Träume … meine Träume haben mir gesagt, dass die Zeit gekommen ist. Alles nähert sich dem Ende. Wir beide haben es gerade noch rechtzeitig geschafft.«

Ich fragte sie nicht, was sie damit meinte. Sie hatte schon genug durchgemacht.

Als sie im 9. Monat war, bat sie mich, sie zu heiraten. Sie sagte, sie halte an sich nichts vom Heiraten, doch da sie keine Verwandten habe, sei es ihr Wunsch, dass ich einmal das Anwesen erbe. Für den Fall, dass sie die Geburt nicht überlebte und ihre Träume vom Ende der Welt sich als falsch erwiesen.

»Träume können sich als falsch herausstellen«, sagte sie. »Obwohl meine bisher immer gestimmt haben.«

Also hatten wir eine stille Hochzeit. Auf unserem Friedhof. Ich las einen alten Kumpel aus der Gosse auf, der fungierte als Trauzeuge, und wieder standen sie am Zaun und gafften. Es war rasch vorbei. Ich gab meinem Kumpel ein bisschen Geld und ein paar Flaschen Wein und fuhr ihn zurück in die Slums.

Unterwegs, zwischen zwei Schlucken aus der Flasche, fragte er mich: »Hast sie geschwängert, was?«

»Mhm. Kann sein.«

»Du meinst, sie hat noch andere gehabt?«

»Äh – ja.«

»Immer das Gleiche mit diesen Weibern. Man kann nie wissen. Bei der Hälfte von uns Typen sind die Weiber schuld, dass wir in der Gosse gelandet sind.«

»Ich dachte immer, der Alkohol.«

»Die Weiber zuerst. Der Alkohol kommt erst dann.«

»Verstehe.«

»Man kann nie wissen, mit diesen Flittchen.«

»Oh, ich hab's schon immer gewusst.«

Er warf mir einen eigenartigen Blick zu. Dann ließ ich ihn raus.

Ich wartete am Eingang des Hospitals. Was für eine merkwürdige Geschichte. Wie ich aus den Slums zu diesem Haus gelangt war und was sich von da an alles ereignet hatte. Die Liebe und der Tod. Die Liebe hatte über den Tod gesiegt, trotz allem. Aber es war noch nicht ausgestanden. Ich versuchte die Baseball-Nachrichten zu lesen, die Ergebnisse vom Pferderennen. Das bedeutete jetzt kaum noch etwas. Und dann die Sache mit Carols Träumen. Ich glaubte ihr sonst alles, aber bei ihren Träumen war ich mir nicht so sicher. Was waren Träume eigentlich? Ich wusste es nicht. Dann sah ich Carols Arzt am Aufnahmeschalter stehen; er unterhielt sich mit der Krankenschwester. Ich ging rüber.

»Oh, Mr Jennings«, sagte er. »Ihrer Frau geht's gut. Und das Baby ist, ah ... äh ... ja. Neun Pfund und 140 Gramm.«

»Danke, Doktor.«

Ich fuhr mit dem Fahrstuhl nach oben und stellte mich an die Glaswand. Es müssen mindestens hundert schreiende Säuglinge da drin gewesen sein. Ich hörte sie durch die Glasscheibe hindurch. Es ging wie am Fließband. Das mit der Geburt und dem Sterben. Wir kamen allein auf die Welt und machten uns allein wieder davon. Und für die meisten von uns war es ein einsames Leben, voll Angst und verpasster Gelegenheiten. Es war entsetzlich deprimierend, all dieses Leben hier zu sehen, das einmal sterben musste; all das Leben, das zu Hass werden würde, zu Wahnsinn, Neurose, Verblödung, Angst, Mord ... zu NICHTS. Nichts im Leben und nichts im Tod.

Ich sagte der Säuglingsschwester meinen Namen. Sie ging hinein und suchte unser Kind. Als sie es hochhob, lächelte sie. Es war ein unglaublich tapferes, vergebendes Lächeln. Musste es auch sein. Ich starrte das Kind an – unmöglich, medizinisch unmöglich: Es war ein Tiger, ein Bär, eine Schlange, und ein Mensch. Es war ein Elch, ein Kojote, ein Luchs und ein Mensch. Es schrie nicht. Es sah mich an und wusste, wer ich war. Und ich wusste, wer *es* war.

Es war unerträglich. Mensch und Übermensch. Superman und Superbestie. Es war völlig unmöglich und es sah mich an, den Vater, einen der Väter, einen der vielen, vielen Väter ... und die Sonne rammte das Hospital und das ganze

Hospital begann zu wanken, die Säuglinge brüllten, Lichter gingen aus, ein knallroter Blitz zuckte über die Glasscheibe vor meinen Augen. Die Schwestern kreischten. Drei riesige Leuchtröhren fielen von der Decke und krachten auf die Babys herunter. Die Säuglingsschwester stand da, mein Kind auf den Armen, und lächelte, während die erste Wasserstoffbombe auf San Francisco fiel.

Susanna Calaverno

Heute Abend ...

Heute Abend werde ich sie so richtig schockieren. Ich sehe sie direkt vor mir: ihre entsetzten Gesichter, Vaters Schnaufen, dass aus den Tiefen seines schweren, über den Gürtel hängenden, Bierbauchs dringt – der Gürtel, mit dem er mich so gerne und ausgiebig geschlagen hat. In Gedanken an meine tagelang schmerzende Kehrseite fahre ich mit der Hand über mein kleines, festes Hinterteil, streichle es liebevoll, tröste es im Nachhinein.

Er hat nie begriffen, dass es nicht Dummheit war, die mich auf den Schutz fester Kleidung verzichten ließ.

Ich kann mich nicht genau erinnern, wie alt ich war, als es einsetzte – dieses Mischgefühl aus Vorfreude und Angst, wenn er knurrte: »Komm her, aber dalli«, und dabei schon seinen geflochtenen Ledergürtel aus den Schlaufen zog. Er hatte ihn auf der Hochzeitsreise in Venedig gekauft und ich habe mich immer gefragt, ob Mutter ihn wohl auch zu spüren bekam. Sie sagte nie etwas, wandte sich nur stumm ab und ging aus dem Zimmer.

Ich musste mich vor ihm nach vorne beugen, Hände auf

die Schuhspitzen. Manchmal, wenn er besonders sauer war, musste ich meinen Hintern nackt in die Höhe strecken. Dann grub sich jeder Schlag in meine Haut, ich biss mir auf die Unterlippe, bis ich Blut schmeckte, und hasste ihn mit einer Inbrunst, die es mir ermöglichte, nicht in Tränen auszubrechen.

Das konnte er nämlich nicht ausstehen. Als ich noch ziemlich klein war, hatte ich einmal zu weinen angefangen und die verzweifelten Schluchzer stachelten ihn zu ungewöhnlicher Brutalität an. Ich versuchte, wegzulaufen, aber er packte mich im Genick, drückte mein Gesicht in den muffig riechenden Sessel, in dem er immer zu sitzen pflegte, und schlug mich, bis er keuchend aufgeben musste.

Je älter ich wurde, desto gleichgültiger wurde mir der Schmerz. Im Gegenzug verstärkte sich das angenehm ziehende Gefühl zwischen meinen Beinen, bis eines Tages dieses seltsame Gefühl explodierte und ich mich verblüfft in einem schimmernden Feuerwerk von Gefühlen wieder fand.

Es passierte nicht immer, aber die Möglichkeit, dass es sich wiederholen könnte, ließ mich meinen Hintern mit zitternder Vorfreude präsentieren. Ich glaube, es war ihm unheimlich. Eine Zeit lang schlug er härter zu denn je, aber sein Umfang erschwerte ihm allmählich jede körperliche Anstrengung. Er bewegte sich nur noch langsam und schwerfällig. Es wäre ein Leichtes für mich gewesen, ihm zu entkommen, wenn ich gewollt hätte.

Eines Tages muss er bemerkt haben, dass ich erregt war. Er schleuderte den Gürtel quer durch das Zimmer, brach in seinem abgenutzten Fernsehsessel zusammen und keuchte atemlos:

»Du perverse Sau, verschwinde ...«

Ich schaute in sein dunkelrot angelaufenes, schweißnasses

Gesicht, bemerkte auf einmal die pochenden blauen Adern auf seiner Stirn. Die Augen, die kaum zwischen den Speckfalten hindurchschauen konnten, betrachteten mich mit deutlichem Widerwillen, fast Ekel, ehe er erschöpft zurücksank und nach der stets bereitstehenden Flasche Alt griff.

Ich erinnere mich deshalb so genau an jede Einzelheit, weil es das letzte Mal war, dass er mich schlug.

In der Schule galt ich als intelligent, aber viel zu unruhig. Die Lehrer interessierten sich nicht dafür, warum ich auf meinem unbequemen Holzstuhl herumrutschte. Wenn es ihnen zu viel wurde, schickten sie mich vor die Tür oder ließen mich in einer Ecke des Klassenzimmers stehen, bis sie meinten, mich ruhig gestellt zu haben. Ich könnte nicht sagen, dass ich mit den anderen Kindern Probleme gehabt hätte.

Ohne Melanie hätte ich sicher einiges auszustehen gehabt, aber sie war ziemlich gut darin, mich zu beschützen.

Melanie war ein kräftiges Mädchen, kräftiger als ich und als Älteste von drei Geschwistern ausgesprochen gebieterisch. Unsere besondere Beziehung begann eines Montags, als wir im Sportunterricht als »Schubkarren-Team« eingeteilt wurden. Der Vordermann musste dabei auf den Händen laufen, der Hintermann packte beide Fußgelenke und hielt die Beine hoch. Diese Wettrennen wurden so lange fortgesetzt, bis ein Siegerpaar feststand. Das war eine sehr beliebte Übung des Turnlehrers, denn er konnte sich in einer solchen Schulstunde gut von den Anstrengungen des Wochenendes erholen.

An dem Tag hatte ich noch deutliche Spuren einiger schlecht gezielter Schläge auf meinen Oberschenkeln. Melanie hielt mich zurück, so dass wir verlieren mussten, und als wir nebeneinander am Rand hockten, fragte sie mich:

»Was sind das für Streifen auf deinen Beinen? Hast du dich verletzt?«

Kannte sie solche Striemen wirklich nicht? Sie schien ehrlich besorgt und so zuckte ich nur mit den Schultern und murmelte abwehrend:

»Mein Vater war nicht ganz nüchtern. Das geht schon wieder weg.« Und beschämt fügte ich ganz leise hinzu: »Bitte sag den anderen nichts.«

Sie war entsetzt, wollte mir helfen. Ich schüttelte den Kopf über sie. Wie naiv sie war. Aber es war nett gemeint. Von da an nahm sie mich unter ihre Fittiche. Wir waren unzertrennlich, sogar auf der Realschule, bis ihre Familie wegzog. Sie fehlt mir immer noch. Manchmal, wenn ich besonders traurig bin, hole ich das Bündel, das ich ganz hinten unter dem Bett versteckt habe, heraus und vergrabe mein Gesicht in dem Stoff, in dem noch ein ganz kleiner Hauch von ihr ist. Sie hat mir zum Abschied ihr Lieblingskleid geschenkt, um das ich sie immer so beneidet habe: ein duftiges Sommerkleidchen, übersät von Blüten in allen Blauschattierungen. Natürlich musste ich es verstecken. Meine Eltern hätten sofort an Diebstahl gedacht und es mir weggenommen.

Solange es mir passte, gönnte ich mir die Freude, es so oft ich konnte herauszuholen und anzuziehen. Der zarte Stoff streichelte meine Haut, glitt über meinen Körper, sanft und liebevoll. Leider passte es mir nicht lange.

Glücklicherweise interessierten sich meine Klassenkameraden inzwischen mehr füreinander als für mich. Keiner nahm von mir Notiz und so fühlte ich mich zwar schrecklich einsam, aber wenigstens in Ruhe gelassen. Die Jungen taten meist so, als seien sie an allem mehr interessiert als am anderen Geschlecht, aber jeder wusste es besser. Die Mädchen begannen, ständig ihre Wimpern nachzutuschen und ihre Lippenstifte auszutauschen. In den Pausen standen sie in kichernden Gruppen zusammen, ein Schwarm bunter Fische. Fasziniert beobachtete ich sie bei ihren Schminkversuchen. Wäre Melanie noch da gewesen, hätte ich sie gebeten, ihre Kosmetika ausleihen zu dürfen. So stand ich als unauffälliges Aschenputtel daneben und beschränkte mich aufs Zuschauen.

Die Klassenfahrt nach Prag schien mir sowieso unerreichbar, also machte ich mir gar nicht erst die Mühe, meine Eltern um das Geld zu bitten. Ich murmelte mit gesenktem Blick etwas von »knapp bei Kasse« und erwartete, die Tage in einer der Parallelklassen zu verbringen. Zu meinem Erstaunen zog mich unser Klassenlehrer daraufhin nach der Schulstunde beiseite und eröffnete mir, für »Fälle wie meinen« gäbe es einen Unterstützungsfonds. Ob ich wüsste, wie viel meine Eltern erübrigen könnten? Oder sollte er sie fragen?

Ich hatte mir ein unregelmäßiges kleines Einkommen erschlossen, indem ich die Jackentaschen meines Vaters durchsuchte, während er seine Räusche ausschlief. Ich hatte so einiges herausgefischt und bewahrte meine Beute in einer Blechdose im Keller, hinter den Fahrradständern auf. Es mussten inzwischen an die 100 Euro sein, die dort für mich bereitlagen.

Blitzschnell versuchte ich abzuschätzen, was Herr Kaiser wohl als angemessen betrachten würde. Ich entschied mich für 50 Euro. Das schien seinen Erwartungen zu entsprechen. Er nickte.

»Gut, dann will ich sehen, dass ich den Rest besorge. Mach dir keine Gedanken, dafür ist der Fonds ja da.«

Im Bus saß ich neben einem dicklichen Jungen aus der Parallelklasse, der entsetzlich röchelte. Nachdem er zwei Dosen Cola, einen Schokoriegel und zwei Tüten Erdnussflips in sich hineingeschaufelt hatte, rülpste er zufrieden und kuschelte sich in seine Steppjacke.

Es wurde dunkel. Ich war überhaupt nicht müde. Hätte ich den Fensterplatz gehabt, hätte ich wohl versucht, etwas von der Gegend zu erkennen, durch die wir fuhren. Da ich aber am Gang saß, konzentrierte sich mein Interesse gezwungenermaßen auf das Pärchen neben uns. Das Mädchen war aus meiner Klasse, den Jungen hatte ich noch nie gesehen. Er musste neu sein. Unter halb geschlossenen Lidern schielte ich verstohlen zu ihnen herüber. Er hatte eine Hand unter ihr Shirt geschoben und ich sah seine Hände, die hektisch über ihre großen Brüste fuhren. Sie küssten sich, lange und ausgiebig, und plötzlich ergriff er ihre Hand und legte sie fordernd auf den Reißverschluss seiner Worker-Jeans. Ich hörte sie kichern, aber ihre Finger waren geschickt. Es dauerte nicht lange und er stöhnte genießerisch:

»Oh, jaa, das ist gut so, weiter … fester …«

Wie mochte es sich wohl anfühlen? Unter gesenkten Lidern bemühte ich mich, im unruhigen Licht der vorbeirasenden Scheinwerfer etwas zu erkennen. Die meisten anderen schliefen wohl ähnlich fest wie mein pummeliger Nebenmann. Jedenfalls gab es kein Rascheln, keine suchenden Köpfe. Wir drei schienen die Einzigen zu sein, die noch wach waren. Ich bemühte mich, ruhig und gleichmäßig tief zu atmen, aber es war unnötig. Die beiden achteten überhaupt nicht auf eventuelle Zuschauer.

Er griff in ihre langen Haare und versuchte, ihren Kopf auf seinen Schoß herunterzudrücken. Sie schien Widerstand zu leisten, denn er flüsterte drängend. Schließlich gab sie nach und ich hörte die leise schmatzenden Geräusche, als sie seinen Penis in ihren Mund ließ und begann, an ihm zu saugen und zu lutschen. Seine kräftigen Hände krallten sich in ihr Haar, hielten sie fest, während sein Becken hektisch zuckte. Ich sah einen dünnen, glitzernden Speichelfaden von seinem hoch gereckten Kinn tropfen. Er biss die Zähne so fest zusammen, dass nur ein kaum hörbares Keuchen seinen Erregungszustand verriet. Die Wangenmuskeln zeichneten sich deutlich im Zwielicht der nächtlichen Busbeleuchtung ab. Fasziniert fixierte ich ihn aus den Augenwinkeln, fest entschlossen, mir nichts, aber auch gar nichts von dieser Sache entgehen zu lassen. Ob er wohl etwas Ähnliches spürte wie ich, wenn ich genau wusste, es brauchte nur noch ein paar heftige Schläge, um das Feuerwerk in meinem Inneren explodieren zu lassen?

So plötzlich, dass ich um ein Haar erschreckt zusammen gezuckt wäre, riss das Mädchen plötzlich den Kopf hoch, zischte wütend und spuckte heftig aus. Der Fleck auf seiner dunklen Jeans schimmerte weißlich. Die Anspannung war aus seinem Körper gewichen, schlapp hing er in seinem Sitz, griff nur nachlässig in seine Hosentasche, holte ein Tempo heraus und wischte über sein Hosenbein. Die schlechte Laune seiner Partnerin schien ihn nicht sehr zu berühren. Er öffnete nicht einmal die Augen, murmelte nur einige unverständliche Worte und sie wirkte tatsächlich besänftigt. Sie tastete nach seiner Hand, kuschelte den Kopf an seine Schulter und fast sofort verfiel er in den regelmäßigen Atemrhythmus des Tiefschlafs. Ich vermutete, dass sie nicht so schnell einschlief, aber sie verhielt sich regungslos.

Ich setzte mich so bequem wie möglich hin und versuchte, das Gesehene zu verarbeiten. Wieso hatte sie es ausgespuckt? Schmeckte es so scheußlich? Wie mochte sich ein Penis im Mund anfühlen? Ich hatte den Eindruck, dass sie es nur ihm zuliebe getan hatte, nicht aus eigenem Antrieb. Ob ich es mögen würde? *Vergiss es*, rief ich mich selbst zur Ordnung. Mein Dasein zwischen Duldung und Desinteresse der anderen Schüler war nur mit absoluter Unauffälligkeit zu erkaufen.

Die Tage in Prag vergingen viel zu schnell. Ich war überrascht, wie sehr ich es genoss, der bedrückenden Atmosphäre zu Hause entflohen zu sein. Keine Umwege suchen, die das Heimkommen ein wenig verzögern, keine krampfhaften Versuche, mir einzureden, ich besäße bald, sehr bald, einen Panzer, der mich gleichgültig machen würde. Ich hätte zwar unsichtbar sein können, so sehr ignorierten mich die anderen, aber wenigstens schlug mir bei ihnen nicht der vertraute Widerwille entgegen.

Am letzten Abend wurde uns als ganz besonderes Erlebnis der Besuch einer großen Disco gestattet. Eigentlich hatte ich überhaupt keine Lust. Die Menschenmenge, die Enge, die Atmosphäre zur Schau gestellter sexueller Herausforderung machten mir Angst. Aber eine Weigerung hätte besorgtes Nachfragen der Lehrer nach sich gezogen. Es war besser, sich dem bunten Fischschwarm anzuschließen. Vielleicht ergab sich vor Ort eine Möglichkeit, unauffällig zu verschwinden.

Zögernd ließ ich mich im Strom mit hineintreiben. Es entsprach meinen Erwartungen: hektisch, aggressiv, in den Lichtblitzen tauchten Segmente einer zuckenden Masse aus Körpern auf, die mich in ihrer Gesichtslosigkeit an wabernde Insekten erinnerten.

Panik wallte in mir auf und ich kämpfte mich mit dem

Mut der Verzweiflung in eine ruhige Ecke durch. Auf dem Weg dorthin rempelte ich achtlos Leute an, erntete einige unfreundliche Kommentare – es war mir egal. Aufatmend lehnte ich mich an die rau verputzte Wand und versuchte, das Zittern meiner Knie wieder in den Griff zu bekommen.

Ich wollte hier heraus!

Auf der Suche nach möglichen Fluchtwegen blieb mein Blick an einem Gesicht hängen. Er stand auf der Galerie, die sich wie eine Miniaturausgabe der Golden Gate Bridge über die Tanzfläche spannte, und beobachtete mich aufmerksam. Hoch aufgeschossen überragte er die Umstehenden deutlich. Das bunt gemusterte Hawaii-Hemd war zu groß, es schlotterte ein wenig um seine schmalen Schultern. Als er bemerkte, dass ich ihn anschaute, lächelte er und hob grüßend die Hand. Sein Mund verzog sich zu einem schiefen Lächeln, als wollte er sagen: Bist du auch nicht begeistert von dem hier?

Unsere Augen schienen eine telepathische Verbindung aufzubauen, keiner von uns wollte den Blickkontakt abbrechen. Ein massiger Türsteher-Typ mit einer auf aberwitzig hohen Absätzen hinter ihm her stolpernden Blondine brachte es mit einer einzigen Ellenbogenbewegung fertig. Erschreckt sah ich ihn rückwärts stolpern und in der Menge, die sich hinter dem Eisbrecher herschob, verschwinden.

Resigniert drückte ich mich an die Wand und nahm meine Fluchtpläne wieder auf. Gerade hatte ich beschlossen, es zu riskieren und mich an der ausgedehnten Tanzfläche entlangzuschlängeln, als eine leichte Berührung am Arm mich zusammenzucken ließ. Ich reagiere etwas schreckhaft auf plötzliche Bewegungen in meinem näheren Umfeld.

»Sorry, wollte dich nicht erschrecken.«

Mein Kopf fuhr herum und ungläubig starrte ich dem langen, dünnen Jungen ins Gesicht. Von nahem wirkte er jünger, eine Spur schüchtern. Er war also Deutscher. Er gefiel mir ausnehmend gut.

»Willst du tanzen?«

Seine Frage wirkte so normal, aber er konnte ja nicht wissen, dass mich noch nie zuvor jemand zum Tanzen aufgefordert hatte. Bei welcher Gelegenheit auch? Ich zögerte kurz und zog die Nase kraus.

»Na, komm schon«, ermutigte er mich. »Hier fallen wir auf keinen Fall auf.«

Er hatte Recht – kein Mensch interessierte sich hier für jemand anderen als sein direktes Gegenüber. In einer ruhigeren Ecke der Tanzfläche begannen wir, unsere Bewegungen aufeinander abzustimmen. Nach einiger Zeit fühlte ich mich sicherer und begann es zu genießen, mich der Musik zu überlassen, unsere Körper nach ihrem Rhythmus zu bewegen. Miteinander, im Gleichklang. Der hämmernde Takt führte mich, sogar mein Herzschlag passte sich ihm an. Reden konnten wir nicht, wir hätten uns anschreien müssen – und das wollte keiner von uns. Also lächelten wir uns an, so oft sich unsere Augen trafen. Obwohl wir nicht sprachen, hatte ich das Gefühl, dass wir uns mit jedem Lächeln besser verstanden, vertrauter wurden.

Ohne zu zögern, schmiegte ich mich in seine ausgestreckten Arme, als nach mehreren schnellen Musikstücken ein Schmusesong eingespielt wurde. Mein Körper reagierte ähnlich wie letzte Weihnachten, als ich beim Aufräumen die nahezu leere Jägermeister-Flasche gefunden und mit einem mutigen Schluck vollständig geleert hatte. Mein Kopf schien leichter zu werden und ich fühlte mich schwindlig wie in großer Höhe. Es war nicht unangenehm gewesen, aber es war mir suspekt, nicht voll da zu sein, eventuell nicht schnell genug reagieren zu können.

Hier ließ ich es geschehen, instinktiv vertraute ich dem Langen, kostete die Gefühle aus, nervös, unsicher, aber ohne Spur von Angst.

Die Stirn an seine Schulter gelehnt, atmete ich seinen Duft, der aus dem weit geöffneten Hemdausschnitt aufstieg: Schweiß, ein modisches Aftershave und sein ganz persönlicher Geruch. Wenn ich ihn hätte beschreiben sollen, wäre mir wohl am ehesten der Sommer eingefallen, warme Erde, der leichte Wind, der nach frischem Heu riecht. Sein hagerer Körper fühlte sich am unteren Rücken unter meinen Handflächen unglaublich warm und lebendig an. Vorsichtig krümmte ich die Finger ein wenig, um zu fühlen, wie das weiche Fleisch unter der Haut nachgab. Seine Armmuskeln spannten sich, zogen mich fester an seine Brust, glitten tiefer auf meine Hinterbacken. Für einen Moment versteifte ich mich instinktiv und sofort lockerte er den Griff, als hätte er Angst, mich zu erschrecken.

Ermutigend drückte ich mich an ihn und pustete spielerisch in die spärliche Brustbehaarung. Seine Lippen streiften den Rand meiner Ohrmuschel, als er fragte:

»Wollen wir uns ein ruhiges Eckchen suchen?«

Die harte Wölbung in seiner Jeans sprach eine Sprache, die in ihrer Deutlichkeit nichts zu wünschen übrig ließ. Sogar ich verstand sofort, worum es ging. Mein Herzschlag beschleunigte sich, mein Atem ging schneller und ich spürte, wie aus den Poren, an meinen Schläfen und auf der Oberlippe feine Schweißperlen drangen. Da ich meiner Stimme nicht traute, nickte ich nervös.

Wir kämpften uns Hand in Hand durch mehrere Räume, aber ich achtete weder auf die Umgebung noch auf die Menschen, die von uns ebenfalls keine Notiz nahmen. Den Blick fest auf die Palmengruppe unter seinem linken Schulterblatt geheftet, ließ ich mich von ihm führen. Er kannte sich anscheinend aus. In der plötzlichen Stille, hinter einer dicken Stahltür, schien sein Atem mindestens so laut und schnell zu gehen wie meiner und irgendwie beruhigte mich das. Wir standen in einer Art Möbellager. Im hinteren Teil des schlecht beleuchteten Raums konnte ich einige Tische und gestapelte Stühle erkennen.

»Komm.«

Zu meiner eigenen Überraschung ergriff ich die Initiative, zog ihn zu den Tischen, drängte ihn dagegen und fasste entschlossen nach dem Reißverschluss seiner Hose.

»Hey, langsam, hast du das schon mal gemacht?«

»Sicher«, log ich kühn und versuchte mich genauer daran zu erinnern, wie das Mädchen im Bus vorgegangen war. Er trug keine Unterhose. Sobald ich die Jeans geöffnet hatte, sprang sein harter Penis heraus. Ein aus seinem Käfig befreites Tierchen lag erstaunlich schwer auf meiner Hand und ich betrachtete es staunend. Glücklicherweise erinnerte ich mich gerade noch daran, dass dies ja angeblich für mich nichts Neues war, und begann, ihn vorsichtig zu streicheln, bis er zu zucken begann, und ich überlegte, ob er wohl platzen könnte, wenn ich etwas falsch machte.

Der Junge hatte besonderen Wert darauf gelegt, dass sie ihn in den Mund nahm. Entschlossen ließ ich mich auf die Knie sinken und öffnete meinen Mund, so weit es ging. Es war ein seltsames Gefühl, etwas so Großes im Mund zu haben. Vorsichtig schloss ich die Lippen und begann, an ihm zu saugen, ihn mit der Zunge zu betasten, zu erkunden. Gerade fing ich an, es aufregend zu finden, als kräftige Hände meinen Kopf an beiden Seiten packten und er seinen Penis laut stöhnend so tief hineinstieß, dass ich unwillkürlich würgte. Vermutlich merkte er das gar nicht, denn genau in dem Moment quoll etwas aus der Spitze. Schmeckte es wirklich so abscheulich, dass man es sofort ausspucken musste? Ich riss meinen Kopf zurück und wandte bereits das Gesicht zur Seite, als ich feststellte, dass es so schlimm nicht war.

»Puh – du bist wirklich gut! Machst du das oft?«

Erleichtert schüttelte ich den Kopf und ließ mich hochziehen. Also hatte er nichts gemerkt. Geschickte Hände öffneten meine Hose, streiften sie mir zusammen mit der Unterhose ab. Neugierig überließ ich mich den Fingern, die zwischen meine Beine glitten, mich streichelten, bis ich vor Erregung zitterte und mein Atem in Keuchen überging. Auch sein Atem ging schneller, als er seine Lippen auf meine presste und mit der Zunge in meine Mundhöhle eindrang. Spitz und glatt zwängte sie sich hinein. Es war ein überwältigendes Gefühl. Wenn ich nicht zwischen dem Tisch und dem Langen eingeklemmt gewesen wäre, hätten meine Knie vermutlich unter mir nachgegeben und ich wäre als knochenloser Haufen auf dem schmutzigen Betonboden gelandet.

Ich bekam kaum mit, dass er mich umdrehte und über den Tisch beugte. Hinter mir raschelte es. Für einen Moment schob sich das fette Gesicht meines Vaters ins Bild und ich erstarrte in Erwartung des ersten Schlags. Doch statt des Brennens auf den Hinterbacken fühlte ich den heißen, harten Penis. Suchend drängte er tiefer und ich drückte instinktiv mein Kreuz durch, um es ihm zu erleichtern.

Es tat etwas weh. Kein Vergleich zum Gürtel. Ich nahm

es kaum wahr, konzentrierte mich nur auf das Feuerwerk, das ich diesmal ganz sicher erleben würde. Die Umgebung verschwand aus meinem Bewusstsein; das richtete sich einzig und allein auf den Rhythmus der Bewegungen aus, schwamm auf ihnen. Als mein bis aufs Äußerste angespannter Körper in einem Funkenschauer explodierte, muss ich laut geschrien haben, denn als ich wieder zu mir kam, presste sich eine zittrige Hand auf meinen Mund und der Lange flüsterte mir ins Ohr:

»Du musst dich besser im Griff haben, sonst gibt es früher oder später Ärger. Geht's wieder? Ich muss das Ding irgendwie entsorgen.«

Er hatte seine Jeans bereits wieder an und während er das Kondom vorsichtig in die dunkelste Ecke schob, beeilte ich mich ein wenig steif, in meine Sachen zu kommen. Die Selbstverständlichkeit, mit der er die Situation handhabte, machte es mir leichter, das seltsame Gefühl zwischen Triumph und Euphorie zu akzeptieren, das mich verwirrte.

»Okay, ich fürchte, ich muss wieder zu meiner Gruppe«, sagte er. »Warte mal, ich gebe dir meine Adresse. Falls du zufällig nach Frankfurt kommen solltest, würde ich mich echt freuen, dich wiederzusehen.«

Er fischte eine Visitenkarte mit abgestoßenen Ecken aus der Gesäßtasche und drückte sie mir in die Hand.

Ich kann mich nicht mehr erinnern, wie ich den Rest des Abends verbracht habe, aber ich schwebte noch auf Wolken, als ich mit den anderen zum Hotel zurückging und sogar im Bus war mir alles egal.

Und so stehe ich jetzt vor dem Spiegel und schwanke zwischen dem graublauen und dem moosgrünen Lidschatten.

Plötzlich ist es mir egal, ob ich sie entsetze. Schon als ich in dem feinen Laden Lidschatten, Mascara und Rouge mitgehen ließ, schlug mein Herz schneller vor lauter Vorfreude.

Ich werde das tun, was ich mir seit Jahren mehr als alles andere wünsche: Ich werde mich nicht mehr verbiegen. Wenn sie es nicht ertragen können, sollen sie mich doch hinauswerfen. Ich würde schon zurechtkommen, irgendwie. Ich könnte es erst einmal in Frankfurt versuchen. Der Lange schien wirklich nett. In der Großstadt wäre es bestimmt leichter als hier.

Vorsichtig verwische ich das Rouge auf meinen Wangenknochen so lange, bis es nur noch ein kaum wahrnehmbarer Schimmer ist, der mein Gesicht schmaler und zarter wirken lässt. Der graublaue Lidschatten betont meine Augen und die Wimpern scheinen durch die Mascara lang und dicht wie in der Reklame. Zufrieden zwinkere ich mir im Spiegel zu: So gefalle ich mir endlich. Meine Haare wachsen schnell, bald werde ich sie hinter die Ohren streichen können, mit ihnen spielen.

Ich fahre mit den Händen über das eng sitzende T-Shirt, über die schwarz glitzernde Stretchhose, die sich so über meinem Po strafft, dass ich jede Bewegung im Schritt spüren kann. So sexy, so stark und selbstsicher habe ich mich noch nie gefühlt.

Meine schimmernden Lippen verziehen sich zu einem hämischen Lächeln bei der Vorfreude auf das rot anlaufende Gesicht meines Vaters, die hervorquellenden Fischaugen, die vor Wut zitternden Wurstfinger und die zusammengekniffenen Augen meiner Mutter, die immer so tat, als sähe sie mich nicht.

Unten klappt die Küchentür. Aha, das Abendessen ist fertig. Mutter weiß noch nicht, dass sie heute Abend der Wahrheit endlich ins Gesicht sehen wird, als sie mich mit ihrer stets mürrisch klingenden Stimme ruft:

»Kommst du endlich, Hans-Dieter?«

Harald Nebenzahl

Spielzeug einer wollüstigen Frau

Lohmann kannte Hilde natürlich aus der Zeit des Kaukasus, als wir beide eine mehrere Monate andauernde stürmische Liebesaffäre miteinander hatten. Ich hatte sie im Sommer 1930 zuletzt gesehen; zu der Zeit betreute sie noch die Kinder des Landaus. Hilde hatte Lohmann erzählt, sie sei bis Weihnachten 1935 bei den Landaus geblieben und dann zu ihrer Familie nach Schlesien zurückgekehrt. Im September dieses Jahres waren mehrere Gesetze über die Reinheit der Rasse ergangen. Eines davon hieß »Gesetz zum Schutz des deutschen Blutes und der deutschen Ehre«. In Paragraf drei verbot es Juden die Beschäftigung deutscher Frauen unter fünfundvierzig Jahren. Das Gesetz trat am ersten Januar 1936 in Kraft. Die Trennung von den Kindern der Landaus war für die Kinder wie für Hilde traumatisch gewesen.

Ende 1936 kehrte sie nach Berlin zurück und trat bei mehreren wohlhabenden Familien in Dienst, trug aber nie wieder ihre blaue Tracht. Sie erzählte Lohmann, im Dezember 1938, kurz nach der berüchtigten Reichskristallnacht, wo Synagogen und jüdische Geschäfte in Brand gesteckt wurden, sei sie einmal in die Kellerstraße geraten. Sie war in den zweiten Stock hinaufgegangen. Das Messingschild LANDAU war fort; stattdessen hing ein anderes da. Im Treppenhaus traf sie den Hausmeister. Er berichtete Hilde, die Landaus seien 1937 ausgewandert. Sie waren nach Johannesburg in Südafrika gezogen, wo Herr Landau Verwandte in der Süßwarenbranche hatte.

Ich traf Hilde einmal zufällig an einem Spätsommernachmittag in der Tauentzienstraße vor dem großen KaDeWe-Kaufhaus. Das war mehrere Monate nach meinem Auszug bei den Landaus, und der Kaukasus lief bereits auf vollen Touren. Ich war eben mit meiner ersten Ladung Bauchtänzerinnen aus Konstantinopel zurückgekommen. Hilde sah in ihrem adretten Kostüm wie die leibhaftige Gesundheit und Wohlanständigkeit aus. Ihre kleine Schwesternnadel hielt den Kragen der weißen Bluse zusammen.

»Herr Saporta!«, sagte sie. »Ich bin wirklich froh, dass ich Sie sehe! Ohne den Schnurrbart hätte ich Sie fast nicht erkannt. Sie sehen noch jünger aus als vorher!«

Wir gingen in ein Café und bestellten zwei Gläser von Mampes schwerem Orangenlikör. Hilde wollte mir noch einmal danken, dass ich an jenem verhängnisvollen Morgen, als es ihr so schlecht ging, zu ihr ins Zimmer gekommen war. Sie wollte mir sagen, wie Leid es ihr tat, dass ihr Zustand zu meiner Vertreibung geführt hatte, wo ich, der junge Herr Saporta, mir doch gar nichts hatte zu Schulden kommen lassen. Aber Herr Landau wollte es nicht hören, nicht glauben, und die Landaus erwähnten meinen Namen nie wieder. Für Hilde war es, als hätte die Erde sich aufgetan und mich verschlungen. Ja, sie war schwanger gewesen, und Frau Landau hatte sie zu einem angesehenen

Arzt gebracht, der die Schwangerschaft abbrach. Andernfalls hätte sie mit Schimpf und Schande nach Hause zurückkehren oder schlimmer noch, sich den Diensten einer Hebamme in einer verdreckten Mietswohnung anvertrauen müssen.

Ich musste wissen, ob es Herr Landau war, der sie in diese Lage gebracht hatte. Hilde sah mir in die Augen und sagte, nein, es sei ein Mann aus ihrer Heimatstadt gewesen, der geschäftlich viel in Berlin zu tun hatte.

So war das Geheimnis endlich gelöst. Herr Landau hatte herausgefunden, dass ich der Liebhaber seiner Frau war, und hatte die günstige Gelegenheit von Hildes morgendlicher Übelkeit benutzt, um unserer Affäre ein Ende zu setzen.

Ich nahm Hilde in das Kaukasus mit. Frau Nowikow trug ein besonders gutes Essen auf: *Baklaschannaja Ikra,* die Auberginenvorspeise, die mich an das *baba ghanouj* meiner Mutter erinnerte; *Pelmeni,* die winzigen sibirischen Teigtaschen in Brühe; ein rosa Lammschaschlik; und zum Nachtisch *Kisel,* das undurchsichtige Fruchtgelee, das meine Lieblingsspeise war. Wir tranken Champagner, Hilde zum ersten Mal. Wir gingen in mein Büro, und ich schloss die Tür ab. Wir küssten uns. Sie biss mich in die Lippe. Sie machte ihre Schwesternnadel auf und sah auf der Uhr, die an ihrem Busen steckte, wie spät es war. »Ich muss zurück. Ich habe versprochen, um acht wieder da zu sein. Nächste Woche, Ehrenwort.«

Bevor sie ging, erklärte ich ihr, dass ich mich nunmehr Salazar nannte, um der Schande zu entgehen, die mir widerfahren war, und wenn ihr etwas an unserer Freundschaft liege, würde sie niemandem erzählen, dass sie mich gesehen hatte.

»Ich tue alles, was Sie sagen, Herr Saporta.« Sie lächelte. »Herr Salazar.« Und damit war sie verschwunden.

12. Dezember 1943

Ich kann mich noch an den ersten Freitagabend bei den Landaus erinnern. Herr Landau hatte seine Eltern eingeladen. Landaus Vater kleidete sich noch auf die alte Art, mit Vatermörder und Gehrock, ganz ähnlich wie Dr. Azoulay in Damaskus. Er und seine Frau, die stocktaub war, nickten ständig einvernehmlich zu allem um sie herum. Kein Wunder. Ihr Sohn hatte es wahrlich zu etwas gebracht: ein florierendes Unternehmen, eine wundervolle Frau, reizende Kinder. Ihre alten Augen strahlten auf, als Hilde Ernst und Trude hereinführte, die einen Kuss bekamen und dann ins Bett gebracht wurden.

Lotsi als Schwager war auch da und natürlich Warschauer, der ruhig dasaß und den Kopf von einer Seite zur anderen drehte, als lausche er einer inneren Melodie. Es waren noch zwei andere Paare gekommen: die Friedländers und die Breslauers. Friedländer war Anwalt, Breslauer in der Konfektionsbranche. Sie waren den Landaus ähnlich: die Männer gut gekleidet, ihre Frauen in Seide, Spitze und Perlen. Herr Landau hielt eine kleine Rede und hieß mich noch einmal in meiner neuen Umgebung willkommen. Er bat mich, der Tafel vorzustehen und den traditionellen Sabbatsegen in dem schönen Hebräisch zu sprechen, das sie in Damaskus hatten hören dürfen.

Ich entschuldigte mich, ging in mein Zimmer und kam mit der bunt bestickten Kippa zurück, dem Scheitelkäppchen, das mein Vater mir im Buchara-Viertel von Jerusalem gekauft hatte. Ich trat an das Kopfende des Tisches und schenkte den

Wein auf sephardische Art in den silbernen Kidduschbecher, so dass er nicht nur bis zum Rand ging, sondern reichlich in eine Untertasse überfloss, die ich unter den Pokal gestellt hatte. Ich hob den Pokal und intonierte die Stelle, die davon berichtet, dass Gott sein Schöpfungswerk vollendet hat, den Himmel und die Erde und ihr ganzes Heer.

»Gelobt seist du, Ewiger, unser Gott, König der Welt, der du die Frucht des Weinstocks erschaffen.«

Ich trank aus dem Silberbecher und bot Herrn Landau den nächsten Schluck an. Dann reichte ich den Becher nach sephardischer Sitte Frau Landau, allen anwesenden Männern und schließlich den Frauen. Danach intonierte ich den Dank für das Geschenk des Sabbat, den höchsten Tag unserer heiligen Zusammenkünfte zum Gedenken an den Auszug aus Ägypten. Ich nahm die gestärkte weiße Serviette fort, die den weißen Brotzopf vor mir bedeckte.

»Gelobt seist du, Ewiger, unser Gott, König der Welt, der du Brot aus der Erde hervorbringst.«

Ich ließ das große Silbermesser neben dem Brotlaib unbeachtet und brach das Brot mit den Händen, tauchte mundgerechte Stücke in Salz und warf, zum Erstaunen der Gastgeber wie der Gäste, allen am Tisch die Stücke zu.

Sie wollten wissen, warum ich das Brot nicht geschnitten und von Hand zu Hand weitergereicht hatte, wie sie es gewohnt waren. »Es ist das Brot Gottes. Wie kann *ich* es geben?« Welche Weisheit für so einen jungen Mann! Die Frauen strahlten mich an, und die Männer lächelten einander zu. Doch mir fiel auf, dass ich der einzige Mann war, der den Kopf bedeckt hatte. Nur Warschauer machte gemeinsame Sache mit mir: Er hatte die vier Zipfel seines nicht allzu sauberen Taschentuchs verknotet und es sich auf den Kopf gelegt.

Das Essen begann. Zuerst der Gefilte Fisch: pochierte Karpfenscheiben, in der Mitte mit einer Farce aus Karpfen, Hecht, Zwiebeln, Mandeln und Matzemehl gefüllt. Er wurde kalt im eigenen Gelee mit scharfem Meerrettich serviert. Dieses Gericht wird von allen Aschkenasim geliebt, ob aus Russland, Ungarn, Rumänien, Polen oder Deutschland: Reich und arm, Orthodoxe und Assimilierte, Kommunisten wie Freidenker, alle lieben Gefilte Fisch. In den zehn Jahren, die ich bei den Aschkenasim lebte, habe ich nie Gefallen daran gefunden. Vom ersten Abend an konnte ich den eigenartigen Geschmack nicht leiden: fade, süß und salzig zugleich. Ich habe viel darüber nachgedacht. Der Gefilte Fisch trennt die Aschkenasim von den Sephardim. Nicht die Anordnung der Bänke in der Synagoge, nicht ihre falsche Aussprache des Hebräischen, nicht die rituellen Melodien, nicht die winzigen Abweichungen von der Tradition: Der Gefilte Fisch ist es. Mir ist nie ein Sephardim begegnet, der ihn leiden konnte. Gebt ihn auf, und das Haus Israel ist für immer und ewig vereint!

Der Rest der Mahlzeit war immer herrlich: die kräftige, tief goldene Hühnersuppe mit Teigtascheneinlage, bisweilen mit flachen, gelben, hausgemachten Nudeln serviert; der Hauptgang, im allgemeinen Huhn oder unwahrscheinlich zartes gekochtes Rindfleisch mit Gurken sowie süßsauren Wachsbohnen und Birnen als Beilage; nach Vanille, Mandeln und Rosinen duftende Kuchen mit gemischtem Kompott.

An diesem ersten Sabbat bei den Landaus gab es ein ausgefeilteres Menü. Als der Sakramentswein abgeräumt war, wurde zu der knusprig gebratenen Ente mit Kascha – einem osteuropäischen Getreide ähnlich dem Burghul, das wir in der Levante verwenden – französischer Rotwein aufgemacht.

Es war ein fröhlicher Abend. Es wurde viel Wein getrunken und auf meine Ankunft angestoßen. Jeder hielt eine unbeholfene kleine Rede. Dr. Friedländer stand auf und trug Verse vor, die, wie man mir sagte, von Heinrich Heine waren. Herr Landau erklärte, das sei ein großer deutsch-jüdischer Dichter, aber ich hatte noch nie von ihm gehört und bezweifelte, ob er an die Herrlichkeit von Ibn Ezra und Judah ha-Levi, den großen Dichtern unseres goldenen Zeitalters in Spanien, heranreichte.

Es gab noch mehr Wein. Ich hatte Mühe, der rasch dahinplätschernden Unterhaltung zu folgen. Die Männer redeten jetzt unter sich. Die Damen wiederum sprachen über Mode, Dienstboten, Kinder und was Frauen sonst miteinander zu bereden haben. Nur Warschauer und ich ließen uns noch den Mohnstrudel schmecken. Und da spürte ich, wie sich eine Hand unter die Serviette auf meinen Schoß schob. Warme, flinke Finger hatten es unter der marineblauen Sergeschicht auf mich abgesehen. Die Finger fanden, was sie suchten, und mein *zoub* sprang wie eine gegen den Strom schwimmende Forelle in die Hand hinein.

Die Hand gehörte, wie ich entdeckte, Frau Landau, die sich vornübergebeugt angelegentlich mit Frau Breslauer unterhielt. Es war, als sei die Hand kein Teil von ihr, sondern ein geisterhaftes, dem eigenen Willen folgendes Glied. Sie verweilte, zog sich zurück, und dann war die Mahlzeit zu Ende. Alle standen auf. Ich blieb einen Augenblick mit klopfendem Herzen sitzen und wartete, bis die Erregung nachließ. Dann schloss ich mich den Herren im Salon an.

Später lag ich im Bett, doch der Schlaf wollte nicht kommen. Ich musste an Cousin Elis Prophezeiung denken: »Ich wette, du bekommst mehr als nur ihre Titten zu sehen.« Aber ich wollte Elis Prophezeiung nicht ausleben. Ich wollte ehrlich und anständig sein; ich wollte unsere Sitten wahren. Ich wurde wütend. Ich sagte mir ein Register der Landauschen Verfehlungen auf: Sie hielten die Ernährungsvorschriften nicht ein, die Männer saßen mit unbedecktem Haupt am Tisch, sie rauchten sogar am Sabbat, und Frau Landau, diese *scharmuta,* hatte dafür gesorgt, dass ich an der Sabbattafel eine Erektion hatte. O Schmach und Schande! Ich nahm mir vor, ihr aus dem Weg zu gehen, und meine Treue, meine Ergebenheit Herrn Landau gegenüber zu beweisen.

Mein Vorsatz hielt nicht lange, da ich auf dem Flur ihr hohes, helles Lachen hörte. Dann folgte Herrn Landaus tiefes Gepolter, während er die Schlafzimmertür hinter sich schloss. Wie ich Herrn Landau dafür hasste, dass er über sie verfügen konnte. Ich war es doch, der sie entkleiden, zum Bett führen, ihre Augen, ihren Mund, diese seidigen Brüste küssen wollte. Waren sie nicht mein? Hatte sie nicht etwas gelobt, als sie ihren Busen an mein Gesicht drückte? Der dreizehnjährige Junge hatte das Versprechen gespürt, und der siebzehnjährige wollte dieses Versprechen erfüllt sehen!

Ich merke, dass ich mich vor der Auseinandersetzung mit meinem Verhältnis mit Frau Landau drücken will. »Verhältnis« ist gut! Ein Verhältnis ist eine ebenbürtige sexuelle Beziehung zwischen Mann und Frau. Ein siebzehnjähriger Junge kann nie und nimmer der Partner einer Frau in den Dreißigern sein. Es war kein Verhältnis. Ich war ein Liebessklave, das Spielzeug dieser wollüstigen Frau. Ich kehre zurück zu den Tagen von 1929.

Meine Arbeit im Büro von Landau & Cie. war zur Routine geworden. Jeden Morgen saß ich um halb neun an meinem Schreibtisch und befasste mich mit der Korrespondenz, die

Herr Stemmler mir zuteilte. Ich verhandelte bald selbstständig mit Spediteuren, Versicherungsagenturen und Zollagenten. Stemmler war stolz auf mich. Herr Landau und Dr. Grunauer hatten beschlossen, ich solle unseren ausländischen Korrespondenten in ihrer Sprache antworten. Wir hatten Kunden und Lieferanten in Marokko, in Spanien und Italien. Meine vergleichsweise flüssige Beherrschung dieser Sprachen war ein großer Schritt vorwärts gegenüber dem fürchterlichen Englisch und Französisch, das beide Seiten als Verkehrssprache benutzten. Herr Landau lobte mich. Der Postgang wurde stark beschleunigt, und vor allem stellte Herr Landau auf Grund meiner Bemühungen eine gewisse Freundlichkeit, ein größeres Entgegenkommen bei unseren Korrespondenten fest. Er schlug vor, ich solle auf Firmenkosten abends die Berlitzschule besuchen und mein Englisch auf den gleichen Stand bringen wie mein Französisch. Ich nahm gerne an. Englisch fiel mir leicht, und die Kurse waren eine Gelegenheit, Deutsche einer ganz anderen Schicht und Herkunft zu treffen als die, mit denen ich bei der Arbeit zusammenkam. Ich erfuhr wieder einmal, dass die Deutschen nicht ohne weiteres verstanden, woher ich stammte. Das war zu exotisch, zu geheimnisvoll. Der neue Student hieß schließlich Saporta, er sprach spanisch, er hatte schwarze Haare; er war offensichtlich Spanier. Also nannte man mich hinter meinem Rücken »der Spanier«.

Ich wohnte etwa sechs Wochen bei den Landaus, als es geschah. Nicht, dass ich nicht darauf gefasst gewesen wäre. Beim Taxifahren oder beim Essen im Restaurant schaffte es Frau Landau immer, ihr Bein an meines zu drücken. Das und die Erinnerung an den Vorfall an der Sabbattafel hielten mich in einem Zustand ständiger Erregung. Als man mir im Büro sagte, der Chef fahre mit dem Zug nach Frankfurt und Warschauer sei in die Kellerstraße geschickt worden, um Herrn Landaus Koffer abzuholen, wusste ich, dass das Unheil unausweichlich war. Zu meiner Ehre sei gesagt, dass ich nicht nach Hause eilte. Ich wollte diese Begegnung so lange wie möglich hinausschieben. Ich wusste, nichts würde mehr wie früher sein: Ich würde den Freund meines Vaters zum Hahnrei machen, ich würde die mir so großzügig gewährte Gastfreundschaft missbrauchen, ich würde dem Mann ins Gesicht spucken, der mir die Hand gereicht hatte.

Ich schob den lang erwarteten Augenblick hinaus, indem ich nach dem Büro ins Kino ging. Es war ein amerikanischer Film, *Der Jazzsänger*, der schon wochenlang vor vollem Haus gezeigt wurde, die Geschichte eines Kantorssohns, der seinem Vater das Herz bricht, weil er nicht der Familientradition folgen will, und er bewegte mich tief. Al Jolson, der Schauspieler, und sein Auftritt als Kantor rührten mich zu Tränen und wirkten läuternd, heilend auf mich. Ich würde Herrn Landau keine Schande machen. Ich würde meinem Vater Ehre erweisen. Mein Entschluss stand fest.

Als ich die Wohnungstür aufschloss, sah ich zu meiner großen Erleichterung, dass alle sich schon schlafen gelegt hatten. Leise ging ich den Flur entlang und in mein Zimmer. Ich knipste die Leselampe neben meinem Bett an. Der Orangeton des seidenen Lampenschirms warf einen goldenen Schein auf Frau Landau. Sie lag in schöner und freizügiger Nacktheit in meinem Bett, sowie ich sie in meinen Fantasien immer vor mir gesehen hatte. Sie machte nicht viele Worte. In Minutenschnelle brachte sie mich zu Fall. Beim zweiten und dritten Mal begann ich mich allmählich zu behaupten und fand Befriedigung in der Wirkung meiner Bewegungen auf sie. Mit

Händen und Schenkeln gab sie mir nach ihren Bedürfnissen den Rhythmus vor, dann wölbte sie plötzlich den Rücken und wurde starr. Ihr Atem brach in stetig ansteigenden Stößen hervor. Vor lauter Angst, Hilde könne sie im Nebenzimmer hören, schob ich ihr ein Kissen über den Mund. Ich staunte. Das war also der Orgasmus, von dem Cousin Eli gesprochen hatte! Und den hatte ich jetzt bei dieser blonden Göttin unter mir mit meiner Kraft, meinem Geschick ausgelöst. Sie wurde zärtlich, küsste mich und sagte, sie habe schon gewusst, dass es so kommen werde, als sie mich in Damaskus das erste Mal als Bar Mizwa sah. Ich streichelte ihren Körper: die unglaublich weiße Haut, die rosa Brustwarzen, die weichen Ranken unter ihrem Arm, das hellblonde Haar, das wie der Schaum von frisch eingeschenktem Champagner überreich zwischen ihren Beinen hervorquoll. Was sie dann tat, hatte Cousin Eli mir auch beschrieben, doch da die *scharmutas* in Damaskus das nicht machen wollten, hätte ich nicht gedacht, dass eine Frau aus gutem Hause es täte. So erinnerte sie mich an meine Pflichten. Wieder brachte ich sie zum Höhepunkt. Diesmal biss sie in das Kissen. Allmählich gewöhnten wir uns aneinander.

Um fünf Uhr morgens ging sie. Ich war zu müde, meine Gedanken zu sammeln. Herr Landau kam erst achtundvierzig Stunden später zurück, und da war ich schon von ihr besessen, als sei ein Dschinn aus *Tausendundeiner Nacht* in mich gefahren. Wer würde mir diesen Dschinn austreiben? Hoffentlich niemand. So vernarrt war ich. Schlimmer noch, ich verspürte keinerlei Schuld oder Scham. Ich holte Herrn Landau sogar am Bahnhof ab und begleitete ihn nach Hause, sozusagen an eben das Bett, in dem ich mich erst wenige Stunden zuvor mit seiner Frau vergnügt hatte.

Ich will hier nicht schildern, was sich zwischen Frau Landau und mir abspielte. Die Paarungsmöglichkeiten von Mann und Frau sind begrenzt. Es genügt wohl, wenn ich sage, dass sie keine davon ausließ. Jahre später, als die Geschäfte mich nach Paris führten, lernte ich den Ausdruck, der Frau Landau am besten beschreibt: *»vicieuse«*. Das deutsche Wort »lasterhaft« gibt die Bedeutung nicht richtig wieder. Natürlich ist es ein abfälliger Ausdruck, doch die Franzosen gebrauchen ihn mit einer gewissen Bewunderung für eine Frau, die die sexuellen Praktiken vollständig in der Hand hat. Keine Wollüstigkeit, keine verworfene Raffinesse ist ihr fremd. Dass sie auch eine liebende Ehefrau und mustergültige Mutter sein sollte, war für einen jungen Mann wie mich schwer zu begreifen. Wie konnte sie die Sabbatkerzen entzünden und mit geschlossenen Augen die Benediktion sprechen und dann lüstern sein wie Dr. Steinbruchs Göttin Astarte? Das ging über den Verstand eines siebzehnjährigen Jungen. Und wenig später sollte ich von einer Beteiligten, die ich nicht für möglich gehalten hätte, noch mehr über ihre unglaubliche Gier erfahren.

17. Dezember 1943

Das Jahr ging zu Ende; 1930 stand vor der Tür. Ich war achtzehn geworden, und mein »Verhältnis« mit Frau Landau ging unvermindert weiter: Rendezvous in schäbigen Hotels, heimliche Treffen in den Luxuswohnungen ihrer Freundinnen, gestohlene Augenblicke zu Hause, ein Wahnsinn in Hildes Zimmer, während Hilde mit den Kindern im Zoo war. Wir wurden nie ertappt. Eines Morgens ließ Herr Stemmler mich aufschrecken.

»Herr Saporta, erlauben Sie, dass ich ein persönliches

Wort mit Ihnen rede. Natürlich können Sie mich zum Teufel schicken. Das ist Ihr gutes Recht. Doch in Anbetracht unserer Freundschaft meine ich, Gehör zu verdienen.«

Ich schluckte hart und hörte zu.

»Sie waren nie ein Schwergewicht, aber jetzt verfallen Sie direkt vor meinen Augen. Sie sind übermäßig dünn, Sie haben schwarze Ringe unter den Augen, und darüber hinaus sind Sie unpünktlich geworden, und mehr als einmal habe ich Sie am Schreibtisch einnicken sehen.«

Was sollte ich dazu sagen?

»Ich meine, Sie sollten sich in ärztliche Hände begeben oder aber ...« – hier machte er eine unheildrohende und bedeutungsschwere Pause – »Sie müssen Ihren Lebenswandel vollständig aufgeben.«

Mein »Lebenswandel»fand ein unerwartetes und jähes Ende. Es war gegen sieben Uhr morgens. Ich war an dem Waschgestell in meinem Zimmer und seifte mir eben das Gesicht ein, als ich aus Hildes Zimmer ein Würgen hörte. Nur mit Schlafanzughosen bekleidet, eilte ich nach nebenan. Hilde war auf allen vieren und erbrach sich in den Porzellaneimer, der damals neben dem Waschgestell stand. Als sie mich sah, stand sie auf und ging mit einem Schwächeanfall in die Knie. Ich fing sie auf und legte die Arme um sie, wollte sie trösten wie ein Kind. Meine Zärtlichkeitsbeweise lösten bei ihr erst Tränen, dann ein hysterisches Schluchzen aus.

»Herr Saporta, ich bin schwanger«, sagte sie immer wieder. Diese Litanei wiederholte sie noch, als die Tür aufgestoßen wurde. Herr Landau stürzte ins Zimmer, gefolgt von seiner Frau.

Um den Landaus Gerechtigkeit widerfahren zu lassen, wir können keinen allzu beruhigenden Anblick geboten haben. Ich war in Pyjamahosen. Im Bemühen, sie zu stützen, hatte ich Hilde unabsichtlich das Nachthemd bis zur Taille hochgeschoben. Sie hatte mir die Arme um den Hals gelegt und wiederholte unablässig ihre Selbstanklage, schwanger zu sein. Dennoch war ich auf Herrn Landaus heftige Reaktion nicht gefasst. Was nun folgte, war wie eine Szene aus einem Stummfilm: ein überzogenes Melodram. Herr Landau riss Hilde aus meinen Armen und beförderte mich aus dem Zimmer, in den Flur und in meine Stube.

»Du kleiner Scheißer. So erwiderst du also unsere Gastfreundschaft, indem du unser Kindermädchen kompromittierst? Hast du keinen Anstand? Kein Schamgefühl?«

Frau Landau hatte sich an seinen rechten Arm geklammert und wollte ihn beruhigen. Das und mein Versuch einer Erwiderung brachten ihn noch mehr in Rage. Er riss sich von seiner Frau los.

»Du dreckiges Schwein! Du gemeiner Hund! Mach, dass du wegkommst, verstanden? Raus, bevor ich nach Hause komme! Raus! Ich will nichts mehr von dir sehen! Undankbarer! Du – du – Araber!« Er hatte Spucke am Schnurrbart.

Im Nachhinein und von der Reife der Jahre aus betrachtet, war der Zorn, in den Herr Landau sich selbst hineingesteigert hatte, nicht nur eine gute Abreaktion, sondern auch ein geschickter theatralischer Auftritt. Mit einem Schlag war er seine Wut losgeworden und hatte sich den Liebhaber seiner Frau vom Hals geschafft. Er hatte seine Ehe gerettet. Nun mussten sich die Landaus nicht mehr eingestehen, dass er ein Hahnrei war und sie die Dirne, die ihm Hörner aufgesetzt hatte.

In der Wohnung der Landaus war es unnatürlich still, während ich meine Sachen packte. Herr Landau war ins

Büro gegangen; das Mädchen hatte man fortgeschickt; Frau Landau und Hilde hatten die Kinder mitgenommen. Da klopfte es sachte an meine Tür. Es war Frau Polnow, die Köchin. Sie war meine besondere Freundin gewesen und hatte mich mit kleinen Leckerbissen verwöhnt, die sie mir auf den Nachttisch legte. Sie hatte geweint und putzte sich mit der Schürze die Nase. Zwar hatte ihr verstorbener Mann als Feldwebel mit der Schutztruppe von Lettow-Vorbeck in Ostafrika gegen die Briten gekämpft, doch ihre geographischen Kenntnisse waren begrenzt.

»Ich habe gehört, was hier Schreckliches passiert ist«, sagte sie. »Geht der junge Herr Saporta wieder zurück nach ... dort?«, fragte sie.

»Nein«, sagte ich. »Ich werde wohl in Berlin bleiben, aber ich weiß eigentlich nicht, wo.«

Sie ging in die Küche und kam wenig später mit einer bleistiftgeschriebenen Adresse zurück. Das war eine Pension, die der Gräfin Schwerin gehörte, einer Generalswitwe, die an gebildete Menschen wie den jungen Herrn Saporta Zimmer vermietete. Frau Polnow bestand darauf, mir mit dem Gepäck hinunterzuhelfen und ein Taxi anzuhalten. Es war mitten am Nachmittag, aber in Berlin wurde es bezeichnenderweise bereits dunkel und begann langsam zu schneien. Ich brachte das Gepäck zum Bahnhof Zoo und gab es bei der Gepäckaufbewahrung auf. Ich wollte mir ein chinesisches Essen gönnen, vielleicht in die Eden-Bar gehen und meine Lage überdenken. Später am Abend wollte ich zu der Pension gehen und sie mir anschauen.

Einige Stunden später traf ich Lohmann auf dem U-Bahnhof Uhlandstraße.

Anne West

Zimmer 405

Es würde eine Liebe auf Lebenszeit sein. Das wusste Leon bereits, als er sie erstmals sah. Berührte. Und ihr verfiel. Er liebte ihre Kurven. Die Weichheit und Eleganz ihrer Bewegungen, die Wärme, mit der sie ihn umfing, sobald er in sie geglitten war, der Blick aus ihren Augen, der sogar um Ecken zu reichen schien ... Der satte Klang, wenn er begann, sie auf Touren zu bringen. Sie war Französin, durch und durch, und brauchte bloß aufzutauchen und hatte die Aufmerksamkeit aller Männer mit einem Faible für das Extraordinäre auf ihrer Seite. Blicke, die über ihre Rundungen streichelten. Hände, die sich begehrlich nach ihr ausstreckten, um sie in Besitz zu nehmen und leidenschaftlich zu lieben, zu entführen, ihr die Welt zu zeigen und sich dafür bereitwillig zu ruinieren. Ihr zu verfallen. Sich ihr zu ergeben. Sich mit ihr zu zeigen und den Neid der anderen zu spüren wie bissige Küsse.

Er schloss die Augen und genoss die Erinnerung an sie. Nur einmal hatte er sie gehabt, aber das reichte, um ihr Treue zu schwören. Er mochte es, wenn sie älter war als er, reifer, und ihn einlud, sich in ihre Erfahrung fallen zu lassen. Er wollte sich von ihr leiten lassen, in ihr schweben, vergehen, explodieren, sich hingeben ... Er spürte ein Ziehen, irgendwo in seiner linken Brust. Rasch füllte er mit einem Kugelschreiber die wenigen Zeilen aus. Er wollte sie. Nur für sich allein. Und wenn sie nicht freiwillig zu ihm kam, musste er eben nachhelfen.

> Aufregende DS gesucht, ab Jahrgang 1970, Farbe egal. Zustand 1 bis 3. Spontanes Verlieben nicht ausgeschlossen. Fotos willkommen. E-Mail und Telefon ...

Er verehrte dieses Auto. Eine Citroën DS war die Erfüllung seiner schlaflosen Nächte. Er hatte seine »Gesucht«-Anzeige für das Hamburger Wochenblatt bewusst etwas lässig formuliert und hoffte, sich die französische Mademoiselle zum 31. Geburtstag selbst schenken zu können. Leon mochte es, 30 zu sein und 31 zu werden. Er hatte sich nie die Frage gestellt, ob das schon alles war. Er machte sich keine Gedanken darum, ob er in seinem Leben die richtigen Entscheidungen gefällt hatte oder nicht oder ob er sich nicht so langsam mal eine Frau suchen sollte, um nicht aus Versehen spät gebärender Vater zu werden. Seine Ladenöffnungszeit (die Nächste, die rein kommt, bleibt!) hatte noch nicht begonnen. Er wusste zwar, dass man am Ende eines Lebens meist das bereut, was man alles nicht getan hat, aber er hatte immerhin schon einiges, was sich zu bereuen lohnte.

Die überstürzte Fahrt nach München, um eine Frau wieder zu sehen, die ihn drei Tage später mit seinem Bruder betrog. Die restlose Aufgabe von Alkohol, nachdem er monatelang nur von Bacardi-Cola lebte und bei einer Hochzeit im Anglo-German-Club das ganze gute Zeug auf die Terrasse kotzte, dabei *The Final Countdown* intonierend. Das grandiose Gefühl, seinen Job als Webdesigner hinzuwerfen, seinen Chef als Operettennille zu beschimpfen. Als Softlantucke und talentfreie Simulation eines Unternehmers, der den ganzen Tag auf seinem ausgestreckten Daumen saß, anstatt zu arbeiten oder wenigstens so zu tun als ob. Den Neustart als Fotograf zu vergeigen, nachdem er sich weigerte, für eine Motorradwerbung eine zirka zwölfjährige Blondine in entwürdigender Pose abzulichten – und stattdessen Saxofon spielen zu lernen.

Zusätzlich zu seiner Nebenbeschäftigung. Leon galt bei anderen als begnadeter Perkussionist. Bei sich selbst suchte er ständig nach dieser Begnadigung, aber fand nur eins: Passion. Passion für den Rhythmus des Herzschlags. Er hörte überall Musik, Grooves, *dak-da-da-dak-dak*. Er hörte den Sound in den Schienen, wenn ein Zug über die Bohlen schmirgelte. Er nahm das Maschinenwispern von Druckmaschinen als Bossa Nova wahr. Wenn Wasser begann zu kochen, erinnerte ihn das an seine Oceandrum. Er trommelte um sein Leben.

In seiner Wohnung drängten sich dicht an dicht Schlaginstrumente: zwei Cajons, Kisten, hinten mit einem Loch, innen mit Saiten und Glöckchen, vorne Wurzelholz. Um sie zu spielen, musste man sich mit gespreizten Beinen darauf setzen, leicht nach hinten kippen und lostrommeln. Mit der flachen Hand nach dem Bass und den Lights suchen. Die Vibrationen wirkten direkt auf die Körpermitte, auf das Becken und die Lenden. Was für ein Spaß! Sie klangen wie löschpapiertrockene Schlagzeuge. Er liebte seine Cajons, seine Djemben, Bongos und Kastagnetten, Shaker und das obszön lange Didgeridoo.

Er konnte nichts mit Frauen anfangen, die frei nach den Ärzten »unrockbar« waren. Die kein Gefühl für Rhythmus hatten. Und er hasste es, wenn eine von ihnen den Radiosender verstellte – im Auto, während er nur bei der Tankstelle hielt, um ihnen ihre dämliche Cola Light zu holen. Lightcola. Nichts Halbes und nicht Ganzes. Unrockbar, definitiv.

Jedes Wochenende hatte er eine Gruppe von Managern zu verarzten. Solche Leute, zu denen er auch einst gehört hatte. Die gefangen waren im Käfig des allgemein anerkannten Erfolgs. Richtiger Anzug, richtige Krawatte; smart war, wer sich in der Zwischenwelt von Individualität und Anpassung so fiebrig bewegte wie Quecksilber. Die das korrekte Fitnessstudio besuchten, in den akzeptablen Einrichtungshäusern kauften, aussagekräftige Autos fuhren, aber bloß nicht zu speziell. Die sich Statussymbole von Montblanc bis Rolex antaten, um nicht aus Versehen nicht dazuzugehören. Und es dabei nicht einmal merkten, sondern so taten, als ob sie es sich ausgesucht hatten. Des Schicksals freier Wille, ha! Da hatte selbst eine Nacktschnecke mehr freien Willen!

Solchen Leuten brachte er bei, den Kopf und ihr Image zu verdrängen – zumindest für zweimal acht Stunden – und sich auf ihren Bauch zu konzentrieren. Den, den sie so flach wie möglich trainierten, um zur Not auch Möhren auf den ausmodellierten Muskelsträngen zu raspeln. Eigentlich wollten sie keinen Bauch. Und verloren damit den Kontakt zwischen Kopf und Schwanz.

Er verkaufte die Seminare wahlweise als *Teamplay Management*, *Anti-Aggressions-Workshop* oder, wenn es etwas sanfter sein sollte, als *Finde-dich-selbst-finde-deinen-Rhythmus-Arbeitsgruppe*. Doch es war stets das Gleiche: Bemühte Workaholics, die sich sichtlich unwohl fühlten im *casual outfit*, kämpften mit ihrer Angst vor Lärm. Davor, laut zu werden. Leon musste ihnen immer erst beibringen, zu der Lautstärke zu stehen, die sie gezwungenermaßen produzierten. Sie waren es gewohnt, sich zu ducken, leise zu treten, in ihren Mietshäusern, in ihren Wohnwaben, umgeben von Spießern, die genau wussten, wie das Leben zu laufen hatte und wer welche Stiefmütterchen wie stramm zu ziehen hatte oder wann die Fenster mal wieder geputzt werden sollten. Leise treten im Job sowieso. Nur inszenierte Durchsetzung und kalkuliertes Ausbrechen. Nicken konnten sie alle gut, aber umsetzen – hm. Als Nächstes musste er ihnen die Scheu vor dem Schlag nehmen. Diese Art Gewalt hatten die Bleistiftdreher nicht drauf. Sie waren zu weich. Die meisten seiner Teilnehmer hatten die Verbindung zu sich selbst gekappt, nur für den Fall, dass sie sich selbst zu viel waren. Sie beneideten ihn, den Musiker, ein bisschen, aber bemitleideten ihn auch etwas, weil er niemals eine Hierarchie erklimmen konnte.

An den drei kommenden Wochenenden würde er eine Gruppe Jungmanager aus einem großen Energieunternehmen da haben. Der Chef wünschte sich, klar, mehr Teamplay, aber vor allem mehr Bissigkeit. Leon würde sich die zwölf Cajons von Kurt leihen, die Hähnchen auf die Kisten setzen und als Hahn vornean sitzen und sich aufblähen. Ihnen würden bald die Hände vor Schmerzen, die die ungeübten Schläge auf der Haut hinterließen, glühen. Er liebte diese angenehme Spannung. Leon drosch gern auf etwas ein, was sich ihm dann in die Hand drängte und auf mehr lauerte. Lauern. Er würde auch lauern. Auf die ersten Mails. Oder Anrufe. Von einem, der seine DS hergeben würde.

Sieben Tage später hielt er das Wochenblatt in der Hand. Blätterte von hinten nach vorn. Suchte. Suchte sich. Hatten sie seine Anzeige vergessen? Er rief in der Zentrale an.

»Haben Sie es abgeschickt?«, fragte die gelangweilte Mitarbeiterin, die sich nach trostlosem Leben anhörte, mit Einbauküche und Gelsenkirchener Barock und ewig gleichem Fernsehprogramm Tag für Tag, was der Gatte vorher anzukreuzen pflegte, um nichts zu verpassen. Er murmelte Bestätigung.

»Dann haben wir es auch gedruckt.« Sie legte auf.

Er fand seine kleine Suchanzeige nicht und spürte vagen Zorn darauf, dass er sich seine DS nicht zum Geburtstag würde schenken können, wenn er erst nächste Woche erschien. Er war frustriert und setzte sich an sein Klavier. Nachdem er sich mit einer Masse von Moll-Akkorden abreagiert hatte, schaltete er sein Mobiltelefon an. Er hatte Sehnsucht nach Kontakt. Innerhalb von zehn Sekunden bekam er sieben Kurzmitteilungen. Die erste lautete:

```
Befiehl mir alles. Mandy, Baujahr
1977, wartet auf den Knien.
```

Er hasste diese Spam-SMS und checkte die dazugehörige Nummer. Sie sah wie eine normale Telefonnummer aus, begann harmlos mit 0172. Die nächste SMS schien vom selben Format.

```
Mach mit mir, was du willst, ich werde
gehorchen. Jacqueline, Zofe und Nackt-
putzerin.
```

War ja allerliebst. Erst bei der sechsten Short Message ballte sich eine Ahnung in ihm zu einer Kugel zusammen.

> Verlieben nicht ausgeschlossen? In diesem Spiel gibt es keine Regeln für die Liebe. Ruf mich an, wenn du top bist. C.

Verlieben nicht ausgeschlossen war ein Stichwort aus seiner Anzeige. Es passte, aber es passte doch absolut nicht. Er griff nach dem Wochenblatt und ließ sich auf eine Cajon sinken, blätterte jedes Anzeigenressort durch. Ignorierte die Kontaktanzeigen. Rang sich durch. Las nochmal. Und fand sich. In der Spalte »Besondere Begegnungen«. Och, nö. Da hatten sie ihn abgelegt. Zwischen einer Meisterin Olga, die Züchtigung in der Mittagspause bot – *credit cards welcome* – und dem submissiven Sam, der die Liebe ganzer Härte suchte und die Begegnung mit dem Zuchtriemen, nur nicht ins Gesicht bitte.

Was, bitte schön, machte seine Kfz-Anzeige im S/M-Bereich? Er hatte keine Lust, die frustrierte Anzeigendame anzurufen. Die mit dem Gemüt eines Papierschneiders. Er tat es trotzdem. Es schien Stunden zu dauern, bis sie redete. Sie quälte die Tastatur, als ob sie einen halben Roman abtippte. Ausdenken würden sich solche Leute nichts.

»De-es«, sagte sie schließlich, als ob das alles erklären würde. Der Untertitel lautete: *Junge, hast du keine Ahnung? Musst dich ja echt nicht wundern!*

»Und?«, fragte Leon.

»Was und?«, fragte sie.

Hoheitsvoll ergänzte sie nach einer Weile: »Dominäischon

und saabmischen. Da wollten Sie doch hin mit Ihrer ds-Anzeige oder, Sie kleines Ferkel?«

»Haben Sie schon mal was von Citroën gehört?«, fragte er.

Sie begriff erstaunlich schnell.

»Sie wollten also in die Kfz-Abteilung. Ja, schön, aber dann kreuzen Sie das das nächste Mal bitte auch an. Wir sind ja auch keine Hellseher. Schönentachauchnoch.«

Klick, weg war sie. Na, herzlichen Dank. Domino-Was? Ihre Aussprache glich einem sächsischen Laubhäcksler. In seiner Not rief Leon seine Halbschwester Silje an. Die hatte aus ihrer früheren Liaison mit einem Softpornoproduzenten sicherlich einige Vokabeln aufgeschnappt. Anstatt wenigstens Mitleid zu heucheln, lachte sie ihn aus.

»De-es, wunderbar, was haben sie denn groß gedruckt, du arme Wurst?«

»Das D«, sagte Leon. Was wollte sie denn jetzt damit?

»Oh, fein, dann bedeutet das, du bist der *Top*.«

»Prima«, erwiderte Leon. »Und was mache ich so als ... Top?«

»Du hast die Macht über den *Bottom*, ist doch klar. Oder switcht du etwa?«

Sie lachte wieder ihr Silje-Lachen. Die Schwangerschaft mit den Zwillingen, gezeugt von einem Zimmermann, den sie nach einem Monat Liebelei in einer dänischen Kapelle geheiratet hatte, schien ihr nicht zu bekommen. Schließlich ließ sie sich dazu herab, Leon zu erklären, auf was er sich gefasst machen sollte:

»D/S, *domination* und *submission*, bedeutet das Spiel von Unterwerfung und Hingabe. Keine Dresche, das wäre S/M, logisch. Es ist mehr eine Macht des Geistes. Man muss den anderen, den Bottom, den Unterlegenen, unterwerfen. Es geht darum, Dinge mit sich machen zu lassen, aber ohne physische Gewalt. Es sei denn, sie wird gewünscht. Dann aber meist nur B/D.«

»Bidet?« Oh je. Leon konnte den hysterischen Lachanfall, der in seiner Brust hochkroch, nicht unterdrücken.

»B/D, *bondage and discipline*, du Nichtskönner!«, schrie Silje vor Vergnügen. »Bisschen fesseln, bisschen Haue, Lehrer und Schüler, die Geschichte eben.«

»Du bist viel zu jung, um so was zu machen«, konnte Leon es sich nicht verkneifen, anzumerken. Irgendwas in ihm formte Bilder von schweißnassen Körpern, die sich schwarzem Leder entgegenstreckten. Es machte ihn an und genau das verstörte ihn.

»Ich bin nur Beobachter, Schätzchen. Wer beobachtet, darf nicht mitmachen. Und auf Dresche steh ich echt nicht«, sagte die Mutter seiner künftigen Halbnichten und legte ohne ein Wort auf.

Das mit dem Auflegen schien in Mode zu sein. Er teilte mit Silje den Vater, aber nicht die Mutter. Seine war von der Sorte, die in angeglimmertem Zustand merkwürdige Alliterationen bildete, wie *tänzelnde Tadschiken* oder *murmelnde Mongolen*, nüchtern allerdings das Wort Sex wie *sechs* dahin nuschelte. Siljes Mutter dagegen pflegte ihre einzige Tochter mit Schlafliedern der Sorte *Tausend-nackte-Weiber-auf-dem-Männer-Pissoir* in den Schlaf zu schaukeln – nach der Melodie einer italienischen Oper. Und das im nüchternen Zustand. Angetrunken sah man sie nie, dafür war sie gut im Training. Silje hatte Leon, obwohl sie jünger war, eindeutig etwas voraus: Sie hatte sich ausprobiert. Mitgenommen, was ging, um dann ganz altmodisch, aber vollster Überzeugung zu dem Idyllen-Prinzip *Papa-Mama-Zwillinge* und Zweitauto inklusive Kläffer zurückzukehren. Fehlte nur noch, dass sie sich in der evangelischen Kirche engagierte, so was wie: *Machs-dir-nett-mach's-dir-selbst*. Und noch etwas hatte sie ihm voraus: Sie wusste, wen sie wollte. Leon wusste nur, dass er sich gepflegt um sich selbst drehen konnte und alles machte, was er wollte. Er hatte nur irgendwann aufgehört, mehr als das zu wollen. Und es triggerte ihn.

Die Vorstellung dieser merkwürdigen Spiele. D/S. Wie bekam man eine Frau dazu, sich selbst eine Augenbinde anzulegen und mit nichts außer roten Striemen am Po und roten Abendhandschuhen niederzuknien, den Mund aufzumachen und alles zu erwarten, egal, was es wäre? Eiskrem, Chilischoten, Kniekehle? Würde er eine Frau dazu bekommen, sich nackt auf eine Cajon zu setzen, damit er das Beben der Vibrationen auf ihrer Haut nachverfolgen konnte, mit einem Pinsel, eingetaucht in Mascarpone-Creme? Würde sie keinen Slip tragen, wenn er sie bat? Was hieß hier bitten? Wenn die Rollen klar waren, konnte er doch einfach sagen: »Heute Abend keinen Slip und sei so nett und beug dich mit gestreckten Beinen vor, um mir die heruntergefallene Serviette anzureichen.« Konnte er ihr befehlen, für ihn zu tanzen, und sich selbst berühren oder vor dem Fenster, nachts, damit die Nachbarn endlich was zu tuscheln hatten? Würde sie die Beine gehorsam öffnen, wenn er sie drängte, sich auf sein Klavier zu setzen? Und er würde sie bespielen, vielleicht mit seinem Didgeridoo, wenn er die Kehllappen verengte, um so lang auszuatmen wie möglich. Er würde die Schwingungen auf ihren Körper übertragen, mit dem tiefen Ton der Aborigines …

Nein, er würde das nicht können. Leon war nicht zum Ansager geboren. Sonst wäre er dem ganzen Kram nicht aus dem Weg gegangen. Karriere, Buckeln, intrigieren und das alles. Und, außerdem: Konnte er eine Frau lieben, die tat, was er verlangte? Die, wie im letzten Tango von Paris, bereit war, sich aufzugeben? Oder war sie dann auch noch stolz darauf? Er beschloss, die Sache nicht zu intellektualisieren. Was sollte es. Wenn es ihr gefiel, konnte es ihm doch egal sein, aus welchen Gründen. Und es gefiel ihm. Wenn er nicht dafür zahlen musste, dass eine Frau seinen Anweisungen folgte, sondern es sie erregte, konnte er gar nicht anders, als sich zu entspannen.

Ungeheure Erleichterung, das war es. Er würde keine Angst mehr haben, dass man ihn aus dem Bett schmiss, nur weil er mit der Idee ankam, auf ihren schwarzen Slip zu kommen oder ihr zwei schwarze Tesafilmstreifen über die Brustwarzen zu kleben. Macht mit dem Straps zusammen einen klassischen Dreiteiler. Vergleichsweise harmlos, aber Frauen waren eben so. Experimente hatte er irgendwann aufgegeben. Mit Ablehnung zu leben war auf Dauer mühsam. Liebe erschwerte das Ganze sowieso: Wer liebte, wollte keine Experimente, die an der Grenze des Üblichen pendelten. Und das alles nur aus Angst, eben deswegen nicht mehr geliebt zu werden. Alter Käse, dass Liebe und schmutziger Sex nicht zusammenpassten, dachte Leon. Aber für den Anfang, um zu üben, war es vielleicht ganz gut. Zufälle gab es nicht. Es sollte eben so sein. Irgendwann war immer alles zu Ende und etwas anderes begann, zum ersten Mal.

Diese eine SMS von der einsilbigen C. Mit ihr wollte er beginnen. Er las aus ihr heraus, dass sie an Liebe nicht interessiert war. Okay. Er rief sie an.

»Hallo. Ich habe auf dich gewartet.«

C. besaß eine Stimme, die ihn an Billie Holiday erinnerte.

»Auf den Knien?«

»Davon hattest du nichts gesagt. Bist du dir sicher, dass du top bist?«

Oha. Sie wollte wohl erst bewiesen haben, dass er stark genug war, sie schwach zu machen. Damit sie sich in Willenlosigkeit fallen lassen konnte, ohne zu fallen.

»Tu, was ich dir sage, und ich mach dich glücklich.«

Er sprach, ohne nachzudenken.

C. lachte leise. »Gut …«, koste sie mit einem Unterton, den er als F-Moll-Septime bezeichnen würde. »Hast du Fantasie?«, fragte sie.

»Zeig mir deine Welt«, antwortete Leon und legte sich auf sein Bett, spürte den seidenen, orientalisch-roten Überwurf an seinen nackten Unterarmen.

»Du wartest in einer Bar auf mich«, begann sie. Wartete. Der Test begann.

Er sprach beim Ausatmen, so, wie er auch ein Saxofon spielte und das Mundstück so in den Mund nahm wie den Nippel einer Traumfrau. Er stieß seine Gedanken mit einem Luftzug aus. Spürte die Trommeln in seinem Herzen.

»Ich trage einen weißen Anzug«, fuhr er fort. »Sitze in einem cognacfarbenen Ledersessel. Warte auf dich. Wie du gleich die breite, geschwungene Treppe von oben herunterkommen wirst. Die Treppe ist weit, mit rotem Teppich.«

Er schlüpfte sofort in diese Welt, schloss die Augen.

»Es ist das Hotel, in dem wir uns immer treffen«, spann sie den Faden weiter. »Ich trage meine Haare hochgesteckt, sie sind schwarz, blutroter Mund, Nerzhandschuhe.«

Sie schien abzuwarten. Was sollte sie noch tragen? Leon schuf sich ein Bild, er schuf sie. Sie war sein Geschöpf, wenn er es wollte.

»Du trägst halterlose, hautfarbene Strümpfe. Sie streifen deine Beine wie ein Hauch aus Kerzenschein. Offene Schuhe, schwarz, hoch. Rot lackierte Fußnägel. Kein Slip. Du bist rasiert. Total. Und nackt bis auf die Strümpfe, Schuhe und deinen Schmuck. Deine Scham wird bedeckt von unzähligen, langen Perlenketten, die zwischen deinen Brüsten hin und her schwingen. Du trägst einen champagnerfarbenen Pelz, der vorne immer wieder aufschwingt, während du gehst. In einer Hand hältst du eine Zigarettenspitze.«

Er hielt den Atem an. War das bereits ein Schritt zu viel? Würde sie verlangen, es gleich auszuprobieren? Wo würde er einen weißen Anzug herbekommen, verdammt?! Doch sie tat nichts dergleichen, sondern folgte ihm in seine Welt hinein.

»Ich komme auf dich zu. Du siehst mir zu, wie ich die Treppe herunterkomme. Ich bin nicht sehr groß, aber meine Beine sind lang. Meine Brüste brauchen keinen BH, aber sie wippen, wenn ich Treppen gehe. Ich sehe nackt besser aus als angezogen und ich weiß es. Dem Senior-Rezeptionisten schnellt die Augenbraue hoch. Der Junior, gerade erst angelernt, wird so rot wie meine lackierten Fußnägel. Ich gehe direkt auf dich zu. Bleibe vor dir stehen. Rauche. Alle anderen Männer in der Bar sehen zu.«

Wieder diese Pause. Sein Einsatz. War er top? Leon träumte weiter. Jetzt gelangten die Trommelschläge unter seinen Nabel.

»Ich sitze so da, dass mein linker Arm auf der Lehne liegt. Die Handfläche nach oben. Ich brauche meine Finger bloß nach oben und zu mir zu beugen, dann berühre ich dich. Dort, wo es am wärmsten ist, auch ohne Pelz und Nerz. Zwischen deiner kleinen und großen Terz. Ich nehme dich sanft in Besitz. Keiner sieht es. Alle ahnen es. Geschützt von deinem Mantel öffnest du ganz leicht die Beine. Du küsst meinen Finger mit deinen zweiten Lippen. Nichts gerinnt, du fließt. Würde ich meinen Finger ins Licht halten, würden ihn alle glänzen sehen. Du lässt den Pelz ein Stück von deinen Schultern gleiten. Du hast rührende Schulterblätter, die schimmern im Licht der Barlampen. Du beugst dich vor. Lässt den Rauch in meinen Mund quellen, wenn du mich küsst.«

Das elektrostatische Rauschen zwischen ihnen war stiller als jedes Schweigen zwischen Fremden. Leon öffnete die Augen und war fast enttäuscht, sich in seinem Schlafzimmer wieder zu finden.

»Ja, das tue ich«, sagte C. schließlich mit einem kleinen Bruch in der Melodie ihrer Stimme.

»Und du, du stehst auf, nimmst mir die Zigarettenspitze aus der Hand und bedeutest mir, vor dir herzugehen. Der Barkeeper nickt dir respektvoll zu. Die anderen Männer warten schweigend ab. Ich gehe vor dir her, deine Blicke im Rücken. Wohin gehe ich?«

Leon schloss die Augen wieder. Es hatte sich etwas verändert. Sie testete ihn nicht länger. Sie bat darum, genommen zu werden. Im Kopf. Und nur da.

»Du gehst wieder durch das Foyer. Ignorierst den jungen Mann hinter dem Tresen, obwohl du weißt: Er wird dich für immer in seinen Träumen anbeten. Du gehst langsam die Treppe herauf. In unser Zimmer. Die 405. Auf der Mitte der Treppe hole ich dich ein, gehe neben dir her, um dir die Tür des Aufzugs zu öffnen. Vor dem Aufzug lässt du den Pelz von deinen Schultern gleiten. Jeder, der wollte, könnte deinen Rücken sehen. Deinen Po. Deine Beine. Den Ansatz deiner Haare, deinen schlanken Hals. Du weißt genau: Der junge

Rezeptionist wird dir den Pelz später bringen. Er wird ihn uns bringen. Auf die 405. Im Aufzug bitte ich dich, dich mit deinen Brüsten an den Spiegel zu drücken. Er ist kühl. Ich küsse deine Schulterblätter. Im Flur zur 405 begegnet uns ein Zimmerkellner. Du siehst ihn nicht einmal an, gehst an ihm vorbei, nackt, mit deinen Strümpfen, deinen Schuhen, ohne Lächeln. Ich halte dir die Tür zu unserem Zimmer auf, du trittst ein. Ans Fenster. Lehnst dich mit nach oben ausgestreckten Armen an den Rahmen. Ich schenke dir Champagner ein und bitte dich, meine Schuhe auszuziehen. Du tust es. Ich öffne dein Haar und bitte dich, deine Schuhe selbst abzustreifen. Mit dem Rücken zu mir. Während ich an dem Glas nippe, beugst du dich nach vorn, um die Riemchen zu öffnen. Ich bitte dich, so zu bleiben, für einen Moment. Und zünde mir eine Zigarette an. Du lässt dich ansehen, ohne mich zu sehen. Bis ich sage, dass du weitermachen kannst. Du kommst zu mir, wieder greife ich nach dir, wie in der Bar. Mein Finger krümmt sich in dir. Während du an der Zigarette saugst.«

Leon hielt einen Moment inne. Hatte er ihre Laute richtig gedeutet? Streckte sie sich ihm in Gedanken bereits entgegen?

»Möchtest du, dass ich …?«, begann sie.

Er unterbrach sie sofort. »Nein, jetzt noch nicht. Später.«

Später. Sie verbrachten noch eine Stunde damit, sich gegenseitig zu erzählen, was auf 405 stattfinden würde. Es machte Leon stolz, als sie kam. Er war Musiker, der falsche von richtigen Tönen unterscheiden konnte, und sie machte eindeutig echte Töne. Von A-Moll bis F-Dur, mit zarten Kadenzen der Lust. Ihr Rhythmus war definitiv rockbar.

Als sie wieder normal atmete, fragte C.: »Wann wiederholen wir das?«

»Wenn ich es dir sage«, antwortete Leon. Die Sicherheit der Distanz hatte ihn zu einem D/S-Liebhaber gemacht, dem er vor 24 Stunden nicht mal in die Augen gesehen hätte vor Scham. Bevor sie sich trennten, fragte er C. noch rasch:

»Was fährst du eigentlich für einen Wagen?«

Sie lachte, diesmal aber wie Nina Simone.

»Eine Citroën DS. In Bordeauxrot. Wieso?«

»Nur so«, sagte Leon und legte auf.

Dann traf er in Gedanken noch mal auf C., in 405, und unterwarf sie, ohne einen Hauch Gewalt. Er würde sie morgen wieder anrufen. Und sie würde warten. Zusammen mit seiner geliebten DS.

Martin Fraas

Abendmaschine

Um ihn herum das übliche Abendpublikum. Geschäftsmänner im verknitterten Anzug. Mit müden Augen und schlechten Schuhen. Eine Mutter mit quengeligem Kind. Ein Typ mit modischem Kinnbart und Augenbrauenpiercing, der hektisch auf und ab geht, dabei pausenlos und unangenehm laut in sein Handy spricht.

Er ist zu unruhig, um sich auf sein Buch zu konzentrieren. Aber Zeitschriften und Tageszeitungen gibt es hier am Gate der Economy Class schon lange nicht mehr. Zu seiner Überraschung entdeckt er am Ende der Sitzreihen einen Getränkeautomaten. Der ist auch wirklich noch in Betrieb.

Der Pappbecher mit dem Kaffee ist so heiß, dass er ihn kaum halten kann. Er stellt ihn auf dem Tisch neben dem Automaten ab, bleibt dort stehen und schaut nach draußen. Die Maschine wird gerade betankt. Ein ziemlich großer Vogel. Vermutlich ein Airbus. Er kann sich die Typenbezeichnungen nie merken, obwohl er oft fliegt. Sein Gedächtnis ist nicht auf die Speicherung solcher Basisdaten ausgerichtet. Auch bei Menschen ist es nicht der Name oder das Alter, an das er sich erinnert, sondern das Gesicht, die Stimme, die Figur, die Ausstrahlung. Zum Glück hat er als Fotograf einen Beruf, in dem er von der Auswertung solcher Momentaufnahmen zehrt.

Sie sollten bereits vor zehn Minuten gestartet sein. Aber es wird sicher noch weitere zehn Minuten dauern, bis sie einsteigen können. Die Verspätung ist auf der nicht allzu langen Strecke kaum mehr einzuholen. Soll er Clara anrufen, um ihr Bescheid zu geben, damit sie später zum Flughafen kommt? Aber das ist wohl nicht nötig. Clara überlässt nichts dem Zufall. Sie informiert sich sicher nochmals im Internet nach den Ankunftszeiten und Verspätungen, bevor sie losfährt.

Clara ist Chefsekretärin. Und sie ist sicher eine erstklassige Chefsekretärin. Sie macht so gut wie keine Fehler. Ihren Job hat sie im Griff. Und ihr Privatleben ebenfalls.

Er versucht, die Zahl der Wartenden zu schätzen. Wie es aussieht, wird die Maschine nicht einmal zur Hälfte besetzt sein. Was er als sehr angenehm empfindet. Die Mittelplätze bleiben sicher frei. Er wird sich ausstrecken und in Ruhe lesen können. Er mag die träge Stimmung in Abendmaschinen wesentlich lieber als die Mischung aus Rasierwasserdüften und Tatendrang in den Frühmaschinen.

Als er sich gerade am ersten Schluck Kaffee die Zungenspitze verbrennt, hört er das Klacken von harten Absätzen auf dem Marmorfußboden. Sie ist eine dieser Frauen, wie sie auf Flughäfen nicht selten zu sehen sind: Mitte 30, dezent, aber feminin gekleidet, selbstbewusst, dynamisch. Sie trägt ein Nadelstreifenkostüm, der Rock ist auffallend kurz. Über ihre Umhängetasche hat sie einen schwarzen Pashmina-Schal gehängt, wie das Frauen, die viel mit dem Flugzeug unterwegs sind, gerne tun. Denn oft kühlt die Klimaanlage die Temperatur in der Kabine unangenehm stark ab. Und er hat die Erfahrung gemacht, dass die meisten Frauen leicht frieren.

Er rätselt, warum sie nicht Zugang zu einer Vielflieger-Lounge hat. Vielleicht kam sie so spät zum Einchecken, dass man sie ausnahmsweise direkt hierher zum Gate geschickt hat. Das würde auch erklären, warum sie sichtlich außer Atem ist. Scheinbar ist sie ein Stück gesprintet, auf ihren hohen Absätzen. Als sie sieht, dass das Einsteigen noch nicht begonnen hat, lässt sie sich erschöpft auf die Sitzbank fallen.

Viele der Männer, die vorher apathisch vor sich hin starrten, blicken nun zu ihr. Manche eher verstohlen, einige ganz offen. Frauen sind hier in der Minderzahl. Besonders attraktive Frauen. Und attraktiv ist sie, mit ihren schmalen Augen, den vollen Lippen, dem schulterlangen, blonden Haar und der makellosen Figur. Sie wirkt trotz ihres Business-Looks sehr sinnlich, fast aggressiv verführerisch.

Es kommt ihm vor, als hätte er sie schon einmal gesehen. Aber das passiert ihm immer häufiger. Sein Vorrat an verschiedenen Physiognomien scheint aufgebraucht zu sein. Wiederholungen ergeben sich da zwangsläufig.

Er macht sich einige der Gedanken, die man sich so macht, wenn man wartet und dabei jemanden beobachtet. Ob sie wohl verheiratet ist? Wie alt sie genau sein mag? Ob das Strumpfhosen sind, die sie trägt, oder Strümpfe?

Sie merkt wohl, dass er sie beobachtet. Denn sie blickt nun in seine Richtung. Nicht wütend. Eher neugierig. Dann steht sie auf und kommt direkt auf ihn zu. Aber es ist nicht er, der sie anlockt, sondern der Getränkeautomat.

»Er funktioniert also«, fragt sie mit Blick auf den Kaffeebecher in seiner Hand.

»Ja, doch«, sagt er.

»Darf ich? Wollen Sie Kaffee oder Tee?«

»Kaffee«, sagt sie, »schwarz, ohne alles.«

Sie spricht mit einem Akzent, den er nicht eindeutig zuordnen kann. Ist sie Amerikanerin? Oder Skandinavierin?

Er brüht ihr einen Kaffee.

Sie nimmt den Becher und bleibt neben ihm stehen. Sehr dicht. Er riecht ihr Parfüm. Es ist schwer, orientalisch. Er mag den Duft. Gemeinsam beobachten sie die anderen Wartenden, die wiederum neugierig in ihre Richtung blicken.

Ihre Nähe zu ihm hat etwas Verschwörerisches. Er ist angespannt, aber er genießt diese Nähe. Es wäre nun an ihm, etwas zu ihr zu sagen. Er sucht nach den passenden Worten.

»Typisch«, kommt sie ihm zuvor. »Jedes Mal verbrenne ich mir mit diesem Flughafenkaffee die Zunge.«

Er könnte jetzt »mir geht es immer ebenso« sagen. Aber das würde albern klingen.

»Ich sollte geduldiger werden«, sagt sie und sieht ihm kurz in die Augen. Dann lächelt sie.

Er ist verunsichert. War ihr Spruch doppeldeutig? Flirtet sie mit ihm? Er hat eine solche Situation am Flughafen noch nie erlebt. Eigentlich versuchen die Frauen hier, jeden Blickkontakt zu vermeiden. Und damit auch jeden weiteren Kontakt. Sie wirken, als wollten sie auf keinen Fall angesprochen werden. Und wagt ein Mann trotzdem den Versuch, dann fällt ihre Antwort meist unmissverständlich einsilbig aus.

Er bemerkt, dass sie beide sich in der raumhohen Scheibe spiegeln. Durch die Lichtreflexionen des in Abendlicht getauchten Flughafens wirkt das Spiegelbild wie ein stark überbelichtetes Foto. Ein Paar, das sprachlos nebeneinander steht. Eine Frau und ein Mann, von denen man glauben könnte, dass sie zueinander gehören. Dass sie miteinander reisen.

»Oh, und ich habe mich natürlich schon wieder bekleckert«, sagt sie und lacht. Er wendet sich ihr zu, sieht den kleinen Kaffeefleck auf ihrem weißen Top.

Jetzt, da er sie aus der Nähe betrachten kann, fallen ihm Nachlässigkeiten an ihr auf. Nachlässigkeiten, die ihre Souveränität eher noch unterstreichen. Die Mascara, die unter dem Auge schon etwas verlaufen ist. Der Träger ihres BHs, der am Rande des tief dekolletierten Tops zu sehen ist, das sie unter dem Blazer trägt. Diese Haarsträhne, die ihr immer ins Gesicht fällt und die sie jedes Mal mit einer umständlichen Geste wieder zurückstreicht. Sie hat vieles von dem, das er sich bei Clara vergeblich wünscht. Sie wirkt kultiviert, aber gleichzeitig lasziv.

Die Maschine wird aufgerufen.

»Dann mal los«, sagt sie.

Er holt seinen Trenchcoat und die Tasche. Sie wartet nicht auf ihn. Beim Einsteigen ist er ein paar Meter hinter ihr. Einmal dreht sie sich kurz um. In ihren Bewegungen steckt mehr Energie als nötig. Galt ihr suchender Blick ihm? Es kam ihm so vor. Mit seinen Plätzen hat er sonst meist Pech. Zielsicher landen im Flugzeug die unangenehmsten Menschen in seiner Sitzreihe.

Er sieht erst jetzt auf sein Ticket. Dritte Reihe rechts, Sitz D. Die sympathische Frau am Check-in, mit der er nett geplaudert hat, scheint Mitleid mit ihm gehabt zu haben. Sie hat ihn in die Business Class upgegradet. Der Vorteil einer gering ausgelasteten Abendmaschine. D ist der Gangplatz. Und heute ist das Schicksal ausnahmsweise einmal auf seiner

Seite. Sie, deren Namen er noch nicht weiß, sitzt in der gleichen Reihe wie er, am Fenster.

Sie lächelt ihn wieder an.

»Ich habe die Stewardess bestochen, damit ich neben Ihnen sitzen darf«, sagt er.

»Ich frage lieber nicht, was Ihre Gegenleistung war«, sagt sie.

Dann entsteht eine Pause. Er hat die Chance schon wieder verpasst, mit ihr auf elegante Weise ins Gespräch zu kommen. Denn nun ist es zu spät. Sie breitet den Pashmina-Schal über ihren Schoß und schließt die Augen.

Er tut so, als vertiefe er sich in sein Buch. Aber immer wieder wandert sein Blick zu ihr. Und seine Gedanken wandern ebenfalls. Er wünscht sich, mit ihr das Wochenende verbringen zu können. Er träumt davon, den Mut zu haben, ihr einfach den Vorschlag zu machen. Sie könnten einen Leihwagen nehmen. Und losfahren. Einfach losfahren, irgendwohin.

Aber in eineinhalb Stunden wird Clara am Ausgang des Zielflughafens auf ihn warten. Hinter den Glastüren, die sich automatisch öffnen. Links vor der Säule wird sie stehen. Dort, wo sie immer auf ihn wartet. Seit drei Jahren führen sie diese Wochenendbeziehung. Er hat nichts gegen eine Wochenendbeziehung. Im Gegenteil. Er empfindet es als einen idealen Rhythmus. Er genießt es, die Woche über seine Freunde zu treffen oder für sich zu sein und das Wochenende dann in konzentrierter Form mit Clara zu verbringen. Er weiß, dass der Alltag eine Beziehung früher oder später aushöhlt und zerstört.

Der Alltag ist bei Clara und ihm nicht die Gefahr. Aber so sehr sie dagegen gekämpft haben, auch über ihre Beziehung hat sich die Routine inzwischen wie ein Staubfilm gelegt.

Hin und wieder gelingt es ihnen, den Staub wegzupusten. Sie haben schöne Momente. Aber der Staub legt sich wieder. Die Routine siegt. Er spürte in den vergangenen Monaten immer deutlicher, wie seine Leidenschaft erkaltet. Es stören ihn Eigenschaften an Clara, für die er sie früher bewunderte und liebte. Dass sie sich immer unter Kontrolle hat, zum Beispiel. Sie trinkt nie ein Glas zu viel, sie ist immer diplomatisch, sie ist zu allen Menschen freundlich, sie ist zu jedem Anlass perfekt gestylt. Sie kennt die interessantesten neuen Bücher, die wichtigsten Theaterstücke und die angesagtesten Szene-Treffs.

Aber er beobachtet sich dabei, wie in ihm fast Hassgefühle keimen, weil Clara so sehr von der Vernunft gesteuert ist. Er möchte sie manchmal packen und sie so lange schütteln, bis diese lähmende Vernunft von ihr abfällt. Sie ist perfekt. Zu perfekt. Sie ist nicht exzessiv. Sie kann sich nicht wirklich fallen lassen. Und er befürchtet, dass diese Nüchternheit irgendwann auf ihn abfärben könnte, wenn er noch länger mit ihr zusammenbleibt. Einige Male war er bereits kurz davor, sich von Clara zu trennen. Aber er schafft es nicht. Er hat sich so sehr an sie gewöhnt. Es ist eine Beziehung auf Abruf. Doch bisher war kein Ruf einer anderen Frau so laut und dauerhaft, ihn zu diesem harten Schritt einer Trennung zu bewegen. Und ohne einen solchen Impuls gelingt es ihm auf keinen Fall.

Es ist Clara gegenüber nicht fair, diese Frau neben sich, die er doch gar nicht kennt, zu begehren. Es ist billig, sich so von ihrem Äußeren in Bann ziehen zu lassen. Er weiß das.

Das Flugzeug setzt sich in Bewegung.

Er blickt zum Fenster, vor dem sie sitzt. Draußen ziehen nun rote Positionslichter vorbei. Er betrachtet ihr Profil. Sie hat einen hohen Haaransatz und eine gerade, etwas längere Nase. Ihre Brust hebt und senkt sich leicht im ruhigen Atemrhythmus. Wie gerne würde er sie berühren, ihr über die Schläfen streichen. Lächerliche Flugzeugfantasien eines alternden Mannes, weist er sich wieder selbst zurecht.

Die Maschine rollt nun auf die Startbahn. Sie bleibt nochmals ruckartig stehen, um dann mit ungestümer Kraft zu beschleunigen.

Er sieht wieder zu ihr. Schläft sie?

Aber nun bemerkt er, dass sie ihre rechte Hand, die sie unter den Pashmina-Schal gelegt hat, ganz sanft bewegt. Fast unmerklich. Ihre Augen sind immer noch geschlossen. Nein, er hat sich nicht getäuscht. Die Bewegungen ihrer Hand sind nun deutlich zu sehen.

Er könnte einfach auch die Augen schließen. Er könnte sich wieder seinem Buch zuwenden. Aber er hat keine Wahl. Er muss sie weiter ansehen. Er ist in die Rolle eines Voyeurs gepresst. Das ist eigentlich nicht sein Stil. Es hat ihn nie interessiert oder gar erregt, andere bei Intimitäten zu beobachten. Und was sie hier macht, ist nicht für ihn bestimmt, nicht für seine Augen.

Oder doch? Sie muss damit rechnen, dass er sie beobachtet. Will sie vielleicht sogar, dass er sie beobachtet? Was er auch immer hemmungsloser tut. Er kann den Blick nicht von ihr lassen. Aber diesmal empfindet er das, was sonst ein absoluter Tabu-Bruch für ihn wäre, nicht als abstoßend. Ganz und gar nicht. Er genießt die Rolle des Beobachters. Eines von ihr tolerierten oder vielleicht sogar gewünschten Beobachters.

Er kann sehen, dass sie erregt ist. Und das erregt ihn.

Kurz wirft er einen prüfenden Blick zur anderen Sitzreihe

nach links. Ein älterer Herr sitzt dort. Er hat die Augen ebenfalls geschlossen und atmet schwer mit offenem Mund. Er scheint zu schlafen.

Die Unebenheiten der Rollbahn versetzen dem Flugzeug harte Schläge. Es gerät in Schwingungen. Die ganze Maschine vibriert, sie scheint sich unter dem hohen Tempo zu winden und zu ächzen. Er sieht nun unverhohlen zu ihr. Die Triebwerke dröhnen auf, man kann die immense Schubkraft deutlich spüren. Auch ihre Bewegungen werden größer, intensiver.

Sie hat ihre High Heels abgestreift. Er kann sehen, wie sich ihre Zehen in den Teppich krallen. Ihr ganzer Körper ist nun angespannt. Sie dreht ihren Kopf mit einem Ruck in seine Richtung. Aber immer noch sind ihre Augen geschlossen. Er hat nun keine Angst mehr, dass sie ihn ertappen könnte, wie er sie beobachtet. Es ist ihm egal, es erhöht den Reiz.

Langsam hebt sich der Rumpf des Flugzeuges. Und auch seine Gedanken verlieren jede Schwere, beginnen zu schweben.

Er sieht ihr Gesicht dicht über seinem Gesicht. Sie hat ihre Augen geschlossen. Schweiß tropft von ihrer Schläfe auf ihn. Sie sitzt auf ihm, sie gibt das Tempo vor. Er beugt seinen Kopf nach oben, küsst sie, verbeißt sich in ihren Lippen.

Auch ihre linke Hand ist nun aktiv. Sie presst sie gegen ihren Venushügel.

Er umschließt mit seinen Lippen die Spitzen ihrer Brüste. Der Schleier ihres langen Haars umhüllt ihn. Er atmet ihren Duft. Er schmeckt sie. Sie stützt sich hart gegen seine Brust, drückt ihn nach unten. Ihre Nägel bohren sich in seine Haut.

Er schläft nicht mehr so häufig mit Clara wie früher. Er genießt es zwar, wie sie ihn zielsicher zum Höhepunkt seiner

Lust führt. Und auch zu ihrem. Gleichzeitig hasst er diese Perfektion, die sie auch im Bett nicht ablegen kann.

Sie heben ab.

Er verspürt kurz das übliche Kribbeln im Bauch, als er von der Fliehkraft tief in den Sitz gedrückt wird. Er mag dieses Gefühl. Flugangst ist ihm fremd. Selbst Turbulenzen beunruhigen ihn nicht.

Die Maschine zieht steil hoch, sackt kurz durch und steigt weiter aufwärts.

Sie hält plötzlich inne und presst die Lippen zusammen. Die Anspannung in ihrem Gesicht weicht einer wunderbaren Milde. Die Bewegungen ihrer Hände werden langsamer, sehr langsam und enden schließlich.

Ehe er sich abwenden kann, öffnet sie die Augen und sieht ihn an. Direkt in die Augen. Sie lächelt nicht, sie zeigt kein Zeichen von Überraschung oder Missbilligung. Sie sieht ihn einfach an.

»Ich habe gespürt, dass Sie mich ansehen«, sagt sie leise.

Er hat das Gefühl, dass er errötet. Sicher hat sie inzwischen auch die deutlichen Auswirkungen gesehen, die das Schauspiel auf ihn hatte. Und immer noch hat.

»Ich mochte es. Ich wurde noch nie dabei beobachtet«, sagt sie.

»Ich muss gestehen, für mich war es auch das erste Mal«, sagt er. Aber als er den Satz ausgesprochen hat, merkt er, dass er missverständlich klingt.

»Also, ich meine, es war das erste Mal in dieser Rolle.«

Sie lächelt wieder.

»Dann waren wir also beide Debütanten«, sagt sie. »Lassen Sie uns die Erinnerung an unser ganz spezielles erstes Mal als unser Geheimnis hüten. Versprochen, ja?«

Sie wartet seine Zustimmung nicht ab, sondern schließt wieder die Augen. Wie schade. So gerne hätte er sich mit ihr unterhalten. Er möchte sie so vieles fragen. Und er möchte sie wiedersehen. Nochmals überlegt er, woher er sie kennt. Ist er ihr im Job schon einmal begegnet? Aber er erinnert sich nicht.

Er schlägt sein Buch auf, liest, ohne wirklich zu lesen. Schließlich legt er das Buch beiseite. Und er sieht wieder zu ihr, beobachtet sie fast den ganzen Flug über. Ob sie das auch spürt?

Beim Landeanflug hat sie die Augen immer noch geschlossen. Er hat einen Augenblick mit dem Gedanken gespielt, dass sich bei der Landung das Schauspiel wiederholen oder fortsetzen könnte. Aber das ist nicht der Fall.

Als die Triebwerke abgeschaltet werden und alle mit der üblichen Hektik aufspringen, öffnet sie die Augen. Sie löst den Gurt, den sie den ganzen Flug über geschlossen ließ. Er fasst endlich Mut.

»Entschuldigen Sie meine Direktheit. Aber besteht die Möglichkeit, Sie wiederzusehen?«, fragt er.

Sie wirkt plötzlich fast verlegen.

»Ich weiß nicht«, sagt sie zögerlich. »Lassen wir doch einfach das Schicksal entscheiden. Vielleicht fliegen wir irgendwann wieder einmal zusammen.«

Eine elegante, aber eindeutige Abfuhr. Weiter zu drängen wäre stillos.

»Ja, hoffentlich sehr bald«, sagt er.

Er lässt ihr beim Aussteigen den Vortritt. Sie gehen den weiten Weg bis zum Ausgang im Abstand von zwei Metern, ohne aber nochmals miteinander zu sprechen. Sie wirken wie ein heimliches Liebespaar, das keinen Verdacht erregen will, aber sich dennoch noch nicht ganz trennen mag und die Nähe des anderen bis zum letzten Moment auskostet.

Er muss zum Gepäckband, um seinen Koffer zu holen. Sie reist scheinbar ohne Gepäck. Sie dreht sich um und nickt ihm kurz zu, etwas traurig oder nachdenklich, wie es ihm vorkommt. Als sich die Automatiktür am Ausgang öffnet, kann er erkennen, dass sie von einem Mann abgeholt wird, der sie zur Begrüßung ziemlich lieblos küsst. Auch dieser Mann kommt ihm bekannt vor. Sein Koffer kommt erst, als er fast schon die Hoffnung aufgegeben hat.

Clara erwartet ihn. Er legt all seine Erregung, für die sie gar nicht verantwortlich ist, in den Begrüßungskuss.

»Was ist los mit dir, du bist ja so leidenschaftlich heute?«, fragt sie. »Hattest du einen guten Flug?« Aber sie wartet seine Antwort nicht ab. »Du hast dich ja heute unter die Stars gemischt.«

»Wie meinst du das?«, fragt er.

»Hast du sie nicht gesehen? Mit dir flog Mia Vest. Sie ging eben direkt an mir vorbei. Wirklich eine tolle Frau. Und wunderschön.«

In seinem Kopf setzen sich im Bruchteil einer Sekunde die Puzzleteile zusammen. Daher kam sie ihm also bekannt vor. Doch er hat sie nicht erkannt, obwohl er sie in mehreren Filmen gesehen hat.

»Und abgeholt hat sie Leo Craig, dieser Dogma-Regisseur, mit dem sie seit kurzem zusammen ist«, klärt ihn Clara auf.

»Was macht sie hier?«, fragt er.

»Das hättest du sie fragen sollen. Aber es ist doch gerade Filmfestival«, spekuliert Clara.

»Ach ja, klar«, sagt er etwas abwesend.

»Du hast sie also nicht gesehen, obwohl sie in derselben Maschine war?«, bohrt Clara nach.

Er zögert für den Bruchteil einer Sekunde.

»Nein«, sagt er dann. Schließlich hat er ein Versprechen gegeben.

»Als Paparazzo könntest du also nicht arbeiten«, sagt Clara. Sie lacht und schmiegt sich an ihn. Arm in Arm gehen sie zu Claras Auto. Er denkt die ganze Fahrt in die Innenstadt über an Mia. Er sieht sie vor sich. Und dieser letzte Blick von ihr.

Er möchte so vieles das erste Mal erleben. Oder wieder das erste Mal. Mit Mia. Oder mit anderen Frauen. Ja, er wird sich von Clara trennen. Er muss sich von ihr trennen.

Aber wohl noch nicht an diesem Wochenende.

David Schalko

Das erste Mal

Sorry. Es ist mein erstes Mal. Sie müssen verstehen, wenn ich ein wenig zurückhaltender bin als die anderen Patienten. Der Schritt in die Therapie ist ein schwieriger. Gut, wem erzähle ich das? Ich nehme an, es ist Ihnen recht, wenn ich rede. Immerhin liege ich ja auf der Couch und nicht Sie. Apropos Couch. Ach, verstehe, Sie sind kein Freudianer. Dann nehme ich hier Platz, wenn's recht ist. Ja, ein bisschen hart, macht aber nichts. Also, in medias res, genau. Warum ich mich entschlossen habe, in Therapie zu gehen? Ja, äh, nun, ich habe Ihnen ja vorher gesagt, dass es mein erstes Mal ist – und das wäre auch gleich das Thema, das erste Mal eben – Sie verstehen nicht? Ich verstehe. Nun, das erste Mal ist der Grund, warum ich heute zum ersten Mal hier bin. Also, es geht ums erste Mal, nein, nicht in diesem Sinn, obwohl auch in diesem Sinn, aber verstehen Sie mich nicht falsch. Sie verstehen mich jetzt überhaupt nicht mehr? O.K. Fangen wir nochmal an: Der Grund, warum ich heute zum ersten Mal hier bin: Ich bin abhängig von ersten Malen. Ich werde es Ihnen erklären.

Es ist ein eigenartiges Symptom – sagt man Symptom? Gut. Wie auch immer. Auf jeden Fall ist es mit den Jahren stärker geworden. Und heute ist es ein unerträglicher Zwang. Ich kann *nichts* zweimal tun. Und wenn ich sage *nichts*, dann meine ich *nichts*. Verstehen Sie? Gut. Dann verstehen Sie sicherlich auch die Tragweite eines solchen Zwanges. Der Alltag ist mir unerträglich geworden. Wenn ich daran denke, was all die Jahre zu Bruch ging, nur aufgrund dieser Obsession – sagt man Obsession? Gut. Vor allem Beziehungen, aber dazu später.

Zunächst muss ich Ihnen schildern, wie es dazu kam. Begonnen hat alles – wie bitte? Ja. Meine Kindheit, genau. Ich hatte das, was man wahrscheinlich eine normale Kindheit nennt. Vielleicht ein wenig zu normal. Alles lief in geordneten Bahnen. Alles war vorherbestimmt. Meine Eltern lebten tagein, tagaus den gleichen Tag. Beinahe autistisch vollzogen sie täglich die gleichen Rituale. Auch ein Zwang, wenn Sie mich fragen. Alles passierte immer zur gleichen Zeit. Und vor allem: Jeden Tag passierten exakt die gleichen Dinge. Meine Eltern waren davon besessen, dass nichts Unvorhergesehenes geschah. Jahrelang isolierten sie sich, ohne dass es auch nur die kleinste Veränderung in ihrem Alltag gegeben hätte. Bis sich herausstellte, dass es in erster Linie Vater war, der von dieser ständigen Wiederholung besessen war. Meine Mutter verließ uns. Ab diesem Moment änderte sich alles. Und nichts. Mein Vater verfiel in eine innere Starre. Er redete kein Wort mehr. Kündigte seinen Job mit den geregelten Arbeitszeiten. Und saß den ganzen Tag am Fenster und starrte hinaus. Schrecklich. Die Tage folgten einem ähnlich akribischen Plan wie zuvor – nur mit dem Unterschied, dass nichts mehr passierte. Absolut nichts.

Ich war damals acht Jahre alt. Und ich denke, dass mein Zwang in dieser Zeit seinen Ursprung hat. Doch leider hat dieses Bewusstsein ob der Wurzel zu keinerlei Heilung geführt – also Heilung, vorausgesetzt, man empfindet es als krankhaft. Andere wiederum würden behaupten, ich lebe ein sehr abwechslungsreiches Leben. Für viele meiner Freunde bin ich der Abenteurer, der sie selbst gerne wären. Wenn sie wüssten, welch manische Obsession dahinter steckt, sie würden mich nicht beneiden, so viel steht fest. Manisch? Nun, man muss dem Zwang zugestehen: Er hat seine Höhen und Tiefen. Als ich mit 13 von zu Hause ausriss und wie die meisten Jugendlichen beschloss, nicht so zu werden wie meine Eltern, definierte ich das Manifest für mein weiteres Leben:

Keine Wiederholungen. Kein Alltag. Alles ausprobieren. Leben, als wäre es das letzte Mal.

Dieses Mantra sprach ich ständig vor mich hin. Bis aus einem konsequenten Selbstexperiment ein Zwang wurde. Ja, Sie haben richtig gehört. Selbstexperiment. Ich erstellte mir eine Liste von Dingen, die mir bis dahin verwehrt geblieben waren. Und glauben Sie mir, das war eine ganze Menge. Schnell fand ich heraus, dass die Anzahl der Punkte, die ich noch zu erledigen hatte, so umfangreich war, dass man eine Methode dafür brauchte. Denn wer wirklich alles einmal ausprobieren möchte, wird das meiste auch wirklich nur einmal ausprobieren. Wegen der Menge, Sie verstehen. Ja? Gut. Kurz, meine Methode lautete: alles, aber nur einmal. Alles nur einmal. Konsequent. Ohne Rücksicht auf Verluste. Damit ich am Ende meines Lebens sagen kann: Ich habe wirklich alles ausprobiert. Zwar nur einmal. Aber immerhin. Ich habe alles gesehen.

Sie ahnen bereits, dass es Dinge gibt, die man nicht öfter als einmal ausprobieren möchte. Da haben Sie Recht. Andererseits gibt es wiederum welche, die man am liebsten täglich in Anspruch nehmen wollen würde. Mit 13 fing ich an, meine Liste abzuleben. Und was als Lebensmotto eines Jugendlichen begann, ist heute, 20 Jahre später, eine unerträgliche Obsession geworden, die mich unter ihrem Mantel erstickt und langsam in den Wahnsinn treibt. Ich bin 33 Jahre alt. Und ich kann von mir behaupten, seit meinem 13. Lebensjahr nichts zweimal getan zu haben. Ich habe nicht zweimal das Gleiche gegessen, ich habe in keiner Stellung und mit keiner Frau ein zweites Mal Sex gehabt. Ja, ich bin nicht einmal ein zweites Mal im selben Auto gefahren. Klingt das nach ungezwungener Freiheit? Ich glaube nicht. Wie auch immer. Meine Liste war lang. Und wie es zu einem 13-Jährigen passt, stand bereits an dritter Stelle: ein Mädchen küssen.

Nun wusste ich, dass es das erste und letzte Mal sein würde. Aus der heutigen Sicht hätte ich mir diesen Augenblick ruhig ein wenig aufsparen können. Ein Kuss mit 20 hätte mir wahrscheinlich wesentlich mehr Freude bereitet als einer mit 13. Andererseits wäre vieles ohne diesen ersten Kuss nicht möglich gewesen. Der erste Kuss steht wohl am Anfang der logischen Leiter sexueller Erfahrungen. Und naturgemäß auch auf meiner Wunschliste. Also suchte ich mir eine geeignete Partnerin.

Mein erster Kuss

Sie war 16 und ich 13. Zugegeben, sie war nicht das, was man als klassische Schönheit bezeichnen würde. Aber wer will im Nachhinein schon, dass der erste Kuss klassisch verläuft. Ihr Name war Monika oder Sigrid, vielleicht auch Petra. Aber ihre warmen Lippen, die meinen Mund umnetzten und ihn mit sanften Saugbewegungen zum Schweigen brachten, sind mir noch in lebendiger Erinnerung. Ihre feuchte Zunge – die die meine umkreiste und an meinem Gaumen herumtänzelte, wie ein zart seufzender Hilfeschrei – diese Zunge fragte: »Wann sehen wir uns wieder?« Bereits der erste Kuss der erste Prüfstein für das Manifest der ersten Male. Ihre Tränen, die wie zaudernde Wassertropfen, die von den anderen im Duschschlauch vergessen wurden, über die gelähmte Wange rannen, fing ich mit meinen aufgeheizten Lippen auf. Und dennoch: eine Erlösung. Mit dem bitteren Beigeschmack der Einmaligkeit.

Der erste Sex

Der erste Kuss zeigte mir, dass ich auf dem richtigen Weg war. Er fixte mich an, in diese Richtung weiterzuarbeiten. Natürlich brachte ich in den folgenden zwei Jahren mehrere erste Male hinter mich.

Erste Zigarette.
Erster Joint.
Erstes Glas Wein.
Erste Sechs.
Erste Masturbation.

Aber nichts – absolut nichts – hatte mich so beeindruckt wie der erste Kuss. Und so konzentrierten sich alle ersten Male auf das Thema Sex. Was soll ich sagen, ich will hier absolut ehrlich sein, es ist bis heute so geblieben. Sie können sich natürlich vorstellen – seither sind 20 Jahre vergangen –, dass das Manifest mich durchaus vor Herausforderungen stellte. Zwei Jahre später sollte ich zum ersten Mal wirklichen Sex haben. Und ich habe mich kühlen Kopfes für die Missionarsstellung entschieden – weil ich aus Zeitschriften wusste, dass ich bei dieser am wenigsten zu verlieren hatte. Glauben Sie mir, ich war bereits damals clever genug, zu begreifen, dass das erste Mal Geschlechtsverkehr nicht unbedingt das beste Mal sein würde. Wohl kalkuliert ging ich also in meinen ersten Koitus. Spanien. Urlaub. Kurze Verständigung. Sie Mitte 30 und keine klassische Schönheit. Aber wer will schon, dass das erste Mal klassisch verläuft. Ich komme zu früh. Und weiß: Ich habe die Missionarsstellung richtig investiert.

Das erste Mal von hinten

Zwei Wochen später. Natürlich. Die verfrühte Ejakulation irritierte mich, nicht zuletzt, weil mir bewusst war, dass jedes dieser Vergnügen ein einmaliges bleiben würde. Ich fühlte mich betrogen und am Auskosten gehindert. Deshalb beschloss ich, das zweite Mal von hinten anzugehen. Eine Empfehlung, die ich einer Zeitschrift entnahm: *Der verhinderte Augenkontakt schafft Distanz.* Meiner Strategie entsprechend versuchte ich, eine Frau zu finden, die sich für diese Stellung eignete. Definition: schlanker, birnenförmiger Arsch mit der Tendenz zu großförmig kreisenden Bewegungen. Ich fand natürlich das Gegenteil. Aber die Zeit drängte. Meine Liste wuchs von Woche zu Woche. Und schließlich ging es hier auch um Erledigung und nicht nur um die Optimierung eines Punktes. Ich hätte allein an diesem Punkt jahrelang herumfeilen können. Wie auch immer, auch von hinten kam ich zu früh, aber egal, denn in meinem Kopf blinkte bereits der nächste Punkt. Genau:

Oralverkehr

Ich wollte nichts falsch machen. Und oral ist – Liebe hin, Aussehen her – eine handwerkliche Angelegenheit. Deshalb suchte ich gleich eine Professionelle auf. Diese stülpte mir lieblos ein Kondom über und begann zu werken. Ein Rennen gegen den Uhrzeiger, der über mir tickte. Jede ihrer kreisenden Zungenbewegungen versuchte mir zu verdeutlichen: »Mach schneller, Kleiner. Draußen wartet Kundschaft, die sich ein wenig mehr als Blasen leisten kann.« Nach drei Minuten kam ich. Dieses Mal aus schlechtem Gewissen. Oder besser aus Höflichkeit. Aber immerhin. Meine sexuelle Karriere nahm langsam Form an.

Karezza

Die nächste Stufe sollte nicht den nächsten Standard abdecken. Nein. Eine Extravaganz musste her. KAREZZA! In einer Zeitschrift – zufälligerweise handelte es sich um dieselbe, wie bereits erwähnt – las ich von einer indischen Liebestechnik, bei der sich beide Geschlechtspartner nicht bewegten und durch reine Konzentration und Atemtechnik zum Orgasmus kämen. Für einen Jungspritzer wie mich ideal und für Professionelle meine persönlich zugeschneiderte Rache. Bis Jacqueline (nein, ich nehme nicht ernsthaft an, dass es sich hierbei um ihren echten Namen handelte) mit lächerlich gelangweiltem Smalltalk begann, der mich das erste Mal (!) am Ejakulieren hinderte. Frustration und Triumph zugleich. In dieser Nacht wurde ich zum echten Mann.

Das Kamasutra

Ich erspare Ihnen Details. In weniger als sieben Wochen hatte ich das gesamte Kamasutra durch. Und war damit auch am Ende meiner Fantasie angelangt. Denn ich war das erste Mal (!) verliebt und hatte meiner Angebeteten nicht mehr zu bieten als leere Versprechungen. Ich konnte sie nicht küssen, normales Petting war ebenso verboten wie alle gängigen Stellungen, die in diesem Alter bereits als gewagt galten. Nach Wochen der peinsamen Verzögerung landeten wir schließlich doch im Bett. Auch dies könnte man als strafbare Wiederholung gelten lassen. Mein Gehirn raste. Was tun? Ich küsste sie an Stellen, wo ich noch keine zuvor geküsst hatte (was sonst?) und dann, als meine Zunge ihren Anus entlangglitt, kam es mir. Ich wusste, da dieser Abend voraussichtlich unser letzter sein würde, sollte es etwas Besonderes sein. Meine Zunge tanzte über ihren kreisenden Arsch und nach langem Hin und Her ließ sie mich eindringen. Es sollte die letzte Möglichkeit bleiben zu dem, was Sie als normalen Sex bezeichnen würden. Sie können sich vorstellen, dass mich dieser Abend zum Denken anregte. Natürlich stellte ich das Manifest infrage. Aber schließlich gewann die Vernunft und ich zog weiter. Außerdem war ich mit 16 Jahren ohnehin zu jung, um mich fix zu binden. Was konnte das für einen Kerl wie mich schon bedeuten: fixe Bindung? Erklärungsbedarf und Unverständnis. So viel war sicher.

Mein erster Fehler

Ich war betrunken. Das soll hier nicht nach Entschuldigung klingen. Schon eher nach Erklärung. Ihr Name ist mir entglitten. So wie damals meine Contenance. Wir lernten uns in einem Club kennen. Endeten bei ihr zu Hause. Und nach langem Hin und Her, das mich ohnehin schon größte Konzentration kostete, denn wer will sich schon bei solchen Standards wiederholen, ertappte ich mich in der bereits praktizierten Missionarsstellung. Was tun? Schnell und ohne nachzudenken, fasste ich den einzig richtigen Entschluss. Ich erwürgte sie. Und dachte später darüber nach, wie ich dieses erste Mal bezeichnen sollte: als ersten Mord oder als das erste Mal Würgen in Missionarsstellung. Ich entschied mich für zweiteres, um mir alle Optionen offen zu halten.

Eine weise Entscheidung

Denn nicht nur fand ich in der Variablen Mord eine ideale Ergänzung zum bereits absolvierten Repertoire – nein, diese Komponente eröffnete mir auch die so genannte B-Liste, die mich neben Sex noch interessierte. Unbeabsichtigte Unfälle. Stolpernde U-Bahn-Passanten. Anonyme Professionelle in gewagten Kamasutra-Stellungen. Ein weites Feld. Rein sexuell bewegte sich meine Liste von seltenen Sado-Maso-Praktiken langsam in Richtung Fäkalspiele. Ich war 17. Und hatte noch einen langen Weg vor mir.

Mein 20. Geburtstag

An meinem 20. Geburtstag fühlte ich mich müde. Und gleichzeitig erleichtert, dass ich bisher noch keinen meiner Geburtstage gefeiert hatte. Gut, ich hätte mich noch immer darauf herausreden können, dass es mein erster 20-er war. Trotzdem. Es fühlte sich besser an, einen Geburtstag überhaupt zum ersten Mal zu begehen. Es kamen Freunde, die zuvor noch keine Freunde waren. Und wir feierten gemeinsam das Leben als Premiere. Gegen Mitternacht passierte es. Sie spielten die richtige Musik. Die Atmosphäre im Saal war aufgeladen. Alles schien perfekt. Der richtige Zeitpunkt, auf den ich jahrelang gewartet hatte. Diesen Punkt hatte ich mir bis heute aufgespart. Aber jetzt war es so weit. Ich spürte es. Ich tanzte zum ersten Mal.

Die Wende

Können Sie sich das vorstellen? Nach all dem, was ich hinter mich gebracht hatte. Ich merkte, dass ich die simplen Dinge des Lebens während meiner Suche nach übrig gebliebenen sexuellen Nischen vollkommen vernachlässigt hatte. Ein Jahr lang genoss ich die kleinen Dinge des Lebens. Ich las zum ersten Mal ein Buch, suchte mir mit *Don Quixote* einen fetten Wälzer aus, um das Lesen so richtig auszukosten. Nun, mein Tempo war aufgrund mangelnder Übung ohnehin beneidenswert langsam. Als ich Ende des Jahres den letzten Band schloss, wurde mir klar: Auch ich kämpfe gegen Windmühlen. Und war ein Ritter von besonders trauriger Gestalt. Ich beschloss – aufgrund mangelnder Alternativen – aufzuhören. Doch ich durfte dabei nicht das Manifest verraten. Also zog ich mich zurück. Ein Jahr lang verließ ich meine Wohnung nicht. Das erste Mal in meinem Leben tat ich nichts. Soweit dies möglich war. Denn die reine Mechanik des Schlafens, des Essens und des Atmens waren naturgemäß ausgenommen. Obwohl ich mich bei Ersterem sehr wohl bemühte, es niemals auf die gleiche Art und Weise zu tun. Sie können mir wirklich keine mangelnde Fantasie vorwerfen. Aber definieren Sie mal 365 Schlafstellungen. Probieren Sie's. Nein, ich meine es ernst. Bitte.

Ein neues Feld

Nach diesem Jahr war der Ofen aus. Ich musste mir ein neues Feld suchen. Als ich in der Zeitung die Stellenanzeigen fand, begriff ich, dass mich unterschiedliche Jobs eine Zeit lang über die Runden bringen konnten. Ich bewarb mich. Und tauchte nach dem ersten Tag kein zweites Mal auf. So war ich Kellner, Postbote, Meinungsforscher, Nachtwächter, Zeitungsausträger, Putzkraft ... Ich erspare Ihnen die Aufzählung. Ich fand 87 unterschiedliche Gelegenheitsjobs. Bis ich – ich hatte gerade meinen Tag als Tankwart – *sie* kennen lernte.

Ich will hier keine Namen nennen. Weil ich es schlicht nicht kann. Aber es war Liebe auf den ersten Blick. Wir gingen noch am gleichen Abend ins Kino. Sie werden es nicht glauben, aber ich musste 22 Jahre alt werden, um das erste Mal ins Kino zu gehen. Und als sie mich küssen wollte, schilderte ich ihr mein Problem. Sie lief nicht weg, ja schien nicht einmal irritiert, sondern begann nachzudenken, wie sich dieses Problem lösen ließe. Da spürte ich es: Diese Beziehung würde funktionieren. Wir blieben drei Jahre lang zusammen. Und sie verwandelte sich für mich täglich in eine andere Frau. Sie färbte sich die Haare, zog sich völlig unterschiedlich an, änderte täglich ihren Namen und spielte ständig eine neue Rolle für mich. Ich habe Ihnen ja gesagt, ich kann keine Namen nennen.

Drei Jahre lang lebte ich ein glückliches Leben mit über tausend Frauen, in denen ich trotz allem immer wieder sie erkannte. Auch wenn es mir manchmal schwer fiel. Nach drei Jahren verließ sie mich. Ich war verzweifelt. Ich kann mich an jedes ihrer letzten Worte erinnern: »Ich bin so müde. Verstehe. Ich kann nicht mehr.« Ich verstand. Konnte sie aber unmöglich gehen lassen. Ich sagte ihr: »Ich habe Kraft für zwei. Du musst nicht mehr nachdenken. Ich werde das übernehmen.« Aber sie wollte nicht hören. Sie müssen verstehen.

Die anderen Morde habe ich begangen, um mir Optionen

auf ein zweites Mal zu verschaffen. Aber sie – ohne sie konnte ich nicht leben. Natürlich. Mord war keine Lösung. Denn auf die eine oder andere Weise verlor ich sie auf jeden Fall. Aber das begriff ich nicht. Zwei Wochen lang habe ich sie angezogen, gab ihr unterschiedliche Namen, doch dann haben die Nachbarn den Braten gerochen. Also nicht den Braten – sondern die Leiche. Ich musste aus der Wohnung verschwinden und bin seither ein verfolgter Mann. Mir ist klar, dass man bei der Polizei nur wenig Verständnis für meine Problematik hat. Deshalb dachte ich mir, vielleicht Sie …

Wohin gehen Sie? Auf die Toilette. Verstehe. Aber beeilen Sie sich. Wir haben nur eine Stunde Zeit. Sie werden verstehen, dass ich keinesfalls ein zweites Mal kommen kann. Ja, alles klar, ich warte hier, rühre mich nicht von der Stelle. Nein. Keine Sorge.

Andrew Crawford

Calvin Boy

Um es gleich am Anfang klarzustellen: Ich bin durch und durch und hundertprozentig schwul. Es gab nur diesen einen Ausrutscher mit einer alten Freundin, bei der sich plötzlich und unerwartet herausstellte, dass sie an mehr als an meinem Geist interessiert war. Nach der Schule. Auf dem Rücksitz des Autos meiner Mutter. Jetzt wisst ihr's. Ich erwähne das nur, weil ich nicht möchte, dass es irgendwelche Missverständnisse gibt bei dem, was ich euch gleich erzählen werde.

Was müsst ihr noch wissen? Nun, ich bin 35. Was soll's. Ich bin Single. Bis jetzt. Ich arbeite in einer großen Steuerkanzlei. Nervt mich bitte nicht mit der Frage, wie das passieren konnte. Wichtig ist nur, dass ich eine Kollegin namens Trish habe. Und obwohl sie oben in der Rechnungsprüfung arbeitet und ich unten in der EDV, haben wir immer ziemlich viel zu bequatschen, wenn wir uns in der Kantine treffen.

Sie ist Ende 20, hat dunkle Haare, eine gute Figur. Seit ungefähr sechs Monaten ist sie mit irgendeinem Typen zusammen. Bei ihr scheinen sie immer zu kommen und zu gehen. Ihr Jetziger ist ein Mechaniker namens David Irgendwas.

Aber eigentlich sprechen wir nie über solche Sachen. Alles, was ich weiß, ist, dass sie immer den Typ Mann bekommt, den ich eigentlich haben will, aber irgendwie nie finde. Den Rauen, den Gefährlichen.

Eines regnerischen Mittwochs jammerten wir mal wieder ein bisschen über die Informationspolitik unseres Arbeitgebers. Und obwohl Trish sich über das Thema normalerweise am allerliebsten das Maul zerreißt, war sie nicht ganz bei der Sache. Ich hatte fast das Gefühl, mit mir selber zu reden. Sie schaute mich stattdessen die ganze Zeit mit einem seltsamen Grinsen an.

Nach ein paar Minuten hatte ich genug davon. Selbst ich kann den Klang meiner eigenen Stimme nicht ewig ertragen. »Was guckst du so?«, fragte ich lächelnd.

»Es scheint, als hätten wir einen gemeinsamen Freund«, sagte sie, unverändert grinsend. Ich schaute sie verblüfft an.

»Kennst du einen Typen namens Steve?«, wollte sie wissen.

»Meinst du den fetten Steve aus dem Rechnungswesen?«

Sie legte einen ihrer knallroten Fingernägel an ihren hübschen kleinen Mund und tippte sich damit an die Zähne. Sie hatte immer noch dieses leicht enervierende Grinsen im Gesicht, als sie sagte: »Oh, du kennst ihn bestimmt besser unter dem Namen *Camgay.*«

Als mir klar wurde, wen sie meinte, erschrak ich. *Steve Camgay* war jemand, mit dem ich ein paar Mal im Internet gechattet hatte. Und wenn ich chatten sage, meine ich nicht, dass wir übers Weltgeschehen oder über Fußball plauderten. Stattdessen kam meine Webcam dabei zum Einsatz.

Muss ich das jetzt genau erklären?

Okay, vielleicht sollte ich das: Ich spielte mit ihm.

Noch präziser: Obwohl er nicht so recht mein Typ ist, dafür aber voyeuristisch veranlagt, strippte ich für ihn und spielte dabei an mir herum, während er mich beobachtete und anfeuerte. So etwas macht mich wirklich heiß.

Ich versuchte, meine Stimme so neutral wie möglich klingen zu lassen, als ich sagte: »Ach, *der* Steve. Na ja, den würde ich kaum einen Freund nennen. Weißt du, wir chatten ab und zu mal im Internet. Und du, äh ... du kennst ihn?«

»Ja, wir sind zusammen zur Schule gegangen. Er ist wirklich ein Schatz.« Sie grinste immer noch auf diese irritierende Weise, und ich fühlte mich allmählich ziemlich unwohl in meiner Haut. Wie hatte sie überhaupt von der Sache erfahren?

»Ich war vor ein paar Tagen bei ihm in der Wohnung«, erklärte Trish. »Er hat mir all seinen Computerkram gezeigt – die Webcam und so.« Sie gab mir einen Klaps auf die Hand. »So wie du es mir eigentlich versprochen hast. Erinnerst du dich?«

Stimmt. Ich wollte ihr schon seit geraumer Zeit ein paar Internet-Grundlagen erklären. Allerdings hatte ich ihr gegenüber niemals erwähnt, dass ich eine Webcam besaß, da war ich mir sehr sicher.

»Tja, und dann hat er mir Fotos von Jungs gezeigt, mit denen er Kontakt hat. Ich konnte es kaum glauben, als ich plötzlich *dein* Gesicht auf dem Bildschirm sah!«

Ich spürte, wie ich rot anlief. Steve hatte jede Menge Fotos von meinem Gesicht. Nette, anständige, reizende Bilder. Aber ich schätzte, er hatte auch Aufnahmen ganz anderer Körperteile aufbewahrt. Erst in der vergangenen Woche hatte ich noch für ihn gestrippt. Wir stehen beide auf Unterwäsche, und ich musste ihm unbedingt einen neuen Slip vorführen, den ich im Urlaub gekauft hatte. Meine Gedanken rasten. Ganz zu schweigen von meinem Herzen. Wie viel hatte er ihr gezeigt, dieser indiskrete Schweinehund?

Unser nettes Gespräch hatte plötzlich eine verrückte Wendung genommen. Und was mich am meisten aus dem Konzept brachte, war, dass Trish das Ganze auch noch zu genießen schien. Ich wusste ja noch nicht einmal, was sie gesehen hatte! Wenn sie überhaupt etwas gesehen hatte.

Trish rückte nicht mit der Sprache heraus, und ich versuchte – wenn auch nicht besonders erfolgreich –, die Situation locker zu überspielen. Sie war sich bestimmt darüber im Klaren, wie unwohl ich mich fühlte. Schließlich stand sie auf, streichelte mein Bein, beugte sich herunter und flüsterte: »Dein Geheimnis ist gut bei mir aufgehoben, *Calvin Boy*!«

Etwa vier Monate später gab Trish bei sich zu Hause eine Party. Es waren ein paar Leute aus dem Job gekommen und einige ihrer Freunde. Trish hat ein großartiges Appartement in der Stadt, und ich war nicht allzu überrascht zu entdecken, dass sie und ihr Freund nicht zusammenlebten.

Es war ein sehr entspannter Abend. Ein paar der Junior-Programmierer aus der IT-Abteilung schlichen irgendwann hinaus auf den Balkon, um sich dort diskret zu bekiffen. Die Aktion wurde von dem quietschenden Gelächter zweier Freundinnen von Trish untermalt.

Gegen elf machten sich die meisten auf den Weg, und um halb zwölf waren nur noch vier Leute übrig: Trish, ich und ihre beiden Freundinnen Alison und Marie, die hinter den bekifften *Scater-boys* auf dem Balkon hergewesen waren. Sie entpuppten sich als zwei total nette Mädchen, die enttäuscht feststellen mussten, dass alle Hetero-Jungs gegangen waren. So blieben sie an mir hängen.

Ich trank mein viertes Glas Wein und freute mich auf das Wochenende, als es an der Tür klingelte. Trish kam schwer auf die Beine. Keine Ahnung, wie viel sie bereits intus hatte, aber es war wohl mehr als bei mir. Man musste sich nur anschauen, wie sie zur Tür hoppelte.

Kurz darauf kam sie zurück – mit einem kleinen, blonden Kerl Ende 30, der üble Klamotten am Leib und ein dämliches Grinsen im Gesicht trug. Mit leichter Verzögerung kapierte ich, dass es Steve war. Wenn du die Leute das erste Mal in Fleisch und Blut siehst, sehen sie ein bisschen anders aus als auf dem Computerbildschirm. Es ist, als würde man einen Schauspieler aus dem Fernsehen erstmals im wirklichen Leben sehen. Aber es war noch seltsamer, Steve auf einmal in Natura zu sehen. Hier. Jetzt.

Trish stellte uns alle vor. »Marie, Alison. Und das ist Andre. Aber den kennst du ja schon richtig gut«, sagte sie und brach in ihr typisches Gelächter aus.

Marie fragte, wie sie das meinte. Trish setzte an, es ihr zu erklären, stolperte aber rasch über ihren Mangel an Internet-Kenntnissen. Worauf Steve sie unterbrach, um der Runde so neutral wie möglich alles übers Webcam-Chatten zu erklären. Glücklicherweise surften Marie und Alison beide regelmäßig im Internet, und so waren die Dinge schnell genug geklärt, bevor Trishs hübschem kleinen Mund Peinlichkeiten entschlüpfen konnten. Sie stand da mit einem verdrießlichen Ausdruck im Gesicht, weil sie unterbrochen worden war. Allerdings gehört Trish nicht zu den Leuten, die man aufhalten kann, und so legte sie, kaum dass Steve fertig war, wieder los.

»Steve hat mir erzählt, dass Andre total drauf abfährt, vor seiner Webcam zu strippen. Stimmt doch, Andre?«

Ich war wie vom Donner gerührt, die Mädchen starrten unbehaglich in der Gegend herum, als wünschten sie sich, irgendwo anders zu sein, doch für Trish gab es kein Halten mehr.

»Wie war das, Steve? Du musstest ihn gar nicht lange bitten und schon hat er sich ausgezogen, nicht wahr?«

Steve grinste sein dämliches Grinsen, während ich mir nur noch wünschte, ganz weit weg von hier zu sein. Trotz allem hoffte ich immer noch, dass der Typ, für den ich die Hosen runtergelassen hatte, geistreich genug war, diese Situation mit dem richtigen Witz zu retten. Aber, wie ihr euch vorstellen könnt: *Steve fucking Camguy* war keiner, auf den man zählen konnte. Tatsächlich stand er nur blöde kichernd herum, als hätte Trish ihn an seinem blonden, buschigen Goatee gekitzelt und ihn gefragt, ob er ein Bäuerchen machen wollte.

Ich entschuldigte mich und verschwand im Badezimmer. Als ich dort linkisch herumstand, versuchte ich, mir vorzustellen, was bloß in Trish gefahren sein mochte. Es war ja gerade so, als versuchte sie, mich absichtlich bloßzustellen. Dies war nicht die wortgewandte und charmante Frau, die ich aus der Arbeit kannte. Dies war eher die gegen ihre Zähne klopfende, grinsende Tusse, die ich nur einmal erlebt hatte – und ich war nicht sicher, ob ich *die* näher kennen lernen wollte.

Zum Glück hatten sich die Dinge beruhigt, als ich zurückkam. Trish stürzte immer noch den Wein hinunter – aber ich glaube, das taten wir alle. Sie und Steve saßen zusammen und redeten. Die Gespräche hatten sich, Gott sei Dank, harmloseren Themen zugewandt, und auch mein Gesicht gewann langsam seinen normalen Farbton zurück. Bis Trishs und Steves Lieblingsthema sich plötzlich wieder in den Mittelpunkt drängte: »Stimmt es, dass Andre für dich strippt, wann immer du ihn darum bittest?«, platzte Trish mit viel zu lauter Stimme heraus.

Steve schaute ein wenig unbeholfen drein. Ich glaube, er war es nicht gewohnt, so im Mittelpunkt zu stehen. »Hihi, jetzt wo du fragst, Trish, ja äh …« – er kicherte – »doch, ja, mehr oder weniger. Ich glaube, es macht ihn an. Stimmt doch, Andre?«

Erwartete er ernsthaft, ich würde hier vor ihnen allen sitzen und das zugeben? Die Situation wirkte noch absurder, weil er im gleichen Tonfall fragte, als ob er sich erkundigen wollte, ob ich gerne Golf spielte oder Tschaikowsky hörte. Ich schüttelte den Kopf und sagte, sie hätten wohl beide etwas zu viel getrunken. Dummerweise hatten alle gesehen, dass der kleine Wichser nur *Perrier* trank, seit er gekommen war. Aber Trish machte sowieso unbarmherzig weiter: »Los, beweis es. Frag ihn, Steve. Bitte ihn jetzt darum.«

Er lachte, schaute mich an und grinste. »Also gut. Andre, fang an. Zieh dein T-Shirt aus. Wenn du dich traust!«

Ich starrte ihn an, als hätte ich mich verhört. Ich fühlte mich wie ein Kaninchen im Scheinwerferlicht. Wie eine ganze beschissene Kaninchen-Sippe.

»Wo liegt das Problem, Andre?«, stichelte Trish. »Das war doch eine einfache Bitte. Du tust doch sonst auch immer, was Steve dir sagt.« Dabei tippte sie sich wieder mit ihrem knallroten Fingernagel an die Zähne.

»Haha. Sehr witzig. Wird Zeit, dass ich nach Hause gehe«, sagte ich recht unelegant und versuchte, mich aufrecht hinzusetzen. Aber die beiden Mädchen keilten mich rechts und links ein, so dass es schwierig war, aus dem tiefen Sofa hochzukommen. Und die Tatsache, dass ich selbst schon ziemlich angetrunken war, half mir auch nicht weiter.

»Jetzt versteh ich. Du hast Schiss, weil ein paar Frauen hier sind«, quietschte Trish und machte mit den Armen die flatternden Flügelbewegungen eines Huhns nach. »Feigling, Feigling!« Damit wurde die Situation so lächerlich, dass ...

... wir alle in Gelächter ausbrachen.

War es der Alkohol? Oder wollte ich nicht, dass mich die anderen für einen verklemmten Feigling hielten? Wie auch immer – ich beschloss, bei Trishs dummem kleinen Scherz mitzuspielen. Es war ja nur ein T-Shirt. Keine große Sache, oder?

Ich rollte dramatisch mit den Augen und hob meine Arme, während Marie und Alison ihre Rollen perfekt spielten: Sie zogen mir das Shirt über den Kopf und schmissen es durchs Wohnzimmer. Irgendwie fühlte es sich gut an, es los zu sein. War sowieso viel zu heiß hier.

Es folgte eine unbehagliche Stille – bis Alison spielerisch an dem Gummibündchen herumzupfte, das jetzt aus meiner Jeans herausguckte, und schrie: »Schaut mal ... Calvins!«

Alle lachten los, und ich konnte beruhigt ausatmen, während Trish eine neue Flasche Rotwein öffnen ging.

Nach zwei weiteren Gläsern war es ganz schön spät geworden. Die drei Frauen standen schon seit 20 Minuten in der Küche, während Steve und ich entdeckten, dass wir gemeinsame »Freunde« im Netz hatten. Wenn man sich mal eine Weile mit ihm unterhielt, war er gar kein so übler Kerl. Aber ich wurde allmählich müde und rappelte mich auf, um gute Nacht zu sagen – und herauszufinden, was aus meinem T-Shirt geworden war.

Ich ging zur Küchentür und wollte gerade danach fragen, als die drei Frauen sich gleichzeitig umdrehten und mich mit einem durchtriebenen Blick bedachten, den ich irgendwo schon mal gesehen hatte. Sie standen da wie Schulmädchen, die man auf frischer Tat dabei ertappt hatte, wie sie die Schule abfackeln und mit dem Sportlehrer durchbrennen wollten. Es war nicht allzu schwer zu erraten, über wen oder was sie gerade tratschten.

Im grellen Küchenlicht sah ich, dass Trishs Freundinnen älter waren, als ich gedacht hatte. Auch wenn die beiden sich wie Teenager aufführten, waren sie, wie ich, über 30. Interessant. Ich fragte mich, ob sie verheiratet waren und ob ihre Männer ahnten, dass sie auf Partys bekiffte 21-Jährige anhimmelten.

Zu meiner Überraschung meldete sich Alison, die den ganzen Abend über kaum geredet hatte, nun zu Wort. »Du kannst jetzt noch nicht gehen. Wir werden es nicht zulassen! Nicht, bis du uns deine berühmten Calvin-Unterhosen gezeigt hast.« Sie brach vor Lachen fast zusammen. Und als ob sie die Rollen im Vorfeld verteilt hatten, fuhr Trish fort: »Du solltest sie uns zeigen, *Calvin Boy*, oder du wirst ohne T-Shirt nach Hause gehen müssen.«

Zum zweiten Mal an diesem Abend war ich sprachlos.

Marie kam zu mir herüber, hockte sich vor mich hin, umarmte meine Knie und starrte zu mir hoch. »Bitte, Andre, bitte! Mein Mann trägt nur diese blöden Boxershorts. Ich hasse sie, aber er weigert sich, andere anzuziehen. Er sagt, nur Schwuchteln tragen diese sexy Dinger. Also, bitte, Andre, bitte zeig sie uns!« Dabei klang sie immer noch wie ein Schulmädchen, blickte zu mir hoch und ließ ihre überraschend dunkelblauen Augen aufblitzen. Die waren mir noch gar nicht aufgefallen.

Ich versuchte, ihrem Blick auszuweichen – und dem Einblick in ihr beeindruckendes Dekolletee. Ich drehte mich weg und schnaubte: »Okay, Leute, ihr hattet euren Spaß, aber jetzt will ich einfach nur nach Hause. Ich bin todmüde.« Allerdings, das war ich. Ich wollte nur noch mein T-Shirt zurückbekommen und verschwinden. Aber wer schon einmal mit drei betrunkenen Frauen diskutieren musste, der weiß, dass es keinen Sinn hat. Steve stand hinter mir und versperrte mir den Rückweg in den Flur.

Sie ließen mir keine Ruhe, bis ich schließlich zugab, dass ich am Strand immer eng anliegende *Speedos* trage – und das, so sagten sie, wäre doch nun wirklich nichts anderes, als sich jetzt für sie ein bisschen frei zu machen. Außerdem wäre es draußen ziemlich frisch, so ohne T-Shirt …

Ich sah auf die Uhr. Es war fast zwei. Ich blickte aus dem Küchenfenster auf die Lichter der Stadt unter uns, und mehr als je zuvor wollte ich einfach nur nach Hause.

Es gab nur einen schnellen Weg, um hier herauszukommen.

Ich war knülle genug, dass es mir nichts mehr ausmachte.

Und so beschloss ich, den Weg des geringsten Widerstands zu gehen. Ich schickte einen Stoßseufzer gen Himmel – und machte demonstrativ meinen Gürtel auf!

Steve drückte sich blitzschnell an mir vorbei und setzte sich auf den Küchentisch, während die Mädchen in spontanen, wenn auch leicht spöttischen Applaus ausbrachen. Ich schlenderte auf den Tisch zu und versuchte dabei, die Hose so sexy aufzuknöpfen, wie ich es aufgrund meines Alkoholpegels vermochte. Dann drehte ich mich um, eleganter als erwartet, damit sie alle einen Blick auf meinen Hintern erhaschen konnten. Dabei ließ ich die Jeans nur so weit herunterrutschen, dass das gute Stück aufblitzte. Als ich einen Sekundenbruchteil später im Begriff war, die Hose wieder hochzuziehen, fragte ich: »Könnte ich jetzt bitte wieder mein T- …« – doch meine Hände griffen ins Leere.

Ich starrte mit offener Kinnlade an mir hinunter und sah Alison und Marie, die mir kichernd an den Knien hingen und meine Jeans weiter hinunterzogen. Bevor ich wusste, wie mir geschah, verlor ich den Boden unter den Füßen, spürte, wie Steves Arme sich um meine Brust schlangen und sein Atem an meinem Ohr pfiff. Die Mädchen streiften mir mit einer einzigen Bewegung Socken und Turnschuhe ab. Während ich einen seltsamen Moment lang wie auf einem Standbild schwerelos in der Luft schwebte, fühlte ich, wie Steves Arme über meine Brust strichen – und es fühlte sich gar nicht mal unangenehm an. Ich konnte sein Aftershave riechen und sein Goatee kitzelte mich am Ohr; er fühlte sich an wie ein Pinsel. Schon komisch, an welche Details man sich manchmal erinnert.

Dann aber ging plötzlich alles wieder verwirrend schnell: Trish eilte den Mädchen zur Hilfe, lachte, als sie nach meinen Hosenbeinen griff, zog so heftig an ihnen, wie sie konnte, und landete auf ihrem kleinen Knackarsch, während meine Jeans durch die Luft flogen. Dabei fiel all mein Kleingeld aus den Hosentaschen und klimperte wie zerbrochenes Glas über den gefliesten Fußboden.

Steve verlor das Gleichgewicht und zog mich im Fallen mit sich. Er kam unter mir zu liegen und brach – obwohl er vor Anstrengung keuchte – in Gelächter aus. Auch die Mädchen gackerten hysterisch los, wie man es nach vier Flaschen Rotwein wohl erwarten durfte. In meinem Kopf drehte sich alles. Ich war ja auch nicht nüchtern.

»Ihr habt sie doch echt nicht mehr alle!«, hörte ich mich japsen, als Steve sich unter mir hervorquälte. Trish half Alison auf die Beine. Und dann sah ich zum ersten Mal in meinem Leben etwas, was ich bisher nur aus dem Kino kannte: Trishs Blick fiel auf meine Unterwäsche, sie sah geistesabwesend wieder fort, doch sofort schnellte ihr Kopf zurück, und sie starrte das an, auf was sie die ganze Zeit schon scharf gewesen war: »Sieht schwer danach aus, als wären wir hier nicht die Einzigen, die sich nicht unter Kontrolle haben, Mädels!« Sie prustete los – und mir wurde bewusst, wovon sie sprach. Nur zur Erinnerung: Ich stand in meiner Unterwäsche vor einer Arbeitskollegin, zwei weiteren Frauen, die ich noch nie zuvor gesehen hatte, und einem Kerl, den ich flüchtig aus dem Internet kannte. Und obwohl ich einen Rausch hatte – oder vielleicht gerade deshalb –, stand da zu meiner absoluten Schande noch etwas, ein nicht zu leugnender, inakzeptabler Sachverhalt: Ich hatte eine Erektion.

Und nicht nur das.

Ich hatte eine verdammt sichtbare Erektion!

Die Unterwäsche, die ich trug, war ein einige Nummern zu kleiner *Calvin-Klein*-Slip. Ich hatte ihn ganz bewusst zu klein gekauft, weil mir, um ehrlich zu sein, die Vorstellung gefiel, dass mich jemand mit diesem knallengen Ding in der Umkleidekabine des Fitnessstudios sehen könnte. An normalen Arbeitstagen trage ich ihn nie, weil er einfach viel zu eng ist, aber die Götter der Schmutzwäsche hatten mich heute in ihn hineingezwungen. Meine geheimsten exhibitionistischen Fantasien hatten mich somit eingeholt – in einer Weise, wie ich es mir niemals hätte träumen lassen!

Ich wusste echt nicht mehr, wohin mit mir, und wagte nicht aufzublicken. Meine Hände glitten automatisch hinunter, um meine Schande zu bedecken, während die Gruppe in stiller Eintracht innehielt, als ob Trish während eines Jagdausflugs auf ein interessantes Naturphänomen hingewiesen hätte. Irgendwie hatte sie das ja auch.

Ich bin überzeugt davon, dass ich in diesem Moment vom Scheitel bis zur Sohle knallrot angelaufen war. Als wäre mein ganzer Körper errötet. Meine Ohren glühten, und mir wurde schwindlig. Was, zur Hölle, ging hier ab? Ich hob langsam meinen Kopf und schielte nach meinen Jeans. Trish und Steve standen kichernd und tuschelnd am Tisch.

»Alllso, Mister Unterhosen-Model ... Das ist doch echt 'ne witzige Situation, was?« Trishs Stimme klang, nach all dem Wein und der Aufregung, deutlich schwerer als sonst. »Erinnerst du dich an Annette aus dem Büro?«

Ich hatte keinen Schimmer, von was sie redete. Doch dann dämmerte es mir allmählich: Annette war eine Kollegin gewesen, der unter merkwürdigen Umständen gekündigt worden war. Es gingen Gerüchte um, dass irgendein Hurensohn in der Firma Fotos von ihr auf einer uralten Pornoseite im Netz ausgegraben und begonnen hatte, sie in der ganzen Abteilung herumzuschicken. Das Management hatte damals alles vertuscht, und ich selbst habe nie eins von diesen sagenumwobenen Fotos zu Gesicht bekommen. Die ganze Geschichte war total seltsam, und nachdem Annette gegangen war, hatten wir alle sie irgendwann vergessen.

»Wovon, zum Teufel, redest du, Trish?«, fragte ich irritiert.

»Och, nichts. Nur so. Hab grad mit Steve darüber gesprochen …« Während ihr Blick zwischen meinem Schritt und meinem Gesicht hin- und hersprang, klimperte sie mit ihren Wimpern wie eine zweitklassige Stummfilmdiva. »Er sagt, er hat ein paar echt nette Bilder von dir, Andre. Mit diesen knackigen Höschen. Stimmt doch, Steve?«

Steve hatte diesen Ausdruck im Gesicht, den ich nur zu gut von unseren Webcam-Chats kannte, als er hinzufügte: »Und *ohne* sie!«

»Wäre es nicht wahnsinnig peinlich, wenn diese Bilder am Montagmorgen in den E-Mail-Postfächern aller Mitarbeiter auftauchen würden?« Trish kam einen Schritt näher und nahm meine Hand – wie um mich zu beschwichtigen. »Ich kann mir zwar überhaupt nicht vorstellen, wie sie da hineinkommen könnten, aber ich fände es wirklich schlimm, wenn du auf diese Weise im Rampenlicht stehen würdest, Andre …«

Diese Tonlage war überhaupt nicht mehr witzig. Plötzlich raste mein Herz. Das ist doch lächerlich, dachte ich. Was will sie von mir?

Trish hatte das bizarre Spiel nun völlig unter Kontrolle. Und die anderen schienen ihr beizupflichten, denn sie sanken langsam in die Küchenstühle hinter ihr.

Trish hielt immer noch meine Hand, doch als sie langsam links um mich herumging, drehte sie mir plötzlich so stark den Arm auf den Rücken, dass ich den Halt verlor. Ich spürte, wie einer ihrer langen Fingernägel über mein Rückrat nach unten kratzte. Meine Haut war elektrisiert. Sie sprach leise, aber die anderen verstanden mit Sicherheit jedes Wort. Das Alarmierendste war, dass sie sich jetzt überhaupt nicht mehr betrunken anhörte.

»Ich finde es einfach nicht fair, dass Steve das alles für sich allein haben soll. Wir Mädchen haben nie unseren Spaß, stimmt's?«

Sie unterstrich den letzten Satz, indem sie ihren Fingernagel nach vorne auf meine Brust zog und ihn dann gegen meinen Nippel schnalzen ließ. Ich schluckte schwer. Die anderen beiden Wahnsinnigen hoben zustimmend ihre frisch gefüllten Gläser und prosteten uns zu.

»Natürlich könnten wir auch zu Steve nach Hause gehen und uns sein riesiges Fotoarchiv von dir angucken«, wisperte Trish und zerrte bedeutungsschwer am Bündchen meiner Unterhose. »Aber das macht natürlich nicht annähernd so viel Spaß wie eine richtige Show.«

Mein Herzschlag verdoppelte sich, denn nun war klar, wie es hier weitergehen sollte.

»Los, zieh dich aus! Wir wollen das volle Programm. Wir wollen, dass du diesen niedlichen kleinen Slip ausziehst, *Calvin Boy*. Na los ... du willst es doch auch. Man *sieht*, dass du es willst.«

Mein Hirn setzte sich nur schwerfällig in Bewegung, um zu begreifen, was hier passierte – während ein anderes Körperteil wesentlich problemloser, aber zunehmend unpassender reagierte. Wenn ich nur nicht so betrunken gewesen wäre! Wie ernst war die dürftig verschleierte Drohung gemeint? Und konnte ich wirklich noch verhindern, dass Trish sie wahr machte?

Ich war schon an FKK-Stränden und in Saunas. Dort stand ich splitterfasernackt vor Gott weiß wie vielen Fremden – Männern wie Frauen. Aber da waren die anderen auch alle nackt und saßen nicht einen Meter von mir entfernt angezogen auf Stühlen und verlangten einen Strip von mir. Und ganz gewiss hatte ich dabei auch nie einen Ständer gehabt ... Ich war verflucht durcheinander. Wurde ich zu all dem hier gezwungen – oder wollte ich es auch? Mir dämmerte plötzlich, dass ein Teil von mir wirklich genoss, was gerade passierte. Gott weiß, wie oft ich mir das schon vorgestellt hatte: Strippen vor einer Gruppe! In meiner Fantasie waren es allerdings immer Männer gewesen ...

Ich merkte, wie ich schwach wurde, schloss meine Augen und trat unbewusst einen Schritt zurück. Trish schien meine Resignation genau zu spüren. Sie umschlang mich wie eine Geliebte, und als sie sich vorbeugte, um mir etwas ins Ohr zu flüstern, ließ mich ihr warmer Atem schaudern.

»Lass es einfach geschehen.«

Sie ließ meinen Arm los – und zog mir sanft die Unterhose bis zu den Schenkeln hinunter. Mein Ständer sprang heraus. Die Hose fiel zu Boden.

Trish bugsierte mich in Richtung Küchentisch. Ich wagte nicht, meine Augen zu öffnen. Dies war ein dunkler erotischer Traum, und ich wollte, dass alles dunkel blieb.

Ich spürte Hände und zählte nicht, wie viele es waren. Sie halfen mir, mich auf die kühle Tischplatte zu legen. Irgendjemand, ich schätze Steve, der viel zu viel über mich wusste, begann, meine Nippel zu reizen.

Das war's dann. Ich war verloren.

Hände auf meinen Beinen, auf meinem Bauch, an meinen Eiern. Trishs Stimme war jetzt sehr ruhig, aber es klang trotzdem nicht wie eine Frage, als sie sagte: »Hol dir einen runter, Andre. Tu's für uns. Mach schon, spiel mit dir. Du weißt, dass du es jetzt zu Ende bringen musst.«

Mir war alles egal. Ich war jetzt so scharf, dass ich nicht mehr darüber nachdenken wollte, warum. Ich befand mich im freien Fall in den tiefen, schwarzen Schacht meiner Fantasie. Und ihr wisst es selbst: Man kann nicht aufhören zu fallen, bis man unten am Boden aufschlägt.

Überflüssig zu sagen, dass es nicht sehr lange dauerte.

Mein Rücken bog sich wieder und wieder durch, als ich auf meine Brust und auf meinen Bauch kam. Alles, an was ich denken konnte, war: Wenn du jetzt deine Augen öffnest, sehen vier Leute, wie du abspritzt. Vier Leute schauen dir zu, drei davon sind Frauen, sie schauen dir zu, wie du kommst!

Großer Gott!

Und dann war es vorbei.

Was folgte, war eine tiefe Stille, wie ich sie schon in anderen post-koitalen Situationen erlebt hatte – doch diese war alles andere als entspannt und befriedigt.

Ich zog mich wie unter einer surrealen Dunstglocke an. Alison, Marie und Steve fühlten sich offensichtlich unwohl, vermieden es, sich gegenseitig in die Augen zu schauen, und rafften ihre Jacken und Schuhe zusammen.

Als die drei verschwunden waren – man hatte ihr »Gute Nacht« kaum hören können – nahm Trish mich bei der Hand und geleitete mich zur Haustür. Ich spürte, wie meine Füße mich über die Schwelle trugen, und als ich etwas sagen wollte, irgendetwas, küsste sie mich. Sie küsste mich richtig, mit warmem Zungenschlag und ihrem Weingeschmack in meinem Mund. Bevor ich etwas sagen konnte, schloss sie mit einem leise singenden »Gute Nacht, *Calvin Boy*« die Tür.

Die Luft draußen war kalt, der Schweiß auf meinem Nacken kaum getrocknet. Ich versuchte an nichts zu denken, spürte nur meinen vibrierenden Körper und ging in Richtung der schwach funkelnden Lichter in der Ferne.

Marguerite Duras

Blaue Augen, schwarzes Haar

Die Tage sind kürzer, die Nächte länger geworden, der Winter naht. In den Stunden vor Sonnenaufgang beginnt die Kälte in das Zimmer einzudringen. Kaum merklich noch, doch Tag für Tag. Er ist im verschlossenen Haus Decken holen gegangen.

Heute herrscht Sturm, das Geräusch des Meers ist sehr nah. Eine Springflut wütet gegen die Zimmerwand. Das Ganze des Zimmers, der Zeit, des Meers ist die Geschichte geworden.

Er redet davon, Frankreich zu verlassen, ins Ausland zu gehen in ein warmes Klima. Er hat Angst vor dem Winter in Frankreich. Er käme nächstes Jahr zurück, um den Sommer hier zu verbringen.

Sie sagt, dass sie jedes Mal, wenn er vom Fortgehen spricht, in ihrem Kopf und um das Haus herum die Hunde des Todes hört.

Sie fragt ihn: Ins Ausland, um was zu tun? Er weiß es nicht, vielleicht nichts, vielleicht, um ein Buch zu schreiben. Vielleicht, um jemandem zu begegnen. Er erwartet etwas wie eine letzte Begegnung vor dem Tode.

Sie schläft. Wenn sie schläft, spricht er zu ihr.

Sie liegt neben ihm auf dem Boden ausgestreckt, sie schläft. Er sagt:

– Ich weiß nichts von Ihren Gedanken. Ich kann mir nicht vorstellen, dass Sie durch das, was ich sage, leiden könnten. Ich sage nichts. Ich sage nie die Wahrheit. Ich kenne sie nicht. Ich sage nichts, um leiden zu machen. Danach, wenn Sie leiden, habe ich Angst vor dem, was ich gesagt habe.

Er zögert, und dann weckt er sie. Er sagt:

– Es ist nicht nötig, die verbleibenden Nächte zu zählen. Zweifellos wird es noch welche geben vor unserer Trennung.

Sie weiß das: Selbst wenn dann die letzte Nacht gekommen ist, wird es nicht nötig sein, darauf hinzuweisen, weil sie der Beginn einer anderen Geschichte, der ihrer Trennung sein wird.

Er versteht nicht recht, was sie sagt, er hat immer nur ganz kurze, folgenlose Geschichten gehabt. Die Geschichte des jungen Ausländers mit den blauen Augen, dem schwarzen Haar ist, in dem Maße, wie die Zeit verstreicht, die längste, aber ist es ihretwegen, die sie bewahrt. Sie glaubt, dass er irrt, dass die Geschichten auch ohne dass man es weiß weiterleben. Dass sie sich bereits am Ende der Welt befinden, dort, wo die Schicksale sich verwischen, wo sie nicht mehr als persönliche, vielleicht nicht einmal mehr menschliche empfunden werden. Kollektivlieben, sagt sie. Das wäre auf die Ernährung und die Gleichförmigkeit der Welt zurückzuführen.

Sie lachen. Den anderen lachen zu sehen macht sie überglücklich.

Sie bittet ihn, sie davon in Kenntnis zu setzen, wenn er sie eines Tages zu lieben und dies auch zu wissen beginnt, falls je. Nachdem sie miteinander gelacht haben, weinen sie miteinander, wie jeden Tag.

Als sie fortgeht, bricht die Sonne herein, erstrahlt im Zimmer. Als sie die Tür schließt, schwankt das Zimmer im Dunkel, und er geht schon ein in die Erwartung der Nacht.

An jenem Abend kommt sie später als gewöhnlich.

Sie sagt, es sei kalt, die Stadt sei ausgestorben, der Himmel sei klar, durch den Sturm gereinigt, fast blau. Sie sagt nicht, warum sie verspätet ist. Nebeneinander hingestreckt schweigen sie lange. Sie, wieder an der Wand. Und er führt sie wieder zum Zentrum der Aufmerksamkeit, zur Stelle des theatralischen Lichts.

Sie hat die schwarze Seide abgenommen.

Sie spricht von dem anderen Mann. Sie sagt:

– Ich habe ihn heute Morgen im Hotel aufgesucht, als ich von hier weggegangen war. Ich wusste, dass er die Nacht in diesem Hotel geschlafen hatte. Er hatte es mir gesagt. Er wartete auf mich. Die Tür war offen. Er stand am Ende des Zimmers, mit geschlossenen Augen, er wartete auf mich. Ich war es, die zu ihm gegangen ist.

Er verlässt das Zentrum des gelben Lichts, er geht von ihr fort, zur Wand. Er hält die Augen gesenkt, um sie nicht zu sehen. Beide sind ohne Blick füreinander, täuschen instinktiv höchste Gleichgültigkeit vor. Er wartet, sie fährt fort zu sprechen:

– Er hat mich gefragt, ob etwas vorgefallen sei zwischen

Ihnen und mir. Ich habe gesagt, dass nichts vorgefallen sei, dass mein Verlangen nach Ihnen täglich wachse, dass ich es Ihnen aber nicht sagte, weil Sie bei der Vorstellung dieses Verlangens starken Widerwillen empfänden. Plötzlich war ich in seinen Händen. Ich habe ihn gewähren lassen.

Sie sagt, dass der Mann geschrien habe, dass er verloren gewesen sei, dass seine Hände sehr brutal geworden seien, als er den Körper anfasste. Dass die Lust fast zum Sterben stark gewesen sei.

Sie schweigt. Er sagt:

– Ich gehe fort.

Sie antwortet nicht. Sie hat ihren Platz einer Schlafenden unter dem Licht wieder eingenommen. Sie hat die schwarze Seide wieder über das Gesicht gelegt. Sie hat sich nicht entschuldigt. Er bleibt an der Wand ausgestreckt liegen. Er bewegt sich nicht. Er nähert sich nicht. Sie muss denken: Ich werde, für immer verbannt, fortgehen. Er sagt ihr, sie solle sich mit dem weißen Laken bedecken, er wolle nichts sehen. Er schaut zu, wie sie sich zudeckt. Sie tut so, als sähe sie ihn nicht. Er fordert sie auf, ihn anzublicken. Sie blickt ihn an.

Sie betrachtet das Zimmer durch die schwarze Seide, ohne mit den Augen zu verweilen, wie man die Luft, den Wind betrachten würde. Sie redet über den anderen Mann. Sie sagt, dass sie am Strand diesen Mann zum ersten Mal gesehen hat, am ersten Abend, an dem sie gekommen war, dass sie sich gesehen haben, weiter nichts. Dass sie ihn daraufhin in der Gegend des Hauses wieder gesehen hat. Sie sagt, die Strandgänger erkennen sich wieder. Zuerst war er gekommen, um sie zu sehen. Und dann eines Abends hatte er sie angesprochen.

Er hatte nicht gewusst, dass sie, um zu kommen, über den Strand ging. Sie sagt, dass es nicht immer so ist. Meistens geht sie durch die Sträßchen hinter der Allee, aber beim Eintreffen wendet sie sich trotzdem zum Strand. Sie sagt: Um den Strand zu sehen. Sie sagt:

– Heute abend gibt es sehr wenig Strandgänger, wegen des kalten Windes zweifellos und der Ereignisse – sie sagt nicht, welcher Ereignisse. Sie lachen.

Weiß sie, was in der Nähe der Steinhaufen vorgeht, sobald solches Wetter ist, es kalt, windig wird? Ja. Sie weiß es schon vom Ausgang der Stadt ab. Sie erzählt: Ehe sie erfahren hatte, was sich nachts auf dieser Seite des Strandes abspielte, wusste sie sozusagen nichts. Was sich dort fast jede Nacht abspielte, bewirkte, dass sie eines Tages schreiben wird. Dass selbst dann, wenn dieses Wissen beim Lesen der Bücher, die sie schreiben wird, nicht deutlich zu Tage träte, es dennoch das wäre, was ihre Bücher sagen wollten und warum sie gelesen werden müssten.

Sie hat von den Strandgängern reden hören, als sie jung war. Die Mädchen in der Klasse redeten von den Steinhaufen und den Leuten, die nachts dorthin gingen. Manche Mädchen waren hingegangen, um sich von den Männern berühren zu lassen. Viele wagten es nicht, aus Furcht. Die hingegangen waren, konnten, wenn sie zurückkehrten, nie mehr so sein wie die, die nicht Bescheid wussten. Sie war auch hingegangen eines Nachts, sie war dreizehn Jahre alt. Niemand sprach mit dem anderen, die Dinge wurden schweigend getan. An den Steinhaufen standen Kabinen. Sie lehnten sich an die Kabinenwände, einer dem anderen gegenüber. Es war sehr langsam vor sich gegangen, zuerst war er mit seinen Fingern eingedrungen und dann mit seiner

Rute. In der Lust sprach er von Gott. Sie hatte sich dagegen gewehrt. Er hatte sie in seinen Armen gehalten. Er hatte ihr gesagt, sie möge keine Angst haben. Am Tag darauf war sie versucht gewesen, ihrer Mutter von ihrem Besuch bei den Strandgängern zu erzählen. Aber während des Abendessens war es ihr so vorgekommen, als müsse diese bezüglich ihres Kindes bereits nicht mehr in Unkenntnis sein. Das Kind hatte gewusst, dass seine Mutter von der Existenz des Ortes wusste. Sie sprach nämlich darüber, sie hatte einmal gesagt, sobald es dunkel sei, solle man vermeiden, auf jene Seite des Strands zu gehen. Was das Kind vor jenem Abend nicht gewusst hatte, war, ob diese Frau selbst auch jenen Äquator zum anderen Hang überschritten hatte. Am Blick der Mutter auf ihr Kind an jenem Abend, am Schweigen zwischen ihnen, am heimlichen Lachen, das den Blick uneingestandenen Einverständnisses durchzog, hatte sie es erkannt. Sie waren hinsichtlich dessen, was sich an dem nächtlichen Ort abspielte, die Gleichen.

Jeden Abend bringt sie ihren Körper herbei in das Zimmer, sie löst ihre Kleider, sie legt ihn in die Mitte des gelben Lichts. Bedeckt sich das Gesicht mit der schwarzen Seide.

Wenn angenommen werden dürfte, dass sie eingeschlafen ist, schaut er an, was der andere Mann auf dem Körper angerichtet hat. Verletzungen oft, doch sehr leichte, unwillkürliche. An jenem Tag ist das Parfum des Mannes sehr stark, verändert durch Schweißgeruch, Zigarettengeruch, Geruch nach Schminke. Er lüftet die schwarze Seide. Das Gesicht sieht mitgenommen aus.

Er küsst die geschlossenen Augen. Er legt die schwarze Seide nicht wieder darüber.

Sie dreht sich zu ihm um, man könnte glauben, sie werde ihn ansehen, doch nein, sie öffnet die Augen nicht, sie wendet sich ab.

In der Nacht, noch lange bevor es Tag wird, während des Vorübergehens der Leute vom Strand stellt sie ihm eine Frage, die sie ihm vor mehreren Nächten stellen wollte.

– Sie wollten sagen, die im Zimmer verbrachte Zeit zu bezahlen bedeutete, verlorene Zeit zu bezahlen. Durch eine Frau verlorene Zeit

Er kann sich zunächst nicht erinnern, dann fällt es ihm wieder ein.

– Verlorene Zeit auch für den Mann, Zeit, die dem Mann zu nichts mehr diente.

Sie fragt ihn, wovon er spricht. Er sagt:

– Wie Sie, von unserer Geschichte, von dem Zimmer. Er sagt: Das Zimmer dient zu nichts mehr, alles im Zimmer ist unbeweglich.

Er muss sich irren. Er hat sich wohl nicht vorgestellt, niemals vorgestellt, dass dies zu etwas dienlich sein könnte. Wozu hätte es gedient? Sie sagt:

– Sie haben gesagt, dass das Zimmer dazu zwingen solle, hier zu bleiben, bei Ihnen.

Er sagt, dies treffe zu, wenn es sich um junge männliche Prostituierte handele, hier aber sei das nicht der Fall.

Er versucht nicht länger zu verstehen. Sie versucht es auch nicht länger. Sie sagt:

– Auch um, wenn die Frist abgelaufen ist, sie zu zwingen fortzugehen, Sie allein zu lassen.

– Vielleicht. Ich habe mich geirrt, ich wollte nichts.

Sie blickt ihn lange an, und mit dem Blick nimmt sie ihn, bewahrt sie ihn in sich eingeschlossen bis zum Schmerz. Er weiß, dass ihr das geschieht. Und auch, dass es ihn nichts angeht. Sie sagt:

– Sie haben vielleicht nie etwas gewollt.

Er ist plötzlich interessiert. Er fragt:

– Glauben Sie?

– Ich glaube, nie.

Er ist ein Mann, der nicht gewahr wird, wer über ihn oder den anderen spricht, wer auf die Fragen antwortet, woher sie kommen, sich seiner auch nicht gewahr wird.

– Schon möglich, nie etwas.

Er wartet, er überlegt, er sagt: Vielleicht ist es eben das, dass ich nie etwas will, nie.

Plötzlich lacht sie.

– Wir könnten zusammen fortgehen, wenn Sie mögen, auch ich will nichts.

Er lacht gleichfalls, aber auf eine unsichere und angstvolle Weise, ganz so, als ob er einer Gefahr entronnen wäre oder eine Aussicht verpasst hätte, nach der er aber nicht verlangt hätte und die er nicht hätte ausschlagen können.

Im darauf folgenden Schweigen sagt sie es ihm plötzlich. Sie sagt ihm, dass er ihr Geliebter ist: Sie sind mein Geliebter aus dem Grund, den Sie genannt haben: dass Sie nichts wollen.

Er vollführt die brüske Bewegung, sich das Gesicht mit der Hand zu schützen. Dann fällt seine Hand herab. Und beide schlagen die Augen nieder. Sie blicken einander nicht an, vielleicht zu Boden, auf das Weiß der Laken. Sie haben Furcht davor, dass ihre Augen einander ansehen. Sie rühren sich nicht mehr. Sie haben Angst davor, dass ihre Augen einander sehen.

Sie horcht, das kommt von den Steinhaufen und vom Strand vor dem Zimmer her. Eine ungewöhnliche Stille ist eingetreten. Sie erinnern sich, dass einen Augenblick zuvor etwa zehn Männer in der Nähe der Hauswände vorbeigegangen sind. Und nun plötzlich Pfiffe, Schreie, die Geräusche des Laufens. Er sagt: Polizei, sie haben Hunde.

Anlässlich dieses Satzes schweift sein Blick zufällig über sie. Ihrer beider Augen treffen sich während so kurzer Zeit wie, beispielsweise, des Aufglänzens des Fensterglases in der Sonne des Zimmers. Unter dem Eindruck dieses Blicks haben sich ihre Augen verbrannt, sie fliehen und verschließen sich. Im Herzen beschwichtigt sich der Aufruhr, er nähert sich dem Verstummen.

Sie hat das Gesicht abgewendet, sie hat es mit der schwarzen Seide bedeckt. Er schaut ihr dabei zu. Er sagt:

– Was Sie über die Lust mit dem Mann sagten, war eine Lüge.

Sie antwortet nicht: Sie hat gelogen.

Er schreit, er fragt, wie die Lust mit diesem Mann war.

Sie erwacht aus dem Schlaf, hält aber die Augen geschlossen. Sie wiederholt:

– Zum Sterben stark.

Er bewegt sich nicht mehr. Sein Atem stockt. Er hat die Augen geschlossen, um zu sterben. Sie betrachtet ihn. Sie weint. Sie sagt:

– Es war eine erstickende Lust.

Der Atem setzt wieder ein. Er sagt immer noch nichts. Sie sagt:

– Wie mit dir.

Er weint schluchzend. Er befriedigt seine Lust an sich selbst. Auf seine Aufforderung hin schaut sie ihm zu. Er ruft einen

Mann, er sagt ihm, er solle kommen, zu ihm kommen noch in diesem Moment, da er beim bloßen Gedanken an seine Augen Lust erleben werde. Wie er ruft sie jenen Mann, sagt sie ihm, er soll kommen, sie hält sich seinem Gesicht zugewandt, seinem Mund, seinen Augen sehr nahe, im Lufthauch seiner Schreie, seiner Rufe, aber ohne ihn im Geringsten zu berühren, so als ob, täte sie es, Gefahr bestände, dass sie ihn tötet.

Eines Nachts entdeckt er, dass sie durch die schwarze Seide hindurchblickt. Dass sie mit geschlossenen Augen blickt. Dass sie ohne Blick blickt. Er weckt sie, er sagt ihr, dass er Angst hat vor ihren Augen. Sie sagt, dass er vor der schwarzen Seide Angst hat, nicht vor ihren Augen. Und dass er darüber hinaus noch vor anderem Angst hat. Vor allem. Vielleicht davor.

Sie wendet sich von ihm ab, sie wendet sich zur Meerseite der Wände.

– Es ist wie mit dem den Stein durchdringenden Geräusch, man sagt, es sei das des Meers, dabei ist es das Geräusch unseres Bluts.

Sie sagt: Manchmal blicke ich Sie tatsächlich durch den schwarzen Schal an, aber nicht davon sprechen Sie. Was Sie sagen wollen, ist, glaube ich, dass Sie nicht wissen, wann ich es tue, weil mein Gesicht für Sie zu einem ungewissen Ding geworden ist zwischen der Seide und dem Tod. Sie beginnen es zu kennen, und es hat begonnen, sich aus Ihren Augen zu verlieren.

Sie sagt: Nicht dann, wenn ich mit offenen Augen in Richtung auf Ihr Gesicht blicke, sehe ich Sie so, wie Sie es befürchten, sondern dann, wenn ich schlafe.

Sie lacht. Sie küsst ihn und lacht.

Er sagt:

– Nicht er ist es, den Sie nachts in Ihren Träumen sehen.

Das Lachen verstummt. Sie blickt ihn an, als habe sie ihn wieder vergessen. Sie sagt:

– Das stimmt, es ist noch nicht er. Es ist noch niemand Genaues. Es dauert lange, bis die wichtigen Dinge im Traum wiederkehren. Sie fragt ihn, wie es in dieser Hinsicht mit seinen Nächten steht. Er sagt, es sei immer das Gleiche. Er durchwühlt die ganze Erde auf der Suche nach jenem Geliebten. Aber ihm geht es wie ihr, nachts erscheint er noch nicht. Er fragt sie, ob sie angefangen habe zu vergessen. Sie sagt:

– Vielleicht die Gesichtszüge, aber weder die Augen, noch die Stimme, noch den Körper. Und er, fängt er an zu vergessen?

Nein. Er sagt: Es handelt sich um ein unveränderliches Bild, das bestehen wird bis zu Ihrem Fortgehen.

> Sie liegt im Gold des gelben Lichts, sagt der Schauspieler, flach ausgestreckt, die Brüste über ihrem Körper, schön, heller Marmor.
> Spräche sie, sagt der Schauspieler, so würde sie sagen: Wenn sich unsere Geschichte auf der Bühne abspielte, käme mit einemmal ein Schauspieler an den Rand des Stroms, des Lichts, ganz nahe zu Ihnen und zu mir, die ich an Ihrer Seite bin. Aber er würde nur Sie allein ansehen. Und nur für Sie allein sprechen. Er würde so sprechen, wie Sie gesprochen hätten, wenn Sie es hätten tun müssen, langsam und ohne Erregung, gewissermaßen so, als läse er Literatur vor. Aber eine Literatur, von der er ständig abgelenkt würde durch die

Achtsamkeit, die er aufwenden müsste, um die Anwesenheit der Frau auf der Bühne zu ignorieren.

Das Unwetter hat sich mit dem Wind gelegt. Das Meer ist fern, die Strandgänge haben begonnen. Diesen Abend sind einige Reiter darunter.

Seitdem sie da ist, verlässt er jede Nacht das Zimmer, tritt auf die Terrasse, schaut. Manchmal geht er zum Strand hinunter.

Er bleibt dort, bis die Strandgänger verschwunden sind.

Wenn er zurückkehrt, schläft sie nicht. Er berichtet. Der Wind hat sich gelegt, und heute Abend sind einige Reiter am Meer entlang vorübergekommen. Sie kennt die Reiter. Sie zieht ihnen die im Gänsemarsch vorüberkommenden Männer vor, sie gehen dorthin aus einem Grund, der ebenso unausweichlich ist wie ihr Schicksal. Die Reiter gehören nicht zu den Strandgängern.

Sie fangen an zu weinen. Das Schluchzen bricht aus den Körpern hervor. Man könnte meinen, sie hätten getrunken. Sie ist bei ihm, fast hautnah bei ihm. Sie sind in einem Glückszustand, den sie noch nicht kannten. Dem Glück, angesichts des unbewegten Sturms beieinander zu sein. Und ebenso wohl zu lachen, zu weinen. Er möchte, dass sie weint, wie er weint. Er möchte, dass das Schluchzen aus ihrem Körper hervorbricht, ohne dass sie wissen, warum. Er weint, während er sie darum bittet. Man könnte meinen, er hätte getrunken. Sie weint gleichfalls, und sie lacht mit ihm über seine Bitte. Er entdeckt, dass er in seinem bisherigen Leben nicht genug geweint hat. Sie mussten einander begegnen, damit es möglich wurde.

Sie sagt, dass sie einer dem anderen nicht mehr so unbekannt sind, jetzt, da er vom Weinen gesprochen hat. Sie streckt sich hin.

Sie weinen, wie sie sich lieben würden. Er sagt, das helfe ihm, ihre Gegenwart in diesem Zimmer zu ertragen, diese Vorstellung von einer Frau, die einen Mann aus der Stadt erwartet.

THOMAS MERSCH &
TOBIAS KÖNIGSHAUSEN

Stille Post

»Liebe macht die Wege kurz.«
Meine Mutter

»Kerle, macht die Räume eng.«
Mein Vater

Eine Erinnerung: Meine Wangen glühen von der Hitze des Lagerfeuers. Die Flammen schlagen hoch, als jemand ein Stück Holz hineinwirft, und ihr Schein flackert über die Gesichter meiner Schulfreunde. Auf Baumstämmen sitzend starren sie ins Feuer und widmen sich wieder ihren Bieren, nachdem der letzte angeheiterte Witz mit dem obligatorischen Gejohle quittiert worden ist. Das Quäken des Kassettenrekorders, drüben bei den Zelten, verstummt zwischen zwei Liedern, und nur das brennende Holz setzt mit seinem Knacken Ausrufezeichen in die Stille.

Regelmäßig wie Uhrwerke heben die Jungs ihre Bierdosen, setzen sie nach einem langen Schluck wieder ab und lauern auf den nächsten dummen Spruch. Aus dem Augenwinkel schielen sie hin und wieder zu den Mädchen rüber, die sich bei den Zelten gegenseitig zum Tanzen ermutigen. Das ist alles nur das Vorspiel. Ein paar Dosen Bier später wird das Lagerfeuer von einem grölenden Knabenchor umringt sein, der selbst dem Südblock des Dortmunder Westfalenstadions Respekt abnötigen würde. Aber dann werde ich woanders sein. Nur wenige Meter entfernt, in einer anderen Welt.

Das Feuer knistert und zischt. Aber der Grund ist diesmal nicht das feuchte Holz, das wir am Abend im Wald gesammelt haben, sondern eine biernasse Plastiktüte. Mario, mein bester Freund, musste sie eben unbedingt ins Feuer werfen.

»Um die Welt zu retten«, sagt er.

Weil ihr mich alle am Arsch lecken könnt, hätte er auch sagen können. Die Figuren auf den Baumstämmen erwachen wieder zum Leben. Einige lachen hohl, andere beschimpfen Mario als Arschloch und Idioten. Zwecklos, denke ich. Mario macht immer, was er will.

Ich nehme einen Schluck aus der in der Runde kreisenden Apfelkornflasche, und es verzieht mir das Gesicht, als sich die klebrig-süße Flüssigkeit meine Speiseröhre hinunterwalzt. Dann reiche ich die Flasche an Mario weiter.

»Auf uns«, sagt er. Er grinst. »Und auf morgen.«

Es sind zwar Ferien, aber frei haben wir deshalb noch lange nicht. Morgen ist Training, so wie jeden Tag. Und wir beide haben eine Abmachung: kein Nikotin, keine Besäufnisse. Ein, zwei Bier sind drin. Wenn's sein muss, auch mal ein Schluck Schnaps. Heute muss es sein, ansonsten wäre das Gelage um uns herum unerträglich. Mario setzt die Flasche an und zwinkert mir zu. Dann schaue ich wieder ins Feuer, das, dank Apfelkorn, jetzt einen Ableger in meinem Magen hat.

Kleine Flammen züngeln giftig grün an der Tüte entlang. Das Plastik wirft Blasen, und ein scharfer, beißender Geruch wird vom leichten Sommerwind in meine Richtung gedrückt. Bevor der Qualm mir die Tränen in die Augen treibt, stehe ich auf. Ich gebe Mario einen Klaps auf die Schulter.

»Bin gleich zurück.«

Er nickt knapp. Ich drehe mich um und gehe in Richtung Zeltplatz. Die Zelte sind, ein Stück entfernt, im Kreis aufgebaut, und auf dem Platz in der Mitte tanzen mittlerweile einige Leute wild zur Musik, die aus dem Gettoblaster scheppert. *Boys don't cry* von The Cure. Die überforderten Lautsprecher verzerren den Gesang bis zur Unkenntlichkeit, aber es macht nichts, weil jeder der Tanzenden den Text sowieso auswendig kennt.

Einige Meter vor mir steuert ein Mädchen ebenfalls auf den Tanzplatz zu. Jemand muss sie mitgebracht haben, denn ich habe sie noch nie gesehen. In ihrer linken Hand schwingt eine Flasche Bier zum Rhythmus der Musik, mit der rechten wuschelt sie sich durch das Haar, als wolle sie den Rauch des Lagerfeuers herausschütteln. Es ist eine schöne Bewegung. Leicht und unbeschwert. Sie hat die Lippen geschürzt und bewegt sie ein wenig, als ob sie das Lied mitsummen würde. Für einen Moment meine ich sogar, ihre Stimme zu hören. Dann trete ich auf eine leere Bierdose, die jemand auf den Weg geworfen hat, und das krachende Geräusch des zerknitternden Blechs lässt den Kopf des Mädchens herumschnellen.

Den folgenden Moment hat mein Gedächtnis bis heute gespeichert, detailgetreu wie ein Foto. Die Musik steht zwischen zwei Schlägen, und ich sehe Helenes schulterlanges, blondes Haar im freien Flug. Die winzige, dreieckige Narbe neben dem linken Auge. Unendlich lange Wimpern. Ich schaue in ihre von der Dunkelheit geweiteten Pupillen, in denen sich das Lagerfeuer spiegelt. Der Blick, der mich trifft, ist ein wenig erschreckt und gleichzeitig neugierig, herausfordernd. Den linken Mundwinkel hat sie leicht und spöttisch nach oben gezogen, gebettet in die Andeutung einer Lachfalte. Das ist das Bild, das ich vor mir sehe, wenn ich heute, über zehn Jahre später, an Helene denke. In ihren Augen das Flackern des Feuers. Ihr halb schiefes Lächeln. Ein Standbild für die Ewigkeit.

Es war der Sommer 1990. Deutschlands Fußballer hatten gerade in Italien die Weltmeisterschaft gewonnen, und nachdem der letzte Autokorso aufgelöst war, gönnte sich das so gut wie wiedervereinigte Land einen seltenen Moment der Selbstzufriedenheit. Die Achtziger waren ein anstrengendes Jahrzehnt gewesen. Wir hatten einen Kalten Krieg und eine nicht enden wollende Serie haarsträubender Top-Ten-Hits überstanden. Nun blickten wir hoffnungsfroh in die Zukunft. Auf ein neues Jahrzehnt, das unverbraucht und unverdorben vor uns lag.

Die Blende klickt zu. *So I try to laugh about it, hiding the tears in my eyes*, und das Haar wirbelt Helene ins Gesicht. Ein kurzes Zwinkern, dann wirft sie es mit einer kurzen Kopfbewegung zurück in den Nacken und wendet sich wieder ab. *Boys, boys don't cry.* Doch sie bleibt stehen. Ich streife die Bierdose von meiner Schuhsohle und gehe auf sie zu.

Es folgte ein kurzer Dialog, an den ich mich nicht erinnern kann. So klar das Bild von ihr selbst heute noch ist, die Worte sind längst verloren. Vermutlich waren sie unbeholfen, eine verschämte Annäherung und der ungelenke Versuch, so etwas wie einen Flirt entstehen zu lassen. Keine leichte Sache. Schon gar nicht mit 17, gefährlich nüchtern und mit ungesunden Mengen Testosteron in der Blutbahn.

Helene gibt mir die Flasche. Ich nehme einen Schluck und gebe sie ihr zurück. Sie nickt in Richtung Tanzplatz, und wir setzen uns wieder in Bewegung. Helene geht mit leichtfüßigen Schritten neben mir her, unbeschwert. Trotz meiner Unbeholfenheit kommt ein Gespräch zu Stande, das ein Vielleicht und ein verheißungsvolles Fragezeichen in die Luft malt.

Ich folge Helene zwischen die Tanzenden. Und ehe ich darüber nachdenken kann, bewegen wir uns zur Musik. Ich sehe zu den anderen am Lagerfeuer, die sich zu mir umgedreht haben und mich amüsiert mustern. Weil ich nie tanze. Selbst nach zwei Bier und einigen Schlucken Apfelkorn nicht. Ich sehe, dass Mario etwas sagt und die Jungs daraufhin lachen. Doch dann verschwinden sie aus meinem Sichtfeld, und ich sehe nur noch Helene, wie sie sich vor mir bewegt, mit jugendlicher Anmut. Sie sucht meine Augen, tanzt auf mich zu, hält meinen Blick und schenkt mir ein schief schüchternes Lächeln voller Versprechen. Im nächsten Moment dreht sie sich um. Meine Bewegungen kommen mir so unbeholfen und steif vor wie mein erster Gesprächsversuch. Es sind nur wenige Sekunden, doch die Zeit tritt auf der Stelle. Dann kommt Helene wieder auf mich zu, mit fließenden, harmonischen Bewegungen, und verjagt alle Unsicherheit.

Wir tanzen weiter, ich weiß nicht mehr zu welchen Stücken, verlieren uns in der ausgelassenen Menge, finden uns wieder, und schließlich nehme ich ihre Hand. Sie folgt mir an den Rand des Zeltplatzes. Dort sitzen wir, verschwitzt und aufgeheizt, auf meiner Jacke und teilen ein weiteres Bier. Worüber wir reden, auch das habe ich vergessen. Doch ich sehe Helenes Gesicht ganz nah vor meinem. Ich kann ihre Haut riechen, die den warmen Duft eines vermutlich billigen Parfums verströmt, und ich bin so überwältigt davon, dass ich gar nicht nachdenken muss. Ohne zu zögern, führe ich meine Hand an ihre Wange, ziehe ihren Kopf behutsam die fehlenden Zentimeter zu mir heran, bis sich unsere Lippen berühren und ich ihre Zunge an meinen Zähnen spüre. Alles ist weich und warm, und ich streiche über Helenes Haar, ihre Schultern, ihren Rücken, ziehe sie weiter zu mir hin, während unsere Zungen miteinander spielen. Vorsichtig zunächst, langsam. Dann fühle ich ihre Hand an meinem Hinterkopf, die mich mit sanftem Druck hält.

Wir fallen.

Wir schweben.

Fliegen.

»Hey Netzer.«

Marios Stimme. Widerwillig lösen sich unsere Lippen voneinander, und wir schauen auf. Mario steht ein paar Schritte entfernt, seine Arme umschlingen ein Bündel Äste wie eine zu dicke Tanzpartnerin. Ich lasse die Hand auf Helenes Schulter, halte sie fest, als wollte ich sie beschützen. Mario neigt den Kopf ein wenig zur Seite und verzieht die Lippen zu einer Art Lächeln. Ich sehe ihn noch heute genau so vor mir, wie er verlegen zu uns herüberschaut. Verlegen, er, den doch nichts aus der Fassung bringen kann.

»Alles im Lack?«, fragt er.

Sein Spruch. Doch der Blick dazu stimmt nicht.

»Muss ja«, sage ich automatisch.

Es ist meine Antwort, unser Spiel. Aber es klingt fremd. Hölzern und nicht angemessen. Mario nickt uns zu, verharrt noch einen unentschlossenen Moment, dann dreht er sich um und stapft mit seinem Holz zurück zum Feuer. Helene sieht mich an.

»Netzer?«, sagt sie.

Ich zucke mit der Schulter.

»War mal ein ganz guter Fußballer.«

Helenes Lächeln, ein wenig irritiert, ein wenig amüsiert.

»Aber er hatte ein mittelschweres Frisurproblem«, sage ich.

Ich schaue noch einmal zu Mario, sehe, wie er das Holz auf den Stapel neben dem Feuer fallen lässt und sich wieder zu den anderen setzt. Helene streicht mir mit der Hand durchs Haar.

»Und deshalb nennt man dich so?«

Ich zögere.

»Eher wegen dem Fußball.«

Sie grinst, und ich muss auch grinsen. Dann legt sie ihre Hand auf meine Wange und kommt wieder näher. Bevor wir uns küssen, lässt sich Helene zurücksinken und zieht mich mit.

Es war der Sommer 1990, die Zeit, in der plötzlich jeder Fußballer werden wollte. Und es ging mir auf die Nerven. Mario sowieso. Denn wir wollten es schon immer, lange bevor Andy Brehme am 8. Juli den wichtigsten Elfmeter der deutschen Fußballgeschichte versenkte. Und wir arbeiteten hart dafür, täglich, unter der strengen Aufsicht meines Vaters. Seine eigene Karriere war nach nur zwei Monaten Bundesliga durch einen Kreuzbandriss beendet worden, und nun sollten wir es richten. Er trainierte uns selbst in den Ferien, wenn der Rest unserer Mannschaft irgendwo am Strand lag oder sich in überfüllten Interrail-Zügen drängelte. Auch nach dem Ende des Trainings blieben wir auf dem Platz, und ich trat eine Flanke nach der nächsten in den Strafraum, wo Mario lauerte und die Bälle mit unwiderstehlicher Eleganz am imaginären Tormann vorbeischlenzte. Als mit dem ersten Bartflaum neue, drängende Gedanken aufkamen, sprachen wir nicht darüber. Vielleicht weil wir Angst vor den Niederlagen hatten, die damit auf uns warteten. Anders als beim Fußball, wo in unserer Altersklasse keine ernst zu nehmende Konkurrenz zu finden war. Fußball gab uns das sichere Gefühl, weiterhin alles im Griff zu haben. Frauen nicht. Im Gegenteil.

Doch in dieser Nacht, mit Helene, ist alles anders. Wir liegen auf meiner ausgebreiteten Jacke, meine Hand auf ihrer Wange, die andere in ihrem Haar. Die Hitze des Tanzens ist verflogen, und ich spüre, dass Helenes Schultern zu zittern beginnen. Am Lagerfeuer steigt der Lärmpegel. Die anderen rutschen zielsicher in das vorhersehbare Saufgelage ab, und ihr Geschrei treibt das Unbehagen zu mir zurück, das Marios Auftritt ausgelöst hatte. Seine so ungewohnte Unbeholfenheit. Ich stelle ihn mir vor, wie er zwischen den Jungs am Feuer sitzt, deren Übermut mit jedem Bier wächst. Und frage mich, wie er sich nun aus der Affäre zieht. Der Respekt unserer Schulfreunde ist durch etwas so Profanes wie einen starken Willen nicht zu gewinnen. Durch eine starke Leber dagegen immer. Doch auf die können weder Mario noch ich zurückgreifen.

Helene sieht mich an, mit ihrem Lächeln, und es verscheucht auch diesen letzten Gedanken an die Welt um uns herum. Es nimmt mir alle Angst, die mich bei unseren ersten Worten und auch beim Tanzen gequält hat. Und dieses Gefühl der völligen Sicherheit, nur das Richtige tun zu können, dieses Gefühl gibt mir Helene, als sie den Mundwinkel zu ihrem schiefen Lächeln nach oben zieht, das mich gleichzeitig beschützen und angreifen lassen will.

Wir richten uns auf, und ich nehme ihre Hand. Sie folgt mir zum Zelt, das ich mit Mario teile. Wir zwängen uns durch den Eingang, und dann liegen wir endlich auf meinem ausgebreiteten Schlafsack. Von draußen dringt das Kreischen, Grölen, Lachen zu uns, das verrät, dass die Veranstaltung stetig weiter an Niveau verliert und an Fahrt gewinnt. Ein Blick in Helenes Augen sagt mir, dass wir alle Zeit der Welt haben. In meiner Brust breitet sich eine Wärme aus, so wohlig, wie sie kein Apfelkorn erzeugen könnte. Ich fahre mit der Hand durch ihr Haar, während wir uns küssen, spüre ihre Hand, die sich unter meinen Pullover geschoben hat und mir eine Gänsehaut über den Rücken streicht.

Helenes Augen sind geschlossen, während ich langsam über ihren Bauch streichele. Ihre Haut ist so weich, dass sich meine Hand wie von selbst darüber bewegt. Draußen hat jemand The Power von Snap aufgelegt, und das allgemeine Gejohle lässt uns aufhorchen. Helene kichert, schlingt die Arme um meinen Hals und zieht mich näher an sich heran. Ihre Haut gleitet an meinen Fingerspitzen entlang, und dann höre ich das kurze Zischen, mit dem sie die Luft durch die Zähne einsaugt, als meine Hand ihre Brust streift. Ich kann spüren, wie sich die Muskeln darunter anspannen. Ein zugleich aufregendes und einschüchterndes Gefühl. Ich schließe die Augen, das Blut pocht mir in den Hals. Ich verharre, warte darauf, dass jetzt alles vorbei ist, dass Helene sich entrüstet aufrichtet, das Zelt verlassen und mich mit meiner Sehnsucht alleine lassen wird. Aber sie hält ihre Arme einfach weiter um meinen Hals geschlungen, lässt ihren Atem sanft über meine Wange streichen. Ich öffne die Augen und beobachte ihr Gesicht. Die Augen sind geschlossen, sie lächelt zart und einladend, als warte sie darauf, was ich als Nächstes tun werde.

Mit klopfendem Herzen bewege ich meine Hand, langsam, vorsichtig, bis ich die weiche Wölbung berühre. Ich blinzele nicht, nehme meinen Blick nicht eine Sekunde von Helenes Gesicht, während meine Finger die Brustwarze ertasten, die sich ihnen erwartungsvoll entgegenstreckt. Mein Herz weiß nicht, ob es rasen oder stehen bleiben soll. Sie lächelt, in sich gekehrt und weltvergessen. Doch dann zieht sie die Augenbrauen zusammen und seufzt leise. Mein Kopf leert sich, und die Grenze zwischen Sekunden und Minuten verwischt, während ich Helene weiter beobachte, um auch nicht einen Moment zu verpassen. Sie öffnet die Augen und sieht mich an, lange und tief. Ein Blick wie eine Bitte. Unvermittelt richtet sie sich auf und zieht den Pullover über ihren Kopf. Sie nimmt meine Hand und legt sie auf ihre nackten Brüste. Dazu lächelt sie, als würde ihre Entschlossenheit sie überraschen. Als wundere sie sich, ein wenig amüsiert, über sich selbst.

Ich schließe die Augen und gebe mich ganz dem Gefühl von Helenes Haut unter meiner Hand hin. Dabei lausche ich ihrem Atem, der unruhig ist, aber doch so unendlich harmonisch. Ich bekomme eine erste Ahnung davon, dass große, überwältigende Dinge auf mich warten.

Ich beuge mich zu Helenes Bauch, atme den Duft ihrer Haut, meine Lippen gleiten langsam weiter, über ihre unendlich weiche Haut, treffen auf ihren Busen, und ich lasse mich von dem Gefühl überrollen, das ihre Nähe erzeugt. Ihre Finger kraulen mein Haar. Als ich meinen Mund auf eine ihrer Brustwarzen lege, wird ihr Griff fester. Er entspannt sich wieder, als sich meine Lippen lösen. Sie lässt mich das Spiel eine Weile mit ihr spielen, bevor sie mich zu sich zieht. Ich erinnere mich genau an das träge Geräusch unserer Jeans auf dem weichen Stoff des Schlafsacks. Ich weiß noch, wie sehr ich mir wünschte, dass meine Hand den Kontakt zu Helenes Haut niemals verlieren würde.

Wir küssen uns, dann schiebt sie mich von sich. Sie richtet sich wieder auf und sieht mich an, als wäre sie gerade aus einem tiefen Traum erwacht. Ein Blick, der keine Worte, kein Lächeln erlaubt, der meiner Unsicherheit neuen Raum gibt, sich auszubreiten. Doch Helene beugt sich vor, lächelt, gibt mir einen kurzen, entschlossenen Kuss. Sie fasst meinen Pullover und zieht ihn mir über den Kopf. Ich schließe die Augen, rieche noch einmal den Qualm des Lagerfeuers, der sich im Stoff festgesetzt hat. Dann sitze ich vor ihr, mit nacktem Oberkörper. Wir umarmen uns, halten uns fest. Entschlossen, den Hautkontakt nicht eine Sekunde lang zu verlieren. Wir sinken auf den Schlafsack zurück, ich küsse Helenes Hals, ihre Schultern, ihre Brüste, während ihre Hand über meinen Rücken streicht. Ich spüre ihren Bauch, reibe meine Brust daran, bestaune fast kindlich die kleinen elektrischen Stöße, die durch meinen Körper geschickt werden. Meine Hand fährt über ihre Hüfte, bis sie schließlich den Saum ihrer Hose erreicht. Sie hebt meinen Kopf, küsst mich ruhelos, und ich traue mich, meine Finger weiter hinunterzuschieben.

Dann spüre ich die kurzen, krausen Haare an meinen Fingerspitzen. Helene atmet tief ein, und ich spüre, dass sie lächelt, während wir uns weiter küssen. Es ist die Erlaubnis, die Aufforderung, weiterzumachen. Und dann berühre ich sie. Helenes Atem stockt. Sie greift meinen Nacken und zieht meinen Kopf zu sich. Ich liege neben ihr, regungslos. Nur meine Finger haben begonnen, sich schüchtern zu bewegen, und Helene summt dazu leise Melodien des Glücks in meinen Mund.

Ich wüsste gerne, ob ich in diesem Moment etwas gedacht habe. Aber vermutlich war ich gedankenlos glücklich. Ich kann mich genau an das Gefühl erinnern, das mich wie warmes Wasser durchströmte. Doch ich weiß, dass es unmöglich ist, es noch einmal zu erleben. So sehr ich es auch wünsche. Das Glück endet in dem Moment, in dem die Gedanken einsetzen. Es gerinnt zu einer Erinnerung, die nichts als Sehnsucht produziert.

Wie lange wir so liegen, ich kann es beim besten Willen nicht sagen. Die Zeit bleibt still zurück oder rast an uns vorbei. Doch ich weiß noch genau, wie Helene mich bei der Hand nimmt und mich mit der Zuversicht führt, die jemand hat, wenn er den Weg kennt und weiß, dass es nichts zu befürchten gibt.

Sie richtet sich auf, sieht mich an, klar und betäubend ernst. Dann beugt sie sich zu meinen Füßen und zieht die Schnürsenkel auf. Ich streife die Schuhe ab. Sie fasst meine Jeans an den Beinen, und ich winde mich aus ihr heraus. Es ist der ungeschickte Akt, der es immer bleiben wird. Doch Helenes Blick gibt ihm etwas Andächtiges. Dann streift Helene ihre Hose ab und lässt sich zurücksinken. Ich streiche mit meiner Hand über ihre Beine, langsam ihre Schenkel entlang. Helene nimmt mein Gesicht in beide Hände, küsst mich, dann greift sie nach meiner Hand und drückt sie fest zwischen ihre Beine. Ich sehe fassungslos auf die drei Hände, und dann beginnt Helene langsam, ihre Hüfte zu bewegen. Mein Blick schleicht über ihren Bauch, ihre Brüste, bis er ihr Gesicht erreicht, und trifft auf ihre Augen, die mich die ganze Zeit beobachtet haben müssen.

Ich weiß nicht, was zu tun ist, doch Helene zieht mich zu sich, bis ich auf ihr liege. Und ohne einen Gedanken bin ich in ihr, spüre, wie sie mich weich und warm umschließt. Alles ist einfach, mühelos, leicht. Und nach einem Moment der Atemlosigkeit beginne ich, mich langsam und vorsichtig in ihr zu bewegen. Helenes Blick fließt in mich, füllt mich vollkommen aus. Sie greift wieder in mein Haar, zieht mich zu sich hinunter, und auch ich lasse los. Wir verlieren und finden uns in ihr. Ich sehe Helenes Gesicht von süßem Schmerz verzerrt, ihre Brauen ziehen sich wieder zusammen, die Lider zittern halb gesenkt über ihren Pupillen. Und da ist er wieder: der nach oben gezogene Mundwinkel. Mit einem Ruck drückt sie die Schultern zurück, reißt die Augen auf und erstarrt unter mir. Ein Blick, der mich sucht, der mich findet, der mich durchdringt und erschüttert. Und ich spüre, wie sich mein Unterleib verspannt, schließe die Augen und bäume mich über ihr auf, während meine Lunge alle Luft aus mir herausdrückt.

Ich öffne, noch kurzatmig, die Augen, und unsere Blicke treffen sich. Nach einigen Sekunden flüchtiger Ewigkeit schließt Helene die Augen und sinkt langsam zurück. Dabei lächelt sie. Ein Lächeln, das ich niemals vergessen werde. Es öffnet mir das Herz und träufelt etwas Gutes, Gnädiges hinein.

Wir liegen nebeneinander, benommen und glücklich, auf dem zerwühlten Schlafsack und verlieren uns in den Augen des anderen, lassen unsere Finger über die verschwitzten

Körper streichen. Helene beugt sich über mich, bedeckt meine Brust mit Küssen, streicht mit ihren Fingerspitzen über meine Wange.

»Ich liebe dich«, sagt sie leise und küsst mich.

Wieder verharrt die Zeit und lauert, bis ein heißer Stoß durch meinen Körper jagt und mir Tränen in die Augen treibt. Ich muss lächeln. *Boys don't cry.* Vor einigen Stunden habe ich das Lagerfeuer verlassen, um nicht zu weinen, als der Rauch der Plastiktüte auf mich zutrieb. Die Tüte, die Mario ins Feuer werfen musste.

Er ist nicht ins Zelt gekommen. Nicht in der Nacht und nicht am Morgen. Helene und ich lagen nebeneinander auf meinem Schlafsack, unter den nervösen Schatten, die über die Zeltwand hüpften, und konnten nicht aufhören, uns anzusehen und zu berühren, auch dann nicht, als draußen der Gettoblaster in den letzten Zügen lag. Ich war mir sicher, dass wir es beide wussten. Dass es der Beginn war, der Beginn von etwas Großem.

Ziemlich genau zwei Jahre später, im Sommer 1992, hatte Helene den Unfall. Sie fuhr mit auf Marios Motorrad. Die beiden waren unterwegs in den Urlaub nach Frankreich. Mit dem Zelt im Gepäck, in dem wir unsere erste Nacht verbracht haben.

Ich weiß noch, wie Helene zum ersten Mal bei meinen Eltern war. Erinnere mich an die Eifersucht meines Vaters, die in jeder seiner Gesten lag. Und an das Unbehagen, das er bei Helene auslöste. Auslösen wollte.

Ich höre noch den Spruch meiner Mutter, den sie jedes Mal aufgesagt hat, wenn ich, die Sportsachen hastig in die Waschmaschine gesteckt, aufs Fahrrad gestiegen bin, um ans andere Ende der Stadt zu Helene zu fahren. Und ich erinnere mich an Helenes Bett. Darüber hatte sie im Dunkeln leuchtende Sterne an die Zimmerdecke geklebt.

Das Bild von Helene, die Gefühle für sie sind so klar, dass ich mich fragen muss, wie viel sie noch mit der Wirklichkeit zu tun haben. Ich denke so oft an die Zeit mit ihr, und vielleicht hat sie sich durch das Erinnern selbst wieder und wieder verfälscht, schleichend, aber unaufhaltsam. Wie ein Stille-Post-Spiel, das ich über all die Jahre mit mir selbst gespielt habe.

Vielleicht hat es nie die Schatten auf der Zeltwand gegeben. Kein enthemmtes Grölen der Jungs, und möglicherweise war es gar nicht Mario, der die Plastiktüte ins Feuer warf, deren Rauch mich zu Helene trieb. Vielleicht habe ich meine Erinnerung mit den Jahren ausgekleidet, so wie man ein Zimmer einrichtet und dekoriert, in dem man sich gerne aufhält.

Helene kam zu unseren Spielen und sah den wirklichen Mario. Nicht den unbeholfenen Jungen, der sich am Holz für das Lagerfeuer festklammert. Sondern den, der die gegnerische Abwehr schwindelig spielt. Den schon als Jugendlichen abgebrühten, den eleganten Stürmer. Ich konnte nicht verliebt genug sein, dass mir entging, wie sie ihn ansah, wenn wir vom Spielfeld kamen. Auch wenn sie es, glaube ich, zunächst selbst nicht wahrhaben wollte. Aber es nahm mir Stück für Stück alle Sicherheit, die sie mir mit ihrem Lächeln geschenkt hatte. Selbst wenn wir allein waren, fühlte ich mich ungelenk wie ein einsamer Tänzer.

Sie ist zu ihm gegangen. Und ich habe es angenommen wie eine gerechte Strafe. Ich hatte immer das Gefühl, Mario an jenem Lagerfeuerabend allein gelassen und verraten zu haben. Als ich Helenes Abschiedsbrief las, hatte es fast etwas

Erlösendes. Als wäre ein unvermeidliches Unglück endlich eingetroffen.

Mit dem Fußballspielen habe ich aufgehört. Mein Vater hat es mir bis heute nicht verziehen, und ich habe nie geschafft, ihm zu erklären, dass es gar nichts mit ihm zu tun hatte. Ich wollte nur Mario keine Vorlagen mehr geben.

Jetzt, im Sommer 2000, sitze ich an meinem Schreibtisch und betrachte Fotos, die ich in einem Umzugskarton im Keller gefunden habe. Auf den verknitterten Bildern strahlen mich sonnenverbrannte Jungen und Mädchen an, mit rotgeblitzten Pupillen. Aufbruchswütige und erwartungshungrige junge Menschen am Anfang eines neuen Jahrzehnts. Einer von ihnen bin ich.

Den beiden ist nichts Ernstes geschehen. Mario brach sich das Schlüsselbein. Helene kam mit ein paar geprellten Rippen und einer Narbe davon, die ihre linke Gesichtshälfte seither ein klein wenig verziehen soll.

Mario schaffte es in die Regionalliga. Er hätte besser werden können, sagt mein Vater, wenn ich mit ihm telefoniere. Besser werden müssen. Und ich höre den Vorwurf, der sich unausgesprochen hinter den Worten verbirgt. Er lässt mich stumm werden und das Gespräch rasch beenden.

Ich frage mich, ob Mario auch so oft an Helene denkt, ob er das gleiche Lächeln vor sich sieht, mit dem sie mich in jener Nacht gereizt und verzaubert hat. Dieses wundervolle Lächeln, das mir vor zehn Jahren Mut gemacht hat, zu tanzen und Helenes Hand zu nehmen. Ich bin sicher, dass der Unfall ihm nichts hat anhaben können.

Wir waren nur wenige Wochen zusammen. Heute fühlt es sich an wie eine lange Zeit.

Wiebke Lorenz

Das erste Mal – Liebe?

»Wenn du mit jemandem schläfst, macht dein Körper ein Versprechen, ob du es willst oder nicht.«

Diesen Satz hat sie aus *Vanilla Sky*, einem ziemlichen Drecksfilm mit Tom Cruise. Sie sieht mich lange an, wartet offensichtlich, dass ich ihr eine Antwort darauf gebe. Aber was soll ich dazu schon sagen? Ich bin nicht Tom Cruise, nur ein ganz normaler Kerl. Und ich mache keine Versprechen. Mein Körper schon mal gar nicht.

»Es war schön mit dir«, sage ich deshalb nur, »danke.«

Einen Augenblick lang wirkt sie fassungslos, ihre Augen wandern unruhig zur Wohnungstür und wieder zurück zu mir.

»Ich soll also gehen?«, fragt sie dann.

Ich nicke.

Aber sie bleibt weiter einfach nur so vor mir stehen, zerknüllt ihre Jacke zwischen ihren Händen. Ihre Augen glänzen verräterisch. Es wird nicht mehr lange dauern, bis ihr eine Träne über die Wange läuft.

Geh doch endlich, würde ich sie am liebsten anschreien. Geh und hör auf, dich weiter zu quälen. Und mich.

Sie schlägt die Augen nieder, räuspert sich, um anschließend ein »Wie du willst« zu flüstern. Dann dreht sie sich um, geht zur Tür, öffnet sie und ist zwei Sekunden später aus meiner Wohnung und meinem Leben verschwunden.

Das war nicht so einfach, wie ich gehofft hatte. Aber wie hätte ich das ahnen können? Man sieht es ihnen vorher nicht an, ob sie mitten in der Nacht still und heimlich abhauen oder ob sie am nächsten Morgen noch ein Frühstück und anschließend 30 gemeinsame Jahre erwarten. Still und heimlich ist mir am liebsten. Ich brauche kein Gequatsche danach. Wenn ich reden will, suche ich mir einen Therapeuten und keinen One-Night-Stand. Und ich will auch niemanden, der sich in meinem Leben ausbreitet. Mein Leben ist genau richtig so, wie es ist. Da gibt es keinen Platz mehr für irgendjemanden, ich lasse niemanden hinein.

Hübsch ist sie ja gewesen, denke ich, als ich unter der Dusche stehe und mir den Schweiß der vergangenen Nacht abwasche. Hübsch und auch ziemlich unterhaltsam. Eigentlich schon eine Frau, die ich richtig gern haben könnte. Wenn sie nicht aus schlechten Filmen zitieren würde.

Als sie gestern Abend in der Bar auf einmal neben mir stand und vergeblich versuchte, den Kellner hinterm Tresen auf sich aufmerksam zu machen, wie sie ein wenig hilflos mit ihren Ärmchen wedelte und immer wieder »hallo, hallo« rief – da spürte ich auf einmal so ein warmes Gefühl in mir aufsteigen. Ich beobachtete sie noch eine Weile, registrierte, wie sie fast glücklich strahlte, als sie endlich ihr Bier bekam und damit zurück zu ihren beiden Freundinnen ging. Sie hatte ihre langen, dunklen Haare zu einem Pferdeschwanz hochgebunden, der bei jeder ihrer Bewegungen hin und her wippte. Ich versuchte mir vorzustellen, wie sie wohl mit offenen Haaren aussehen würde. Bestimmt fielen sie ihr schimmernd bis über die Schultern, würden ihr kleines, blasses Gesicht einrahmen und ihre Augen noch viel grüner strahlen lassen, als sie es in der dunklen Bar ohnehin schon taten.

Auf einmal hatte ich das dringende Bedürfnis, ihr hinterherzugehen und ihr einfach das Zopfgummi herauszuziehen, um zu sehen, ob ich Recht hatte. Und gleichzeitig stellte ich mir vor, wie ihre Haare über meine Wangen streichen würden, wenn sie sich über mich beugen würde. Meine Hände könnten damit spielen und zwischendurch immer wieder ihr Gesicht berühren.

Als sie zum zweiten Mal neben mir stand, um sich noch ein Bier zu holen, fragte ich sie, ob ich sie und ihre Freundinnen einladen dürfte. Sie drehte sich erstaunt zu mir um, kniff die Augen leicht zusammen und musterte mich mit diesem typisch weiblichen Blick: So eine Art Sekundenscan, als würden sie versuchen, im Bruchteil eines Augenblicks herauszufinden, was in meinem Kopf vor sich geht. Entweder, sie lächeln dann freundlich und lassen dich stehen – oder sie reden mit dir. Wenn sie das tun, hast du eigentlich schon so gut wie gewonnen. Diese hier lächelte, bedankte sich und sagte: »Ja, gern.«

Ehrlich gesagt hätte ich die Bar in diesem Moment verlassen können, denn da wusste ich ja schon, dass ich das Spiel gewonnen hatte. Der Rest war nur noch Routine: Erst mit ihr und ihren Freundinnen etwas trinken und plaudern, dann darauf warten, dass sie ihnen ein unauffälliges Zeichen gibt zu verschwinden, damit wir zwei allein sein können. Und wenn ihre Freundinnen dann, kichernd und bedeutungsvolle Blicke austauschend, irgendwann nach Hause gingen, dann wurde es noch einmal spannend: Würde sie sofort mitkommen? Oder würde sie versuchen, sich rar zu machen, mir ihre Telefonnummer geben und ein Taxi nehmen? Das passierte auch oft. Aber noch nie habe ich eine Frau dann noch einmal angerufen. Wozu? Es ist nicht das, was ich suche.

Eigentlich suche ich überhaupt nichts. Nur hin und wieder etwas Nähe, einen menschlichen Körper, der sich an mich schmiegt, den ich eine Nacht lang spüren kann. Haut an Haut. Aber nicht unter die Haut. Das ist doch nicht so schwer zu verstehen.

Wir standen in der Bar und redeten bis morgens um fünf, und ich muss zugeben, dass ich dabei viel Spaß hatte. Sie erzählte eine Menge und hörte mir interessiert zu, wenn ich etwas sagte. Wirklich hübsch war sie. Vielleicht sogar schön. Und ihre Haut so weich. Wenn ich hin und wieder, wie aus Versehen, mit meiner Hand ihren Arm berührte, konnte ich es fühlen. Seidige, zarte Pfirsichhaut mit einem weichen Flaum darüber. Wie es wohl wäre, von diesen Armen umschlungen zu werden? Und wie wohl ihr restlicher Körper aussah? War er genau so samtig und weich, roch nach Vanille und süßer Weiblichkeit? Ich war verwirrt.

Aber was mich noch viel mehr verwirrte, war etwas anderes: Eine seltsame Nähe, von der ich nicht sagen konnte, woher sie kam. Lag es daran, wie sie redete? An den Dingen, die sie sagte? Sie war tatsächlich nicht nur hübsch. Wenn sie lachte, versetzte es mir einen regelrechten Stich. Es war faszinierend und beängstigend zugleich.

Ein paar Mal überlegte ich, ob ich nicht doch einfach nach Hause gehen sollte. Die hier war anders als die anderen, die ich sonst Abend für Abend kennen lernte. Sie brachte etwas in mir zum Klingen, wovon ich nicht wollte, dass es berührt wird. Und trotzdem konnte ich nicht widerstehen. Ich wollte sie haben. Ich musste.

Als ich sie küsste, wehrte sie sich nicht, sondern erwiderte meinen Kuss. Und als ich schließlich ihre Hand nahm und sie zu meinem Auto führte, kam sie ohne jeden Widerstand mit. Fast ärgerte mich das ein bisschen. Wieso machte sie es mir so leicht? So eine Frau musste es einem Mann nicht leicht machen. So eine konnte Ewigkeiten spielen, ohne dass es langweilig wurde. Aber andererseits wurde es schon hell, und ich hatte ein großes Verlangen danach, ihren Körper zu spüren, ihre Brüste zu küssen und mir für zwei oder drei Stunden vorzustellen, nicht mehr allein zu sein.

Als wir in meiner Wohnung ankamen, zog ich sie wortlos ins Schlafzimmer. Sie ließ sich auf mein Bett gleiten, ich legte mich neben sie und fing an, sie auszuziehen. Als sie nur noch ihre Unterwäsche trug, konnte ich meinen Blick kaum mehr von ihr abwenden. Sie war wirklich wunderschön. Jeder Zentimeter ihres Körpers war makellos, die Haut zwischen ihren Beinen so weich und zart, dass ich mich beinahe nicht traute, sie dort zu streicheln. Mit schnellen Bewegungen zog ich mich auch aus, rutschte ganz nah an sie heran, ließ meine Hand über ihren Busen und ihren Bauch gleiten und streifte ihr dann den Slip hinunter.

Die ganze Zeit sah sie mir direkt in die Augen, beobachtete mich sehr genau, als wäre sie auf der Suche nach irgendetwas. Da wusste ich schon, was sie finden wollte. Sie suchte danach, was sie ein paar Stunden später »Versprechen« nennen würde.

»Tu mir nicht weh«, sagte sie, als ich mich auf sie legte, um sie ganz zu spüren.

»Ich werde vorsichtig sein«, erwiderte ich, obwohl ich

doch wusste, dass sie das nicht meinte. Aber tatsächlich wollte ich ihr nicht wehtun.

Der Einzige, der von mir verletzt wird, bin ich selbst.

Nachdem wir miteinander geschlafen hatten, kuschelte sie sich an mich und legte ihren Kopf auf meine Schulter. Für eine knappe Stunde mochte ich das Gefühl, konnte es ganz gut aushalten, fühlte mich sogar wohl dabei. So konnte es also sein. Und plötzlich war da dieser Gedanke, diese Hoffung, dass es vielleicht so bleiben würde. Sie würde dort liegen bleiben, dicht an mich geschmiegt, und es würde niemals aufhören.

Aber dann ging es nicht mehr. Es fing wieder an. So wie immer. Langsam und unaufhaltsam kroch die Kälte in mir hoch, bis ich es schließlich nicht mehr ertragen konnte und aufstand.

Ich schob sie vorsichtig von mir runter, denn sie war auf mir eingeschlafen. Als ich neben dem Bett stand und auf sie hinuntersah, wie sie dort lag und tief und regelmäßig atmete, fühlte ich mich irgendwie in die Enge getrieben. Wie konnte sie da so seelenruhig schlafen? In meinem Bett, in meiner Wohnung? Wie konnte sie so viel Vertrauen haben, dass sie die Kontrolle losließ, sich mir quasi auslieferte? Das wäre für mich unvorstellbar. Hingabe kannte ich nur für ein paar kurze, leidenschaftliche Minuten. Gleichzeitig merkte ich, wie ich begann, mich zu schämen. Sie brachte mir ein Vertrauen entgegen, das ich nicht verdiente.

Und dann, als sie eine halbe Stunde später wach wurde und nach ihren Kleidern suchte, da hätte ich sie schon gern gefragt, was sie gerade dachte und fühlte. Auch, wenn es doch eigentlich gar nicht wichtig ist, was jemand denkt und fühlt, den man sowieso nie wieder sehen wird.

Aber ich hätte es gern gewusst.

Als ich mich nach dem Duschen an meinen Schreibtisch setze, um endlich die Steuererklärung für das letzte Quartal zu machen, habe ich sie auf einmal wieder vor Augen. Ganz deutlich sehe ich ihr Gesicht vor mir, wie sie unter mir liegt und mich mit diesem fragenden Blick ansieht. Ich versuche, das Bild beiseite zu schieben, aber es gelingt mir nicht. Ihr langes, seidiges Haar, diese unglaublich grünen Augen, wie sie gelacht hat, als wir einmal, zwischendurch, fast aus dem Bett gefallen wären …

Ich stehe auf, zünde mir eine Zigarette an und laufe unruhig durch die Wohnung. Was ist nur los? Wieso spukt sie noch in meinem Kopf herum? Noch nie ist es mir passiert, dass ich nach so einer Nacht auch nur einen einzigen Gedanken an die Frau verschwenden musste, die ich mitgenommen habe. Und jetzt sehe ich sie vor mir, spüre, wie in mir schon wieder dieses komisch warme Gefühl aufsteigt und mich nicht in Ruhe lässt.

Das darf doch wohl nicht wahr sein.

Ich habe mich doch wohl nicht – verliebt?

Ich lache laut auf. Nein, das kann nicht sein. Ich verliebe mich nicht. Habe ich noch nie und werde ich auch nie. Wie gesagt, mein Leben ist perfekt, wie es ist. Ich werde nicht zulassen, dass irgendetwas oder irgendjemand es durcheinander bringt.

Drei Wochen ist es jetzt her, dass SIE bei mir war. Drei Wochen, in denen ich jeden Tag an sie denken musste. Zweimal war ich abends sogar in der Bar, in der ich sie getroffen habe. Stand da rum und kam mir ziemlich bescheuert vor, weil ich gar nicht so recht wusste, was ich sagen sollte, wenn sie auf einmal auftauchen würde. Und obwohl ich sie einerseits suche, bin ich andererseits fast froh, sie nicht zu treffen. Weil ich nicht weiß, was dann passiert.

Ich mag das Gefühl nicht, nicht zu wissen, was passiert. Am wohlsten fühle ich mich, wenn ich weiß, was morgen kommt und was nächste Woche, wenn ich die Sicherheit habe, dass alles so bleibt, wie es ist.

Veränderungen sind mir schon immer unheimlich gewesen, und ich verstehe überhaupt nicht, warum die meisten Menschen so sehr darauf aus sind, ihr Leben zu ändern.

Sie würde mein Leben ändern. Das würde sich ja gar nicht verhindern lassen. Wenn sie auf einmal ein Teil davon wäre, würde nichts mehr so bleiben, wie es ist. Ich müsste mich arrangieren, mich auf sie einstellen, könnte nicht einfach mehr das tun und lassen, was ich will. Und vor allem: Irgendwann würde ich sie enttäuschen. Könnte ihre Erwartungen nicht mehr erfüllen. Wie gesagt, ich bin nicht Tom Cruise, sondern nur ein ganz normaler Kerl. Mit der Zeit würde sie es merken, würde erkennen, dass ich nichts von dem bin, was sie in dieser einen Nacht vielleicht in mir gesehen hat. Keine Erwartungen und keine Enttäuschungen, damit bin ich bisher am besten gefahren.

Und trotzdem stehe ich heute Abend zum dritten Mal in dieser Bar und hoffe darauf, dass sie auftaucht. Und habe doch gleichzeitig Angst davor. Genau das ist es, was ich nicht gewollt habe.

Ich wollte nicht, dass sich etwas in meinem Kopf festsetzt und mir keine Ruhe mehr lässt. Kein Mensch kann so etwas gebrauchen, ich am allerwenigsten. Ich will das, verdammt noch mal, nicht! Entschlossen greife ich nach meiner Jacke, ziehe sie über und will einfach nur noch schnell nach Hause.

Genau in diesem Augenblick sehe ich sie.

Sie muss da schon eine Weile gestanden haben. Direkt neben dem Eingang hat sie sich an die Theke gelehnt und trinkt ein Bier. Wieder hat sie die Haare zum Pferdeschwanz gebunden, wieder ist sie mit einer Freundin da, lacht fröhlich und gestikuliert beim Reden wild mit ihren Händen. Dann soll es vielleicht sein.

Ich spüre, wie mein Herz rast, als ich auf sie zugehe und sie anspreche. »Hallo«, sage ich. Mehr bekomme ich nicht heraus. Die Angst schnürt mir beinahe die Kehle zu.

»Was willst du?«, fragt sie.

Alles. Die erste Antwort, die mir in den Kopf kommt.

»Nichts«, sage ich stattdessen.

Sie lächelt mich an, dann trinkt sie ihr Bier in einem Zug aus und stellt die Flasche auf den Tresen.

»Das habe ich mir gedacht«, sagt sie und dreht sich schon halb von mir weg. »Man kann es sehen, dieses Nichts.«

Im nächsten Moment ist sie an mir vorbei, schlendert zusammen mit ihrer Freundin aus der Bar. Ich bleibe zurück mit einem Gefühl von Leere. Nach einer Weile drehe ich mich um und bestelle mir noch ein Bier.

Aus den Augenwinkeln sehe ich, wie eine Blondine die Bar betritt. Als sie an mir vorübergeht, bleibt mein Blick an ihr haften. Die ist gut, denke ich. In einer halben Stunde werde ich sie ansprechen. Sie ist überhaupt nicht mein Typ. Und deshalb genau richtig.

Lola Lindberg

Zum ersten Mal im ZDF

»Wie meinst du das?«, frage ich entgeistert. Ich hatte mit einigem gerechnet – damit nicht. »Carsten Spengemann spielt Othello?«

»Yup«, macht Maren. »Carsten Spengemann spielt Othello.«

»Aber der ist doch nicht mal schwarz!«

»Der ist ja noch nicht mal Schauspieler.« Maren schüttelt seufzend den Kopf. »Oder sagen wir mal: Keiner, dem man Shakespeare zutraut. Aber sein Agent meint, er will einen radikalen Imagewechsel. Deswegen spielt er jetzt Shakespeare. Am Theater. In Berlin. Was natürlich bedeutet …«

»… dass er nicht bei uns in München die Hosen runterlässt?«

Maren nickt. »Genau.«

»Schöne Scheiße«, sage ich. »Aber … was soll's. Weiter geht's!«

»Muss ja«, grinst Maren.

Ich greife nach der alten *Bravo*, die vor mir auf dem Schreibtisch liegt, und lasse sie seufzend in den Papierkorb fallen. Dann besinne ich mich eines Besseren, hole sie wieder raus und stecke sie in meine Tasche. Immerhin gehört das Heft Kai, meinem Bruder. Meinem schwulen Bruder, wie ich noch anmerken sollte, denn es gibt wohl wenig Heterosexuelle, die die *Bravo*-Ausgabe 7/2000 für ein Sammlerstück halten, weil sich Carsten Spengemann darin nackt präsentiert. Allerdings ohne freien Blick auf das Spengemännchen, was Kai und ich sehr schade finden. Natürlich besitzt mein Bruder auch die *Bravo*, in der die berühmten Paparazzobilder von Brad Pitt abgedruckt sind, aber die würde er mir niemals leihen. Was ich nicht ganz verstehen kann – denn Brad ist ein gutes Beispiel dafür, dass ein kleiner Schwanz auch an einem großen Star nicht besser aussieht als zum Beispiel an Heiner Stolz, einem unsäglichen One-Night-Stand, den ich mal ... aber das würde zu weit führen. Und außerdem brauche ich keine kleinen Schwänze, weder im normalen Leben, noch jetzt. Ich brauche einen großen. Möglichst einen prominenten. Und kamerascheu sollte er auch nicht sein.

Maren hat sich inzwischen hinter ihrem Schreibtisch hochgestemmt und ist zur Tür gegangen. »Ich brauche einen Kaffee«, sagt sie. »Du auch?«

»Double Latte. Bist 'n Schatz.«

»Und dazu ein Croissant?« Was diese Frau für ein fieses Lächeln aufsetzen kann!

»Du kannst mich mal«, knurre ich, während mein Magen – und größere Teile meiner Seele – sich bitterlich beschweren. Ein Croissant wäre der Himmel. Zwei sogar einige Jahre im Fegefeuer wert. Allerdings hat schon ein Bissen mehr Kalorien als manche vollwertige Zwischenmahlzeit, und da mein persönliches Fegefeuer »Kleidergröße 40«

heißt – von der ich gerade auf eine glückverheißende 38 zu kommen versuche –, gilt für mich: *pas de croissant.* Magermilchquark mit Süßstoff ist ja auch ganz lecker, irgendwie.

»Gutes Mädchen. So tapfer!« Maren lacht und verschwindet aus meinem Büro. Besser wäre es natürlich, ich könnte sagen, dass sie mich allein lässt – aber das bin ich nicht. Schließlich habe ich, von der Kleidergrößenthematik einmal abgesehen, ein drängendes Problem. Und der einzige tröstliche Gedanke ist, dass man dann nie ganz allein ist. Alles mag einen verlassen – Probleme bleiben.

Eigentlich habe ich keinen Grund, um mich zu beschweren. Ich bin gesund, sehe nett aus, musste das Rauchen nie aufgeben, weil ich erst gar nicht damit angefangen habe. Und dank *Weight Watchers* konnte ich meinen Weihnachtsspeck innerhalb der letzten Wochen schon erfolgreich minimieren. Meine Hüften haben lediglich noch eine Idee Rundung zu viel. Rundung meint übrigens nicht etwa rassige weibliche Kurven, sondern klingt einfach besser als Speckschicht. Und wenn man seine Probleme positiv benennt, dann hat man sie schon ein bisschen im Griff. Das hat mir Hans beigebracht, ein gut aussehender Soziologiestudent, dem bei den wöchentlichen *WW*-Treffen immer sämtliche Frauenherzen zuflogen. Er war der Held aller Wohl- und Wohlwohlgerundeten, denn er hat über 25 Kilo verloren und sich vom gemütlichen Pandabären zum Panther mit Bundgröße 34 entwickelt. Ja, alle haben ihn geliebt. Gevögelt habe ich ihn allerdings alleine. Schon war die Zeit der netten Gruppentreffen für mich vorbei – denn die anderen haben es mitbekommen. Und man sollte sich besser nicht mit einer Gruppe eifersüchtiger Frauen anlegen, die gemeinsam 1.247 Kilogramm auf die Waage bringen und Hunger haben. Nun bekämpfe ich meine Rundung lieber im Alleingang. *There are some things a girl must do alone.*

Vielleicht sollte ich versuchen, auch meinem derzeit drängenden Problem einen positiven Namen zu geben. »Frau braucht Schwanz« klingt nicht gerade lebensbejahend. Zumal ich ihn ja nicht einmal für mich persönlich haben will, sondern für die Nation. Um genauer zu sein: Für 12,43 % der Nation zwischen 14 und 48. Denn die sehen viermal die Woche um 15:30 Uhr unsere erfolgreiche Daily-Soap *Regentage, Sonnentage*. Wir sind vor einem Jahr im ZDF auf Sendung gegangen. Niemand hat an uns geglaubt – am wenigsten wir selbst, um ehrlich zu sein. Wer will schon eine Serie über die Bewohner eines Hamburger Mietshauses sehen? Gibt doch schon die *Lindenstraße*. Von *GZSZ* ganz zu schweigen.

Also haben wir angefangen, die Handlung ein bisschen anzuheizen. Am Anfang noch ganz harmlos. Damit wir aber von »Da gibt's doch diese Soap im Zweiten?« zu »Voll krass, haste gestern *ReSo* gesehen?« aufsteigen konnten, musste unser knackiger türkischer Hausmeister Murat (gespielt von einem zypriotischen Griechen) alle weiblichen Bewohnerinnen der Fichtengasse 9 vögeln. Exklusive Mia Schüller, der grantigen 89-Jährigen, aber inklusive Mariella, der süßen 16-jährigen Tochter des Oberstudienrats Müller aus dem dritten Stock. Mariella (in Wahrheit Tatjana Brandstetter, 22) trieb die traumatische Defloration in die Drogensucht (sie erfuhr, dass Murat sie dabei für Eckbert Giesing gefilmt hatte, den schwindsüchtigen Philosophen aus dem Dachgeschoss), was von den Zuschauern aber nicht besonders goutiert wurde. Weswegen wir das Drehbuch umschreiben ließen und ihre Zukunft auf dem Babystrich zugunsten einer kurzzeitigen

Einlieferung in die Psychiatrie abkürzten. Inzwischen denkt Tatjana über einen Ausstieg aus der Serie nach, um sich ganz ihrer Musikkarriere zu widmen. Aber ich schweife ab.

Unser Erfolgsrezept ist einfach: Wo manche Serien soziale Aktualität beweisen, zeigen wir Sex und Intrigen. Wo andere Serien auf familientaugliche Unterhaltung setzen, zeigen wir Intrigen und Sex. Und während in fast allen Serien normal aussehende schlechte Schauspieler belanglose Geschichten erleben, bieten wir außergewöhnlich gut aussehende Schauspieler, die, man ahnt es bereit, Sex und Intrigen vortäuschen. Auch nicht besonders lebensecht, aber quotentechnisch ein Hit. Wir hatten die ersten nackten Brüste, die vor 17:00 Uhr im öffentlich-rechtlichen Fernsehen zu sehen waren. Wir hatten die erste Geschlechtsumwandlung einer braven Hausfrau in einen knackigen Tangotänzer. Die erste Wiederbelebung eines Komapatienten durch Oralverkehr. Und nun brauchen wir den ersten harten Schwanz der öffentlich-rechtlichen Fernsehgeschichte. Folge 380, Titel: *Da hab ich was Eigenes*. Mariellas Mutter Angelika, gespielt von Ellen Menger, 42, alkoholkrank (sieht man nicht), geliftet (sieht man ein bisschen), eröffnet im Hobbykeller ihres Mannes einen Swingerclub. Und dort soll er seinen Schwanz zeigen, der gute Rambo Hartmann. Er hat einen Namen, wir haben ein Script, aber was uns fehlt ist ein Schauspieler, der diese Gastrolle übernehmen will.

Der Agent von Til Schweiger war noch so freundlich, sich damit herauszureden, dass »der Til« schon mal in einer Soap gespielt hat und so etwas für ihn nicht mehr in Frage kommt. Andere Agenten waren weniger freundlich. Einige lachten sogar, wenn ich ihnen blumig ausmalte, dass ihre Klienten mit ihrem Gemächt Fernsehgeschichte schreiben könnten.

Nun waren wir unten. Ganz unten. Und selbst dort hat uns Carsten Spengemann noch abgesagt.

»Jetzt hilft nur noch eins«, reißt mich Maren aus meinen Gedanken. Sie stellt einen Pappbecher aus meinem präferierten Coffee-to-go-Laden vor mich auf den Tisch.

»Koffein wird uns auch nicht retten«, mutmaße ich und nehme einen Schluck. Cremiger Milchschaum, samtiger Espresso. Es gibt Leute, die halten Sex für das Schönste im Leben. Ich gehöre nicht dazu.

»Nee, aber das Universum.« Maren grinst breit. »Bestellungen beim Universum. Wirkt garantiert.«

Ich muss lachen. »Klare Sache. Ich sage ›Einen Promischwanz bitte‹, und dann fällt der vom Himmel?«

»Ganz so einfach ist es nicht. Du musst dir ganz genau vorstellen, was du haben willst. Und dann diesen Wunsch ins Universum schicken, und …«

»Und ich wusste gar nicht, dass du solche Esoterikbücher liest!«

»Tue ich auch nicht«, erklärt Maren mit dem Gesichtsausdruck, den man bei einer Grundschullehrerin erwarten würde. »Ich habe einen Artikel darüber gelesen. Und so ungefähr geht das.«

»Das ist doch Unsinn. Lass mal, darauf habe ich keine Lust.«

»Willst du lieber den Chef anrufen und sagen, dass Lola Lindberg nicht in der Lage war, das Unmögliche möglich zu machen und keinen Schwanz parat hat?«

Autsch, denke ich. Maren kennt meine Achillesferse.

»Du bist gemein … Aber gut. Ich denke also an diesen Schwanz, ja?«

»Genau.«

Ich räuspere mich, schließe die Augen, lege die Stirn in hoffentlich dekorative Falten. »Groß. Groß sollte er schon sein. Aber nicht zu groß.«

»Keine Salatgurke?«

»Nee! Und auch kein Cornichon. So ein Mittelding. Muss gut in der Hand liegen.« Meine Gedanken schweifen ab. Eine Gurke? Kaum Kalorien! Eine dicke, leckere, in Chili eingelegte Gurke, in die ich beiße, deren Saft sich feurig in meinem Mund ergießt …

»Aber man sollte sich auch nicht den Unterkiefer ausrenken müssen«, reißt Maren mich aus meinen Gedanken.

Ich muss lachen. »Hilfe!«

»Er muss natürlich beschnitten sein!« Es gibt mehr als einen Grund, warum Marens liebstes Reiseziel Amerika ist.

»Muss nicht.« Ich reiße meine Gedanken von der Gurke los. Vor meinem inneren Auge taucht stattdessen genau die Art von Genital auf, die ich gerne mal im Fernsehen sehen würde. Oha! Deutlich besser als eine Chiligurke … »Er muss sich einfach gut anfühlen. Wie Samt mit einer Ahnung von Härte darunter. Und nicht so viele Adern, nur eine schöne, gerade, dicke.«

»Und zwei ordentliche Eier! Nicht solche Kindermurmeln.«

»Und … und der Sack muss rasiert sein.«

»Überhaupt: gestutztes Schamhaar.«

»Ganz krauses, drahtiges, in das ich mein Gesicht drücken kann.« Meine Gedanken schweifen wieder ab. Ich muss an das feine Gespinst prickelnder Zuckerfäden denken, mit dem vor einigen Wochen meine letzte Sünde dekoriert war, eine Panna Cotta. Ein Nest duftige Zuckerwatte ... Ich merke, wie mein Hals trocken wird. Der perfekte Schwanz, dem ich mich gerade noch näherte, verändert sich, wird dunkler. Aus der perfekt geformten dicken Eichel wird ... ein Schokokuss. Verlockend dunkel glänzt die knackige Schokoladenschicht und verströmt ein Aroma von dunkler Cremigkeit, verbotenen Genüssen, schwer und süß und unwiderstehlich ...

»Und er muss gut riechen«, sage ich schnell, um mich von meinem Tagtraum abzulenken, in dem ich meine Lippen um die sündige Versuchung schließe und genießerisch mit der Zunge über die polierte Oberfläche fahre. »Nach ... Mann. Und nach Seife. Und ein bisschen nach Kastanienblüten!« Ich seufze genießerisch. Und bin nicht sicher, ob das an der Versuchung aus Fleisch und Blut oder dunkler Schokolade und süßem Schaum liegt ... Doch dann schüttle ich energisch den Kopf und öffne die Augen. »So 'n Unsinn. Und das soll jetzt helfen?«

Zu meiner Überraschung sehe ich, dass Maren mir breit grinsend gegenübersitzt.

»Ja und?« Ich deute aus dem Fenster. »Ist das Universum jetzt zufrieden?«

»Woher soll ich das wissen?« Maren lacht. »Ich habe den Artikel zwar gelesen – aber im Ernst: Ich glaube nicht an so was.«

»Und warum ...«

»Weil man es dir nicht zu leicht machen sollte.« Sie zieht etwas aus ihrer Hosentasche. »Es hätte doch gar keinen Spaß gemacht, dir das jetzt einfach so zu geben.« Maren schnippt eine Visitenkarte auf meinen Tisch. In einer edlen Schriftart ist *Actors' Action – An Agency* auf die Karte geprägt. Darunter ein Name.

»Und wer ist diese Denise?«, frage ich. »Warte mal … ist dass die, die wir neulich auf Tatjanas Party kennen gelernt haben? Die mit der großen Nase?«

»Die mit der großen Nase. Und mit der kleinen, aber feinen Agentur. Dreimal darfst du raten, wen ich beim Kaffeeholen getroffen habe.«

»Denise.«

»Richtig. Stand hinter mir in der Schlange. Ich habe ihr von unserer misslichen Lage erzählt. Und sie meint, sie hätte da vielleicht jemanden für uns.«

»Einen Schwanz?« Mein Herz beginnt deutlich schneller zu schlagen.

»Ja. Und ein Mann hängt auch noch dran. Sie hat ihn sofort angerufen. Er ist …«

»Interessiert?«

»Er hat sich angeblich schon seit einiger Zeit nach so einer neuen Herausforderung umgesehen … und ist sehr interessiert!«

»Und berühmt?«

»Yup.«

Wir beginnen beide gleichzeitig zu schreien und wie zwei ausgelassene Furien durch unser Büro zu springen.

»Und wer isses«, bringe ich hervor, als ich mich ein bisschen beruhigt habe.

»Kommste nie drauf.«

»SAG SCHON!« Man sollte seine beste Freundin nicht anbrüllen. »LOS, DU DUMME KUH!«

Maren grinst. »Es ist … Trommelwirbel … niemand anderer als [redacted].«

Bitte, bitte, bitte – gütiger Herr, lass das jetzt keinen von Marens schlechten Scherzen sein!

»[redacted]? Du meinst: *DER* [redacted]?«

»Ja.«

»Der aus dieser RTL-Serie?«

»Ja!«

»Der, der so was von scharf ist?«

»JAAA!« Maren springt auf, stemmt die Hände in die Höhe und brüllt: »Genau der!«

Ein bisschen nervös bin ich schon. Aber das ist wahrscheinlich vollkommen normal. Schließlich bin ich eine Frau, die ihrer geheimen Obsession nachgeht. Die gleich das Unaussprechliche tun wird. Etwas, nach dem sie sich lange gesehnt hat. Etwas, von dem sie weiß, dass es ihrem Körper ungeheure Befriedigung verschaffen wird.

Ich, Lola Lindberg, werde es tun.

Angstfrei. Selbstbewusst. Und beim Kellner. Ich werde mir ein riesiges Abendessen bestellen. Ohne daran zu denken, wie viele verfluchte Weight-Watchers-Punkte mir das bringen wird. Manchmal braucht es wenig, damit ich mir verrucht vorkomme.

[redacted]s Agentin hat vorgeschlagen, dass er und ich uns erst einmal allein und in einem weniger förmlichen Rahmen als ihrem Büro treffen. »[redacted] ist etwas nervös«, erklärte sie mir. »Keine Sorge, Lola, er wird nicht kneifen. Er möchte Sie nur vorher in Ruhe kennen lernen.«

»Ist er denn schon einmal nackt vor der Kamera gestanden?«

»Ist er. Zweimal, nein, dreimal glaube ich. Aber da ist er immer nur von hinten gefilmt worden. Und wir haben das damals so organisiert, dass nur Männer am Set waren.«

»Verstehe. Ihm ist aber bewusst, dass die Szene diesmal in

einem Swingerclub spielt? Da sind eine ganze Reihe Frauen dabei. Und wir brauchen ihn nicht nur von hinten …«

»Er weiß das. Und er meint, er schafft das auch. Aber das besprechen Sie doch einfach direkt mit ihm, Lola. Er würde Sie gerne heute Abend im LaCaramba treffen. Passt Ihnen 20 Uhr?«

»Ich werde da sein.« Und das bin ich nun.

Das LaCaramba ist ein netter, loungiger Laden mit bequemen Sofas, schmeichelnd weicher Beleuchtung und einigen Tischen, an denen hervorragendes Essen serviert wird. Vor ein paar Minuten hat ein gut gewachsener Kellner mit Knackhintern und Goatee dem Nebentisch Hirschfilet mit Rhabarber-Rotweinsoße und Salbeibutter-Penne gebracht. Der Duft ist betörend und das Wasser in meinem Mund ein Sturzbach.

»Entschuldigen Sie bitte, dass ich Sie warten lassen musste.«

Ich sehe auf. Da steht er. [redacted]. Sofort ist der Hirsch vergessen.

»Das macht doch gar nichts. Ich freue mich, dass Sie es einrichten konnten, Herr [redacted].«

»[redacted], bitte. Ich darf doch Lola sagen? Es wäre irgendwie seltsam, mit einer Frau förmlich zu bleiben, die« – seine Stimme, die sowieso schon dunkel und voll ist, sinkt noch eine Oktave tiefer – »sich mit mir über meinen Schwanz unterhalten will. Oder siehst du das anders?«

Während er sich setzt, schießt er unter einer ironisch hochgezogenen Augenbraue einen Blick auf mich ab, der mich nervös macht.

[redacted] ist für einen Schauspieler erstaunlich groß – sicher 1,90 – und durchtrainiert. Unter einem gut sitzenden Jackett trägt er nur ein T-Shirt, das über festen Brustmuskeln spannt. Darunter meine ich einen leichten Bauchansatz zu erkennen, der ihn aber nur noch maskuliner wirken lässt. *Kein aufgepumpter Bodybuilder,* schießt es mir durch den Kopf, *sondern einfach ein echter Kerl. Gut gewachsen. Wie der Hirsch ...* Konstanter Hunger kann eine Frau auf die seltsamsten Ideen bringen.

[redacted] nimmt vom Ober die Karte entgegen und bestellt sich als Aperitif einen Wodka Martini. »Für dich noch etwas?«, fragt er und deutet schmunzelnd auf mein Wasserglas.

Gute Vorsätze sind etwas für Menschen, die Angst vorm wirklichen Leben habe. Ich wische meine daher forsch hinfort und bestelle: »Einen Cosmopolitan!«

»Aha. *Sex and the City.*«

»Natürlich. Ich bin ein bekennender Miranda-Fan.«

»Auf den ersten Blick würde ich sagen, dass Samantha besser zu dir passt.« Er grinst und beginnt die Karte zu studieren. Seine blonden, kunstvoll verstrubbelten Haare gefallen mir ebenso gut wie der leichte Dreitagebart, der seinem ohnehin maskulinen Kinn etwas Verwegenes gibt. [redacted] hat eine markante Nase, die mich ein bisschen an Gerard Depardieu erinnert. Seine Oberlippe ist eher schmal, doch dies betont noch mehr, wie sinnlich seine Unterlippe ist: voll, fest, einladend. Vielleicht wäre es besser, mich doch wieder auf den Hirsch am Nebentisch zu konzentrieren.

»Hast du schon etwas gefunden, was dir gefällt?«

»Wie jetzt?« Ich fühle mich ertappt – besonders als mir klar wird, dass [redacted] nur das Essen gemeint hat, mich nun aber mit seinen blauen Augen erstaunt mustert. »Also ... ich weiß nicht. Es hört sich alles toll an. Wie ist es mit dir?«

Er seufzt theatralisch. »Die Versuchung ist groß. Aber ich

sollte eigentlich ein bisschen vorsichtig sein.« Er tätschelt seinen Bauch. »Ihr wollt ja schließlich eine Nacktszene drehen und keinen Sumo-Ringkampf.«

»Davon dürftest du weit entfernt sein!« Ich grinse. Es ist angenehm zu wissen, dass auch attraktive Männer Problemzonen kennen. Und bevor ich noch recht weiß, was ich tue, platze ich auch schon heraus: »Ich versuche selbst gerade ein paar Kilo loszuwerden. Und das hier heute Abend ist kein Verstoß gegen die Regeln – das ist Hochverrat.« Im nächsten Moment möchte ich im Erdboden versinken. Noch nie, nie, nie habe ich einem Mann gesagt, dass ich abnehmen will!

[redacted] lacht. »Hey ... unglaublich. Ich glaube, ich habe noch nie eine Frau getroffen, die ohne scheinheilige Kokketterie zugibt, dass sie abnehmen will. Das gefällt mir! Wobei«, er linst schelmisch über den Tisch, »ich gar nichts sehe, was stören würde.«

Ich merke, wie mir die Hitze in die Wangen steigt – und sich gleichzeitig ein federleichtes Gefühl in meinem Bauch zu regen beginnt. Hastig trinke ich einen Schluck Cosmopolitan. »Danke«, sage ich – und füge mutig hinzu: »Wie wäre es, wenn wir einen Deal machen?«

Er grinst mich an und erhebt ebenfalls sein Glas. »Du meinst, wir sündigen heute Abend beide ...«

»... und das bleibt unser Geheimnis«, vollende ich seinen Satz. Wir lachen und stoßen an.

Der satte Klang unserer beiden Rotweingläser, mit denen wir anderthalb Stunden später erneut anstoßen, fängt die Stimmung des Abends perfekt ein. [redacted] und ich haben geschlemmt, getrunken, gelacht. Ich genoss jeden Augenblick, mein getrüffeltes Birnencarpaccio mit Parmesan, die

Rehmedaillons mit Dauphinkartoffeln, die glasierten Karotten, den Wein – und [redacted]. Er ist ein amüsanter Gesprächspartner, intelligent, interessiert und nicht zuletzt eine wahre Augenweide. Nach dem forschen Gesprächsauftakt gab es einen kurzen Moment der Unsicherheit; schließlich wussten wir beide, warum dieses Abendessen stattfand, aber es fühlte sich einfach nicht richtig an, sofort zum Geschäftlichen zu kommen. So plauderten wir über die Branche, über seine Schauspielerfahrungen und meine Arbeit bei *Regentage, Sonnentage.* Entspannten uns zunehmend. Bestellten eine zweite Flasche Rotwein.

»Auf einen schönen Abend«, sagt [redacted].

»Und auf die Zukunft.« Ich trinke einen Schluck, fruchtig und erdschwer, und merke, wie mein Kopf angenehm leicht wird.

[redacted] sieht mich an. »Über die sollten wir dann jetzt auch langsam sprechen.«

Ich nehme eine professionelle Haltung ein, was selbst nach einer Flasche Wein zu meinen leichtesten Übungen gehört. »Die Einzelheiten habe ich ja bereits mit deiner Agentin besprochen.«

»Geld, Drehtage, Presseaktivitäten«, nickt [redacted]. »Alles klar.«

»Darf ich dich etwas fragen?«

»Nur zu.« Er lässt den Wein in seinem Glas kreisen.

»Warum interessierst du dich für die Rolle? Hast du …« Ich beiße mir auf die Zunge. *Vorsicht, Lola. Der Fisch ist am Haken, nun bring ihn nicht dazu, sich doch noch loszureißen!*

»Das nötig?«, vollendet er meinen Satz mit einem nachdenklichen Grinsen. »Ich weiß gar nicht, ob ich es ›nötig‹

habe. Zugegeben – meine Serie läuft nicht mehr so gut. Ich kann die Publicity brauchen, und bei euch die Hosen runterzulassen ist sicher angenehmer, als in den Dschungel zu gehen und mit Kakerlaken überschüttet zu werden.« Wir lachen. »Aber wenn ich ganz ehrlich bin: Ich will das machen, weil ich es … kann.« Er trinkt einen Schluck. »Oder besser: Weil ich rausfinden will, *ob* ich es kann.«

»Nackt vor einer Kamera stehen?«

Er schüttelt den Kopf. »Nein, das ist kein Problem. Das habe ich schon gemacht. Ich habe fast alles mal vor der Kamera gemacht.«

Mir fallen spontan ein paar Dinge ein, die ich ihn gerne einmal vor der Kamera tun sehen würde, bleibe aber ganz die souveräne und nur leicht angetrunkene Geschäftsfrau. »Deine Agentin hat gesagt, du hättest vielleicht Probleme damit, dich vor Frauen auszuziehen.«

»Blödsinn. Das ist auch nicht viel anders, als wenn du in die Sauna gehst.« Er wirft mir einen Blick zu, der das watteleichte Gefühl aus meinem Kopf zielsicher in meinen Bauch transferiert. »Ich habe eine gute Figur … und einen schönen Schwanz. Warum sollte ich ihn also nicht zeigen?«

»Aha.« Etwas Blöderes fällt mir gerade nicht ein.

»Klingt eingebildet, oder?«

»Eher komisch.« Ich schlucke. »Du bist der erste Mann, der mir erzählt, dass er einen schönen Schwanz hat.«

»Stört dich das?«

Ich überlege. Stört mich das? Mit Maren rede ich oft über die Schwänze in unserem Leben. Manchmal mache ich das sogar mit meinem Bruder. Warum also nicht auch mit diesem intelligenten und gut aussehenden Kerl?

Und warum fühle ich mich plötzlich so flatterig?

Eins ist klar: Das ist jetzt der Punkt, an dem sich entscheidet, wie der Abend weitergeht. Ich kann eine freundliche, ausweichende Antwort geben. Dann bestelle ich die Rechnung, wir verabschieden uns, sehen uns erst am Set wieder. Oder aber ...

»Es stört mich überhaupt nicht.« Die Worte kommen wie von selbst aus mir heraus. Und dann setze ich, vollkommen bewusst, hinterher: »Und ich bin gespannt, ob du übertreibst oder nicht.«

Was ist das für ein Ausdruck, der für eine Sekunde in seinem Gesicht auftaucht? Hat er vielleicht gar nicht im Sinn gehabt, den Abend eindeutig in eine Richtung zu lenken? Fühlt er sich von mir überrannt? Findet er mich unattraktiv? Hat er eine Freundin? Bin ich eine unprofessionelle Schlampe? Soll ich noch einen Nachtisch bestellen? – Zugegeben: Der letzte Gedanke ist der schwache Versuch meines Verstandes, die Oberhand zurückzugewinnen.

»Ich beweise dir das sehr gerne.«

Die sechs harmlosen Worte hören sich aus [redacted]s Mund wie eine Herausforderung an. Mein Verstand verabschiedet sich mit einem fröhlichen *O lala!* – lässt mir als Abschiedsgeschenk aber noch eine Frage da.

»Wenn du kein Problem damit hast, dich vor der Kamera auszuziehen, worin liegt dann die Herausforderung?«

»Wollen wir das nicht lieber in einem etwas ... intimeren Rahmen besprechen?«

Die Fahrt im Taxi dauert vielleicht zehn Minuten, aber die erscheinen mir wie Stunden – und gleichzeitig, als würden sie im Schnellvorlauf vergehen. Wir sitzen gemeinsam auf der Rückbank, unsere Knie und Schultern nur wenige Zentimeter voneinander entfernt, und die Energie, die sich zwischen uns aufbaut, könnte manche Großstadt mit genügend Strom für eine lange Winternacht versorgen. Es ist so, als würden wir voneinander angezogen, wie zwei Magneten, und jede Kurve, die das Taxi fährt, ist eine besondere Herausforderung, denn wir versuchen beide, gerade sitzen zu bleiben und weder der Flieh- noch der Anziehungskraft nachzugeben.

[redacted] und ich sprechen kein Wort miteinander, aber das Schweigen ist intensiver und erregender als jeder Dirty Talk, den ich bisher erlebt habe. In meinem Mund schmecke ich immer noch das zarte, saftige Fleisch, die Aromen der Sauce und des Weins. Die Leichtigkeit in meinem Kopf und das warme, weiche Schweben in meinem Bauch wandern tiefer, sinken langsam in meinen Schritt, erfüllen meinen Tempel mit Kribbeln und Feuchtigkeit.

Das Haus, in dem er wohnt, hat keinen Aufzug, also steige ich hinter ihm die Treppen hinauf. Dabei starre ich wie hypnotisiert auf seine breiten Schultern, seinen Rücken, der nach unten immer schmaler wird, und verfluche jeden Jackettdesigner dieser Welt dafür, dass ich [redacted]s Hüften und seinen Po nun nicht sehen kann. Die Hose liegt eng an seinen Oberschenkeln an – und ich bin nie so schnell vier Stockwerke in einem Altbau hochgekommen. Immer noch sprechen wir kein Wort miteinander.

[redacted]s Wohnung ist schlicht, aber schön eingerichtet. Helle Holzböden, wenig Möbel, ein paar abstrakte Bilder an den weißen Wänden. Ich folge ihm in eine große Küche, die durch einen Rundbogen mit einem weiteren Zimmer verbunden ist. Ein alter, schwerer Holztisch trennt Koch- und Wohnbereich voneinander ab. [redacted] dimmt das Licht, sodass der Raum in einen warmen, hellen Ton getaucht wird, und stellt die Musikanlage an. *Air* flutet den Raum, *Talkie Walkie.*

»Wein?«, fragt [redacted]. Ich nicke, entdecke Gläser in einem der Hängeschränke über der Anrichte und hole sie heraus, während er eine Flasche entkorkt.

Wir stehen uns gegenüber, er im Raum, ich an die Arbeitsfläche gelehnt, nippen an unserem Wein und sehen uns an. Er hat das Jackett endlich ausgezogen, und ich lasse meinen Blick hungrig über seine Brust wandern. Unter dem engen Stoff zeichnen sich die Brustwarzen ab, die seine breiten, trainierten Muskeln krönen. Ich strecke die Hand aus und streiche mit einem Finger spielerisch über sie, spüre den glatten, seidigen Stoff und den kleinen, festen Nippel. [redacted] seufzt und folgt meinem Beispiel; seine Finger sinken von meiner Wange am Hals hinunter, wandern spielerisch über das Schlüsselbein, tiefer, finden die Kluft zwischen meinen Brüsten. Einen Moment lang scheint er sich nicht entscheiden zu können, welche Seite er verlockender findet, doch dann hebt er auch den zweiten Arm, und spielerisch zart finden seine Hände meine Knospen und beginnen, sie durch den Stoff meiner Bluse zu necken. Ich spüre, wie sie unter der fordernden Berührung hart werden, wie mein ganzer Körper energisch danach verlangt, mich einfach nach vorne zu werfen, nach vorne in diese muskulösen Arme, dem verlockenden Mund entgegen, der mich anlächelt.

»Lola?«

Zu mehr als einem »Hm« bin ich im Moment nicht in der Lage.

»Das geht mir eigentlich ein bisschen zu schnell …«, sagt er mit leiser Stimme.

Wie bitte? Ich sehe ihn erstaunt an, und mein Körper, der

sich nach etwas ganz anderem sehnt als nach Bedenken, jault wütend auf. »Zu … schnell?«

[redacted] zieht seine Hände zurück. Er räuspert sich. »Versteh mich nicht falsch«, beginnt er. »Du bist eine Wahnsinnsfrau. Ich finde dich sexy und toll …«

»Bis hierhin kann ich dir folgen«, sage ich eine Spur zu zickig, aber in einer solchen Situation kann niemand von mir verlangen, überlegt zu handeln.

[redacted] lächelt vorsichtig. »Ach, Lola, … mach es mir nicht schwerer, als es sowieso schon ist. Versteh mich nicht falsch, ich will mit dir schlafen …«

Sofort, brüllt eine erschreckend schrille Stimme in mir.

»… aber können wir vorher etwas … etwas ausprobieren?«

Ich sehe ihn erstaunt an. Will er gefesselt werden? Ausgepeitscht? *Hilfe!* Vielleicht sollte ich schleunigst den Rest meines gesunden Menschenverstandes mobilisieren und diese Wohnung verlassen.

Andererseits … Wer bin ich, einem Hilfesuchenden die Rettung zu verwehren?

»Und das wäre?«

[redacted] schluckt, aber dann grinst er. Und so schnell, wie es gekommen ist, verabschiedet sich in mir das ungute Gefühl, die Angst vor Zurückweisung. Dieses Grinsen macht uns zu Verbündeten. Zu zwei Kindern, die gemeinsam Kirschen stehlen. Zu zwei Königen, die eine geheime Allianz ihrer Streitmächte aushandeln. Und die Stimme in mir flüstert hoffnungsvoll: *Na, da geht doch was?*

»Es … ach, komm einfach mit.«

[redacted] dreht sich um, drückt die Repeat-Taste seiner Anlage und geht um den Tisch herum in den Wohnbereich.

Meine Augen ruhen einen Moment auf der Anzughose, die so perfekt sitzt, als seien [redacted]s knackige Pobacken einfach mit einer Spraydose anthrazit eingefärbt worden. Ich beeile mich, ihm zu folgen.

Zu meiner Überraschung entdecke ich in der Mitte des Wohnzimmers ein Stativ und eine Videokamera. Wir haben auch so eine im Büro, um schnell Probeaufnahmen von Bewerbern machen zu können; es ist eins dieser kinderleicht zu bedienenden Geräte mit jeder Menge hilfreicher automatischer Einstellungen.

Ich sehe [redacted] fragend an. »Hast du Probeaufnahmen gemacht? Um zu sehen, wie du nackt vor der Kamera aussiehst?« Ich halte das erst für einen Scherz. Doch dann antwortet [redacted] mit einem einfachen: »Ja.«

»Und um zu sehen wie ... wie dein Ständer im Fernsehen aussehen wird?«

»So in etwa.«

Das ist seltsam. Sehr seltsam sogar. Andererseits: Einen Bikini probiere ich ja auch nicht nur an, um herauszufinden, ob er passt – sondern auch, wie er aussieht ...

»Und?« Ich lächle, trete zu ihm hinter die Kamera, strecke die Hand nach ihm aus. Doch [redacted] überrascht mich wieder. Er geht einen Schritt auf den großen Tisch zu, dreht sich um, sieht mich an und sagt: »Genau das ist mein Problem.«

»Was genau?«

»Er ... er steht nicht, wenn die Kamera an ist.«

»Ach komm, was soll das? Wieso sollte er nicht mehr stehen, wenn ... oder ist das eher ein allgemeines Problem?«

Autsch. [redacted]s Blick zeigt mir, dass das nicht der Text war, den er hören wollte. »Okay, vergiss es«, sagt er, dreht sich um und macht Anstalten zu gehen.

Verdammt! Mein Unterleib, meine innere Stimme und sogar mein Verstand schreien gleichzeitig los. Jetzt muss ich mir wirklich schnell etwas einfallen lassen – nur was?

»Warte«, sage ich heiser, weil ich plötzlich einen dicken Kloß im Hals spüre. Das ist ja mal ein grandioser Anfang. Aber immerhin: [redacted] bleibt stehen und sieht mich über die Schulter hinweg an. »Ja?« Sein Gesichtsausdruck ist verletzt. Kein Wunder. Der Mann muss bald vor die Kamera – und ich bin so sensibel wie ein Passbildautomat mit schlechter Beleuchtung.

Und dann weiß ich plötzlich, was ich zu tun habe.

Er hat Angst vor der Kamera?

Die kann ich ihm nehmen.

»Stell dich da hin.«

[redacted] tut, was ich sage, und stellt sich etwa zwei Meter entfernt vor die Kamera.

»Und jetzt zieh dich aus.«

»Lola, was soll …«

»Schhhh!«, unterbreche ich ihn. »Vertrau mir.« Ich schalte die Kamera an. »Zieh dich aus. Ich … will dich sehen.«

Einen Moment befürchte ich, dass [redacted] sich nicht darauf einlassen wird. Doch dann schleicht ein Lächeln auf sein Gesicht, erst auf seine Lippen, dann in seine Augen. Und als *Air* beginnt, das *Cherry Blossom Girl* zu besingen, nickt er. *I don't want to be shy.*

Zuerst bewegt er sich nur ein bisschen. Ein unmerkliches Rollen der Schultern, ein zögernder Schwung der Hüfte. Doch dann wird er mutiger. Mit einem lasziven Lächeln zieht er sich das T-Shirt aus der Hose, wiegt sich zur Musik, lässt mich dabei nicht für einen Moment aus den Augen. Seine Hände streichen über seinen Bauch, verschränken sich für einen Moment über der Brust, Finger kreisen über den harten kleinen Kuppen, wandern wieder tiefer, kreuzen sich erneut, greifen nach dem Saum des Shirts und beginnen langsam, ganz langsam, es nach oben zu ziehen. In Zeitlupe erscheint der Hosenbund, gibt der zurückgleitende Stoff die schmale, krause Haarlinie frei, die sich in Richtung des Nabels schlängelt. Oberhalb der Taille wird der Körper breiter, stärker, muskulöser. Ich sehe die krausen, kurzen Locken in [redacted]s Achselhöhlen, wie sich die Brustmuskeln strecken, als er die Arme nach oben hebt, wie sein Kopf verschwindet und Augenblicke später wieder auftaucht. [redacted] lässt die Arme sinken, das T-Shirt fällt zu Boden. Seine ausgeprägten Brustmuskeln gleichen einem Panzer aus samtweichen Muskeln und Verlockung. Ich bin erstaunt, wie sehr sich meine Hände und mein Mund danach sehnen, diese göttliche Form zu erkunden.

»Und du?«, fragt [redacted].

Ich beginne ohne Zögern, meine Bluse aufzuknöpfen, langsam, Knopf für Knopf. [redacted] lässt mich keine Sekunde aus den Augen, während er seine Schuhe und Socken auszieht, die Balance wie ein geübter Kunstturner haltend.

Als ich die Bluse fallen lasse und ihm meine in dunkler Spitze ruhenden Brüste zum ersten Mal zeige, spüre ich, wie er mit dem Gedanken spielt, zu mir zu kommen, doch er beherrscht sich und öffnet stattdessen langsam seine Hose. Sie rutscht wie von Geisterhand gezogen nach unten und enthüllt starke, muskulöse Beine, darüber eng anliegende schwarze Shorts, in denen – ich merke, wie sich die Feuchtigkeit in meinem Schoß sammelt und sich meine Muschi genüsslich zusammenzieht – eine eindrucksvolle Wölbung lockt, die zu [redacted]s Schenkeln und starken Oberarmen passt, ganz sicher aber nicht zu dem Problem, dass dieser Mann angeblich vor der Kamera hat …

»Ich will«, beginne ich mit rauer Stimme, schlucke, räuspere mich. »Ich will, dass du dich anfasst.«

[redacted] sieht mich an, als habe ich ihn hypnotisiert, und nickt. Er hebt seine Arme und fährt mit den Händen durch die verstrubbelten Haare, während seine Hüften sich verführerisch zu winden beginnen. Er legt den Kopf zur Seite, lässt dabei meinen Blick nicht los, und streichelt sich selbst. Seine Finger gleiten an seinem Hals hinunter, über die Brust, liebkosen die dunklen, festen Nippel und schieben sich im Einklang mit den schwebenden Tönen der Musik tiefer. Ich halte den Atem an, als seine Finger den Bund der Shorts berühren, einen Moment verharren und dann darunter verschwinden. Durch den dünnen Stoff erkenne ich, wie [redacted] nach seinem Schwanz greift, ihn umschlingt, an ihm zieht, ihn massiert; seine andere Hand wandert tiefer zu seinem Schatzbeutel.

Ich streichle meine Brüste, ganz sanft erst mit den Handflächen, bevor ich beginne, fordernd mit den Zeigefingern über die spitzeverhüllten Höfe zu fahren. [redacted] beobachtet mich und atmet schwer; sein glatter, nur leicht runder Bauch hebt und senkt sich.

»Weiter«, verlange ich. »Ich will ihn sehen.«

[redacted]s Hände gleiten aus den Shorts hervor, streichen noch einmal über seinen Bauch, verschwinden nach hinten. Ich beneide sie um das Gefühl, diese festen Pobacken spüren zu dürfen. Und dann, mit einer fließenden Bewegung, tauchen die Hände wieder auf und streifen die Shorts nach unten.

Für einen Moment sehe ich nur [redacted]s breiten, muskulösen, nach vorne gebeugten Rücken. Als er sich wieder aufrichtet, singt *Air* mit sanfter Intensität *You're lost in space, in time* – und [redacted] zeigt mir seinen harten, festen Schwanz. Obwohl er noch nicht ganz steht, sondern noch unentschlossen auf halbem Wege verharrt, kann ich nicht anders, als nervös zu schlucken. Es ist nicht der längste Schwanz, den ich je gesehen habe, und vielleicht auch nicht der dickste – aber er passt so perfekt zu [redacted]s so männlichem Körper, dass ich mir nicht vorstellen kann, wie er schöner sein könnte. Mein Tagtraum fällt mir ein, der Schokokuss, der sich mir verführerisch entgegenreckte – und [redacted]s dicke, glatte Eichel steht ihm in nichts nach.

Einen Moment lang stehen wir uns schweigend gegenüber, [redacted] nackt, erregt, tief atmend, und ich hinter der Kamera, sehr aufgeregt, immer noch halb angezogen – und mit dem sicheren Vorsatz, das zu ändern.

Ich steige aus meinen High Heels, öffne die Hose, schäle mich langsam aus ihr wie ein Schmetterling aus seinem Kokon. So wie er beuge auch ich mich nach vorne, streife die Hose hinunter, steige vorsichtig heraus, erhebe mich langsam wieder …

… und erkenne das Problem.

[redacted]s atemloser Blick haftet nicht mehr auf mir – er starrt die Kamera an. Und sein Schwanz sinkt nach unten. Es ist eine durchaus elegante Bewegung, untermalt von *Air* – doch [redacted] scheint für die ästhetische Qualität dieses Augenblicks nicht empfänglich zu sein. Er starrt die Kamera an, die ihn im angezogenen Zustand zum Star gemacht hat und die nun dafür sorgt, dass er seinen eigenen Erwartungen nicht entspricht. In seinem Blick liegen Wut und Enttäuschung, Unverständnis, Angst. Und ich verstehe plötzlich, wieso er bereit ist, die Rolle in der Serie anzunehmen: Er will sich beweisen, dass er ihr gewachsen ist. Dass er, der vor der Kamera schon so oft routiniert den Liebhaber und Mörder gespielt hat, den Sanften und den Harten, alles tun kann, alles geben kann – um danach eine neue Herausforderung zu finden, an eine neue Grenze gehen zu können.

Mit leisem Meeresrauschen endet das letzte Stück der CD, *Alone in Tokyo*, und einen Moment lang ist nichts zu hören außer dem leisen Sirren der Musikanlage. Vorsichtig, weil ich fast befürchte, dass eine zu schnelle Bewegung [redacted] erschrecken und diesen Abend zum Scheitern verurteilen könnte, mache ich einen ersten Schritt auf ihn zu, dann noch einen, und perfekt im Timing mit der Musik, als *Air* gerade *care for each other* singt, stehe ich vor ihm. Ganz nah, so nah, dass meine Brüste seine Haut berühren und sein Schwanz sacht gegen meinen Bauch drückt. Ich blicke nach oben, greife nach ihm, ziehe seinen Kopf zu mir hinunter und küsse [redacted] vorsichtig auf die Lippen. Nur für Sekunden lasse ich meinen Mund auf seinem verweilen, dann ziehe ich mich wieder zurück und gehe langsam vor ihm auf die Knie. Meine vom Kuss noch leicht geöffneten Lippen finden die Spitze seiner Eichel und beginnen, sie zärtlich zu kosen. Mit der Zunge fahre ich auf ihrer Unterseite entlang, umkreise die kleine Öffnung, ziehe immer größere Kreise, bis ich die Eichel schließlich genussvoll in meinen Mund sauge. Ich spüre, wie sie voller wird, wie [redacted]s Schwanz sich erhebt und unter der zärtlichen Berührung meiner Lippen, meiner Zunge seine alte Größe zurückerlangt.

Ich lutsche mit wachsendem Vergnügen, sauge [redacted]s Schwanz so weit in meinen Mund, wie ich kann, und lasse ihn dann, feucht und warm, wieder aus mir hinausgleiten.

Vor und zurück bewegt sich mein Kopf, während ich nicht denke, nur spüre, wie [redacted]s Schwanz härter und dicker wird, wie es für mich schwieriger wird, ihn mit meinem Mund zu umschlingen – und wie ich es genieße, die warme Härte kontrollieren zu können, seinen Geschmack einatme, das drahtige Kitzeln seiner Schamhaare an meiner Nase auskoste.

Wie aus der Ferne höre ich, dass [redacted] schwer atmet, spüre, wie sein Bauch gegen meine Stirn drückt und seine Hände meinen Kopf finden. Meine Finger wandern an der Innenseite seiner Oberschenkel hinauf, finden den glatten Sack, spüren die großen Ovale darin. Als wollten sie spazieren gehen tänzeln meine Finger weiter, umrunden seinen Körper, schließen sich um die festen Pobacken. Sie sind perfekt geformt, rund und fest, und als ich sie zu kneten beginne, drängt sich [redacted] mir noch mehr entgegen, füllt meinen Mund, der seinen Schwanz schon lange nicht mehr ganz umschließen kann.

Schließlich ziehe ich mich vorsichtig zurück, streife [redacted]s Hände ab, stehe auf und trete einen Schritt zurück. Er sieht mich an, mit sanften, genussvoll verhangenen blauen Augen. Er will nach mir greifen, doch ich weiche zurück. Mit einem Schritt bin ich neben, mit einem weiteren hinter ihm. Ich drücke mich in seinen breiten, starken Rücken, vergrabe mein Gesicht zwischen seinen Schulterblättern, spüre den köstlichen Druck seiner Pobacken an meinem Bauch. Meine Arme schlängeln sich um ihn herum, als ich so verführerisch wie möglich sage: »Sieh in die Kamera« – und meine Hände sofort fest um seinen Schwanz und seine Eier lege.

Einen Moment lang passiert gar nichts, nur ein Zittern meine ich zu spüren. Als ich aber merke, wie [redacted]s

Schwanz in meiner Hand an Härte zu verlieren beginnt, fange ich an, sie zu bewegen. Sanft erst, dann härter. Und schneller, fordernder. »Sieh in die Kamera!«, keuche ich zwischen seine Schulterblätter. »Sieh in die Kamera!«

Ich höre ein Brummen, leise erst, dann immer stärker anschwellend, und spüre die Vibration an meinem heißen Gesicht. [redacted]s Rücken beginnt, immer wärmer zu werden, feucht erst, bald schweißnass, doch ich lasse ihn nicht los. [redacted]s Sack wird kleiner, fester, zieht sich zusammen, und dann brauche ich beide Hände, um seinen pulsierenden Schwanz der Länge nach zu umfassen und zu massieren. Vor, zurück, vor, zurück, vorzurückvorzurück. [redacted]s Brummen wird zu einem Stöhnen, dass immer lauter wird, tiefer, kehliger. Ich spüre, wie er leicht in die Knie geht, drücke mich von hinten gegen ihn, stabilisiere ihn, genieße das Gefühl in meinen Händen und die Hitze, die immer größer wird, während er sich nun selbst bewegt, seine Hüften Mal um Mal nach vorne stößt, meine Hände fickt, und dann, schließlich, endlich, scheint sich sein ganzer großer, mächtiger Körper für einen Moment zu verkrampfen, er presst sich gegen mich, ich muss meine ganze Kraft aufwenden, um ihn zu stützen, und mit einem lauten, durchdringenden Schrei kommt [redacted] und spritzt sein heißes Sperma in vier, fünf, sechs langen Zügen in Richtung der surrenden Kamera.

Vier Monate später.

```
Sehr geehrte Frau Lindberg,
wie wir soeben erfahren haben, planen
```

Sie, eine Kurzgeschichte zu veröffentlichen, die auf Ihrer Begegnung mit unserem Klienten, Herrn [redacted] beruht. Wir gehen davon aus, dass diese Geschichte dazu geeignet ist, die Intimsphäre von Herrn [redacted] zu verletzen und seiner Karriere nachhaltig zu schaden. Wie Sie vielleicht wissen, hat Herr [redacted] das Land verlassen, um nach dem Skandal zur Ruhe zu kommen, den die Ausstrahlung der Episode »Da hab ich was Eigenes« der Serie »Regentage, Sonnentage« ausgelöst hat. Wir möchten Sie dringend bitten, Herrn [redacted] daher nicht in der von Ihnen beabsichtigten Form zu kompromittieren, und behalten uns vor, per einstweilige Verfügung gegen Ihren Verlag und auch gegen Sie persönlich vorzugehen.
Mit freundlichen Grüßen
[redacted]

»Die Agentur von [redacted]?«, fragt Maren. Ich nicke und halte ihr den Brief hin. Sie liest, runzelt die Stirn. »Und was jetzt? Veröffentlichst du die Geschichte trotzdem?«

»Natürlich«, lächle ich.

»Du bist unmöglich!« Maren lacht. »Und was sagt er dazu?«

»Er ist nicht begeistert. Aber er hat auch nichts dagegen.« Mein Blick fällt auf die E-Mail, die ich mir ausgedruckt habe.

[redacted] hat ein Flugticket für mich gebucht und hinterlegen lassen. »Er will, dass ich morgen zu ihm fliege und so lange bei ihm bleibe, bis sich die Wogen in Deutschland geglättet haben. Also bis irgendein anderer Promiskandal interessanter wird.«

»Wie wäre es mit Carsten Spengemann?«, schlägt Maren vor. »Wann ist noch mal die Othello-Premiere?«

»Keine Ahnung. Ist mir auch egal.«

»Fliegst du?«

»Weiß nicht.«

»Ach Lola!« Maren lacht, schüttelt den Kopf und steht auf. »Ich geh Kaffee holen. Eine doppelte Latte für dich?«

Ich nicke. »Auf jeden Fall. Und ... bring mir ein Croissant mit. Nein, besser noch: zwei!«

Anaïs Nin

Die schönste Frau der Welt

Die Stunden, die ich in Cafés verbringe, sind die Einzigen, die ich als Leben bezeichne – abgesehen vom Schreiben. Mein Unmut wächst, weil Hugos Bankleben so stumpfsinnig ist. Wenn ich nach Hause zurückkehre, weiß ich, dass ich zu dem Bankier zurückkehre. Er riecht danach. Das verabscheue ich. Armer Hugo.

Alles kam wieder ins Lot durch ein Gespräch mit Henry, das den ganzen Nachmittag dauerte – jene Mischung aus Intellekt und Empfindsamkeit, die mir so gefällt. Er kann so völlig hingerissen von etwas sein. Wir diskutierten, ohne auf die Zeit zu achten, bis Hugo heimkam und wir gemeinsam zu Abend aßen. Henry machte eine Bemerkung über die grüne, dickbauchige Weinflasche und das Zischen des noch etwas feuchten Holzscheits im Kaminfeuer.

Er meint, ich müsse mich im Leben auskennen, weil ich Malern Modell gestanden habe. Das Ausmaß meiner Unerfahrenheit wäre für ihn unglaubhaft. Wie spät bin ich doch erwacht und mit welch großer Heftigkeit! Was spielt es für eine Rolle, was Henry von mir denkt? Er wird bald genug erfahren, was genau ich bin. Er hat einen karikierenden Verstand. Ich werde mich selbst als Karikatur sehen.

Hugo sagt ganz richtig, dass man sehr hassen muss, um eine Karikatur anzufertigen. Henry und meine Freundin Natascha [Trubezkoy] hassen sehr. Ich nicht. Bei mir ist alles entweder Verehrung oder Leidenschaft oder Mitleid und Verständnis. Ich hasse selten, aber wenn ich hasse, dann hasse ich mörderisch. Jetzt zum Beispiel hasse ich die Bank und alles, was damit zu tun hat. Außerdem hasse ich holländische Gemälde, Penis-Lutschen, Partys und kaltes Regenwetter. Doch das Lieben nimmt mich weit mehr in Anspruch.

Ich bin fasziniert von Henry, der unsicher, selbstkritisch, aufrichtig ist. Unser Geldgeschenk an ihn macht mir eine ungeheure, selbstsüchtige Freude. Woran ich denke, wenn ich am Kamin sitze? Dass ich Eisenbahnbilletts für Henry besorgen muss; dass ich *Albertine disparue* für ihn kaufen muss. Henry möchte *Albertine disparue* lesen? Schnell, schnell, ich bin erst zufrieden, wenn er das Buch in Händen hat. Ich bin ein Esel. Niemand mag es, wenn man all diese Dinge für ihn tut, niemand außer Eduardo, und selbst er zieht, wenn er in einer gewissen Stimmung ist, absolute Indifferenz vor. Ich würde Henry gern ein Zuhause geben, herrliches Essen, ein Einkommen. Wenn ich reich wäre, würde ich nicht sehr lange reich sein.

Drake interessiert mich überhaupt nicht mehr. Als er heute nicht kam, war ich erleichtert. Henry interessiert mich, aber nicht körperlich. Wäre es möglich, dass ich mich endlich mit Hugo zufrieden gebe? Ich war traurig, als er heute nach Holland abreiste. Ich fühlte mich alt, isoliert.

Ein erschreckend weißes Gesicht, brennende Augen. June Mansfield, Henrys Frau. Als sie aus der Dunkelheit meines Gartens auf mich ins Licht der Haustür zukam, sah ich zum ersten Mal die schönste Frau der Welt.

Als ich vor Jahren einmal versuchte, mir wahre Schönheit vorzustellen, schuf ich in meiner Fantasie genau diese Frau. Ich hatte mir sogar vorgestellt, dass sie eine Jüdin sei. Die Tönung ihrer Haut, ihr Profil, ihre Zähne, ich kannte alles schon seit langer Zeit.

Ihre Schönheit überwältigte mich. Als ich ihr gegenübersaß, hatte ich das Gefühl, alles, auch das Verrückteste, für sie tun zu können, alles, worum sie mich bat. Henry verblasste. Sie war Farbe, Glanz, Fremdartigkeit.

Sie ist ganz mit ihrer Rolle im Leben beschäftigt. Ich kenne den Grund: Ihre Schönheit bringt ihr Dramen und Erlebnisse. Gedanken bedeuten wenig. Ich sah in ihr die Karikatur einer theatralischen und dramatischen Figur. Kostüme, Posen, Sprechweise. Sie ist eine hervorragende Schauspielerin. Nicht mehr. Zu ihrem Kern vermochte ich nicht vorzudringen. Alles, was Henry über sie gesagt hatte, traf zu.

Am Schluss des Abends fühlte ich mich wie ein Mann: wahnsinnig verliebt in ihr Gesicht und ihren Körper, die so vieles verhießen, und ich hasste die Person, die andere in ihr schufen. Andere fühlen, weil es sie gibt; andere schreiben Gedichte, weil es sie gibt; andere hassen, weil es sie gibt; und andere, wie Henry, lieben sie gegen den eigenen Willen.

June. In der Nacht träumte ich von ihr, als wäre sie sehr klein, sehr zart, und ich liebte sie. Ich liebte eine Kleinheit, die ich in ihren Worten entdeckt hatte: den übertriebenen Stolz, einen verletzten Stolz. Ihr fehlt der Kern der Sicherheit, sie giert unersättlich nach Bewunderung. Sie lebt von ihren Spiegelbildern in den Augen anderer. Sie wagt nicht, sie selbst zu sein. Es gibt keine June Mansfield. Das weiß sie. Je mehr sie geliebt wird, desto sicherer weiß sie es. Sie weiß, dass es eine wunderschöne Frau gibt, die gestern Abend meine Unerfahrenheit zum Anlass nahm, die Tiefe ihres Wissens zu vergessen.

Ein erschreckend weißes Gesicht, das ins Dunkel des Gartens zurückweicht. Als sie fortgeht, posiert sie für mich. Ich möchte hinauslaufen und ihre fantastische Schönheit küssen, sie küssen und sagen: »Du nimmst ein Spiegelbild von mir mit, einen Teil von mir. Ich habe dich erträumt, ich habe deine Existenz herbeigewünscht. Du wirst ewig Teil meines Lebens sein. Wenn ich dich liebe, dann muss das so sein, weil wir einmal dieselben Fantasien, denselben Wahnsinn, dieselbe Bühne geteilt haben.

Die einzige Kraft, die dich zusammenhält, ist deine Liebe zu Henry, und darum liebst du ihn. Er tut dir weh, aber er hält deinen Leib und deine Seele zusammen. Er integriert dich. Er geißelt und peitscht dich in eine sporadische Ganzheit. Ich habe Hugo.«

Ich wollte sie wieder sehen. Ich dachte, Hugo würde sie lieben. Es erschien mir so selbstverständlich, dass jeder sie liebte. Ich sprach mit Hugo über sie. Und empfand keine Eifersucht.

Als sie wieder aus der Dunkelheit kam, schien sie für mich noch schöner zu sein als zuvor. Außerdem schien sie aufrichtiger zu sein. Ich sagte mir: »Bei Hugo sind die Menschen immer aufrichtiger.« Überdies dachte ich, das komme daher, dass sie unbefangener war. Was Hugo dachte, vermochte ich nicht zu sagen. Sie ging in unser Schlafzimmer hinauf, um ihren Mantel abzulegen. Sekundenlang blieb sie mitten auf der Treppe stehen, wo das Licht sie von der türkisgrünen Wand abhob. Blondes Haar, bleiches Gesicht, dämonisch spitz zulaufende Augenbrauen, ein grausames Lächeln mit einem entwaffnenden Grübchen. Heimtückisch, unendlich begehrenswert, zog sie mich zu sich wie zum Tod.

Unten verbündeten sich Henry und June. Sie erzählten uns von ihren Auseinandersetzungen, Zusammenbrüchen, Zwistigkeiten. Hugo, dem heftige Gefühle stets Unbehagen bereiten, versuchte die scharfen Kanten durch Lachen zu glätten, die Dissonanzen, das Hässliche, das Angsteinflößende zu mildern, ihren Geheimnissen das Lastende zu nehmen. Verbindlich und vernünftig wie ein Franzose löste er jede Möglichkeit eines Dramas auf. Es hätte zu einer sehr heftigen, unmenschlichen, schrecklichen Szene zwischen June und Henry kommen können, doch Hugo ersparte uns diese Erfahrung.

Später machte ich ihm klar, er habe uns alle am Leben gehindert, er habe bewirkt, dass ein lebensvoller Augenblick an uns vorübergegangen sei. Ich schämte mich für seinen Optimismus, seinen Versuch, die Dinge zu beschönigen. Er begriff. Er versprach mir, daran zu denken. Ohne mich würde er durch seinen gewohnten Konventionalismus völlig ausgeschlossen bleiben.

Wir verbrachten ein fröhliches Abendessen zusammen. Henry und June waren beide halb verhungert. Dann gingen wir ins Grand Guignol. Im Wagen saßen June und ich nebeneinander und plauderten einträchtig.

»Als Henry dich mir beschrieb«, sagte sie, »hat er die wichtigsten Dinge ausgelassen. Er hat dich überhaupt nicht getroffen.« Das erkannte sie sofort; sie und ich, wir hatten einander auf Anhieb verstanden, in jeder Einzelheit und jeder Nuance.

Im Theater. Wie schwierig ist es, Henry zu bemerken, während sie dasitzt, strahlend und mit maskenhaftem Gesicht. Pause. Sie und ich, wir wollen rauchen, Henry und Hugo dagegen nicht. Welch ein Aufsehen, als wir zusammen hinausgehen! Ich sage zu ihr: »Du bist die einzige Frau, die den Ansprüchen meiner Fantasie gerecht wird.« Sie antwortet: »Wie gut, dass ich bald fortgehe. Du würdest mich sehr schnell demaskieren. Einer Frau gegenüber bin ich machtlos. Ich weiß nicht, wie man mit Frauen umgeht.«

Spricht sie die Wahrheit? Nein. Im Wagen hat sie mir von ihrer Freundin Jean erzählt, der Bildhauerin und Dichterin. »Jean hatte ein wunderschönes Gesicht.« Und dann setzt sie hastig hinzu: »Ich spreche nicht von einer normalen Frau. Jeans Gesicht, ihre Schönheit waren eher die eines Mannes.« Sie hält inne. »Jeans Hände waren so schön, so ungeheuer geschmeidig, weil sie so viel mit Ton umging. Die Fingerspitzen liefen schmal zu.« Warum ärgert es mich, dass June Jeans Hände lobt? Eifersucht? Und dann ihre Behauptung, ihr Leben sei von Männern beherrscht gewesen, sie wisse nicht, wie man mit Frauen umgeht. Lügnerin!

Sie mustert mich aufmerksam und sagt: »Ich dachte, deine Augen seien blau. Sie sind seltsam und schön, grau und golden unter den langen, schwarzen Wimpern. Du bist die graziöseste Frau, die ich jemals gesehen habe. Du schreitest nicht – du gleitest.« Wir sprechen über die Farben, die wir lieben. Sie trägt immer nur Schwarz und Purpurrot.

Wir kehren an unsere Plätze zurück. Sie wendet sich ständig an mich statt an Hugo. Als wir das Theater verlassen, nehme ich ihren Arm. Dann legt sie ihre Hand auf die meine;

wir verschränken unsere Hände. Sie sagt: »Neulich abends in Montparnasse tat es mir weh, deinen Namen zu hören. Ich möchte nicht, dass sich billige Männer in dein Leben stehlen. Ich möchte dich … beschützen.«

Im Café sehe ich Asche unter der Haut ihres Gesichts. Auflösung. Mich überfällt eine schreckliche Angst. Ich möchte sie in meine Arme schließen. Ich spüre, wie sie sich in den Tod zurückzieht, und bin bereit, ihr in den Tod zu folgen, sie zu umarmen. Sie stirbt vor meinen Augen. Ihre quälende, strenge Schönheit stirbt. Ihre seltsame, männliche Kraft.

Ich finde keinen Sinn in ihren Worten. Ich bin fasziniert von ihren Augen und ihrem Mund, ihrem schlecht geschminkten, verfärbten Mund. Weiß sie, dass ich das Gefühl habe, bewegungsunfähig, gelähmt zu sein, völlig in ihr verloren?

Sie erschauert vor Kälte unter ihrem leichten Samtumhang. »Würdest du mit mir zu Mittag essen, bevor du abreist?«, frage ich sie.

Sie ist froh, dass sie abreist. Henry liebt sie nur unvollkommen und brutal. Er verletzt ihren Stolz, weil er das Gegenteil von ihr begehrt: hässliche, gewöhnliche, passive Frauen. Er kann ihre positive Lebenseinstellung nicht ertragen, ihre Kraft. Ich hasse Henry jetzt aus tiefstem Herzen. Ich hasse Männer, die sich vor der Stärke der Frauen fürchten. Vermutlich hat Jean ihre Stärke, ihre destruktive Kraft geliebt. Denn June ist Zerstörung.

Meine Stärke ist – wie Hugo mir später erklärt, als ich entdecke, dass er June hasst – weich, indirekt, behutsam andeutend, kreativ, zärtlich, weiblich. Ihre ist wie die eines Mannes. Hugo sagt, sie hat einen männlichen Hals, eine männliche Stimme und grobe Hände. Ob ich das nicht merke? Nein, ich merke es nicht, und wenn ich es merke, ist es mir gleichgültig. Hugo gibt zu, dass er eifersüchtig ist. Sie haben sich vom ersten Augenblick an gehasst.

»Glaubt sie, dass sie mit ihrer weiblichen Einfühlsamkeit und Feinsinnigkeit irgendetwas an dir lieben kann, das ich nicht bereits liebe?«

Es stimmt. Hugo ist unendlich zärtlich zu mir, doch während er über June spricht, denke ich an unsere verschränkten Hände. Sie berührt nicht dasselbe sexuelle Zentrum meines Wesens, das die Männer berühren; das erreicht sie nicht. Doch was in mir berührt sie denn? Ich habe sie begehrt, als sei ich ein Mann, aber ich habe mir auch gewünscht, sie mit den Augen, den Händen, den Sinnen zu lieben, die nur allein die Frauen besitzen. Es ist eine sanfte, behutsame Penetration.

Ich hasse Henry, weil er es wagt, ihren ungeheuren und oberflächlichen Stolz auf sich selbst zu verletzen. Junes Überlegenheit weckt seinen Hass, ja sogar den Wunsch nach Rache. Er mustert mein liebenswürdiges, reizloses Dienstmädchen Emilia. Seine Beleidigung bewirkt, dass ich June liebe.

Ich liebe sie für all das, was sie zu sein wagt, für ihre Härte, ihre Grausamkeit, ihren Egoismus, ihre Perversität, ihre dämonische Zerstörungskraft. Ohne Zögern würde sie mich zu Asche zermalmen. Sie ist eine bis an die äußerste Grenze vollendete Persönlichkeit. Ich bewundere ihren Mut zu verletzen und bin bereit, diesem Mut geopfert zu werden. Sie wird die Summe meines Selbst dem ihren zufügen. Sie wird June sein: plus allem, was in mir ist.

June und ich trafen uns im American Express. Ich wusste, dass sie sich verspäten würde, aber es machte mir nichts aus.

Ich war zu früh da und beinahe krank vor Nervosität. Ich würde sie sehen, wie sie im hellen Tageslicht aus der Menge der Vorübergehenden heraus auf mich zukam. Wie war das möglich? Ich fürchtete, genauso dazustehen, wie ich an anderen Orten dagestanden hatte, die Vorübergehenden zu mustern und zu wissen, dass keine June auftauchen würde, weil June das Produkt meiner Einbildungskraft war. Ich vermochte kaum daran zu glauben, dass sie aus diesen Straßen kommen, einen Boulevard überqueren, inmitten einer Hand voll grauer, gesichtsloser Menschen erscheinen und dieses Haus betreten würde. Welch eine Freude zu beobachten, wie die Menschen dahinhasten, und dann zu sehen, wie sie strahlend, unglaublich, mit langen Schritten auf mich zukommt! Ich halte ihre warme Hand. Sie will ihre Post abholen. Erkennt der Mann im American Express denn nicht, wie wundervoll sie ist? Niemals hat jemand wie sie die Post abgeholt. Hat jemals eine Frau schäbige Schuhe, ein schäbiges schwarzes Kleid, ein schäbiges dunkelblaues Cape und einen alten violetten Hut so getragen wie sie?

Ich kann nichts essen, in ihrer Gegenwart. Äußerlich jedoch bin ich ganz ruhig, voll jener orientalischen Gelassenheit, die so irreführend ist. Sie trinkt und raucht. In gewissem Sinne ist sie tatsächlich verrückt, neigt sie zu Ängsten und Manien. Ihr Geplauder, zumeist unbewusst, würde einem Analytiker viel verraten, ich jedoch kann es nicht analysieren. Es sind größtenteils Lügen. Für sie ist der Inhalt ihrer Fantastereien Realität. Doch was baut sie da so sorgfältig auf? Eine Erhöhung, eine Festigung, Glorifizierung ihrer Persönlichkeit. In der offensichtlichen, sie umfangenden Wärme meiner Bewunderung entfaltet sie sich. Sie wirkt hilflos und destruktiv zugleich. Ich möchte sie beschützen. Ein Witz!

Ich – *sie* beschützen, deren Macht unendlich ist! Ihre Macht ist so groß, dass ich ihr tatsächlich glaube, als sie behauptet, das Zerstörende an ihr sei unbeabsichtigt. Hat sie versucht, mich zu zerstören? Nein, sie kam in mein Haus, und ich war bereit, jeglichen Schmerz von ihrer Hand zu erleiden. Sollte irgendetwas Berechnendes an ihr sein, dann kommt es erst später, wenn sie sich ihrer Macht bewusst wird und überlegt, wie sie sie einsetzen soll. Ich glaube nicht, dass sie ihren negativen Einfluss bewusst einsetzt. Sie selbst wundert sich ja auch darüber.

Ich trage sie jetzt in mir als einen Menschen, den man bemitleiden und beschützen muss. Sie ist verstrickt in Launenhaftigkeiten und Tragödien, mit denen sie nicht fertig wird. Ich habe endlich ihre Schwäche entdeckt. Ihr Leben ist angefüllt mit Fantasien. Ich möchte sie in die Wirklichkeit zwingen. Ich möchte ihr Gewalt antun. Ich, die ich in Träumereien, in halb ausgelebte Handlungen versunken bin, finde mich besessen von einem unbändigen Wunsch: Ich möchte June bei ihren ausweichenden Händen packen – o Gott, mit welcher Kraft! – und sie in ein Hotelzimmer mitnehmen, um dort ihren und meinen Traum zu verwirklichen, einen Traum, dem sich zu stellen sie ihr Leben lang vermieden hat.

Nervös und gerädert von meinen drei Stunden mit June ging ich Eduardo besuchen. Er erkannte ihre Schwäche und ermutigte mich, meine Stärke auszuspielen.

Ich konnte kaum klar denken, weil sie im Taxi meine Hand gedrückt hatte. Ich schämte mich meiner tiefen Bewunderung, meiner Unterwürfigkeit nicht. Ihre Geste war nicht aufrichtig. Ich glaube nicht, dass sie lieben kann.

Sie sagt, sie hätte gern das rosa Kleid, das ich an jenem Abend trug, als sie mich zum ersten Mal sah. Als ich ihr erkläre, dass ich ihr ein Abschiedsgeschenk machen möchte, antwortet sie, dass sie sich, um Erinnerungen heraufzubeschwören, etwas von dem Parfüm wünscht, das sie in meinem Haus gerochen hat. Außerdem braucht sie Schuhe, Strümpfe, Handschuhe, Wäsche. Sentimentalität? Romantik? Wenn sie es *wirklich* ehrlich meint ... Warum zweifle ich an ihr? Vielleicht ist sie ganz einfach nur sehr sensibel, und übersensible Menschen sind unecht, wenn andere an ihnen zweifeln; sie schwanken. Und dann hält man sie für unaufrichtig. Dennoch möchte ich ihr glauben. Gleichzeitig jedoch erscheint es mir gar nicht so wichtig, dass sie mich liebt. Das ist ihre Rolle nicht. Ich bin von meiner Liebe zu ihr ganz erfüllt. Und zugleich habe ich ein Gefühl, als müsse ich sterben. Unsere Liebe würde den Tod bedeuten. Die Umarmung von Fantasiebildern.

Als ich Hugo die Geschichten erzähle, die June mir erzählt hat, erklärt er, sie seien einfach billig. Ich weiß nicht recht.

Dann verbringt Eduardo zwei Tage hier, der dämonische Analytiker, und lässt mich die Krise erkennen, die ich durchmache. Ich möchte June sehen, ihren Körper. Ich habe nicht gewagt, ihren Körper zu betrachten. Ich *weiß*, dass er schön ist.

Eduardos Fragen ärgern mich. Schonungslos zeigt er mir, wie ich mich gedemütigt habe. Ich habe mich nicht auf die Erfolge berufen, die mich glänzend dastehen lassen würden. Er erinnert mich daran, dass mich mein Vater zu schlagen pflegte, dass meine erste Erinnerung an ihn eine Demütigung ist. Nachdem ich Typhus gehabt hatte, erklärte er mir, ich sei hässlich. Ich war abgemagert und hatte meine Locken verloren.

Was macht mich aber jetzt so krank? June. June und ihre unheilvolle Anziehungskraft. Sie hat Drogen genommen; sie hat eine Frau geliebt; und wenn sie Geschichten erzählt, benutzt sie die Ausdrucksweise der Straße. Dennoch hat sie sich diese unglaubliche, altmodische, alles andere als abgestumpfte Sentimentalität bewahrt. »Schenk mir das Parfüm, das ich in deinem Haus gerochen habe. Als ich im Dunkel den Hang zu eurem Haus emporstieg, war ich ekstatisch.«

Ich frage Eduardo: »Glaubst du wirklich, dass ich lesbisch bin? Nimmst du dies ernst? Oder ist es nichts als eine Reaktion auf mein Erlebnis mit Drake?« Er ist sich nicht sicher.

Hugo nimmt einen sehr entschiedenen Standpunkt ein und sagt, er halte alles außerhalb unserer Liebe für unwesentlich – Phasen, Ungereimtheiten der Leidenschaft. Er braucht diese Sicherheit, um leben zu können. Ich freue mich, dass er sie gefunden hat. Und bestätige ihm, dass er Recht hat.

Schließlich erklärt Eduardo, ich sei nicht lesbisch, weil ich die Männer nicht hasse – im Gegenteil. Im Traum, letzte Nacht, begehrte ich Eduardo, nicht June. Als ich in der Nacht zuvor von June träumte, stand ich hoch oben auf einem Wolkenkratzer und sollte auf einer sehr schmalen Feuerleiter an der Fassade hinabklettern. Ich war halb tot vor Angst. Ich konnte es nicht.

Am Montag kam sie nach Louveciennes. Genau wie Henry es getan hatte, fragte ich sie ganz brutal: »Bist du lesbisch? Hast du dich innerlich deinen eigenen Neigungen gestellt?«

Sie antwortete mir ganz ruhig. »Jean war zu maskulin. Ich

habe mich meinen Gefühlen gestellt, ich bin mir völlig über sie im Klaren, bisher aber habe ich nie jemanden gefunden, mit dem zusammen ich sie ausleben wollte.« Dann wechselte sie ausweichend das Thema. »Du hast so eine hübsche Art, dich anzuziehen. Dieses Kleid – die rosa Farbe, der altmodisch weite Rock, das kleine, schwarze Samtjäckchen, der Spitzenkragen, die Verschnürung auf der Brust – wie perfekt, absolut perfekt! Ich mag es auch, wie du dich bedeckt hältst. Es gibt kaum etwas Nacktes an dir, eigentlich nur deinen Hals. Ich liebe deinen Türkisring und die Korallen.«

Ihre Hände bebten; sie zitterte. Ich schämte mich meiner Brutalität. Ich war fürchterlich nervös. Sie erzählte mir, dass sie sich im Restaurant gewünscht habe, meine Füße zu sehen, dass sie aber nicht gewagt habe, sie anzustarren. Ich erzählte ihr, dass ich nicht gewagt hätte, ihren Körper zu betrachten. Wir sprachen in abgerissenen Sätzen. Sie betrachtete meine Füße in den Sandalen und fand sie reizend.

»Gefallen dir die Sandalen?«, fragte ich. Sie habe Sandalen immer geliebt, antwortete sie, und sie auch stets getragen, bis sie zu arm geworden sei, sie sich zu leisten. »Komm doch mit in mein Zimmer hinauf und probier mein anderes Paar an«, schlug ich ihr vor.

Auf dem Bett sitzend, probierte sie die Sandalen an. Sie waren ihr zu klein. Ich sah, dass sie Baumwollstrümpfe trug: Es schmerzte mich, June in Baumwollstrümpfen zu sehen. Ich zeigte ihr mein schwarzes Cape, das sie sehr schön fand. Ich drängte sie, es anzuprobieren; dabei entdeckte ich die ganze Schönheit ihres Körpers, seine Fülle und Schwere, und der Anblick überwältigte mich.

Ich konnte nicht begreifen, warum sie so befangen war, so schüchtern, so verängstigt. Ich versprach, ihr genauso ein

Cape zu machen wie das meine. Einmal berührte ich ihren Arm. Sie zog ihn zurück. Hatte ich sie verschreckt? War es möglich, dass es jemanden gab, der noch sensibler, noch ängstlicher war als ich? Das vermochte ich nicht zu glauben. Ich selbst war in diesem Moment nicht ängstlich. Ich wünschte mir verzweifelt, sie zu berühren.

Als sie unten auf der Couch saß, zeigte der Ausschnitt ihres Kleides den Brustansatz, und ich wünschte mir, sie dort zu küssen. Ich war hochgradig erregt und zitterte. Ich erkannte allmählich ihre Sensibilität und ihre Angst vor den eigenen Gefühlen. Sie redete, aber ich wusste, dass sie nur redete, um einem viel tiefer gehenden inneren Gespräch auszuweichen – all den Dingen, die wir nicht aussprechen konnten.

Am folgenden Tag trafen wir uns im American Express. Sie erschien in einem Schneiderkostüm, weil ich gesagt hatte, dass es mir gefalle.

Sie hatte erklärt, sie wünsche sich nichts von mir als das Parfüm, das ich benutze, und mein weinrotes Taschentuch. Ich jedoch behauptete, sie habe versprochen, sich von mir Sandalen kaufen zu lassen.

Vorher jedoch ging ich mit ihr auf die Damentoilette. Ich öffnete meine Handtasche und holte ein Paar feine Strümpfe heraus. »Zieh sie an«, bat ich sie. Und sie gehorchte. Inzwischen öffnete ich eine Flasche Parfüm. »Betupf dich damit.« Die Wärterin starrte uns an, wartete auf ihr Trinkgeld. Mir war ihre Anwesenheit gleichgültig. June hatte ein Loch im Ärmel.

Ich war sehr glücklich. June war selig. Wir sprachen beide gleichzeitig. »Ich wollte dich gestern Abend anrufen. Ich wollte dir ein Telegramm schicken«, sagte June. Sie hatte mir gestehen wollen, dass sie im Zug sehr unglücklich gewesen sei, ihre Unbeholfenheit, ihr hektisches Geplauder, ihr sinnloses Gerede zutiefst bedauert habe. Sie hätte mir so vieles, so vieles zu sagen gehabt.

Wir waren beide von der Furcht erfüllt, einander zu missfallen, zu enttäuschen. Als sie am Abend ins Café ging, war sie wie betäubt gewesen, erfüllt nur von dem Gedanken an mich. Die Stimmen der Menschen hatten sie nur aus weiter Ferne erreicht. Sie war freudig erregt. Sie konnte nicht schlafen. Was hatte ich ihr nur angetan? Sonst war sie immer ausgeglichen gewesen, hatte sich stets klug unterhalten können und sich niemals von Menschen übermäßig beeindrucken lassen.

Als mir klar wurde, was sie mir da gestand, wurde ich fast verrückt vor Freude. Sie liebte mich also! June! Sie saß neben mir im Restaurant – klein, schüchtern, weltfremd, angsterfüllt. Sie sagte etwas und bat mich gleich darauf um Verzeihung für die Dummheit des Gesagten. Ich konnte es nicht ertragen. »Wir haben uns beide selbst verloren«, erklärte ich ihr, »doch wenn wir am wenigsten wir selbst sind, verraten wir am meisten von uns. Ich versuche gar nicht mehr zu denken. Wenn ich bei dir bin, kann ich nicht denken. Du bist wie ich, sehnst dich nach einem perfekten Moment; doch wenn man sich etwas zu lange vorstellt, kann es in der Realität nicht perfekt sein. Keiner von uns kann haargenau das Richtige sagen. Dafür sind wir zu überwältigt. Lass uns überwältigt sein. Es ist so schön, so wunderschön! Ich liebe dich, June!«

Da ich nicht wusste, was ich sonst sagen sollte, breitete ich zwischen uns auf der Bank das weinrote Taschentuch aus, das sie sich wünschte, meine Korallen-Ohrringe und meinen Türkisring, den Hugo mir geschenkt hatte und von dem ich mich nur schmerzlich trennte, aber er war das Blut, das ich Junes Schönheit und Junes unglaublicher Demut zu opfern wünschte.

Wir gingen in das Sandalengeschäft. Die hässliche Frau, die uns dort bediente, hasste uns und unser unübersehbares Glück. Ich hielt Junes Hand fest umfasst. Ich führte den Befehl im Geschäft. Ich war der Mann. Ich war den Verkäuferinnen gegenüber energisch, hart, eigensinnig. Als sie eine Bemerkung über Junes breite Füße machten, schalt ich sie. June konnte ihr Französisch nicht verstehen, begriff aber, dass sie gehässig waren. Ich sagte zu ihr: »Wenn Menschen böse zu dir sind, möchte ich am liebsten vor dir auf die Knie fallen.«

Wir wählten die Sandalen. Alles andere lehnte sie ab, alles, was nicht symbolisch oder charakteristisch für mich war. Sie wollte alles tragen, was ich trug, obwohl sie sich bisher noch niemals gewünscht hatte, jemanden zu imitieren.

Als wir zusammen durch die Straßen wanderten, eng aneinander geschmiegt, Arm in Arm, die Hände verschränkt, brachte ich kein Wort heraus. Wir schritten über die Welt, die Realität hinweg in die Ekstase hinein. Wenn sie an meinem Taschentuch schnupperte, atmete sie mich ein. Wenn ich ihre Schönheit bekleidete, besaß ich sie.

Sie sagte: »Es gibt so vieles, was ich gern mit dir zusammen täte. Mit dir zusammen würde ich Opium rauchen.« June, die kein Geschenk annimmt, das nicht symbolische Bedeutung besitzt; June, die für andere Leute wäscht, um sich ein bisschen Parfüm kaufen zu können; June, die sich vor Armut und Schäbigkeit nicht fürchtet, die von der Trunkenheit ihrer Freunde unberührt bleibt; June, die Menschen unnachsichtig beurteilt, auswählt, verwirft, die, wenn sie ihre endlosen Geschichten erzählt, genau weiß, dass sie eine Art Flucht sind, und sich hinter ihren weitschweifigen Erzählungen umso unauffindbarer versteckt. Insgeheim mein.

Hugo beginnt allmählich zu begreifen. Die Realität existiert nur zwischen ihm und mir, in unserer Liebe. Alles andere – Träume. Das Problem unserer Liebe ist gelöst. Ich kann treu sein. Ich war erschreckend glücklich während der Nacht.

Aber ich muss sie küssen, ich muss sie küssen.

Wenn sie es gewollt hätte, ich hätte mich gestern auf den Fußboden gesetzt und den Kopf an ihre Knie gelehnt. Aber sie wollte nicht. Und doch bittet sie mich, als wir am Bahnhof auf den Zug warten, ihr meine Hand zu geben. Ich rufe ihren Namen. Wir stehen aneinander geschmiegt, dass unsere Gesichter sich fast berühren. Als der Zug anfährt, lächele ich ihr zu. Und wende mich ab.

Der Bahnhofsvorsteher versucht mir ein paar Wohlfahrtslose zu verkaufen. Ich bezahle sie, gebe sie ihm zurück und wünsche ihm viel Glück bei der Lotterie. Er profitiert von meinem Wunsch, June, der ich nichts schenken kann, etwas zu schenken.

Seltsam, was für eine Geheimsprache wir verwenden: Untertöne, Übertöne, Nuancen, Abstraktionen, Symbole. Dann kehren wir zu Hugo und zu Henry zurück – innerlich erfüllt von einem Glühen, das sie beide erschreckt. Henry ist beklommen. Hugo ist traurig. Was ist dieses übermächtige, magische Gefühl, dem wir uns überlassen, June und ich, wenn wir zusammen sind? Etwas Wunderbares! Wunderbares! Und sie bringt es mit.

Gestern Abend, nach June, völlig erfüllt von June, konnte ich es nicht ertragen, dass Hugo die Zeitung las und von Trusts und seinem erfolgreichen Tag redete. Er verstand – er versteht wirklich –, konnte aber nicht daran teilnehmen, konnte das Wunderbare nicht begreifen. Er neckte mich. Er zeigte Humor. Er war unendlich liebenswert und herzlich. Aber ich vermochte nicht zurückzukehren.

Und so lag ich auf der Couch, rauchte und dachte an June. Auf dem Bahnhof war ich ohnmächtig geworden.

Die Intensität macht uns beide kaputt. Sie ist froh, dass sie abreist. Sie ist weniger flexibel als ich. Sie will wirklich dem entfliehen, was ihr Leben gibt. Sie mag meine Macht nicht, während ich es genieße, mich ihr zu unterwerfen.

Als wir uns heute auf eine halbe Stunde trafen, um über Henrys Zukunft zu sprechen, bat sie mich, für ihn zu sorgen, und schenkte mir dann ihr Silberarmband mit dem Katzenaugen-Stein – wo sie doch kaum etwas besitzt! Anfangs weigerte ich mich, es anzunehmen, doch dann erfüllte mich die Freude darüber, ihr Armband zu tragen, ein Teil von ihr. Ich trage es wie ein Symbol. Es ist mir kostbar.

Hugo bemerkte es und hasste es. Um mich zu ärgern, wollte er es mir fortnehmen. Obwohl er mir fast die Hände zerbrach, hielt ich es mit aller Kraft fest und ließ zu, dass er mir wehtat.

June fürchtete, dass Henry mich gegen sie wenden würde. Wovor hat sie Angst? »Es gibt ein fantastisches Geheimnis zwischen uns«, erklärte ich ihr. »Ich kenne dich nur durch mein eigenes Wissen. Durch meinen Glauben. Was bedeutet mir Henrys Wissen?«

Dann traf ich Henry zufällig auf der Bank. Ich erkannte, dass er mich hasste, und war erschrocken. June hatte gesagt, er sei nervös und beunruhigt, weil er auf Frauen eifersüchtiger sei als auf Männer. Es ist Junes Natur, Zorn zu säen.

Henry, der mich für einen »außergewöhnlichen Menschen« hielt, hasst mich jetzt. Hugo, der selten hasst, hasst sie.

Heute sagte sie, wenn sie mit Henry über mich spreche, versuche sie möglichst natürlich und offen zu sein, damit er nicht etwas Außergewöhnliches argwöhne. Zum Beispiel sagte sie zu ihm: »Anaïs fand ihr Leben einfach langweilig; deswegen befreundete sie sich mit uns.« Ich persönlich fand das taktlos. Es war das einzige Mal, dass ich sie etwas Hässliches habe sagen hören.

Hugo und ich gehen ganz aufeinander ein. Wir können nicht ohne einander sein, wir können weder Streit noch Krieg oder Entfremdung ertragen, wir können nicht allein spazieren gehen, wir mögen nicht ohne einander verreisen. Wir tun das, obwohl wir Individualisten sind, obwohl wir Intimität hassen. Wir haben unser egozentrisches Ich in unsere Liebe integriert. Unsere Liebe ist unser Ego.

Ich glaube kaum, dass June und Henry das erreicht haben, dafür ist der Individualismus der beiden zu stark. Also bekriegen sie sich; Liebe ist Kampf; sie müssen einander belügen, einander misstrauen.

June möchte nach New York zurückkehren, etwas Richtiges machen, schön für mich sein, mich zufrieden stellen. Sie fürchtet, mich zu enttäuschen.

Wir aßen in einem Restaurant mit gedämpfter Beleuchtung zu Mittag, das uns mit samtener Intimität einhüllte. Wir nahmen unsere Hüte ab. Wir tranken Champagner. June lehnte alle süßen oder faden Speisen ab. Sie könnte von Grapefruit, Austern und Champagner leben.

Wir unterhielten uns in halb ausgesprochenen Abstraktionen, verständlich nur für uns allein. Mir wurde klar, wieso es Henry nicht gelang, sie logisch zu erfassen, sie wirklich kennen zu lernen.

Sie saß da, voll von Champagner. Sie sprach über Haschisch und seine Wirkung. »Ich habe solche Zustände auch ohne Haschisch erreicht«, entgegnete ich ihr. »Ich brauche keine Drogen. Ich habe das alles in mir selbst.« Daraufhin war sie ein wenig verärgert. Sie erkannte nicht, dass ich diesen Zustand erreichte, ohne meinen Verstand zu zerstören. Und mein Verstand darf nicht sterben, weil ich Schriftstellerin bin. Ich bin die Dichterin, die klar sehen muss. Ich bin nicht einfach nur die Dichterin, die sich an Junes Schönheit berauschen kann.

Es war ihre Schuld, dass ich Widersprüche in ihren Geschichten zu entdecken begann, kindische Lügen. Ihr Mangel an Koordination und Logik schuf Lücken, und wenn ich die Stücke zusammensetzte, bildete ich mir ein Urteil – ein Urteil, vor dem sie sich jedes Mal fürchtet, vor dem sie am liebsten davonlaufen möchte. Sie lebt ohne Logik. Sobald man versucht, June zu koordinieren, ist June hilflos. Das hat sie offenbar häufig erlebt. Sie ist wie ein Mann, der betrunken ist und sich verrät.

Wir sprechen über Parfüms, ihre Substanz, ihre Mischungen, ihre Bedeutung. Ganz nebenbei erwähnt sie: »Am Samstag, als ich von dir kam, habe ich Parfüm für Ray gekauft.« (Ray ist ein junges Mädchen, von dem sie mir erzählt hat.) In jenem Augenblick dachte ich nicht nach. Ich behielt den Namen des Parfüms, eines sehr teuren Parfüms.

Wir sprachen weiter. Sie ist von meinen Augen genauso beeindruckt wie ich von ihrem Gesicht. Ich sagte zu ihr, dass ihr Armband mein Handgelenk so fest umklammere wie ihre

Finger, mich in barbarischer Sklaverei halte. Sie wünscht sich, mein Cape um ihren Körper zu spüren.

Nach dem Lunch gingen wir spazieren. Sie musste ihre Schiffskarte nach New York besorgen. Zunächst fuhren wir mit einem Taxi zu ihrem Hotel. Als sie herauskam, brachte sie eine von Jean angefertigte Marionette mit: Graf Bruga. Er hatte violettes Haar, violette Lider, die Augen einer Prostituierten, eine Pulcinella-Nase, einen weichen, hungrigen Mund, schwindsüchtige Wangen, ein boshaftes, aggressives Kinn, die Hände eines Mörders, hölzerne Beine; er trug einen spanischen Sombrero und eine schwarze Samtjacke. Er war schon auf der Bühne gewesen.

June setzte ihn vor uns auf den Boden des Taxis. Ich musste über ihn lachen.

Wir suchten mehrere Schiffsagenturen auf. June besaß nicht einmal genügend Geld für eine Passage dritter Klasse und versuchte, einen Preisnachlass zu bekommen. Ich sah, wie sie sich, das Gesicht in die Hände gestützt, bittend so über den Tresen beugte, dass die Männer hinter dem Tresen sie unverhohlen mit den Blicken verschlangen. Und sie gab sich sanft, einschmeichelnd, verlockend und schenkte ihnen ein geheimnisvolles Lächeln. Ich sah zu, wie sie bettelte. Graf Bruga grinste mich höhnisch an. Ich empfand nur meine Eifersucht auf diese Männer, nicht Junes Demütigung.

Wir gingen hinaus. Ich erklärte June, ich würde ihr das Geld geben, das sie brauchte – mehr, als ich mir leisten konnte, weit mehr.

Wir gingen zu einer anderen Schiffsagentur, wo June ein völlig verrücktes Märchen auftischte, bevor sie ihr Anliegen vorbrachte. Ich sah, dass der Mann hinter dem Schalter, fasziniert von ihrem Gesicht und der sanften, unterwürfigen Art, mit der sie über Bezahlung und Unterschriften sprach, vollkommen außer sich geriet. Ich stand daneben und hörte, wie er sie fragte: »Darf ich Sie morgen zum Cocktail einladen?« June reichte ihm die Hand. »Um drei?« – »Nein. Um sechs.« Sie lächelte ihn genauso an, wie sie mich anlächelt. Als wir dann hinausgingen, erklärte sie mir hastig: »Er war sehr zuvorkommend zu mir, sehr hilfsbereit. Er wird eine Menge für mich tun. Ich konnte nicht Nein sagen. Ich werde nicht hingehen, aber ich konnte nicht Nein sagen.«

»Nun, da du Ja gesagt hast, musst du auch hingehen«, entgegnete ich ärgerlich, und gleich darauf wurde mir von der Banalität dieser Feststellung übel. Ich ergriff Junes Arm und gestand ihr fast schluchzend: »Ich kann's nicht ertragen, ich kann's nicht ertragen!« Ich ärgerte mich über etwas Undefinierbares. Ich dachte an die Prostituierte: ehrlich, weil sie ihren Körper für Geld hingibt. June würde niemals ihren Körper hingeben. Aber sie würde betteln, wie ich niemals betteln würde, Versprechungen machen, die ich nie machen würde, es sei denn, ich wollte sie einhalten.

June! Solch ein Riss in meinem Traum. Das wusste sie auch. Sie führte meine Hand an ihre warme Brust, und ich fühlte beim Gehen ihre Brust. Sie war unter dem Kleid immer nackt. Sie tat es vielleicht ganz mechanisch, als müsse sie ein weinendes Kind trösten. Und sie sprach über Dinge, die nicht relevant waren. »Wäre es dir lieber, ich hätte ganz brutal Nein zu dem Mann gesagt? Ich bin manchmal brutal, weißt du, aber in deiner Gegenwart könnte ich es niemals sein. Ich wollte ihn nicht kränken. Er war sehr hilfsbereit.« Da ich nicht wusste, was mich so erzürnte, schwieg ich. Es ging nicht darum, ob sie die Einladung zum Cocktail annehmen sollte oder nicht. Es ging im Grunde um die Frage, warum sie die Hilfe dieses Mannes brauchte. Ich musste an einen Ausspruch von ihr denken: »So schlimm es auch um mich stehen mag, ich finde immer einen, der mich zum Champagner einlädt.« Natürlich. Sie häufte riesige Schulden an, die sie niemals zu bezahlen gedachte, denn hinterher prahlte sie mit ihrer sexuellen Unverletzlichkeit. Eine Männerausbeuterin. Stolz auf den Besitz ihres Körpers, aber nicht zu stolz, um sich mit den Blicken einer Prostituierten über den Schalter einer Schiffsagentur hinweg zu demütigen.

Sie erzählte mir, dass sie sich mit Henry über den Einkauf von Butter gestritten habe. Sie hätten kein Geld gehabt, und ... »Kein Geld?«, fragte ich. »Aber ich hab dir am Samstag erst vierhundert Francs gegeben, damit ihr was zu essen habt. Und heute ist Montag.«

»Wir mussten Schulden abzahlen ...«

Ich dachte, sie meinte das Hotelzimmer. Dann fiel mir plötzlich das Parfüm ein, das zweihundert Francs kostete. Warum sagte sie nicht zu mir: »Am Samstag habe ich Parfüm, Handschuhe und Strümpfe gekauft.« Als sie andeutete, dass sie die Miete bezahlen müssten, sah sie mich nicht an. Dann fielen mir andere Dinge ein, die sie gesagt hatte. »Die Leute sagen mir immer, wenn ich ein Vermögen besäße, könnte ich es in einem Tag ausgeben, ohne dass jemand wüsste, wofür. Ich kann einfach nicht erklären, wie ich das Geld ausgebe.«

Das war die andere Seite von Junes Fantasie. Wir wanderten durch die Straßen, und auch ihre weiche Brust konnte den Schmerz nicht stillen.

Ich ging nach Hause und lag schwer in Hugos Armen. »Ich bin zurückgekommen«, sagte ich. Und er war glücklich.

Katinka Dietz

Drei Minuten Zähneputzen

Meine Haut duftet nach reifen Aprikosen. Wem immer die Ehre zuteil wird, mit der Zungenspitze über meine Flanken zu fahren, den trägt dieser Geruch fort in einen schwülen Tausendundeine-Nacht-Traum. Mein schwarzes Haupthaar rinnt durch die Finger wie flüssiger Sirup. Begehrliche Männerblicke verfangen sich darin. Wenn ich, wie jetzt, über die weiche Haut meiner Schenkel streichle, ahne ich, dass Allah persönlich bei der Erschaffung meines Körpers zugegen war.

Und dieser kleine Ingenieurs-Wichser bildet sich ein, er könnte mich mir nichts, dir nichts abschleppen?

Ich liege auf dem Rücken und blicke durch die Kringel, die der Rauch meiner Zigarette in die Luft malt, zu dem bestickten Baldachin eines Londoner Hotelbetts hinauf. Eine Treibjagdszene mit Reitern, Hunden und Fasanen. Das ganze Zimmer ist ein englischer Altjungferntraum. Das Bett ist mit einer Rüschenborte verkleidet; die rosafarbenen Samtvorhänge sind schwülstig. Überall Kordeln und Quasten, Gerafftes und Geplüschtes. Eine Goldleiste, eine Seidentapete mit Lilienmuster. Mein Blazer, Rock und Slip liegen über dem Schreibtisch-Fauteuil, Bluse und Pumps habe ich noch an.

Der Ingenieur ist im Bad. Ich höre, wie er sich die Zähne putzt. Ich bin mir sicher, dass er das korrekt durchzieht, drei Minuten morgens und abends, immer schön von Rot nach Weiß. Zwei- bis dreimal die Woche Zahnseide. Ich habe seine Zähne gesehen. Sie sind gepflegt, aber schön ist etwas anderes.

»Sie sehen aus, als täte Ihnen etwas Gesellschaft gut«, maßte er sich vor einer halben Stunde unten in der Hotelbar an. Und schon hatte ich einen Gin Tonic in der Hand und sah mich mit der ganzen Banalität seines britischen Spießerdaseins konfrontiert. Er kommt aus einem Kaff, dass es nicht wert ist, sich den Namen zu merken. Er ist wegen eines Kongresses in London. *Piping Systems* – Neue Rohrleitungssysteme für die Abwasserentsorgung. Womit habe ich das wieder verdient?

»Ein schönes Fleckchen Erde, auf dem Sie da wohnen. All die Grachten, all die Blumen, wirklich, ich war mal als Student in Amsterdam …«, trat er ein Klischee nach dem anderen platt und stürzte dabei seinen Drink hinunter.

Ich kürzte das Gespräch ab.

»Willst du gleich ficken oder erst noch in die holländische Käsekunde einsteigen?«, fragte ich und stand schon auf, denn die Antwort erübrigte sich.

Willst du gleich ficken. Ich mag diesen Satz. Ich bin ihn selbst schon einmal gefragt worden. In der Nacht, in der ich gewissermaßen eingeweiht wurde. In der Nacht, in der ich erfuhr, welche Aufgabe Allah mir zugedacht hatte.

Ich war damals 15, erst seit ein paar Monaten in Wien, und hatte mich noch nicht von all dem erholt, was hinter mir lag. Ich war von zu Hause, das sich in einer deutschen Kleinstadt befand, abgehauen.

In Wien erzählte ich jedem, ich wäre 22. Keiner hat das jemals infrage gestellt. Vor allem kein Mann wollte mein Alter bezweifeln. Natürlich war auch in Österreich das Verführen Minderjähriger eine Straftat – sie haben mich trotzdem gevögelt und mir postkoital scheinheilig einen enormen Lolita-Charme bestätigt.

Es war die Zeit, in der die Überzeugung in mir wuchs, dass man Männern alles erzählen kann, wenn sie scharf auf einen sind. Ich war ein frühreifes Früchtchen, das seine Wirkung testen wollte, und entschlossen, alles auszuprobieren – auch das Ungewöhnliche, Verbotene. Ich war überrascht, welch grandiose Wirkung mein sich blühend entwickelnder Körper auf die Männerwelt hatte. Die Tricks der Verführung lernte ich ebenso schnell, wie ich erkannte, dass sich der Schlüssel zu einem Dach über dem Kopf und einem netten Lebensstil hinter den seidigen Locken meiner Muschi verbarg.

Nachdem ich in Wien bei ein paar Typen rausgeflogen war, fand ich bei den Orschowskis Unterschlupf, einem braven Ehepaar aus dem sechsten Bezirk. Hubert Orschowski hatte mich vor dem Obdachlosenasyl in der Innenstadt aufgelesen, um das ich dieser Tage herumschlich, ohne mich hineinzutrauen, denn ich schämte mich für meinen sozialen Abstieg.

»Haushaltsarbeiten gegen Kost und Logis«, sagte Orschowski.

Ich wusste nicht, was das bedeutete. Aber ich hatte so großen Hunger, dass mich nicht einmal die Vorstellung abschreckte, bei der Betreuung von fünf Kindern zu helfen.

Amalia Orschowski war eine fleißige, aber einfältige Frau in den Dreißigern. Sie war gezeichnet von den Strapazen des Gebärens und der Brutpflege. Sie ließ mich hart arbeiten, war aber nett zu mir und kochte gut. Unter ihrer Ägide nahm ich sieben Kilo zu, was meinen Kurven glänzend zugute kam.

Die Wochen vergingen und wurden zu Monaten. Ich fühlte mich, wenn auch nicht gerade zu Hause, so doch heimisch in der Familie. Ich wusste nicht, wie lange ich bleiben sollte. Ich vertraute auf ein Zeichen Allahs, der meine Schritte lenken und mir sagen würde, wann es an der Zeit war zu gehen.

Eines Abends, als Amalia im Spital lag, um ihr sechstes Kind zur Welt zu bringen, stand Orschowski auf einmal in der Küche. Es war lange nach dem Nachtmahl. Normalerweise tauchte er um diese Zeit nie hier auf.

»Willst du gleich ficken, oder machst du erst den Abwasch fertig?«, fragte er ohne Umschweife.

Es war die Zeit, in der ich herausfinden wollte, was man alles mit Männern machen konnte, wenn sie scharf auf einen waren.

»Ich werde abwaschen, die Kinder ins Bett bringen, und dann werde ich dich ficken, dass dir Hören und Sehen vergeht«, sagte ich, ohne vom Spültisch aufzublicken.

Als ich ins Elternschlafzimmer kam, saß Orschowski schon halb entkleidet auf dem Ehebett. Angezogen sah er ja gar nicht so übel aus: ein untersetzter Herr Anfang 50 mit grauen Schläfen und lustigen Augen. Aber nun, da sein schwabbeliges Fleisch aus dem Unterhemd hervorquoll und man sah, dass seine Rückenbehaarung bis zum Nackenansatz emporwucherte, bot er einen schlimmen Anblick.

»Du brauchst keine Angst zu haben. Ich werde dir zeigen, wie es geht«, sagte er und nestelte am Eingriff seiner Baumwollunterhose herum. Er rieb so lange an seinem Stummelchen, bis das entstand, was er einen Steifen nannte.

Eine Gänsehaut lief über meinen Rücken. Ich hatte eine Art Eingebung. Eine Ahnung davon, dass ich Macht ausüben konnte.

»Wir wollen doch beide etwas davon haben«, gurrte ich, machte die Augen groß und zog einen Schmollmund. »Lass uns erst etwas Nettes spielen, ja?«

Er sah überrascht aus der Wäsche, doch ich ging unbeirrt zu der Barockkommode hinüber, auf der Amalia ihre wenigen Toilettenartikel stehen hatte: ein bisschen Talkumpulver und Zitronenwässerchen in schlichten Glasflaschen. Ich ergriff den einzigen Lippenstift, den die Gute besaß, und zog einen großen Miederschlüpfer sowie einen Monster-Cup-Büstenhalter aus einer Schublade – beides fleischfarben. Dann kniete ich mich zu Herrn Orschowski aufs Bett. Ich zog ihn aus und fasste ihn an, bis er schwitzte und schnaufte. Ich ließ ihn meinen Bauch lecken und seinen Mittelfinger in meine Muschi stecken. Dann malte ich ihm einen Kussmund in grellem Pink, zog ihm Amalias Hüftslip über sein Schwänzchen und schloss den BH über seinem graubehaarten Rücken.

Den Finger an die Lippen gelegt winkte ich ihn mit der anderen Hand aus dem Schlafzimmer heraus wie einen Verbündeten, mit dem ich gemeinsam etwas aushecken wollte. Bei den Kindern war alles ruhig. Ich drückte ihm den Staubwedel in die Hand, der neben der Garderobe hing, küsste ihn auf den Mund und flüsterte ihm ins Ohr, was ich mir Schönes ausgedacht hatte.

»Einmal ganz hinunter und wieder zurück – und dann darfst du ihn reinstecken.«

Ich öffnete die Tür zum Stiegenhaus. Die Orschowskis wohnten im obersten Stockwerk eines hohen Jugendstilgebäudes. Das Treppenhaus war schwarz-weiß gekachelt und führte in wunderschönen Verzierungen über zwei Stockwerke und zahlreiche Zwischengeschosse, so genannte *Mezzanine*, nach unten.

»Los, lauf!«

Natürlich zierte er sich, doch ich gab mich unerbittlich. Schließlich siegte seine Gier, und so nahm er die Tour de Force im stockdunklen Hausgang auf sich. Ich musste ihn nur noch ein wenig anschubsen, schon rannte er los. Er muss sich im ersten Mezzanin befunden haben, als ich die Stimmen hörte. Das Flurlicht ging an, und das Echo schriller Schreie wurde zwischen den hübschen Marmorfliesen hin und her geworfen. Ich schloss lächelnd die Tür.

Nun war ich über alle Maßen erregt. Nie hätte ich mir erträumen lassen, wozu Männer bereit sind, wenn sie scharf auf einen sind. Ich sperrte mich in meine Kammer ein und masturbierte. Nie wieder hat Hubert Orschowski sich eingebildet, mein heiliges Fleisch besitzen zu dürfen.

Allah hatte mir Macht verliehen. Macht, die meine Schmerzen linderte. Das war der Auftakt. An diesem Tage verstand ich, was ich für mein Seelenheil tun konnte. Nun wusste ich endlich, wie ich die Welt für mich gerade rücken konnte.

Der Rohrleitungsheini putzt und putzt. Ich öffne den ersten Knopf meiner Seidenbluse, als er bei den Backenzähnen oben rechts angekommen sein muss. Das gibt den Blick frei auf den Ansatz meiner Brüste und auf die Spitze des BHs, der sie wie Orient und Okzident in einem makellosen Grübchen zusammenführt. Das genügt. Mehr Traumbusen wird er nicht zu sehen bekommen, der Diplomklempner.

Meine Haut ist butterweich und hat die Farbe von türkischem Honig. Die nahöstliche Schönheit habe ich von meiner Mutter geerbt. Von meinem deutschen Vater habe ich nichts. Ich bin eine Nomadin, eine Getriebene, eine Ruhelose. In meinen Adern fließt eine explosive Mischung aus morgenländischem und abendländischen Blut. Die Männer, die glauben, sie würden ihren Frieden in den Armen eines anschmiegsamen Scheherezade-Kätzchens finden, bekommen schnell einen Eindruck davon, dass in mir die Verachtung eines Wüstensturms tobt.

Lecken, Saugen und kleine Katzenbisse, das war es auch, was dem Prager Chirurg vorschwebte, als er mich in der heimischen Bibliothek verführen wollte – in jener Nacht, in der seine Gattin wegen eines Migräneanfalls lange vor Mitternacht zu Bett gegangen war.

Es war die Zeit, in der die Überzeugung in mir wuchs, dass Kost und Logis nicht alles im Leben waren. Die Kindfrau hatte ihre Wirkung getestet, und als sie schließlich wirklich über 20 war, gelernt, dass man auch ohne Bumsen ein Dach über dem Kopf haben konnte. In jener Prager Zeit spielte ich mit Leidenschaft die Muse. Das Gefühl, meiner Anmut wegen gemalt zu werden, verlieh meinem Körper noch ein wenig mehr Heiligkeit.

Ich hatte Alex und Ann-Kathrin auf einer Künstlerparty kennen gelernt, die bei dem Maler stattfand, dem ich damals Modell stand. Boris war ein Freund geworden, der mich ohne Unterlass in dramatischen Posen malte und mich dafür bei sich wohnen ließ. Wir teilten alle unsere Geheimnisse.

Kurz nach der Feier nahmen wir eine Esseneinladung des Ärzteehepaars an. Doch Boris sagte im letzten Moment ab und ließ mich allein gehen, weil er angeblich eine Idee für den düstersten Akt von mir hatte, den er je malen sollte. In Wirklichkeit besaß er kein Talent für kultivierte Abendveranstaltungen.

Wir saßen zu dritt unter einem Kronleuchter und aßen *telecí*, Kalbfleisch, mit köstlichem Kartoffelauflauf à la Ann-Kathrin. Die Altbauwohnung mit Blick über die Moldau war mit Büchern und kostbarem Trödel überladen. Alex plapperte ohne Unterbrechung über seinen Operationsalltag. Ich beobachtete seine Frau, die eine russische Intellektuelle mit aristokratischem Antlitz war. Die steile Falte zwischen ihren Augen deutete auf Ekel hin, denn Alex ersparte uns nicht einmal die unappetitlichsten Details aus der chirurgischen Praxis. Ich bewunderte diese Frau. Sie sagte Dinge, die mich beeindruckten, und die stille Eleganz ihrer Bewegungen löste ein Ziehen in meinem Schoß aus. Erst als ihr Gesicht völlig verzerrt war und sich der Untergang des Zarenreichs in ihren Augen widerzuspiegeln schien, wurde mir klar, dass sie Schmerzen hatte. Ich bat sie, keine Rücksicht auf mich zu nehmen. Dankbar zog sie sich sofort in das angrenzende Schlafzimmer zurück.

Alex und ich tranken unseren Kaffee in der Bibliothek, um Ann-Kathrin nicht zu stören. Der Raum lag hinter dem Esszimmer und war nur von Kerzenschein beleuchtet. Wir saßen nebeneinander auf einer Chaiselongue. Alex begann wie zufällig meinen Arm zu streicheln und fuhr, während er über die Hierarchie des Krankenhauses sprach, mit seinen zarten Chirurgenhänden über mein Haar und meine Beine. Er schob mir den kurzen Rock hoch, entblößte meine halterlosen Strümpfe und versenkte seine Finger ohne Umschweife in meinem Slip. Er massierte meine orientalische Orchidee, beugte sich vor und tauchte seine Zunge tief in meinen Mund.

Alex' Direktheit erregte mich. Dennoch packte ich seine Hand und zog sie aus meiner Möse. Ich öffnete ihm die Hose, rutschte mit dem Kopf zwischen seine Beine und drückte ihm eins der Kissen aufs Gesicht, als er anfing, zu laut zu atmen. Ich lutschte seinen Schwanz, wie es das kleine Scheherezade-Kätzchen getan hätte, das er vor sich glaubte. Doch als sich sein Rücken bog und die Bewegungen seiner Lenden hektisch wurden, ließ das Kätzchen von ihm ab und flüsterte: »Du darfst zuschauen, wie ich es mir selbst mache.«

Er war schon zu schwach, um sich zu wehren. Ich zog meinen Slip aus, rollte meine Strümpfe hinunter und bedeutete ihm, sich auf den Holzfußboden zu setzen. Sekunden später lehnte er atemlos mit dem Rücken am Sofa. Ich schlang ihm die Strümpfe um die Hände und knotete sie hinter seinem Rücken an die Füße des Möbels. Stellte mich mit gespreizten Beinen direkt vor sein Gesicht und zog meinen Rock hoch über die Hüften. Meine Finger fuhren zwischen meine Blütenblätter und legten die Knospe frei. Alex wand sich mit herausgestreckter Zunge meinem Schoß entgegen und bettelte darum, mich lecken zu dürfen. Ich ließ ihn für einige Sekunden kosten. Dann verließ ich den Raum.

Ann-Kathrin hob den Kopf, als ich mich auf ihre Bettkante setzte und ihr zuflüsterte, dass ich ein paar gute Massagegriffe gegen Migräne kennen würde. Sie lächelte und behielt die Schlafbrille auf.

»Ich wusste, dass Alex es bei dir versuchen würde«, sagte sie leise.

Ich zog das Laken von ihr herunter und streichelte die kleinen Brüste. Ihre Brustwarzen wurden hart unter dem Nachthemd. Der Lichtkegel, der durch die offene Esszimmertür auf sie fiel, tauchte ihre ganze Schönheit in einen Schein, der mich an Boris' schwermütige Gemälde erinnerte.

Ich riss der Frau des Chirurgen das Nachthemd vom Hals bis zu den Knien auf und leckte jeden Zentimeter ihres Körpers ab. Als meine Zunge wieder und wieder über ihre nass glitzernde Scham schnellte, glitten meine Finger in meine eigene Möse. Wir kamen zusammen und schrien so laut, dass wir lachen mussten, als ich auf ihrem Bauch zusammensackte.

Ich verließ die Wohnung, ohne noch einmal einen Blick in die Bibliothek geworfen zu haben. An diesem Abend schritt ich barfuß und ohne Höschen an den Steinheiligen der Karlsbrücke vorbei. Hatte dieser Aufschneider wirklich geglaubt, sein Skalpell in meiner geweihten Pussy versenken zu dürfen?

Wann immer Ann-Kathrin in den folgenden Monaten Migräne hatte, kam sie zur Schmerztherapie in Boris' Atelier. All ihre Qualen würden bei mir verschwinden, behauptete sie, und ich zweifelte nicht daran. Multiple Orgasmen lösen eben alle Verspannungen. Wir trieben es miteinander, bis ich weiterziehen musste.

Ich inhaliere den Rauch und streichle lächelnd meinen Körper. Meine Brüste sind schön, fast als seien sie nicht von dieser Welt. Doch ich behalte beim Sex prinzipiell das Oberteil an.

Rot-weiß, rot-weiß. Ich höre das Wasser plätschern.

Eine gründliche Zahnhygiene ist die beste Karies-Prophylaxe. Sehr löblich, Herr Dipl-Ing.

Der Gedanke an meine Spielleidenschaft hat mich feucht gemacht. Es erregt mich immer, wenn ich sehe, wie sie mit flehentlichem Blick um Erlösung betteln. Mein Einfallsreichtum ist unerschöpflich. Meine Opfer gehen mir folgsam auf den Leim. Nein, ich habe nie körperliche Gewalt angewendet. Dazu sind die Spielarten der seelischen Grausamkeit mannigfaltig genug.

Doch. Einmal habe ich zu äußersten Mitteln greifen müssen.

Es war ein heißer römischer Sommer, und ich schlenderte mit einem Verehrer durch das Trastevere-Viertel.

Das Musendasein hatte mich nicht mehr befriedigt und Prag seinen Reiz verloren, und so lebte ich nun unweit des Kolosseums bei einem 80-jährigen Greis. Ich versorgte ihn, las ihm vor und lenkte ihn von seiner Einsamkeit ab. Ich hatte meine hilfsbereite Ader entdeckt und ein wenig Gefallen am christlichen Glauben gefunden. Allah war immer noch in meinem Herzen, doch die Statuen von Maria und den Heiligen, die sich in himmlischer Verzückung aufopferten, hatten es mir angetan. Wenn ich für den Alten da war, fühlte ich mich, als stünde ich kurz vor der Seligsprechung.

Mein Verehrer Marco und ich aßen in einem überfüllten Restaurant zu Abend, und schon bei den Antipasti deutete manches darauf hin, dass er heute Nacht von Amore sprechen würde. Er war ein netter Kerl, aber während wir das ölige Gemüse aßen, fielen mir wieder nur Gemeinheiten ein.

Ich würde ihn ja doch nicht zum Zug kommen lassen. Ich würde ihn quälen, ihn verlachen, ihn demütigen und ihn wegschmeißen. Lag es an den Heiligen, dass ich von dieser Niedertracht wegkommen wollte? Jedenfalls beschloss ich, der Sache aus dem Weg zu gehen. Nach den *fiori di zucca* band ich mir unauffällig mein Jäckchen um die Hüften, klemmte meine Handtasche unter die Achsel und entschuldigte mich auf die Toilette.

Ich ging hinaus in den Hinterhof, in dem sich die WC-Anlagen befanden, und sah mich nach einem Fluchtweg um. Ich stand bereits mit einem Bein auf den Mülltonnen hinter der Küche, um über die kleine Steinmauer hinwegzuspringen und in den Gassen zu entschwinden, als ich einen Pfiff hörte.

»Der Rock ist zu eng für so einen gefährlichen Ausfallschritt.«

Er kam lächelnd aus der Herrentoilette auf mich zugeschlendert. Sein Name war Angelo. Ich kann nicht mehr genau sagen, warum ich mich in ihn verliebt habe. Es könnte seine samtige Stimme gewesen sein. Vielleicht waren es die Sprenkel in der grünen Iris oder sein Mund, wenn er sich die lange Strähne wegpustete, die ihm immer in die Augen fiel. Wir flirteten eine halbe Stunde im Hof und schritten dann Arm in Arm quer durch das Lokal hindurch – an dem Tisch vorbei, an dem Marco saß und auf meine Rückkehr wartete.

Angelo zögerte unser erstes Mal so lange hinaus, bis es mich körperlich schmerzte. Mein Unterleib vibrierte. Tag und Nacht. Wochenlang. Wir trafen uns an schwülen Abenden in Straßencafés, und ich rutschte unruhig auf den Holz-, Plastik- und Metallstühlen herum. Irgendwann hatten wir auf jeder verdammten Piazza Roms gesessen – und er machte immer noch keine Anstalten, mich zu vögeln. Wir redeten und redeten und redeten. Kein Kuss. Keine Berührung, die über freundschaftlichen Verkehr hinausging. So katholisch konnte kein Italiener sein.

Er ist impotent, dachte ich an einem dieser Abende, an denen ich dazu übergegangen war, zu viel Rotwein zu trinken, um meine Lust zu betäuben. Natürlich, er kriegt keinen hoch. Das war des Rätsels Lösung. Wie sehr ich ihn begehrte! Fast fühlte ich mich wie eine normale Frau. Eine, die sich verlieben und hingeben kann und dabei glücklich ist.

In diesem Moment legte er ein Bündel Lire auf den Tisch und sagte: »Wir sollten auf der Stelle etwas gegen diese lästige Dauererektion unternehmen.«

Er lebte in einem schmalen Gebäude unweit der Piazza Indipendenza. Wir gingen die vielen Stufen zu seinem Dachzimmer hinauf, und ich, die ich zu viel Wein intus hatte und außerdem die höchsten Schuhe trug, die ich besaß, musste mich konzentrieren, einen Fuß sicher vor den anderen zu setzen. Der Raum war spartanisch, aber geschmackvoll eingerichtet. Wir küssten uns vor dem geöffneten Fenster. Ich zerschmolz unter seinen Küssen, die Lust quoll in Strömen aus mir heraus und durchfeuchtete mein Höschen.

Natürlich wollte ich meine Bluse anbehalten, aber er ließ nichts unversucht, an die Perlmutknöpfchen heranzukommen. Ich wehrte ihn zärtlich ab, als wir auf seinem Bett lagen, und versuchte, auf ihm zu liegen zu kommen, damit ich seine Hände unter Kontrolle halten konnte. Doch als ich endlich auf sein Geschlecht niedersank und seine harte Pracht in mich aufnahm, verlor ich jede Vorsicht. Ich wollte von ihm genommen werden, wollte, dass er mich stieß, mich unterwarf, bis ich vor Lust schreien würde. Er sollte mich besitzen. Endlich würde mich ein Mann besitzen.

Als er spürte, dass mein Widerstand schwand, warf er mich herum. Während sein Schwanz erst langsam und lasziv, dann schnell und stürmisch in mich hineinglitt, knöpfte er mit halb geschlossenen Augen und halb geöffnetem Mund meine Bluse auf, flüsterte mir Schweinereien ins Ohr, bog mir den Rücken durch – und öffnete meinen BH. Noch während er ihn abstreifte, hielt er inne. Mitten im Stoßen.

Nie werde ich das Entsetzen vergessen, das sich in seinen aufgerissenen Augen widerspiegelte. Seine Erektion erstarb, und er rollte sich von mir herunter. Ich sprang auf, bedeckte meine Blöße mit dem Kissen und lief schluchzend im Zimmer herum, bis er mich vor dem offenen Fenster in die Arme schloss und mich hin und her wiegte wie ein Kind, dessen Schmerzen man zu lindern versucht.

Nichts konnte diese Schmerzen lindern.

Als er sagte: »Wir nehmen den besten Arzt, den wir kriegen können«, stieß ich ihn aus dem Fenster. Als ich die Straße in Richtung Hauptbahnhof hinunterlief, floss sein Blut bereits in kleinen Bächlein in den Rinnstein. So wurde aus Angelo ein Todesengel.

Mein Körper ist sakral. Ich bin unverletzbar. Ich bin schön.

Ich richte mich auf und stecke mir noch eine Zigarette an. Ich höre den Abwasserentsorger gurgeln, als ich mein hoch gestecktes Haar löse. Es duftet nach Kokosöl und ergießt sich wie schwarze Seide über das Kissen, als ich wieder Kringel blasend in die britische Fasanenidylle schaue.

Ich bin es so leid, über diese unappetitlichen Geschichten nachzudenken. Die Geister der Vergangenheit spuken in meiner Seele herum. Immer wieder spielen sie diese kleinen dreckigen Szenen vor meinem inneren Auge ab. In schmerzhafter Endlosschleife lassen sie dort die *Filmes noires* aus der deutschen Kleinstadt laufen.

Nachdem Angelo tot war, habe ich meinen römischen Greis im Stich gelassen und bin nach Amsterdam gezogen. In Holland wurde ich wieder rückfällig. Ich kann die Gespenster nur verscheuchen, wenn ich die Machtverhältnisse umdrehe. Als ich dort zu viel verbrannte Erde hinterlassen hatte, war es wieder an der Zeit für einen Klimawechsel. London schien mir die perfekte Wahl.

Das Mutter-Theresa-Modell hat endgültig ausgedient. Der Rosenkranz ist doch nichts für mich. Ich bin in London, weil ich den Vater meiner Kinder suche. Ich will endlich ein anständiges Leben beginnen. Ich schätze, Mutter sein ist ein wirklich heiliger Zustand.

Gerade ist mir etwas für den Ingenieur eingefallen. Das ist gut. Das wird ihn verletzen. Wenn nicht bis ins Mark erschüttern. Aber es wird definitiv das letzte Mal sein, dass ich einen Mann demütige. Ich bin so müde. Schluss damit.

Und da steht er auch schon, der Ingenieur, mitten im altjüngferlichen Hotelzimmer. Er ist barfuß, hat es sich bequem gemacht, seine Krawatte abgebunden und das Hemd aus der Bundfaltenhose gezogen. Er fährt sich nervös durchs Haar – was voll ist und schön, wie ich feststelle – als er sieht, was er sieht. Mich nämlich, die Schönheit aus dem Nahen Osten, hineingegossen in englische Hohlsaumkissen. Er kann sein Glück kaum fassen. Er grinst ein schräges Grinsen, als er sieht, dass ich meine Beine leicht spreize. Jetzt nimmt er seine Spießerbrille ab. Er hat warme Augen, die vor Überraschung funkeln. Und vor Geilheit.

In der Linken halte ich noch die Zigarette, mit der Rechten bedecke ich langsam meine Scham. Ich winkle die Beine an und bewege meine Finger – langsam. Sie kraulen mein pechschwarzes Haar, umspielen meine heilige Knospe, schieben sich in die Pforte der Erlösung.

Er knöpft schnell sein Hemd auf. Die behaarte Brust, sein Oberkörper und die Ameisenstraße, die von seinem Bauchnabel abwärts führt und in dem grauen, engen Slip verschwindet, gefallen mir. Die große Wölbung in seiner Hose auch.

Vielleicht ist er ein guter Vater?

Er macht eine Weile mit den Manschettenknöpfen herum, aber dann sind auch seine muskulösen Oberarme entblößt. Er zieht sich mit einem Ruck die Unterhose herunter, und ein mächtiger Schwanz schnellt heraus. Er kommt mit seiner Riesenlatte auf mich zu.

Und in diesem Moment verändert sich sein Gesichtsausdruck.

Dann geht alles Schlag auf Schlag. Der Ingenieur sagt sehr leise und langsam: »Ich mag keine Zigaretten.«

Ich will etwas erwidern, erstarre aber – weniger wegen der Worte als wegen seiner Mimik. Er sieht böse aus.

»Und noch weniger mag ich rauchende Weiber!«, presst er hervor. Und so, dass man die Worte eher von seinen Lippen ablesen als sie hören kann, fügt er hinzu: »Vor allem hasse ich qualmende Schlampen.«

Mit diesen Worten schlägt er mir die Zigarette aus der Hand. Dabei fällt ein langes Stück glühender Asche in mein Dekolletee. Er greift in meinen Ausschnitt. Er soll seine Dreckspfoten von mir lassen! Die Klempner-Pranke reißt meine Bluse auf. In diesem Augenblick rieche ich es: verbranntes Fleisch. Eine Horde fieser Geister bricht über mich herein, und ich schreie, schreie, schreie.

In Windeseile fetzt mir der Ingenieur die Kleidung vom Leib, reißt meinen Büstenhalter hinunter, zieht mich zu sich hoch, presst seine Lippen auf meinen Mund und schiebt mir die Zunge in den Rachen. Ich würge. Er murmelt etwas von »Aschenbecher küssen« und wirft mich grob zurück in die Kissen.

Dann sieht er es.

Der Ingenieur betrachtet meinen verstümmelten Oberkörper, die Brandnarben, die meine Brüste bedecken. Die Wunden, die mir vor so vielen Jahren zugefügt wurden. Mit Zigaretten, die auf meiner Mädchenbrust ausgedrückt wurden. Nachts, in meinem Kinderzimmer. Die Narben bilden eine hässliche Kraterlandschaft, die meinen wunderschönen Körper verschandelt und mein Inneres zerbrochen haben.

Der Ingenieur lacht ein verstörtes Lachen, als er sich alles von der Nähe angeschaut hat, greift nach meinen Armen, zerrt mich auf den Bauch, legt sich auf mich und dringt von hinten in mich ein.

»Hier ist die Aussicht echt besser«, raunt er mir ins Ohr.

Ich muss versuchen, die Oberhand zu bekommen und ihm wehzutun. Doch der Ingenieur ist stark.

Das Kopfkissen wird nass, während ich mir vorstelle, wie schön meine Schultern jetzt aussehen müssen. Stolze Schultern, die geschmeidige Bewegungen vollziehen, umrahmt von pechschwarzem Haar, flüssig wie Sirup. Und meine Haut, so sanft, so zart. Wie sie duftet. Nach reifen Aprikosen. Mein Liebhaber wird davongetragen werden in einen schwülen Tausendundeine-Nacht-Traum.

Milan Kundera

Der Schrei

Teresa ist also aus einer Situation geboren, die auf brutale Weise die unvereinbare Dualität von Körper und Seele, diese grundlegende menschliche Erfahrung, enthüllt.

Irgendwann vor langer Zeit horchte der Mensch verwundert auf die regelmäßigen Schläge in seiner Brust, ohne zu ahnen, was dies bedeutete. Er konnte sich nicht mit etwas so Fremdem und Unbekanntem wie einem Körper identifizieren. Der Körper war ein Käfig, und in seinem Inneren gab es etwas, das sah, hörte, sich fürchtete, dachte und sich wunderte; dieses Etwas, dieser Rest, der nach Abzug des Körpers übrig blieb, war die Seele.

Heute ist der Körper kein Unbekannter mehr: Wir wissen, dass das, was in der Brust klopft, das Herz ist, und die Nase das Ende des Schlauches, der aus dem Körper ragt, um der Lunge Sauerstoff zuzuführen. Das Gesicht ist nichts anderes als ein Armaturenbrett, wo alle Funktionen des Körpers zusammenlaufen: Verdauen, Sehen, Hören, Atmen und Denken.

Seit der Mensch alles an seinem Körper benennen kann,

beunruhigt der Körper ihn weniger. Wir wissen auch, dass die Seele nichts anderes ist als die Tätigkeit der grauen Gehirnmasse. Die Dualität von Körper und Seele wurde in wissenschaftliche Begriffe gehüllt. Heute ist sie ein überholtes Vorurteil, und wir können fröhlich darüber lachen.

Man braucht aber nur bis über beide Ohren verliebt zu sein und seine Därme rumoren zu hören, und schon zerrinnt die Einheit von Körper und Seele, diese lyrische Illusion des wissenschaftlichen Zeitalters.

Sie versuchte, sich durch ihren Körper hindurch zu sehen. Deshalb stand sie so oft vor dem Spiegel. Da sie fürchtete, dabei von der Mutter ertappt zu werden, hatten ihre Blicke in den Spiegel den Charakter eines heimlichen Lasters.

Nicht die Eitelkeit zog sie vor den Spiegel, sondern die Verwunderung darüber, das eigene Ich zu sehen. Sie vergaß, dass sie auf das Armaturenbrett ihrer Körperfunktionen schaute. Sie glaubte, ihre Seele zu sehen, die sich in ihren Gesichtszügen offenbarte. Sie vergaß, dass die Nase nur das Ende des Luftschlauches zur Lunge ist, und sah darin einen getreuen Ausdruck ihres Charakters.

Sie betrachtete sich lange, und manchmal störte es sie, die Züge der Mutter in ihrem Gesicht wieder zu finden. Deshalb betrachtete sie sich noch beharrlicher und strengte ihren Willen an, um die Züge der Mutter wegzudenken, sie endgültig auszulöschen. In ihrem Gesicht sollte nur das übrig bleiben, was sie selber war. Gelang es ihr, so war dies ein berauschender Moment: Die Seele stieg an die Oberfläche des Körpers wie die Mannschaft eines Schiffes, die aus dem Schiffsbauch stürmt, das ganze Deck überschwemmt, zum Himmel winkt und singt.

Sie sah ihrer Mutter nicht nur ähnlich, manchmal habe ich den Eindruck, dass ihr Leben nur eine Verlängerung des Lebens der Mutter war, wie der Lauf einer Billardkugel die Verlängerung der Handbewegung des Spielers.

Wo und wann hatte die Bewegung begonnen, die sich später in Teresas Leben verwandelte?

Vielleicht in dem Moment, als Teresas Großvater, ein Prager Kaufmann, die Schönheit seiner Tochter zum ersten Mal überschwänglich lobte. Teresas Mutter war damals drei oder vier Jahre alt, und er sagte ihr, dass sie einer Madonna von Raffael ähnlich sähe. Mit ihren vier Jahren merkte sie sich das gut, und als sie später auf der Schulbank des Gymnasiums saß, überlegte sie, anstatt dem Lehrer zuzuhören, welchen Gemälden sie wohl gliche.

Als sie ins heiratsfähige Alter gekommen war, hatte sie neun Freier. Alle knieten im Kreise um sie herum. Wie eine Prinzessin saß sie in der Mitte und wusste nicht, welchen sie wählen sollte: Der erste war schöner, der zweite geistreicher, der dritte wohlhabender, der vierte sportlicher, der fünfte war aus besserem Hause, der sechste trug ihr Verse vor, der siebte hatte die ganze Welt bereist, der achte spielte Geige und der neunte war der männlichste von allen. Aber alle knieten auf die gleiche Weise, und alle hatten die gleichen Schwielen an den Knien.

Schließlich wählte sie den neunten, aber nicht etwa, weil er der männlichste war: in dem Augenblick, als sie ihm während der Liebe ins Ohr flüsterte, »Pass auf, pass gut auf«, da passte er erst recht nicht auf, und sie musste ihn überstürzt zum Mann nehmen, weil sie nicht rechtzeitig einen Arzt hatte auftreiben können, der eine Abtreibung gemacht hätte. So wurde Teresa geboren. Die zahlreiche Verwandtschaft kam aus allen Ecken des Landes angereist, beugte sich über die Wiege und lispelte. Teresas Mutter lispelte nicht. Sie schwieg. Sie dachte an die anderen acht Freier und fand sie alle viel besser als den neunten.

Wie ihre Tochter betrachtete sich auch Teresas Mutter gern im Spiegel. Eines Tages stellte sie fest, dass sie viele Falten um die Augen hatte, und sie sagte sich, dass ihre Ehe ein Irrtum war. Sie traf einen unmännlichen Mann, der mehrere Unterschlagungen hinter sich hatte und zwei geschiedene Ehen. Sie hasste Liebhaber mit Schwielen an den Knien. Sie verspürte eine unbändige Lust, selber niederzuknien. Sie fiel vor dem Betrüger auf die Knie und verließ ihren Mann und Teresa.

Aus dem männlichsten Mann wurde der traurigste. Er war so traurig, dass ihm alles gleichgültig wurde. Überall sagte er laut heraus, was er dachte, und durch seine ungeheuerlichen Aussagen provozierte er die kommunistische Polizei, die ihn verhaftete, verurteilte und einsperrte. Die Wohnung wurde versiegelt, und Teresa kam zur Mutter.

Der traurigste Mann starb nach kurzer Zeit im Gefängnis, und die Mutter zog mit ihrem Betrüger und Teresa in eine kleine Stadt am Fuß der Berge. Teresas Stiefvater arbeitete in irgendeinem Amt, die Mutter war Verkäuferin in einem Geschäft. Sie hatte noch drei Kinder. Eines Tages betrachtete sie sich wieder im Spiegel und wurde gewahr, dass sie alt und hässlich war.

Als sie feststellte, dass sie alles verloren hatte, suchte sie einen Schuldigen. Schuldig waren alle: Schuldig war ihr erster Mann, männlich und ungeliebt, der nicht gehorcht hatte, als sie ihm ins Ohr flüsterte, er solle aufpassen. Schuldig war ihr zweiter Mann, unmännlich und geliebt, der sie von Prag in diese kleine Stadt geschleppt hatte und hier allen Frauen nachstellte, sodass ihre Eifersucht nie aufhörte. Gegen beide Männer war sie machtlos. Der einzige Mensch, der ihr gehörte und nicht weglaufen konnte, die Geisel, die für alle zahlen musste, war Teresa.

Vielleicht war tatsächlich sie schuld am Schicksal ihrer Mutter. Sie: diese absurde Folge der Begegnung zwischen dem Sperma des Männlichsten und dem Ei der Schönsten. In jener fatalen Sekunde, die Teresa heißt, hatte für die Mutter der Marathonlauf ihres verpfuschten Lebens begonnen.

Die Mutter erklärte Teresa unablässig, dass Mutter sein bedeute, alles zu opfern. Ihre Worte klangen überzeugend, zumal sie die Erfahrung einer Frau zum Ausdruck brachten, die ihres Kindes wegen alles verloren hatte. Teresa hörte zu und glaubte, dass der höchste Wert im Leben die Mutterschaft und dass Mutterschaft ein großes Opfer sei. Wenn die Mutterschaft aber ein ›Opfer‹ ist, dann ist das Schicksal einer Tochter eine ›Schuld‹, die niemals wiedergutzumachen ist.

Teresa kannte natürlich nicht die Geschichte jener Nacht, als die Mutter dem Vater ins Ohr flüsterte, er solle aufpassen. Sie fühlte eine Schuld, doch die war unbestimmt wie die Erbsünde. Sie tat alles, um sie zu sühnen. Nachdem die Mutter sie mit fünfzehn von der Schule genommen hatte, arbeitete sie als Kellnerin und gab der Mutter alles, was sie verdiente. Sie war bereit, alles Erdenkliche zu tun, um sich ihre Liebe zu verdienen. Sie besorgte den Haushalt, kümmerte sich um die Geschwister, verbrachte den ganzen Sonntag mit Putzen und Waschen. Das war schade, denn auf dem Gymnasium war sie Klassenbeste gewesen. Sie wollte höher hinaus, doch gab es in dieser Kleinstadt für sie kein Höher. Teresa wusch die Wäsche, und neben der Wanne hatte sie ein Buch liegen. Sie blätterte die Seiten um, und Wassertropfen fielen auf das Papier.

Zu Hause existierten keine Schamgefühle. Die Mutter lief in Unterwäsche in der Wohnung herum, manchmal ohne Büstenhalter, manchmal, an Sommertagen, sogar ganz nackt. Der Stiefvater lief nicht nackt herum, aber er kam immer ins Badezimmer, wenn Teresa in der Wanne lag. Als sie sich deswegen einmal einschloss, machte die Mutter einen Skandal: »Für wen hältst du dich eigentlich? Was glaubst du denn, wer du bist? Er wird dir deine Schönheit schon nicht weggucken!«

(Diese Situation zeigt ganz klar, dass der Hass der Mutter auf die Tochter stärker war als die Eifersucht, die ihr Mann auslöste. Die Schuld der Tochter war unendlich groß und schloss selbst die Untreue des Mannes mit ein. Will die Tochter sich emanzipieren und auf ihren Rechten bestehen – zum Beispiel auf dem Recht, sich im Badezimmer einzuschließen –, so kann die Mutter das auf keinen Fall zulassen, dann schon eher, dass ihr Mann ein Auge auf Teresa wirft.)

An einem Winterabend spazierte die Mutter bei eingeschaltetem Licht nackt in der Wohnung herum. Teresa zog schnell die Vorhänge zu, damit die Nachbarn von gegenüber die Mutter nicht sehen konnten. Sie hörte das Gelächter hinter ihrem Rücken. Am nächsten Tag kamen Freundinnen der Mutter zu Besuch: eine Nachbarin, eine Kollegin aus dem Geschäft, eine Lehrerin des Viertels und noch zwei oder drei Frauen, die sich regelmäßig trafen. Teresa kam mit dem sechzehnjährigen Sohn einer der Frauen ins Zimmer.

Gleich nutzte die Mutter die Gelegenheit zu erzählen, wie ihre Tochter ihr Schamgefühl hatte beschützen wollen. Sie lachte, und all die Frauen lachten mit. Dann sagte die Mutter: »Teresa will sich einfach nicht damit abfinden, dass der menschliche Körper pisst und furzt.« Teresa wurde rot, aber die Mutter fuhr dennoch fort: »Was ist denn schon dabei?« und gab gleich die Antwort, indem sie laute Winde fahren ließ. Alle Frauen lachten.

Die Mutter schnäuzt sich laut, redet ungeniert über ihr Sexualleben, führt ihr künstliches Gebiss vor. Sie kann es erstaunlich geschickt mit der Zunge vom Gaumen lösen, indem sie mit einem breiten Lachen die oberen Zähne auf die unteren fallen lässt: Ihr Gesicht hat plötzlich einen scheußlichen Ausdruck.

Ihr Benehmen ist eine einzige brutale Geste, mit der sie Jugend und Schönheit von sich wirft. Zu der Zeit, als die neun Freier im Kreis um sie herum knieten, hütete sie ängstlich ihre Nacktheit, als würde sie den Wert ihres Körpers am Maß ihrer Scham messen. Wenn sie sich heute nicht mehr schämt, so tut sie das radikal, als wolle sie mit ihrer Schamlosigkeit einen feierlichen Strich unter ihr Leben ziehen und laut aufschreien, dass Jugend und Schönheit, die sie überschätzt habe, in Wirklichkeit keinen Wert besäßen.

Teresa scheint mir die Verlängerung dieser Geste zu sein, mit der die Mutter ihr Leben als schöne Frau weit von sich warf.

(Wenn Teresas Bewegungen nervös sind und ihre Gesten nicht anmutig genug, so darf uns das nicht wundern: Die große Geste der Mutter, wild und selbstzerstörerisch, ist in Teresa geblieben, ist zu Teresa geworden!)

Die Mutter fordert Gerechtigkeit für sich und will, dass der Schuldige bestraft wird. Deshalb besteht sie darauf, dass ihre Tochter mit ihr in der Welt der Schamlosigkeit bleibt, in der Jugend und Schönheit keine Bedeutung haben, in der die Welt nur ein riesiges Konzentrationslager von Körpern ist, die sich alle gleichen und deren Seelen unsichtbar sind.

Nun können wir den Sinn von Teresas heimlichem Laster besser verstehen: ihre häufigen, langen Blicke in den Spiegel. Es war ihr Kampf mit der Mutter. Es war der Wunsch, nicht ein Körper wie die anderen zu sein, sondern auf der Oberfläche des eigenen Gesichts zu sehen, wie die Mannschaft der Seele aus dem Schiffsbauch stürmt. Das war nicht einfach, da die Seele sich, verschüchtert, verzagt und traurig, tief in Teresas Eingeweiden versteckt hatte und sich schämte, zum Vorschein zu kommen.

So war es an dem Tag, als sie Tomas zum ersten Mal traf. Sie kämpfte sich zwischen den Betrunkenen in dem Lokal hindurch, ihr Körper bog sich unter der Last der Bierkrüge, die sie auf einem Tablett trug, und ihre Seele lag irgendwo tief im Magen oder im Pankreas verborgen. In diesem Moment sprach Tomas sie an. Dass er sie ansprach, war umso bedeutungsvoller, als er jemand war, der weder die Mutter kannte noch die Betrunkenen, deren anzügliche Bemerkungen sie sich täglich anhören musste. Der Status des Fremden erhob ihn über die anderen.

Und noch etwas: Ein offenes Buch lag auf seinem Tisch. In dieser Wirtsstube hatte noch nie jemand ein Buch geöffnet. Das Buch war für Teresa das Erkennungszeichen einer geheimen Bruderschaft. Gegen die Welt der Rohheit, die sie umgab, besaß sie nämlich nur eine einzige Waffe: die Bücher, die sie in der Stadtbücherei auslieh; vor allem Romane, die sie stapelweise las, von Fielding bis Thomas Mann. Sie boten ihr die Möglichkeit einer imaginären Flucht aus ihrem unbefriedigenden Leben, aber gleichzeitig waren sie auch als Gegenstände bedeutungsvoll: Sie spazierte gerne mit Büchern unter dem Arm durch die Straßen. Sie waren für sie das, was der elegante Spazierstock für den Dandy des vergangenen Jahrhunderts war. Durch sie unterschied sie sich von den anderen.

(Der Vergleich zwischen dem Buch und dem eleganten Spazierstock des Dandy ist nicht ganz richtig. Der Stock war das Erkennungszeichen des Dandy und machte ihn auch modern und modisch. Das Buch unterschied Teresa von den anderen, machte sie jedoch altmodisch. Sie war aber zu jung, um zu begreifen, was an ihr altmodisch war. Die jungen Männer, die mit lärmenden Transistorradios an ihr vorbeigingen, fand sie idiotisch. Sie merkte nicht, dass sie modern waren.)

Der Mann, der sie gerade angesprochen hatte, war also ein Fremder und zugleich Mitglied einer geheimen Bruderschaft. Er sprach in höflichem Ton, und Teresa spürte, wie sich ihre Seele durch alle Adern und Poren hindurchdrängte, um sich ihm zu zeigen.

Auf der Rückfahrt von Zürich nach Prag befiel Tomas ein Gefühl des Unbehagens bei dem Gedanken, dass sein Zusammentreffen mit Teresa auf sechs unwahrscheinlichen Zufällen beruhte.

Wird aber ein Ereignis nicht umso bedeutungsvoller und gewichtiger, je mehr Zufälle für sein Zustandekommen notwendig sind?

Nur der Zufall kann als Botschaft verstanden werden.

Was aus Notwendigkeit geschieht, was absehbar ist, was sich täglich wiederholt, ist stumm. Nur der Zufall ist sprechend. Wir versuchen, aus ihm zu lesen wie die Zigeunerinnen aus dem Muster des Kaffeesatzes auf dem Grund der Tasse.

Tomas' Auftauchen im Lokal war für Teresa eine Offenbarung des absoluten Zufalls. Er saß an einem Tisch vor einem offenen Buch. Er hob die Augen zu Teresa auf und lächelte: »Einen Cognac!«

In diesem Moment erklang Musik aus dem Radio. Teresa ging zur Theke, um den Cognac zu holen, und drehte am Knopf des Apparates, um ihn noch lauter zu stellen. Sie hatte Beethoven wieder erkannt. Sie kannte ihn, seit ein Prager Quartett in ihrer Stadt ein Gastspiel gegeben hatte. Teresa (die, wie wir wissen, von »etwas Höherem« träumte) war in das Konzert gegangen. Der Saal war leer. Außer ihr war nur der Apotheker mit seiner Frau gekommen. Auf dem Podium saß also ein Quartett von Musikanten und im Saal ein Trio von Zuhörern, aber die Musiker waren so freundlich, das Konzert nicht abzusagen und einen Abend lang nur für sie Beethovens letzte drei Quartette zu spielen.

Anschließend hatte der Apotheker die Musiker zum Essen eingeladen und die unbekannte Zuhörerin gebeten, sich ihnen anzuschließen. Seitdem war Beethoven für sie das Bild der Welt »auf der anderen Seite«, das Bild jener Welt, von der sie träumte. Während sie den Cognac von der Theke zu Tomas' Tisch trug, bemühte sie sich, in diesem Zufall zu lesen: Wie war es möglich, dass sie gerade jetzt, wo sie dabei war, diesem Unbekannten, der ihr gefiel, einen Cognac zu servieren, Beethoven hörte?

Nicht die Notwendigkeit, sondern der Zufall ist voller Zauber. Soll die Liebe unvergesslich sein, so müssen sich vom ersten Augenblick an Zufälle auf ihr niederlassen wie die Vögel auf den Schultern des Franz von Assisi.

Er rief sie, um zu bezahlen. Er klappte das Buch (das Erkennungszeichen der geheimen Bruderschaft) zu, und sie hätte ihn gerne gefragt, was er las.

»Können Sie es auf meine Hotelrechnung schreiben?«

»Selbstverständlich, wie ist Ihre Zimmernummer?«

Er zeigte ihr den Schlüssel, der an einem Holztäfelchen mit einer rotgemalten Sechs hing.

»Sonderbar«, sagte sie, »die Nummer sechs.«

»Was ist daran so sonderbar?«, fragte er.

Sie erinnerte sich, dass die Wohnung in Prag, in der die Familie vor der Scheidung der Eltern gewohnt hatte, im Haus Nummer sechs war. Aber sie sagte etwas ganz anderes (und wir können ihre List nur bewundern): »Sie haben das Zimmer Nummer sechs, und ich beende meinen Dienst um sechs.«

»Und mein Zug fährt um sieben«, sagte der Unbekannte.

Sie wusste nicht, was sie noch sagen sollte, überreichte ihm die Rechnung zum Unterschreiben und brachte sie zur Rezeption. Als sie ihren Dienst beendet hatte, saß der Fremde nicht mehr an seinem Tisch. Hatte er ihre diskrete Botschaft verstanden? Aufgeregt verließ sie das Lokal.

Gegenüber lag ein kleiner Park, armselig und spärlich bepflanzt, ein Park einer schmutzigen Kleinstadt, der aber für sie immer eine Insel der Schönheit war: Es gab dort Rasen, vier Pappeln, Bänke, eine Trauerweide und Forsythiensträucher.

Er saß auf einer gelben Bank, von der aus man den Eingang des Restaurants sehen konnte. Genau auf dieser Bank hatte sie gestern gesessen, mit einem Buch auf den Knien! In diesem Moment begriff sie (die Vögel des Zufalls hatten sich auf ihren Schultern niedergelassen), dass dieser unbekannte Mann für sie bestimmt war. Er sprach sie an und forderte sie auf, sich neben ihn zu setzen. (Die Mannschaft der Seele stürmte auf das Deck des Körpers.) Etwas später dann begleitete sie ihn zum Bahnhof, wo er ihr beim Abschied seine Visitenkarte mit der Telefonnummer gab: »Falls Sie zufällig einmal nach Prag kommen sollten ...«

Viel mehr als diese Visitenkarte, die er ihr im letzten Moment gegeben hatte, war es der Wink des Zufalls (das Buch, Beethoven, die Nummer sechs, die gelbe Bank im Park), der ihr den Mut gab, von zu Hause wegzugehen und ihr Leben zu verändern. Vielleicht sind es diese Zufälle gewesen (übrigens recht bescheiden und farblos, dieser unbedeutenden Stadt wahrhaft würdig), die ihre Liebe in Bewegung setzten und zu einer Energiequelle wurden, aus der sie bis ans Ende ihres Lebens schöpfen würde.

Unser Alltag wird von Zufällen bombardiert, genauer gesagt, von zufälligen Begegnungen zwischen Menschen und Ereignissen, die man Koinzidenzen nennt. Man spricht von Ko-inzidenz, wenn zwei unerwartete Ereignisse gleichzeitig stattfinden, wenn sie aufeinander treffen: Tomas taucht in dem Moment im Lokal auf, als im Radio Beethoven gesendet wird. Solche Koinzidenzen sind so häufig, dass man sie oft nicht wahrnimmt. Hätte der Metzger von nebenan am Wirtshaustisch gesessen und nicht Tomas, so wäre Teresa nicht aufgefallen, dass im Radio Beethoven gespielt wurde (obwohl die Begegnung zwischen Beethoven und einem Metzger auch eine interessante Koinzidenz ist). Aber die keimende

Liebe hat in Teresa den Sinn für das Schöne geschärft, und sie wird diese Musik nie vergessen. Jedes Mal, wenn sie sie hören wird, wird sie ergriffen sein. Alles, was in diesem Augenblick um sie herum vor sich gehen wird, wird ihr im Glanz dieser Musik erscheinen und schön sein.

Am Anfang jenes Romans, den sie unter dem Arm trug, als sie zu Tomas kam, begegnen sich Anna und Wronski unter eigenartigen Umständen. Sie stehen auf einem Bahnsteig, wo gerade jemand unter den Zug gefallen ist. Am Ende des Romans stürzt sich Anna unter den Zug. Diese symmetrische Komposition, in der dasselbe Motiv am Anfang und am Ende erscheint, mag Ihnen sehr »romanhaft« vorkommen. Ja, ich gebe es zu, aber nur unter der Voraussetzung, dass Sie das Wort »romanhaft« auf keinen Fall verstehen als »erfunden«, »künstlich« oder »lebensfremd«. Denn genauso ist das menschliche Leben komponiert.

Es ist komponiert wie ein Musikstück. Der Mensch, der vom Schönheitssinn geleitet ist, verwandelt ein zufälliges Ereignis (eine Musik von Beethoven, einen Tod auf einem Bahnhof) in ein Motiv, das er der Partitur seines Lebens einbeschreibt. Er nimmt es wieder auf, wiederholt es, variiert und entwickelt es weiter, wie ein Komponist die Themen seiner Sonate transponiert. Anna hätte sich das Leben auch anders nehmen können. Doch das Motiv von Bahnhof und Tod, dieses unvergessliche, mit der Geburt ihrer Liebe verbundene Motiv, zog sie im Moment der Verzweiflung durch seine dunkle Schönheit an. Ohne es zu wissen, komponiert der Mensch sein Leben nach den Gesetzen der Schönheit, sogar in Momenten tiefster Hoffnungslosigkeit.

Man kann dem Roman also nicht vorwerfen, vom geheimnisvollen Zusammentreffen der Zufälle fasziniert zu sein (wie etwa dem Zusammentreffen von Wronski, Anna, Bahnsteig und Tod oder dem Zusammentreffen von Beethoven, Tomas, Teresa und Cognac), dem Menschen aber kann man zu Recht vorwerfen, dass er im Alltag solchen Zufällen gegenüber blind sei und dem Leben so die Dimension der Schönheit nehme.

Ermutigt von den Vögeln des Zufalls, die sich auf ihren Schultern niedergelassen hatten, nahm sie eine Woche Urlaub, ohne der Mutter ein Wort zu sagen, und stieg in den Zug. Sie ging häufig zur Toilette, um in den Spiegel zu schauen und ihre Seele zu bitten, an diesem entscheidenden Tag ihres Lebens keinen Moment lang das Deck ihres Körpers zu verlassen. Als sie sich so anschaute, erschrak sie auf einmal: Sie fühlte ein Kratzen im Hals. Musste sie ausgerechnet an diesem schicksalhaften Tag krank werden?

Es gab jedoch keinen Weg zurück. Sie rief ihn vom Bahnhof aus an, und in dem Moment, als er die Tür öffnete, begann es in ihrem Bauch schrecklich zu rumoren. Sie schämte sich. Es war, als hätte sie ihre Mutter im Bauch, die darin dröhnend lachte, um ihr das Rendezvous zu verderben.

Im ersten Augenblick dachte sie, er müsste sie wegen dieser ungehörigen Geräusche wegschicken, aber er nahm sie in die Arme. Sie war ihm dankbar, dass er das Rumoren überhörte, und küsste ihn nur umso leidenschaftlicher, mit Nebelschleiern vor den Augen. Es verging keine Minute, und sie liebten sich. Sie schrie dabei. Sie hatte bereits Fieber. Sie hatte Grippe. Die Mündung des Schlauches, der Sauerstoff in die Lunge führt, war rot und verstopft.

Dann kam sie noch einmal mit einem schweren Koffer, in den sie all ihre Habe gepackt hatte, und sie war entschlossen, nie mehr in die kleine Stadt zurückzukehren. Er lud sie erst für den folgenden Abend ein. Sie übernachtete in einem billigen Hotel. Am nächsten Morgen brachte sie den Koffer zur Gepäckaufbewahrung im Bahnhof und bummelte den ganzen Tag mit Anna Karenina unter dem Arm durch die Straßen von Prag. Am Abend klingelte sie, er öffnete die Tür, und sie ließ das Buch nicht aus der Hand, als sei es die Eintrittskarte zu Tomas' Welt. Ihr wurde klar, dass sie als Passierschein nichts als diese klägliche Eintrittskarte besaß, und sie hätte am liebsten geweint. Um nicht zu weinen, war sie gesprächig, redete laut und lachte. Wie beim ersten Mal nahm er sie gleich nach ihrer Ankunft in die Arme, und sie liebten sich. Sie versank in einen Nebel, in dem nichts zu sehen und nichts zu hören war, nur ihr Schrei.

Es war kein Seufzen, kein Stöhnen, es war wirklich ein Schrei. Sie schrie so laut, dass Tomas seinen Kopf von ihrem Gesicht abwendete, als würde diese Stimme an seinem Ohr ihm das Trommelfell zerreißen. Der Schrei war nicht Ausdruck von Sinnlichkeit. Sinnlichkeit ist die größtmögliche Mobilisierung der Sinne: Man beobachtet den anderen gespannt und nimmt die geringsten Geräusche wahr. Ihr Schrei hingegen sollte die Sinne betäuben, damit sie weder sehen noch hören konnten. Was aus ihr schrie, war der naive Idealismus ihrer Liebe, die die Aufhebung aller Gegensätze sein wollte: die Aufhebung der Dualität von Körper und Seele, vielleicht sogar die Aufhebung der Zeit.

Hatte sie die Augen geschlossen? Nein, aber ihre Augen schauten nirgendwo hin, sie fixierten die Leere der Decke. Manchmal warf sie den Kopf heftig hin und her.

Als ihr Schrei verstummt war, schlief sie an seiner Seite ein und hielt die ganze Nacht seine Hand fest in der ihren.

Schon mit acht Jahren schlief sie so ein, die eine Hand gegen die andere gedrückt, und stellte sich vor, sie hielte den Mann, den sie liebte, den Mann ihres Lebens. Wenn sie also Tomas' Hand im Schlaf so hartnäckig festhielt, kann man das gut verstehen: Von Kindheit an hatte sie sich darauf vorbereitet, hatte es eingeübt.

Simone Meier

Robbie, der schönste Arzt der Welt und ich

Jede Frau möchte von Robbie Williams flachgelegt werden. Ist doch so. Es gibt dieses irre Poster von Robbie, mit nacktem Oberkörper – goldene Haut mit schwarzen Tattoos drauf – und er hält einen winzigen Hundewelpen auf seinem Arm. Gleiche Farbe wie seine Haut. Robbie blickt in die Kamera, also in die Augen aller Frauen auf diesem Planeten. Das Hundebaby schmiegt sich so in seine Muskeln und Tattoos, schaut zu seinem Gesicht hoch und grinst blöd, als wäre es betäubt vor Glückseligkeit. Die Frauen grinsen ja bereits so, wenn sie Robbie nur auf einem CD-Cover sehen. Mehr braucht's ja gar nicht. Ich kann da nur sagen: Für jede Frau kann es ein erstes Mal Sex mit Robbie Williams geben. So schwer ist das nicht. Robbie will ja eigentlich mit jeder; der ist ja so ein ganz klassisches Rock'n'Roll-Tier. Aber das muss man den Frauen immer wieder sagen: Träume sind dazu da, verwirklicht zu werden. Und wenn ich etwas wirklich will, bekomme ich es auch. Egal was, sogar Robbie Williams.

Gut, mir fiel Robbie ja gewissermaßen in den Schoß. Da bin ich natürlich schon eine Ausnahme. Darum werden mich jetzt wieder all die unbegabten Tussen tierisch beneiden, aber *was it my fault*? Vielleicht ist es auch nicht ganz korrekt, dass Robbie mit jeder Frau der Welt ficken würde, wenn sie sich nur genug anstrengt, also so mit Schönheits-OPs und allem. Es braucht natürlich schon das gewisse Etwas und dass ich das habe, muss ich ja niemandem erklären. Diesen Zacken Charisma, der aus einem Mädchen eben ein *It-Girl* macht. Na ja, manche nennen das Luxusnutte, aber so weit würde ich nicht gehen. Es steckt ja doch auch immer viel ehrliche Arbeit hinter dem Aussehen eines It-Girls.

Für alle, die es nicht wissen: So ein Superstar wie Robbie lässt sich auf seiner Tour in jeder Stadt von seinem Manager eine Liste mit *appropriate girls* vorlegen. Wie sagt man dazu? Angemessene Mädchen? Na ja, klingt doch eher gemessen, irgendwie nach Klosterschule. Und so ist es natürlich gerade nicht gemeint. Aber das geht in meinem Kopf echt nicht mehr anders: Wenn ich an Engländer denke, denke ich automatisch auf Englisch. Zum Reden mit Leuten wie Robbie ist das auch sehr praktisch. Alles geht da so selbstverständlich von der Zunge. Aber wenn ich dann etwas einfacher gestrickten Gemütern davon erzählen will – zum Beispiel meinen Eltern, die vom Dorf kommen und ihren Lebtag in dieser Schusterwerkstatt fristen –, kommt mir so was natürlich fatal in die Quere. Fast wie ein sprachlicher Filmriss. Aber egal, hier geht es schließlich um Rob.

Es war also nicht erstaunlich, dass wir uns irgendwann begegneten. Wie viele vorzeigbare It-Girls gibt es schon? Ich gelte ja nicht nur zu Hause in Berlin als It-Girl, sondern auch in Amsterdam, Paris und London. Ich stand also insgesamt viermal auf der Liste von Robs Manager. Nicht, dass ich je vorhatte, mir viermal sein Konzert anzuhören, das ist ja langweilig. Aber in Berlin war Tourstart und da ging ich selbstverständlich hin. *Access all areas,* natürlich. *Backstage* mit Aufenthaltsrecht in Robs Garderobe, um genau zu sein. Solche Privilegien erwirtschaftet sich ein It-Girl mit der Zeit.

Und da kam also irgendwann Rob, voll tätowiert, voll verschwitzt, fertig, männlich, supererotisch und tat etwas, was ich nie von ihm erwartet hätte: Er fiel erst in meine Arme und dann in Ohnmacht. Und zusammen fielen wir auf den kalten Beton. Sofort kam Robs Vertrauensarzt gerannt – ein unfassbar gut aussehender Halbgott in Weiß, meine Güte, und sagte:

»*Thank you so much, madam, you sure saved our evening. That's his routine, unfortunately, it happens every night. Just promise never to tell the press about it. He's got such a heavy burden to bear on his still youthful shoulders.*«

So ungefähr.

Ich war von der Situation wirklich überfordert, wie man sich denken kann. Der schönste Arzt der Welt über mir und der prominenteste Brite seit Lady Di, hilflos wie ein Wickelkind, auf mir. Einen Moment lang stellte ich mir vor, wir wären alle drei nackt.

Der Arzt setzte Rob eine Spritze. Der kam sofort wieder zu sich und ich war das erste, das er bei seinem Erwachen erblickte. Und wahrscheinlich hat sich Rob in jenem Moment zwischen Traum und Tag in mich verliebt, anders kann ich mir das nicht erklären. Sonst wäre er nicht plötzlich abwechselnd rot und bleich geworden und hätte seine Maske des diabolischen Berufszynikers fallen lassen wie einen nassen Wollschal.

Ich muss sagen, in jenem Moment, als ich den wahren, den verletzlichen Rob sehen durfte, da habe ich den Rest der Welt einfach vergessen. Da gab es nur noch uns beide. Da wollte ich seinen Schweiß abtupfen und seine Tattoos kraulen. Der Arzt riss uns jedoch mit dem Blitzen seiner blauen Augen auseinander, führte Rob weg und gab mir mit einem *Good night* zu verstehen, dass meine Anwesenheit nicht mehr erwünscht war.

Am nächsten Morgen geschah das Unglaubliche: Ein Bote brachte mir zwei wundervolle Bouquets. Eins von Rob, eins von seinem Arzt. Eine Stunde später kamen zwei Flugtickets nach Paris, beide First Class. Eins von Rob, eins von seinem Arzt. Dann ein Gutschein für ein Gaultier-Kleid in Paris von Rob und eine Flasche Shalimar von seinem Arzt. Und da war für mich klar, dass Rob gewonnen hatte. Na ja, eigentlich hatte ich es ja schon vorher gewusst, aber ich war mir nicht sicher gewesen, ob der Arzt nackt nicht doch einen Zacken schärfer war als Rob.

Abends in Paris stand ich also in einem sagenhaften Gaultier-Fummel wieder hinter der Bühne. Gut, ich muss schon sagen, dass ich mich als Luxus-Groupie grundsätzlich schon intellektuell unterfordert fühle. Ich will entweder ein gutes Gespräch führen oder gut ficken, auf jeden Fall etwas tun, was mich so richtig ausfüllt.

In Paris hieß es dann stundenlang Warten mitten unter Roadies und Security-Guards, die mich zwar alle 50 Mal mit ihren Stielaugen durchvögelten, aber leider hunderttausendmal unwichtiger waren als Rob draußen auf der Bühne und deshalb auch nicht für den kürzesten Quickie infrage kamen.

Und schließlich hatten Rob und ich ja auch nicht nur das Versprechen von *High-Quality*-Sex ausstehen, sondern etwas richtig Besonderes. Unser erstes Mal. O.K., bei Leuten wie Rob ist das erste ja auch meistens das letzte Mal. Da darf man sich nichts vormachen. Trotzdem war das für mich noch ein bisschen wie im Märchen: ich die Prinzessin, Rob der Prinz. Da packte mich wieder so ein Anflug von jungfräulicher Unschuld. Ein Gefühl, das ich eben so sehr genieße wie den Sex selbst.

Aber dann war es in Paris, also ausgerechnet in der Stadt der Liebe, wieder das Gleiche wie in Berlin: Show fertig, Rob kommt, zack, Umarmung, zack, Ohnmacht, ich und Gaultier wälzen uns in einer Bierlache auf dem Boden. Immerhin habe ich so endlich den Arzt wiedergesehen. Ich blickte ihm tief in die Augen und fragte so cool wie möglich:

»Wirkt sich das nicht auf seine Gesundheit aus?«

»*Yes*«, sagte der Arzt, »*especially on his masculinity.*«

Und dann erzählte er mir eine Geschichte, die so unglaublich ist, dass sie an dieser Stelle endlich mal das Licht der Weltöffentlichkeit erblicken muss:

Rob hatte seine Ex-Freundin, die kleine blonde Nicole Appleton, (die immer nur in so dämlichen Cargo-Hosen rumläuft und jetzt das Balg von diesem Gallagher, diesem Schläger von dieser Jammertruppe namens Oasis ausgetragen hat), gar nie geschwängert! So weit war es nie gekommen, weil Rob schon seit Jahren keinen mehr hochbringt! Nicoles Schwangerschaft war eine Erfindung für die Medien gewesen, ein totaler *PR-Fake*! Voll abgesegnet von Robs Management. Nee, nee, Rob ist kein starker Hengst. Eigentlich traurig, nicht? Ein gefallenes Idol gewissermaßen, ein Samson ohne Haar.

Ach Gott. Man muss sich das vorstellen: Ich war in Paris hinter der Bühne, voll auf Rock'n'Roll eingestellt, spitz wie ein Florett, und erfuhr, dass Rob keinen hochkriegt! Das ging natürlich bei allem Mitleid nicht.

»*What about your masculinity?*«, fragte ich deshalb den Arzt.

»Ick bin keine Jungfrau«, sagte er und grinste.

Und da ließen wir Rob in seinem unschuldigen Schlaf liegen und fickten Gaultier die letzte Naht aus dem Kleid.

Benoîte Groult

Von Sandzungen und Mitternachtsbädern

Selbstverständlich fuhr Gauvain in Richtung Küste. In solchen Fällen strebt man instinktiv zum Meer. Wir wussten, dass es uns die Sprache ersetzen würde und dass es uns in seine mütterliche Größe, in sein wohlwollendes Schweigen hüllen würde. Immer wieder, wenn der Weg zu Ende war, haben wir für einige Zeit angehalten: in Cabellou, in La Jument, in Trévignon, in Kersidan und am Strand von Raguenès. Jedes Mal machten wir kehrt, denn eine Küstenstraße gab es damals noch nicht, nur Sackgassen, und das entsprach dem Bild unseres Lebens an jenem Abend. Je weniger wir sprachen, desto weniger gelang es uns, das Schweigen zu brechen, das unsere Herzen erfüllte. Gauvain begnügte sich damit, seinen Arm zärtlich um meine Schultern zu legen und mich zitternd an sich zu pressen. Dabei berührte er zuweilen mit seiner Schläfe meine Wange.

In Raguenès war Ebbe. Die Sandzunge, die nur bei großer Tide Küste und Insel verbindet, glänzte im Mondlicht. Links, auf der gegen den ständigen Wind geschützten Ostseite, konnte man den Übergang zwischen Wasser und Strand kaum erkennen: Das Meer war spiegelglatt. Auf der Westseite fältelte eine ganz leichte Brise das große Silberlaken, das mit einer phosphoreszierenden Kräuselbordüre abschloss. Es war alles so rein, uns so ähnlich, dass wir hinunterstiegen, um in diesem stillen Wasser ein wenig zu gehen.

»Was hältst du von einem Mitternachtsbad?«

Der Gedanke war mir plötzlich gekommen. Es war das erste Mal, dass wir uns gemeinsam an einem Strand befanden. In jener Zeit gingen die Bretonen kaum je ans Ufer. Baden kam ihnen wie eine Touristenspinnerei vor. Das Meer war keine Vergnügungsstätte; zu oft und seit Jahrhunderten hatten die Seeleute sich hier ihr »Loch im Wasser gegraben«. Ohne uns anzusehen, in respektvollem Abstand, legten wir unsere Kleider ab. Noch nie hatte ich mich vor einem Jungen nackt ausgezogen, aber es tat mir Leid, dass Gauvain nicht wenigstens einen Blick nach mir warf. Ich wähnte mich schön im Mondschein und weniger nackt als in einem Zimmer im harten Licht einer Glühbirne. Sowohl um meine Vorderseite zu verbergen, als auch um zu verhindern, dass ich seine Vorderseite sehen musste, stürzte ich mich als Erste ins Meer, und zwar auf der Ostseite, aus Freude daran, diesen allzu glatten Spiegel aufzubrechen. Aber weit schwamm ich nicht hinaus. Sehr schnell ahnte ich, dass Gauvain nicht schwimmen konnte. »Wozu auch? Wenn man nachts von einer Sturzwelle weggerissen wird, muss man nur noch länger leiden im eisigen Wasser«, sagte er. Ich erkannte, dass wir nicht das gleiche Verhältnis zum Meer hatten. Gauvain und ich verkehrten nicht mit ein und derselben Person, aber er kannte die echte.

Lange ließen wir uns von den empfindlich kühlen Wellen treiben und wiegen; wir streiften uns lachend wie zwei glückliche Wale und konnten uns nicht entschließen, aus dem Wasser zu gehen, weil wir wussten, dass wir an Land, im Trockenen, gleichzeitig mit unseren Kleidern auch unsere Standesidentität und unsere Konventionen wieder anziehen würden.

Es war eine jener unwirklichen Nächte, in denen ein gewisses phosphoreszierendes Plankton an die Oberfläche steigt, und bei jeder Bewegung, bei jedem Spritzer schien das Meer Funken zu sprühen. Allmählich überflutete uns eine Welle von Melancholie, die scheinbar in keinem Verhältnis stand zu dem Augenblick, den wir gerade erlebt hatten, als ob wir eine lange Zeit der Leidenschaft hinter uns hätten und ein so unaufhaltsames Ereignis wie ein Krieg im Begriff sei, uns zu trennen. Das Ereignis war in diesem Fall das Morgengrauen. Nach Osten hin wurde der Himmel schon heller und rückte das Festland allmählich wieder zu seinen wahren Proportionen zurecht.

Gauvain hat mich vor meiner Haustür abgesetzt. In Mamans Zimmer brannte noch Licht. Sie wartete auf mich. Er sagte, und dabei hielt er sich in respektvoller Distanz: »Ja, dann auf Wiedersehen!« Er hatte zu seiner üblichen Stimme zurückgefunden. Mit einem leichten Zögern fügte er etwas leiser hinzu: »Vielleicht auf bald« – und ich antwortete genauso platt, die Arme am Körper: »Danke fürs Nachhausebringen«, dabei konnte er gar nicht anders, da unsere Häuser ja unmittelbar nebeneinander lagen.

Zwei Tage später ging er wieder an Bord seiner *Vaillant-Couturier*, und ich sollte ihn in diesem Sommer nicht mehr wieder sehen, denn wir fuhren Anfang September nach Paris zurück. Denkt man an die Seeleute im Winter, wenn man in seiner behaglichen Wohnung sitzt? Welche Brücke soll man denn auch zwischen dem Deck eines Trawlers und dem Descartes-Hörsaal schlagen, in dem Professor Pauphilet die wundersame Geschichte von Aucassin und Nicolette auseinander nehmen und uns die höfische Liebe entschlüsseln würde.

Er ist auf seinen Hof zugegangen und schnell von der Dunkelheit aufgesogen worden. Ich habe die Haustür geöffnet und meine nassen Haare geschüttelt. Die Notwendigkeit, mich bei Maman zu melden, bevor ich in mein Zimmer gehen konnte, scheuerte mir jegliche Romantik vom Leib: Was ich gerade empfunden hatte, löste sich bereits auf, entfernte sich in Windeseile wie jene Träume, die trotz allen Bemühungen in wenigen Sekunden verblassen, während man erwacht, und einem nichts zwischen den Fingern zurücklassen. Aber bis zum Ende jenes Sommers ging ich, wie mir scheint, mit weniger sicherem Gang, und ein leichter Nebel legte sich über das Blau meines Blickes.

So dass mir eines Abends, als die Stimmung zärtlicher war als sonst – eine Stimmung, wie sie manchmal an Spätsommerabenden in der Bretagne entsteht – ein Gedicht für Gauvain dem Herzen entstieg. Ich war mir nicht sicher, ob ich ihm diese Flaschenpost zuwerfen sollte. Vielleicht machten sie sich gerade jetzt unter Freunden lustig über die Schüchternheit der kleinen Pariserin. »Du weißt doch, die Leute, die im Strohhaus am Ende des Dorfes wohnen …« – »Das Mädchen ist übrigens nicht hässlich …« – »Och! Findest du? …«

Die Angst vor der Lächerlichkeit hinderte mich daran, Gauvain dieses Gedicht zu schicken, das erste Liebesgedicht meines Lebens.

Reinen Herzens haben wir uns beide
Im Anblick des Meeres niedergesetzt.
Du warst schüchtern wie ein großes Kind

Das noch nie Gide gelesen hatte.
Die Nacht war sanft wie die Nacht
Ich aber kalt wie die erste Frau.

Wir verharrten am Rande der Zeit
Am Rand des Begehrens und der Frau in mir.
Du, ein Mann, und ich, ein junges Mädchen:
Steif und ruhig
Wie man es zuweilen mit zwanzig sein kann.

Ich, die ich Gide gelesen habe,
Kehre oft zurück nach Raguenès
Um deinen fliehenden Augen wiederzubegegnen,
Um deinen wilden, bebenden Mund wieder zu finden.
Heute bin ich sanft wie die erste Frau
Doch die Nächte sind kalt wie die Nacht.

Dabei würde ich dich heute Abend küssen,
Wunderbare Küsse, mit dem Salzgeschmack
auf unserer Haut
Dich, der du über die Meere Irlands fährst
In den heftigen Umarmungen der Wellen gefangen
Weit weg von meinen zwanzig Jahren
dem sanften Strand, an den du mich führtest
Um nach dem Märchentier zu suchen
Das sich nicht gezeigt hat.

Und
Und du? Kommst du manchmal an diesen Ort
Und trauerst dem Kuss nach, den wir uns
nicht gegeben haben?

Bald musste das Haus für den Winter geschlossen werden, bald musste ich den Sommer meiner achtzehn Jahre verlassen. Mein Gedicht habe ich in einem Herbarium zurückgelassen: In einer Schublade landete es mit jenen Ferienüberbleibseln, denen die Zeit bald die Farbe nimmt, einem rosaroten, leeren Seeigel, einer bronzefarbenen Haarspange auf ihrem vergilbten Karton, einem einsamen Söckchen, dessen Pendant wieder zu finden ich nicht aufgegeben, und einer Ähre, die ich im Hof der Lozerechs am Abend des Dreschens aufgelesen hatte.

Auch im folgenden Sommer habe ich das Gedicht nicht weggeworfen: Ich habe immer gehofft, es würde eines Tages seinem Adressaten zukommen und in ihm den unvergesslichen Geschmack des ersten Begehrens wachrufen.

II
YVONNES HOCHZEIT

Erst zwei Jahre später habe ich Gauvain wieder gesehen. Beruflich hatte er sich endgültig für das Meer entschieden. Mittlerweile war er Bootsmann geworden, und in Raguenès verbrachte er alle vierzehn Tage knappe achtundvierzig Stunden. Im Herbst wollte er die Schifffahrtsschule in Concarneau besuchen, um Fischereikapitän zu werden.

Sein Leben lief in der üblichen Bahn: Er hatte sich gerade verlobt, »denn man kann ja nicht ewig bei seinen Eltern bleiben«, wie er zu mir sagte, als suchte er nach einer Entschuldigung. Marie-Josée, seine Zukünftige, arbeitete in der Fabrik, ebenfalls in Concarneau. Sie hatten es nicht eilig. Zuerst wollten sie in Larmor ein Haus bauen, auf einem von der Lozerech-Großmutter geerbten Grundstück, und dafür hatten sie sich, noch bevor sie den ersten Stein zu sehen bekamen, auf zwanzig Jahre verschuldet.

Anstatt uns zu beschimpfen oder uns gegenseitig zu übersehen, gingen wir uns fortan aus dem Weg, zumindest ging Gauvain mir aus dem Weg. Mir missfiel es eigentlich nicht, wenn dieser Prachtkerl zu Boden blickte, sobald ich ihm im Dorf begegnete. In den Läden der Ortschaft hingegen begann er, sobald ich hereinkam, mit den anderen Kunden bretonisch zu sprechen, um mir ganz deutlich zu machen, dass ich nicht von seiner »Art« war.

Bei Yvonnes Hochzeit dann konnte er nicht umhin, mir zum zweiten Mal ins Gesicht zu schauen. Sie wollte unbedingt mich als Trauzeugin haben, und Gauvain hatte versprochen, Trauzeuge des Zukünftigen zu sein, der ebenfalls zur See fuhr, aber – so Yvonnes Grundbedingung – die Marinelaufbahn eingeschlagen hatte.

Yvonne heiratete in der Tat nur, um dem Dasein einer Bäuerin zu entrinnen: Sie hasste den Ackerboden, die Tiere, die man versorgen musste, die im Winter stets aufgerissenen Hände, die auch am Sonntag kotverdreckten Holzschuhe, kurz, sie verabscheute das Leben, das sie auf dem Hof führte. Aber sie wollte keinen Küstenfischer wie ihren Bruder Robert, keinen Mann, der jeden Abend nach Hause kam, der einen um vier Uhr früh weckte, wenn er rausfuhr aufs Meer, und dessen Hände stets nach Fischköder rochen. Auch einen Hochseefischer wie ihre beiden anderen Brüder wollte sie nicht. Nein, was sie brauchte, das war ein Mann, der nie mit Fisch in Berührung kam, der eine schöne Uniform trug und der vor allem monatelang auf See sein würde, Monate, die für die Pension doppelt zählten, denn daran dachte sie auch schon. Ein Mann, der ihr auch die Gelegenheit bot, ein, zwei Jahre in Dschibuti, auf Martinique oder, mit ein wenig Glück, sogar auf Tahiti zu verbringen. Und in der übrigen Zeit hat man ein schönes neues Haus und seine Ruhe. Yvonne, die in ihrer Kindheit keine Zeit gehabt hatte zu spielen und die sich außer zum Essen kaum je hingesetzt hatte – wobei sie und ihre Mutter unentwegt aufstehen mussten, um die sieben Jungen, plus den Vater, plus den geistig leicht Behinderten, der bei ihnen als Knecht arbeitete, zu bedienen –, strebte nach einer einzigen Form des Glücks: Sie wollte »ihre Ruhe haben«! Jedes Mal, wenn ihr dieser Ausdruck über die Lippen kam, war er von einem ekstatischen Lächeln begleitet. Seine Ruhe haben, das bedeutete, nicht mehr den eigenen Namen schreien hören: »Verdammt noch mal, Yvonne! Bringst du ihn nun, oder bringst du ihn nicht, den Cidre?! Wir können es uns nicht leisten, herumzuwarten! … Los, Yvonne! Husch, husch, zur Waschküche, dein Bruder braucht sein Zeug morgen … Aufwachen, Yvonne, oder glaubst du, die Kuh melkt sich von selbst …?«

Die Ehe erschien ihr wie eine Einöde der Glückseligkeit.

Der erste junge Mann, der ihre Bedingungen erfüllte, war der Richtige. Und die Tatsache, dass er ein mickriges Kerlchen war, das sich nach der für das Militär erforderlichen Mindestgröße recken musste – er hatte eine Sondergenehmigung gebraucht wegen des fehlenden Zentimeters, und der Zentimeter fehlte vor allem am Hirn, sagten böse Zungen –, war für sie kein entscheidendes Hindernis: Das würde ihr seine langen Abwesenheiten umso leichter machen.

Als das Schwierigste erwies sich, diese Hochzeit zu organisieren und ein passendes Datum zu finden. Man musste abwarten, bis alle drei Fischer-Brüder gleichzeitig zu Hause waren, was selten vorkam, seitdem sie nicht mehr auf demselben Schiff fuhren; außerdem musste der eine, der in Nantes Lehrer war, Ferien haben, und auch auf meine Ferien und den damit verbundenen Aufenthalt in Raguenès musste Rücksicht genommen werden. Zumal die Lozerechs ihrer einzigen Tochter eine wirklich schöne Hochzeit bieten wollten, mit drei Brautjungfern im mandelgrünen Organzakleid und mit Gästen, die aus dem ganzen Süden der Bretagne mit dem Bus herbeigekarrt würden.

Und eine wirklich schöne Hochzeit sollte es auch für uns, für Gauvain und mich, werden, denn es schien vom Schicksal vorgesehen, dass Familienfeste und Feierlichkeiten in erster Linie zu unserem Verderben stattfanden!

Um neun Uhr früh bereits saß ich an seiner Seite beim ersten Glas Muscadet, und den ganzen Tag und einen Teil der Nacht und auch den nächsten Tag noch sollte unser gemeinsames Abenteuer dauern.

Gauvain war nicht wieder zu erkennen in seinem Sonntagsstaat, mit seinen pomadegebändigten Haaren: Er hatte Ähnlichkeit mit einem Tanzbär und trug ein Gesicht zur Schau, das nichts Gutes verhieß. Ich hatte ein hellbeiges Kostüm aus Tussahseide an, das alles andere als provinziell wirkte, Schuhe mit Riemchen um die Fesseln, was meine (von der Natur sowieso freundlich bedachten) Beine vorteilhaft zur Wirkung brachte, und dazu kam jene ruhige, überlegene Ausstrahlung, die das Privileg von Menschen ist, die sich niemals wünschen mussten, anderswo zur Welt gekommen zu sein als in der weichen Wiege, die das Schicksal ihnen zugeteilt hat.

An jenem Morgen stellte ich alles dar, was er hasste, aber

bei mir bewirkte das nichts anderes als den plötzlichen Wunsch, seinen Panzer aufzubrechen, auf dass der verletzbare Kern, den ich in ihm ahnte, mir ausgeliefert sei. Die Inselepisode lag tief in meinem Gedächtnis verborgen, hinter einer Tür, die ich, kaum war eine Landschaft des Lichts ahnbar geworden, allzuschnell wieder zugeschlagen hatte. Diese Ergriffenheit, die ich noch immer spürte – hatte ich sie nur geträumt? Hatte auch Gauvain sie empfunden? Ich wollte nicht den Rest meines Lebens damit verbringen, mir an sehnsuchtserfüllten Abenden diese Frage zu stellen. Ich würde Gauvain zum Bekenntnis zwingen, heute oder nie.

In der Kirche konnte ich nichts unternehmen, auch während der ewig langen Inszenierung des Hochzeitsfotos nicht, auf dem Platz vor der winzigen Kapelle von Saint-Philibert, dem Geburtsort des Marinebürschchens. Ein unangenehmer Südwestwind ließ die Bänder der Trachtenhauben flattern und bauschte die großen Halskrausen auf, die die Brautmütter und eine allerletzte Schwadron von Unbeugsamen trugen. Dann peitschte uns ein heftiger Regenschauer, und meine gekonnt natürlichen Löckchen klebten traurig an meinen Wangen.

Endlich beschloss der Fotograf, sein schwarzes Tuch und sein kompliziertes Stativ zusammenzupacken, und damit gab er das Zeichen zum stürmischen Aufbruch: In der Dorfkneipe sollte es mit Aperitif und Tanz weitergehen. Aber auch dort mischten sich die Männer nicht unter die Frauen, sondern bildeten Trauben um die Theke, die jüngeren um die Spielautomaten.

Es wurde zwei Uhr nachmittags, bis ich endlich im Festsaal neben einem schon ziemlich alkoholisierten Gauvain saß. Der Unschuldsknabe schickte sich an, sich durch die unumgängliche Reihenfolge – Muscadet, Bordeaux, Champagner und Schnaps – hindurchzukämpfen; er wusste nicht, dass ich meine Strategie auch auf die wahrheitsfördernden Begleitgetränke des rituellen Hochzeitsmahls aufgebaut hatte. Noch immer hat sich Trunkenheit mit Schwäche verbündet.

Wir waren noch nicht einmal bei der unvermeidlichen Ochsenzunge in Madeirasauce angelangt, die den Übergang vom Weißwein zum Rotwein signalisiert, da stellte ich bei mir eine erhöhte Anfälligkeit für Gauvains allzu nahen Körper fest. »Weiß auf Rot, alles im Lot, Rot auf Weiß, alles aus dem Gleis«, pflegte mein Vater zu sagen. Gauvain jedoch schien mich nicht zu beachten, was ich wiederum auf die Anwesenheit seiner Verlobten zurückführte, die brav zu seiner Rechten saß; sie steckte in einem rosaroten Kleidchen, das ihr, der farblos Blonden, den Teint ruinierte, und eine strohtrockene Dauerwelle von der Sorte, die man hier in dieser Gegend besonders schätzte, schmückte ihr Haupt. Der Vorbau erinnerte an die Königin von England: ein zu einer Art Kissenrolle zusammengepferchter Monobusen. Musste sich Gauvain fortan mit dieser wabbeligen Rundung begnügen? Allmählich war ich angetrunken genug, um ihn deswegen zu bemitleiden und mir zu wünschen, er möge seine Hand oder gar beide auf meinen Busen legen, und zwar am besten gleich heute. Aber wie sollte ich das erreichen? Die Taktiken, die mir vorschwebten, waren derart plump … dass es von ihm noch grobschlächtiger wäre, darauf nicht einzugehen. Nachträglich würde mir schon was einfallen, um ihm die edle Schönheit meiner Seele zu offenbaren. Doch wie alle unanständigen Gesten, die ich je in meinem Leben vorhatte, kam auch die, die Gauvain aus seiner irritierenden Gleichgültigkeit gerissen hätte, nicht zur Ausführung. Vermutlich war meine Hand besser erzogen als mein Kopf!

Die Stunden vergingen, und Yvonnes Hochzeitsessen wurde zu einem jener nicht enden wollenden Festbankette, wo über Krümeln, Saucenflecken und umgestürzten Gläsern allmählich die Langeweile schwebt. Die Bäuerinnen öffneten ihre Gürtel und schlüpften unter dem Tisch aus den massiven Pumps, die sie auf dem Markt gekauft hatten und in denen sie sich seit dem Morgen schon abquälten. Die Männer standen Schlange an der Toilettentür und kamen beschwingt zurück, indem sie sich den Hosenschlitz zuknöpften. Die überdrehten Kinder spielten mit Indianergeheul Fangen und warfen dabei Stühle um, und der frisch gebackene Ehemann lachte lauthals mit seinen Freunden, um deutlich zu machen, dass er die Situation im Griff hatte. Indessen lernte Yvonne, die Nase ein wenig gerötet und das Gesicht feucht glänzend unter dem Röschenkranz, die Einsamkeit der jungen Ehefrauen kennen.

Nun wartete ich auf den Tanz: Er würde mich einen entscheidenden Schritt weiterbringen, daran zweifelte ich nicht. Aber wir hatten immer noch nicht das Essen ausgestanden; als die mehrstöckige Hochzeitstorte und der Champagner serviert wurden, kam es aufs Neue in Schwung, und damit schlug die Stunde der Sänger. Eine Hand voll dickköpfiger Greise, deren Stimmen mehr vom Alkohol als von den Jahren zitterten, wollten uns keine einzige Strophe jener endlosen bretonischen Moritaten ersparen, in denen sich die Einsamkeit, die verratenen Schwüre und die Schiffbrüchigen ohne Begräbnis für die jungen Bräute zum verlockenden Zukunftsbild vereinen.

Man war gerade bei der siebten Strophe von *Recouvran-*

an-ce angelangt – einer Sängerin, die sich für Rina Ketty hielt, gelang es nicht, das Lied vollkommen zu Tode zu singen –, als Gauvain aufstand und, noch bevor der Applaus verebbte, das *Bro Goz Va Zadou* anstimmte. Seine schöne Bass-Stimme gab mir den Rest, viel durfte jetzt nicht mehr kommen. Mit rührender Selbstgefälligkeit ließ er sie bei den harten und zugleich herzzerreißenden Silben der bretonischen Sprache vibrieren. Es war eine Bardenstimme, sie erinnerte mich an Felix Leclerc, und sie passte zu seiner Brust und zu den kraftvollen Muskeln, die sich auf fast unanständige Weise unter seinem engen Anzug abzeichneten – der Schneider von Trégunc schnürte mit großer Beharrlichkeit solche Naturgewalt in taillierte Ballettanzüge, die den Hintern einzwängten und die von den athletischen Schenkeln nahezu gesprengt wurden.

Marie-Josée gab selbst das Zeichen zu der allgemeinen Küsserei, die nach jedem Lied fällig war, gemäß dem rituellen Couplet:

> Dass die Jungen die Mädels küssen,
> Das will der Pfarrer nicht,
> Dass die Mädels die Jungen küssen,
> Verbietet er nicht …

Nun, auch ich würde ihn küssen, den Lozerech-Spross, und nicht eben sanft, und ich würde es als Letzte tun, um nicht in der blökenden Herde unterzugehen, die schon Schlange stand. Er, der glücklich über seinen Erfolg war, lachte, und sein sonores Lachen entblößte jenen schräg abgebrochenen Schneidezahn, der so erfreulich wirkte wie beim Piraten die schwarze Augenbinde: Er machte ihn zum Haudegen, und ich, ich würde mich nur zu ihm hinüberneigen müssen, denn er saß ja neben mir, um meine Lippen ganz schnell, wie aus Versehen, auf diesen Schneidezahn zu drücken.

Er warf mir einen scharfen Blick zu, und ich sah, dass er die Insel nicht vergessen hatte.

Noch musste man den Sangria-Aperitif im Café du Port hinter sich bringen und warten, bis das berühmte Tanzorchester Daniel Fabrice aus Melgven eintraf. Aber meine Stunde würde jetzt sehr bald schlagen, dessen war ich mir vollkommen gewiss.

Der Tanzsaal war ungemütlich kahl und brutal beleuchtet; in einem Spiegel sah ich, dass ich seit dem Vormittag nicht unbedingt schöner geworden war. Zumal jetzt neue, unverbrauchte Gäste eintrafen, darunter auch ein paar Sommerfrischler, die ich kannte, und die das Ganze als eine Art Zoobesuch betrachteten. Wie selbstverständlich wurde ich von ihrem Kreis aufgesogen. Ich warf Gauvain verzweifelte Blicke zu, aber es gelang mir nicht mehr, seine Aufmerksamkeit auf mich zu lenken; ich existierte überhaupt nicht für ihn.

Ich setzte einige alterprobte Mittel ein, magnetisierte ihn mit durchdringenden Blicken in seinen Nacken, machte mich so leuchtend wie ein Glühwürmchen, jedes Mal wenn ich in seinem Blickfeld war, lehnte ostentativ die schmalzigsten Tangos mit meinen Freunden ab und schlich wie eine arme Seele durch den Ballsaal ... Keiner meiner Tricks funktionierte, und bei allen meinen Lieblingstänzen nahm Gauvain Marie-Josée in die Arme.

Nun denn! Es blieb mir nichts anderes übrig, als in die Gruppe, zu der ich schließlich gehörte, zurückzukehren und diesen schönen Rüpel zu vergessen. Ich hatte nichts mehr zu erhoffen hier, dieser Ball war das Letzte, meine Chancen waren versaut, und das war auch besser so. Was hätte ich mit Gauvain danach gemacht? Ich hätte ihm ja doch nur übel mitgespielt. Dieser edle Gedanke war Balsam für meinen gekränkten Stolz.

»Bleiben Sie nicht mehr bis zur Zwiebelsuppe?«, fragte Yvonnes Vater erstaunt, als ich mich verabschiedete.

Bloß nicht! Ich wollte Gauvain und seine Leibwächterin nicht mehr sehen. Ich fühlte mich plötzlich sehr müde, tausend Meilen von dieser Lozerech-Sippe entfernt. Yvonne habe ich schnell noch umarmt, bevor ich mich mit meiner Truppe aus dem Staub machte. »Du hättest doch nur eine schöne Erinnerung zerstört«, sagte Frederique sehr vernünftig.

Ihre Äußerung hat meinen Ärger nur verstärkt. Was sollte ich denn anfangen mit schönen Erinnerungen im Einmachglas? Ich hasse die schönen Erinnerungen. Ich liebe nur die schönen Zukunftsaussichten.

Ich war bereits im Garten des Hotels angelangt, kletterte über die betrunkenen Wracks am Wegrand, die sich teilweise noch bewegten und Bruchstücke von Liedern brabbelten oder einen Arm gen Himmel reckten, um eine endgültige Weisheit zu verkünden, als ich plötzlich eine Hand auf meiner Schulter spürte, die mich zusammenschrecken ließ.

»Ich muss dich sehen!«, flüsterte Gauvain eindringlich. »Warte auf mich heute Nacht am Dock, ich komme, sobald ich kann. Vor ein Uhr ganz bestimmt.«

Es war keine Frage gewesen. Er wartete auch gar nicht erst auf die Antwort. Ein paar Freunde riefen nach ihm, und Frederique wurde ungeduldig im Auto. Aber ich habe mir Zeit genommen. Ich habe seinen Satz in mir hinuntergleiten lassen, ich habe tief durchgeatmet, und eine Welle von Glück hat mich überflutet, hat mich erfüllt mit Jubel und flammender Entschlossenheit.

Nach den Tabakdämpfen des Ballsaals brachte der Westwind schubweise den intensiven Geruch des Tangs, einen Geruch nach Sex. Ich bin nach Hause gegangen, des Alibis wegen. Und auch um vorsorglich meinen Dufflecoat mitzunehmen, denn ich konnte mir vorstellen, dass er ein guter Schutz wäre gegen die Unebenheiten des Bodens, sobald Gauvain seine achtzig Kilo über mir ausbreiten würde. Und das Gedicht, das ich zwei Jahre zuvor für ihn geschrieben hatte und das in einer Schublade ruhte, steckte ich in die Tasche, man kann ja nie wissen. Bevor ich ging, zeigte ich es meiner Schwester, die die Nase rümpfte.

»Sehr jungmädchenhaft«, sagte sie.

Ich fand es schön! Wird man nicht immer wieder zum jungen Mädchen, wenn man losläuft, den Armen eines Mannes entgegen?

An jenem Abend konnte man den Mond nicht sehen. Die Insel von Raguenès lag wie eine tiefschwarze Masse auf dem fast schwarzen Meer, und alles schien reglos, als läge es in der Erwartung eines Ereignisses. Eigentlich musste ich diesen Eindruck korrigieren. *Ich* erwartete ein Ereignis. Für die Natur war es eine Sommernacht wie jede andere auch.

Von der ersten Minute des Wartens an war ich in den genussreichen Prozess der Lust eingetreten. Ich erlebte das Beste, was das Leben zu bieten hat, und war mir dessen bewusst. An jenem Abend wäre ich verrückt genug gewesen, um auf zehn Jahre meines Lebens zu verzichten – sagen wir fünf –, nur damit nichts den Verlauf des Stückes behindern möge, das wir nun spielen würden und bei dem noch keiner von uns seine Rolle kannte. Was haben ein paar Jahre im Alter schon zu bedeuten, wenn man zwanzig ist? Ich bereitete mich darauf vor, eine Nacht ohne Morgen zu erleben, eine den Konventionen, der Vorsicht und sogar der Hoffnung gestohlene Nacht, und ich empfand dabei wilde Freude.

Endlich kam Gauvain. Sein Auto hat er ganz am Rand des Feldes abgestellt, ich habe ihn die Tür zuschlagen hören und seine Gestalt erahnt, wie er durch die Dunkelheit spähte. Vermutlich hatte er mich schon im Licht der Scheinwerfer gesehen, denn nun rannte er den felsigen Abhang herunter. Ich hatte mich an ein auf den Sand gezogenes Boot gelehnt, um mich gegen den Wind zu schützen; die Arme um die Knie geschlungen, saß ich da, in einer Haltung, die mir zugleich sportlich und romantisch erschien ... Mit zwanzig legt man sehr viel Wert auf seine Haltung. Gauvain hat mich an beiden Händen gepackt, um mich schneller hochzuziehen, und noch bevor ich ein Wort sagen konnte, hat er mich heftig an sich gepresst, sein Bein sofort zwischen meine geschoben und mit dem Mund mir die Lippen geöffnet, meine Zunge hat sich an seinem kaputten Zahn verfangen, meine Hand ist zum ersten Mal unter seine Jacke geglitten, in seine duftende Wärme, meine Finger sind eingedrungen in jenen rührenden Hohlraum, den der Gürtel bei manchen Männern zwischen den Lendenmuskeln freigibt. Lautlos begann es zu regnen, und wir bemerkten es nicht sofort, so entrückt waren die Gefilde, in denen wir schwebten. Einen Augenblick glaubte ich, dass Gauvain weinte, und rückte ein wenig von ihm ab, um seine Augen zu erkennen ... Schon ringelten sich die nassen Haarsträhnen auf seiner Stirn, Gischttropfen glänzten zwischen seinen gebogenen Wimpern. Vielleicht waren es doch Tränen. Unsere Lippen haben sich wieder vereint, sich voneinander gelöst und sich lachend wieder gefunden, ganz glitschig vom Wasser des Himmels, das köstlich schmeckte, und die Schwärze der Luft, die Melancholie des feuchten Strands und die Gänsehaut des Meeres unter den Regentropfen umringten uns von allen Seiten, lösten uns heraus aus der Betriebsamkeit des Tages und tauchten uns in die fast unerträgliche Einfachheit der Liebe.

Der Regen bahnte sich allmählich einen Weg in unsere Kragen, und der Südwestwind wurde stärker, aber wir konnten uns schon nicht mehr trennen. Mit einer Bewegung des Kinns wies Gauvain zur Insel und zu der Ruine hinüber, von der noch ein Stück Dach übrig war, das am letzten Balken hing. Ich lächelte: Da hatten wir in unserer Kindheit oft gespielt!

»Wir können noch rübergehen. Erst gegen zwei Uhr früh kommt die Flut.«

Wir sind auf dem Sandkamm entlanggelaufen, der bei Ebbe die Insel mit der Küste verbindet, auf dem Tang habe ich mir die Knöchel verstaucht, und Gauvain, dessen Husky-Augen auch im Dunkeln sehen, hat mir geholfen, auf das grasbedeckte Plateau zu steigen, wo unser Häuschen stand ... oder das, was noch von ihm übrig war. Außer Atem haben wir uns wortlos bei den Händen genommen, ganz durchdrungen vom Ernst der Freude, so heftig zu begehren, was wir nun gemeinsam tun würden, hier in diesem unsicheren Unterschlupf, ohne Sorge um die Vergangenheit und um die Zukunft. Wenn das Leben ganz und gar im Augenblick Platz findet, wenn es einem gelingt, alles andere zu vergessen, dann erreicht man vielleicht die intensivste Form der Freude.

Wir haben uns in die einzige trockene Ecke der verfallenen Behausung verkrochen, und ich war froh, dass ich meinen

Dufflecoat mitgenommen hatte. Ich wusste nichts anderes zu sagen als immer wieder: »Bist du da? Sag mir, dass du es wirklich bist ... Es ist so dunkel, dass ich Zweifel habe.«

»Ich wusste doch, dass wir uns eines Tages wieder finden würden, ich wusste es«, antwortete er und streichelte mein Gesicht, um es besser zu sehen, dann tastete er sich langsam unter der Bluse über meine Schultern, über den Nacken hinab zur Taille, formte mich behutsam aus dem wunderbaren Material der Erwartung.

Ich hatte nicht gerade oft in meinem Leben mit einem Mann geschlafen. Mit zwanzig Jahren hatte ich bisher erst Gilles, meinen Initiator, erlebt, der mich in nichts eingeweiht hatte, denn beide wussten wir so gut wie nichts vom Gebrauch der Geschlechtsorgane. Und dann noch Roger, dessen Intelligenz mich vor Bewunderung stumm und des Urteils unfähig machte, selbst dann, wenn er mich zwischen zwei Physikreferaten auf der marokkanischen Decke in seiner Studentenbude – fließend Wasser auf der Treppe – in fünf Stößen absolvierte, wobei die vorangehenden Kitzel-Streichel-Knutschaktionen, die als Starthilfe gedacht waren, auch nicht langatmiger ausfielen. Ich muss unwillkürlich jedes Mal daran denken, wenn ich einen Geiger sehe, der mit der Mittelfingerspitze eine Saite seines Instrumentes zum Vibrieren bringt und sie wieder loslässt, wenn die gewünschte Wirkung erzielt oder vermeintlich erzielt wurde. Während der Penetration machte er sich freundlicherweise die Mühe, ein paar »Ich liebe dich« zu gurgeln, und ich antwortete mit »Ich liebe dich«, um mir Mut zu machen und um diese Viertelstunde, der ich jedes Mal hoffnungsfroh entgegenfieberte und aus der ich erkennbar ohne die bei ihm eintretende Erleichterung wieder hervorging, mit ein wenig Seele anzureichern. Da er mir aber keinerlei Fragen stellte und »es« in regelmäßigen Abständen mit mir wiederholte, war ich anscheinend »in Ordnung«, und das war sie wohl, »die körperliche Liebe«, wie ich sie damals nannte. Ich mochte das Vorher lieber, er das Nachher. Vielleicht lag darin der berühmte Unterschied der Geschlechter.

Ich erinnere mich nicht, ob Gauvain damals schon ein so guter Streichler war, wie er es später wurde. In seinen Kreisen wurde damals nicht viel gestreichelt. Und damals ließ ich mich auch nicht leicht streicheln. Ich fand Roger ganz normal. Man kann doch Männer nicht langweilen mit Äußerungen wie »Nein, ein bisschen höher«, oder »Aua, das ist zu heftig ...«, oder gar »Noch ein bisschen mehr, bitte«. Denn wenn man ihnen mit solchen Forderungen auf den Wecker geht, wirkt man unersättlich, und dann gehen sie anderswohin, zu allzeit zufriedenen Mädchen, die ihren Zauberstab anbeten und ihr heiliges Salböl mit den wonneerfüllten Gesichtern von Erstkommunikantinnen trinken. Zumindest wurde dies in meinen Kreisen behauptet, und wie sollte ich das nachprüfen? Ehrlichkeit war damals nicht üblich dem männlichen Geschlecht gegenüber. Sie sprachen ja nicht die gleiche Sprache wie wir. Man gehörte zu seinem Geschlecht, wie man zu seiner Heimatgegend gehörte.

In jener Nacht fielen zum ersten Mal diese Schranken, als ob sich unsere Körper schon immer gekannt hätten, und wir tasteten uns voran im Takt der gleichen Lust, bis all unsere Unterschiede sich verwischten, als ob wir aufeinander gewartet hätten, um uns zu lieben und uns ineinander aufzulösen, ohne Ende, denn die Lust an der Lust erschöpft sich nicht durch die Befriedigung der Lust, und in der Tiefe der gerade verklingenden spürten wir schon die ersten Schwingungen der zukünftigen Lust. Wir erlebten eine jener Nächte ohne Dauer, wie sie einem nur ganz selten im Leben widerfahren.

Die steigende Flut war es, die uns wieder auf den Boden der Realität zurückbrachte: Gauvain hat plötzlich das Geräusch der näher kommenden Wellen gehört. Dieser Mann wusste immer, wie es mit dem Meer stand.

»Wenn wir nicht auf der Stelle abhauen, müssen wir zurückschwimmen«, verkündete er und tastete hektisch nach unseren am Boden verstreuten Kleidern. Mein Büstenhalter hatte sich in Luft aufgelöst, und ich gab es auf, ihn zu suchen. Schließlich stand ja nicht mein Name drauf. Gauvain gelang es nicht, die feuchten Knöpfe in die im Regen geschrumpften Knopflöcher hineinzuzerren, und ich hörte ihn im Dunkeln fluchen. Schließlich hatten wir uns notdürftig wieder in unsere Sachen eingenestelt – ich mit meiner idiotischen Handtasche am Arm, als käme ich gerade aus einem Café, mein großer bretonischer Fischertölpel mit der Hose um den Hals gebunden, vom Regen durfte sie nass werden, nicht vom Meer –, und wir liefen los zum Sandsteg, wo bereits eine starke Strömung auflief. Wir hatten Mühe, unsere Lachausbrüche zu beherrschen, und wir stolperten in den Pfützen. Wir hielten uns fest an der Hand, um nicht fortgerissen zu werden, und es gelang uns im letzten Augenblick, den Priel zu durchqueren, das Wasser ging uns bis zu den Hüften. Aber gab es eine schönere Art, sich nach der Liebe zu waschen?

Als wir zu dem alten Renault gelangten, kam er uns unglaublich komfortabel und trocken vor, und wir stiegen mit viel Mühe wieder in unsere triefenden Kleider. Im Dorf parkte Gauvain sein Auto im Hof und begleitete mich zu Fuß bis an die Haustür. Die Straße roch nach warmem Stall, und man hörte das Vieh sich im Stroh bewegen. Auch wir sehnten uns nach der Wärme eines Stalls, aber wir mussten nach Hause, jeder für sich zurück in sein Leben. Es war plötzlich kalt, und wir haben uns ein letztes Mal in die Wärme unserer Lippen gerettet.

»Ich hab' etwas für dich«, flüsterte ich und kramte aus meiner feuchten Handtasche das Gedicht. »Ich weiß, dass du mich lächerlich finden wirst ... aber ich habe es damals nach dem Abend geschrieben ... du weißt schon, vor zwei Jahren ...«

»Also du auch?«, fragte Gauvain mit seiner Nachtstimme. »Ich hatte gedacht ...«

»Du hast mir doch nie wieder ein Zeichen gegeben!«

»Mir schien, es wäre für uns beide besser. Aber heute Abend war es dann doch stärker als ich, und ich bereue es auch irgendwie. Im Grunde bin ich ein Schuft.«

»Warum? Weil du verlobt bist?«

Er hob die Schultern. »Ich habe mich verlobt, um mich gegen dich zu wehren ... gegen die falschen Vorstellungen, die ich mir hätte machen können. Zwischen uns beiden war die Sache von vornherein faul und zum Scheitern verurteilt, darüber habe ich mir nie Illusionen gemacht. Und heute Abend hätte ich dich nicht dahin schleppen sollen, das war Quatsch. Verzeih mir.«

Seinen dicht gelockten Kopf ließ er auf meine Schulter fallen. Er atmete heftig. Ich hätte ihm gerne erklärt, dass der einzige unverzeihliche Quatsch gewesen wäre, einem jener Augenblicke zu widerstehen, die uns das Leben so knausrig beschert, das spürte ich damals schon. Aber er hätte es nicht verstanden. Sein Denksystem funktionierte anders. Und außerdem regnete es immer stärker, mein Dufflecoat roch nach nassem Hund, der Schlamm sickerte durch unsere Schuhe, und wir erschauerten vor Kälte und Schwermut. Gauvain auch vor Wut. Er hatte sich zur Gefühlsduselei hinreißen lassen, das passte nicht in sein Lebenskonzept. Ich spürte, wie er innerlich steif wurde, nun hatte er es eilig, seine Gewissheiten, seine wohl geordnete Welt wieder zu finden.

»Ich verzeih' dir«, habe ich zu ihm gesagt, »wenn du mir schwörst, dass wir uns wieder sehen, bevor du im Winter mit deiner Schule anfängst. Einmal, ein richtiges Mal, in einem richtigen Bett ... ohne Angst vor der Flut. Ich möchte dich besser kennen lernen, bevor ich dich vergesse.«

Gauvain hat mich stärker an sich gepresst. Mich vergessen, das konnte er schon nicht mehr.

»Geh, Karedig«, flüsterte er, »in der Sprache von Paris könnte ich es dir nicht sagen. Und ich wage es auch nur, weil es so dunkel ist ... Ich kann dir nichts versprechen ... Ich weiß es nicht. Aber du musst wissen ...«

Es gelang ihm nicht, den Satz zu Ende zu führen. Ich wusste es ja, dass er Fischer und Seemann und verlobt war, dass er voller Moralempfinden und Komplexe steckte und fest entschlossen war, »ein anständiger Mensch« zu bleiben, wie er das nannte. Ich aber wollte unvergesslich für ihn bleiben, auch wenn ich ihm damit seine Ehe vermieste, ich hatte die naive Grausamkeit der jungen Mädchen, die nicht einen Augenblick daran zweifeln, dass die raffinierte Freude, im geliebten Mann eine unheilbare Sehnsucht zurückzulassen, besser ist als der fade Trost, ihn in den Armen einer anderen in Frieden zu wissen.

»Kenavo ... A Wechall«, fügte er noch leiser hinzu. Dann löste er sich von mir. »Und was Paris angeht, ich werd' sehen, was ich tun kann«, sagte er mit jenem bretonischen Akzent, der die Wörter verkürzt und dessen Herbheit ich mochte. Und er hob die rechte Hand, als wollte er sagen: Ich schwör' es –, so lange, bis ich die niedrige Haustür hinter mir verschlossen hatte.

Hanne Helten

Snowwhite

Das hier ist wirklich das kleinste Hotelzimmer der Welt. Eigentlich könnte man es eher als Würfel bezeichnen, zwei mal zwei Meter, ausgelegt mit einer Reismatte. Immerhin, ein Fernseher. Dusche und WC auf dem Gang, außerdem eine kleine Teeküche und ein *Yakuzi*-Bad im ersten Stock. Mein Kubus ist im sechsten. Ich schaue aus dem Fenster. Der erste Tag in Tokio.

Eigentlich wollte ich von Bangkok direkt in die Staaten, aber als mir eine Australierin abends bei einer Flasche Mekong in der Rambutri-Road erklärte, dass man in Tokio als blonde Frau in einer Nacht so viel verdienen kann wie zu Hause in einem Monat, habe ich diesen Zwischenstopp kurzerhand in meine Reiseroute aufgenommen. Nach sechs Monaten Asien bin ich ziemlich abgebrannt und ein paar hundert Dollar extra wären perfekt, um noch einige Wochen Südamerika dranzuhängen. Sollte das hier mit den Geldverdienen doch nicht so klappen, geht es eben wie geplant von L.A. direkt zurück nach Deutschland. Auch o.k. Aber Hauptsache, ich bin erst einmal hier, in dieser Stadt, in der ich mich so angenehm fremd fühle wie an bislang keinem Ort der Welt.

Ich krame den knittrigen Zettel aus meinem Reiseführer. Nach Roppongi soll ich fahren, am besten mittwochs oder donnerstags, und dann im *Continental Club* an der Bar nach einem Israeli namens Avlon verlangen. Der würde mich mit dem Geschäftsführer bekannt machen und schon wäre ich dabei.

»Das ganze Viertel ist in den Klauen der Japsen-Mafia«, hat Miss Down Under mir vorgelallt, »aber das ist auch gut so, weil man echt keinen Stress mit den Bullen kriegt. Nur anlegen solltest du dich mit den Typen nicht. Mach einfach, was die sagen, und wenn dir was total nicht passt, dann schnapp dir dein Geld und zieh ab. Keine Diskussionen. Das ist bei denen nicht angesagt, o.k.?«

o.k. Heute ist Mittwoch. Ich blättere durch den mehrseitigen Stadtplan. Von meiner Bleibe in Asaksa ist es ein ganzes Stück nach Roppongi. Ich schreibe mir die Namen der U-Bahn-Stationen raus und gehe davon aus, dass ich mindestens eine Stunde bräuchte, um von A nach B zu kommen.

Trotzdem noch genug Zeit, um ins Yakuzi zu gehen und mich optisch ein bisschen zu erholen. Ich wickle mir meinen Sarong um, der von den letzten Tagen am Strand von Koyao in Thailand noch immer ganz salzig riecht.

Im Yakuzi ist außer mir niemand. Sowieso habe ich, vom Portier einmal abgesehen, noch keinen Menschen hier im Hotel gesehen. Das Wasser blubbert glühend heiß. So heiß, dass ich Minuten brauche, um bis zu den Hüften in die Wanne zu steigen. Die Luft dampft, meine Haut brennt. Endlich bin ich bis zum Hals eingetaucht. Ich schließe die Augen und lehne meinen Kopf auf den Rand des Beckens.

Ich weiß nicht, wie lange ich schon so daliege, als mir plötzlich ganz sanft eine Hand über die Stirn streichelt. Eine verschwommene nackte Gestalt hat sich über mich gebeugt.

»*You asleep. Not good. Not sleep in Yakuzi,*« flüstert sie und kichert.

Eine Japanerin, auffallend schön, mit kleinen Apfelbrüsten und langen, schwarzen Seidenhaaren, die ihr über die Schultern fallen. Ich steige verschlafen aus dem Bad und stelle mich neben sie unter die eiskalte Dusche. Der Temperaturschock lässt mich aufstöhnen. Die Japanerin lacht und fragt:

»*You work in Roppongi?*«

»*Yes … I start today.*«

»*Me work too in Roppongi. You very beautiful.*«

Sie lacht wieder und streicht mir die nassen Haare aus dem Gesicht.

»*You are very beautiful, too*«, antworte ich und beobachte, wie das Wasser an den Kacheln herunter in den Ausguss rieselt.

Sie mustert mich interessiert von oben bis unten und lässt ihre Finger von meinen Wangen über den Hals und meinen Körper gleiten, während sie immer näher zu mir heranrückt. Wir stehen jetzt beide unter einem Wasserstrahl. Ihre Schamhaare berühren meinen Oberschenkel. Sie packt mich sanft an der Taille, zieht mich noch dichter an sich heran und starrt auf meine Brüste. Immer wieder leckt sie nach dem Wasser, das über ihren halb geöffneten Mund läuft. Ihr Körper bewegt sich hin und her, als würde sie vorsichtig zum Rauschen des Wassers tanzen. Die Japanerin ist viel kleiner als ich und muss ihren Porzellanhals kaum beugen, um mit den Lippen an meine völlig steifen Brustwarzen zu kommen. Ihre Zähne knabbern erst zaghaft, dann fester. Sie leckt von der rechten Brust zur linken und wieder zurück.

Ich wage es nicht, mich zu bewegen. Noch nie hat mich eine Frau so berührt. Verstohlen beobachte ich, wie ihre Hand sich langsam an meinen Beinen entlangtastet. Mit gesenkten Lidern geht sie leise seufzend in die Knie und massiert meine Schamlippen. Nimm es einfach mit, denke ich. Nimm es mit! Mach die Augen zu und nimm es mit …

Ich lasse mich mit dem Rücken gegen die Wand fallen und spreize die Schenkel. Sie fährt mit ihrer Zunge zuckend über meine Klitoris bis in die Vagina, vor und zurück, vor und zurück, ihre Fingernägel graben sich in meine Pobacken. Ihr Lecken wird intensiver, schneller und härter. Plötzlich stößt sie zwei Finger in mich, ihr Kopf schnellt dabei nach hinten, der Mund ist weit geöffnet, Wasser fließt über ihr Gesicht. Mit der anderen Hand befriedigt sie sich selbst, bis sie mit einem lauten Schrei kommt.

Auch ich bin gekommen und öffne vorsichtig die Augen. Unvermittelt steht meine kleine Japanerin auf, knotet sich die Haare und wickelt sich in ein weißes Handtuch.

»*I see you in Roppongi*«, lacht sie und verschwindet im Nebel des Bades.

Ich bleibe noch eine Weile unter der eisigen Dusche stehen und versuche, meine Gedanken zu ordnen. Obwohl ich mir irgendwie überrumpelt vorkomme, habe ich ein gutes Gefühl. Ich muss mich locker machen. Schließlich bin ich nicht in Tokio, um als Au-pair zu arbeiten.

In meinem Würfelzimmer steht mir die schwierige Aufgabe der Kleiderwahl bevor. Ich will scharf aussehen, aber nicht billig. Und das Hippiezeug aus Thailand ist weder das eine noch das andere. Schließlich entscheide ich mich für ein schwarzes Seidenkleid mit Stehkragen, das ich in Saigon habe nähen lassen. Eigentlich wollte ich es längst nach Deutschland schicken – ein Kleid für besondere Gelegenheiten, die sich ohnehin nie ergeben werden.

Ich stolziere ein paarmal in meinem Käfig auf und ab. Die hohen Schuhe, auch aus Saigon, passen perfekt, nur setzen kann ich mich nicht wirklich ... Das Kleid ist am Hintern einfach zu eng genäht. Aber dieser Hintern ist schließlich mein Kapital und so kann es nicht schaden, ihn möglichst prominent durch die Gegend zu schwingen. Ich male mir die Lippen an, kämme die blonden Haare über die schwarze Seide und stöckle die kleinen Treppchen hinunter, am Portier vorbei, in die Nacht von Tokio.

Es ist warm, der Sommer hat gerade begonnen. In der Yamanote-U-Bahn bin ich die einzige Weiße, trotzdem sieht mich keiner auch nur aus den Augenwinkeln an. Die Japaner starren entweder in ihre Bücher, Zeitungen oder ins Nirgendwo, aber niemals auf eine fremde Person. Dank der Fußball-WM 2002 sind die Stationen auch in Englisch zu lesen, sonst wäre ich verloren. Ich steige in Shibuja um und komme, wie geplant, nach einer guten Stunde in Roppongi an. Die Neonlichter spiegeln sich flackernd im Asphalt. Es hat geregnet, die Luft ist feucht und klar. Durch die Straßen Roppongis bewegt sich dicht gedrängt eine Karawane – von Männern. Ich sehe einige Weiße, aber die meisten sind Japaner.

Geschäftsleute in schwarzen oder grauen Anzügen, einige sehr gut aussehend, groß, mit unnahbaren Gesichtern, die

Masse jedoch unauffällig und irrelevant. In Grüppchen ziehen sie von einem Club zum nächsten, unübersehbar in Fick- und Feierlaune. Hier, in dieser Gegend, treffen mich zum ersten Mal einige Blicke.

Ein besoffener Nordländer brüllt mir »*250 Dollar? 300? What do you want, he? Bitch!*«, hinterher.

Ein Japaner trippelt eine Weile neben mir und flüstert mir devot grinsend zu: »*I want to watch you fuck with my son, 500 Dollar, okay? One hour, 500?*«

Ich gehe weiter. Immer wieder kommen von links oder rechts Angebote.

Endlich erreiche ich den Continental Club. Ein junger Japaner mit Sonnenbrille öffnet die Tür, der Laden ist gerammelt voll. An den Tischen Herrenrunden beim Reden, Champagnertrinken und Zigarrenrauchen. Zwischendrin schöne Mädchen der verschiedensten Nationalitäten, die meisten Asiatinnen, aber auch Europäerinnen und Farbige. Ich gehe an die Bar und frage nach Avlon. Er kommt gleich her, perfekt aussehend, wie die meisten Israelis, und beugt sich zu mir rüber:

»*In Roppongi you can earn a fucking lot of money, darling. But you better don't think about* how *you earn it. Crazy Japanese people!*«

Er lacht, winkt mich zu einer Tür und führt mich in einen stillen, großen Raum mit abgedunkeltem Licht.

»*Sit down and wait, Mr Hokai will be here in a minute.*«

Ich setze mich auf den Ledersessel und starre auf das Aquarium hinter dem riesigen englischen Schreibtisch. Goldfische, oder besser gesagt, japanische Koi-Fische, je nach Muster mehrere tausend Dollar das Stück wert.

Mr Hokai kommt nach einer guten Viertelstunde ins Zimmer, ohne mich anzublicken – ein untersetzter älterer Herr mit gelangweiltem Gesichtsausdruck, gut einen Kopf kleiner als ich. Er kramt in seinen Unterlagen, füttert die Fische und sagt dann in völlig selbstverständlicher Tonlage:

»*Take off your clothes.*«

Ich zögere nur kurz. *Keine Diskussion,* hatte die Australierin geraten. Also gut, runter mit dem Kleid, Unterwäsche trage ich sowieso nicht. Mr. Hokai geht langsam um mich herum und begutachtet mich wie eine Kuh auf dem Viehmarkt. Er betastet meine Brüste, zieht meine Oberlippe hoch, um die Zähne zu sehen, haut ein paarmal auf meinen Hintern, zwickt in meine Oberschenkel und streicht über meinen Rücken.

»*How old?*«

»*Twentysix.*«

»*Any limits?*«

Ich verstehe nicht und schaue ihn fragend an. Er sagt ungeduldig:

»*Gangbang? SM? Sodomie? Sex with women? Erotic toys? What are your limits?*«

»*No sex with animals*«, ist das Einzige, was mir spontan einfällt.

Mr. Hokai guckt mich nachdenklich an.

»*You're new in business. But you will learn a lot.*«

Wieder streut er mit einem Löffel etwas Futter ins Aquarium. Die Fische schnappen gierig nach den kleinen Bröckchen, das Wasser plätschert. Ich nehme mein Kleid und will es wieder anziehen, aber Mr Hokai schüttelt den Kopf.

»*No.*«

Er kommt wieder zu mir vor den Schreibtisch und sieht mich an.

»*Turn around.*«

Ich drehe mich um.

»*Bow.*«

Ich bücke mich über den Ledersessel und stütze mich mit beiden Händen auf die Armlehnen.

»*Open your legs.*«

Ich spreize die Beine.

»*More.*«

Ich vergrößere den Abstand zwischen meinen Schenkeln. Es kommt mir vor, als würde ich minutenlang so dastehen, ohne dass Mr Hokai sich bewegt, und ich merke, wie ich in dieser Anspannung erst feucht, dann nass werde. Je mehr ich versuche, meine unterwürfige Lust zu unterdrücken und cool zu bleiben, desto mehr scheint sich mein Körper jeder Kontrolle zu entziehen. Das Blut pulsiert in meinen Schamlippen. *Endlich* berührt Mr Hokai mich. Ich seufze leise und er führt mir unendlich langsam etwas in die Vagina ein. Ich weiß nicht, was es ist, aber es fühlt sich perfekt an. Zu hart, zu dick und zu kühl für einen Schwanz. Vielleicht ein Dildo aus Holz … Marmor … Metall. Er bewegt dieses undefinierbare Ding hin und her, so dass ich nicht mehr lange darüber nachdenken kann, was es überhaupt sein könnte. Immer tiefer und fester. Ich kralle mich in die Armlehnen, muss mich unwillkürlich im Rhythmus seiner Stöße nach vorne beugen, so weit, bis mein Gesicht die Sitzfläche des Sessels berührt. Ich versuche krampfhaft, nicht laut aufzustöhnen.

Mr Hokai packt meine Haare und zieht meinen Oberkörper mit einem Ruck wieder hoch, das Ding lässt er in mir stecken. Seine Hand legt sich auf mein Gesicht, ich beiße auf seine Finger. Er fährt an meinem Hals entlang über meine linke Brust, knetet sie, rammt dieses Etwas einige Male sehr kräftig in mich, bis ich in einem heftigen Höhepunkt zusammensinke und vor dem Sessel auf dem Boden knie. Langsam zieht er das Gerät aus mir heraus. Ich bleibe unbeweglich liegen. Nur mein Unterleib zuckt noch ein bisschen.

»*All my girls, I have them first. 600 Dollar per hour. That is your price. 300 for me, 300 for you.*«

Als ich die Augen wieder öffne, ist Mr Hokai weg. Ich bin allein mit den Fischen, streife mir das schwarze Kleid über und kämme mit den Fingern meine Haare.

Avlon kommt ins Zimmer. Irgendwie schäme ich mich vor ihm, obwohl es lächerlich ist. Schließlich weiß jeder, worum es hier geht.

»*Ready for action?*«, fragt er.

Ich lache schüchtern und schaffe es nicht, ihm in die Augen zu sehen. Avlon zeigt mir einen Plan, auf dem alle Tische des Clubs verzeichnet sind.

»*You are on number nine tonight. Five men from* Dentsu Advertising.«

Ich soll mich rechts neben einen Typen mit grauen Haaren setzen. Leichte Konversation, keine Politik, nichts Geschäftliches. Ich schaue auf den Plan. Avlon sagt, dass ich nicht das einzige Mädchen an der Nummer neun sein werde.

»*Citcat is with you, my dear. But she is late … like always!*«

In diesem Moment springt die Tür auf und eine junge Japanerin, bepackt mit ungefähr 20 Edel-Einkaufstaschen, stürmt in den Raum. Citcat. Es ist die Frau aus dem Yakuzi-Bad, jetzt stark geschminkt, im knappen Nadelstreifen-Kostüm.

»*Oh*«, sagt sie und kichert. »*I am Miss Citcat. Who are you?*«

»I am Charlotte.«

»Charlotte? No, you not Charlotte.«

Sie tippt mit dem Zeigefinger mehrmals auf ihre Unterlippe.

»From now on you have new name … Snowwhite*! That is your name! Come on, Miss Snowwhite, we have many work to do, many men waiting, come on!«*

Sie drückt Avlon ihre Tüten in die Hände und zerrt mich in die Bar.

Tisch Nummer neun. Citcat stellt mich vor. Ich verstehe nur immer wieder Snowwhite, sonst gar nichts. Fünf japanische Augenpaare mustern mich ausdruckslos. Der Herr mit den grauen Haaren – die vier anderen sind deutlich jünger als er – deutet auf den Platz zu seiner Rechten. Ich setze mich vorsichtig und ziehe den Rocksaum weit hoch, damit das viel zu enge Kleid nicht reißt.

Citcat lässt sich zwischen zwei Endzwanzigern nieder. Sie scheint die ganze Truppe schon zu kennen und plaudert fröhlich drauflos. Der Graue blickt mich starr von der Seite an. Ich lächle höflich in die Runde, als er plötzlich fragt:

»Sind Sie aus Deutschland?«

Ich drehe mich zu ihm und nicke stumm.

»Ich war lange in Deutschland. Acht Jahre. In Frankfurt«, sagt er, fast perfekt, nur ein bisschen abgehackt. »Ich mag deutsche Frauen. Immer, wenn sie hier im Continental eine neue Deutsche haben, schickt Mr Hokai sie sofort an meinen Tisch. Er weiß, wie sehr ich die deutschen Frauen mag.«

Er lacht ein bisschen, dann kehrt der undefinierbar kühle asiatische Gesichtsausdruck zurück.

»Waren Sie gerne in Frankfurt?«, frage ich, in der Hoffnung, dass man derart belangloses Geplapper von mir erwartet.

Der Graue sieht mich unverwandt an. Sein Blick wandert langsam auf meinen ziemlich weit hochgezogenen Rock. Er nimmt den Saum zwischen zwei Finger und hebt ihn an, so, dass man meine Schamhaare sehen kann. Ich presse die Beine aneinander. Der Graue lässt den Saum wieder fallen und blickt mir ins Gesicht.

»Ja, ich war sehr gerne in Frankfurt.«

Ich merke, dass ich rot werde.

»*Champagne*!«, ruft Citcat.

Ein Kellner bringt zwei Flaschen Taittinger. *Kampai, kampai,* stoßen wir an. Der Champagner tut gut. Ich fühle mich seltsam neben mir stehend, als wäre das hier nicht ich, sondern eine Person, die ich immer sein wollte, aber nie sein durfte. Der Graue hat seine Hand auf meinem linken Schenkel liegen und berührt immer wieder, wie zufällig, mit seinem kleinen Finger meine Schamlippen. Ich nippe unaufhörlich an meinem Glas und lausche dem japanischen Gesprächswirrwarr. Keine Ahnung, worüber sie reden. Der jüngere Typ rechts neben mir lässt seine Hand nun auch über mein fast bis zur Hüfte entblößtes Bein wandern.

Manchmal streifen ihre Finger sich gegenseitig und kämpfen sich dann gemeinsam zu meiner Klitoris vor. Dabei unterhalten sich die beiden Männer weiter, als wäre nichts. Noch immer versuche ich, meine Schenkel zusammenzuhalten. Ich habe Angst, dass mein Rock reißt, bin nicht wirklich entspannt.

Citcat zwinkert mir zu, als wisse sie genau, wie ich mich fühle: Es ist eine Mischung aus Aufregung und dem Wunsch aufzustehen, den Typen ins Gesicht zu spucken und nach

Hause zu marschieren. Sie berührt mich unter dem Tisch mit ihren Stilettos und stößt meine Knie sanft auseinander.

Die Männer reagieren sofort. Der Graue hat seinen Mittelfinger jetzt nahezu in mir. Es ist fast unmöglich, still sitzen zu bleiben. Meine Wangen glühen rot auf. Der Jüngere schüttet unauffällig etwas Champager zwischen meine Beine. Ich bewege mein Becken vorsichtig hin und her. Keiner scheint Notiz zu nehmen. Wahrscheinlich interessiert es auch niemanden, weil hier jeder seine Hände weiß Gott wo hat.

Als wir im Aufzug stehen, bin ich längst betrunken. Ich kichere und falle leicht nach vorne. Der Graue umfasst von hinten meine Hüften und zieht mich zu sich heran. Ich spüre an meinem Hintern, dass sein Schwanz steif ist. Auch Citcat kichert und schwankt auf ihren High Heels hin und her.

Wir betreten eine riesige Suite mit Blick über Tokio bei Nacht. Überall glitzert und funkelt und blinkt und glimmert es. Ich stehe am Fenster, beide Hände auf die Scheibe gestützt. Das hier ist meine Stadt: dekadent, gottlos, diszipliniert und verschwiegen.

Das Zimmer spiegelt sich im Fensterglas. Der Graue geht ins Badezimmer. Ich sehe, wie der Jüngere seine Hose bis zu den Knien herunterlässt und sich auf den Rand des gigantischen Rundbettes setzt. Citcat steht vor ihm, mit einem Champagnerglas in der Hand. Seichte Popmusik rieselt leise aus irgendwelchen Lautsprechern. Sie wiegt ihren Körper langsam hin und her, den Blick selbstzufrieden auf den Ständer des Typen gerichtet. Sein Mund steht offen, er lockert die Krawatte und lehnt seinen Oberkörper nach hinten, während er das Becken hebt und senkt.

Citcat versteht die Aufforderung und lässt ihren Fuß langsam zwischen seine Beine wandern. Er stöhnt, als sie die Spitze ihres Stilettos in seine Eier bohrt, bis zu seiner Eichel hinaufstreift und dann wieder zurück.

Manchmal stößt sie etwas fester zu, so dass er zusammenzuckt und lustvoll leidende Laute von sich gibt. Zwischendurch nippt Citcat an ihrem Glas und beobachtet interessiert, wie der Mann sich auf dem hellgrauen Seidenlaken windet.

Ich lasse meinen Blick wieder über die Stadt wandern, bis der Graue zu mir kommt und den Reißverschluss meines Kleides öffnet. Der Stoff gleitet an meinem Körper hinunter, ich sehe mich nackt in der Scheibe, mit meinen Pumps einen guten Kopf größer als er. Vorsichtig betastet der Graue meinen Hintern und beißt mir sanft in die Schulter. Ein Geruch von teurem Rasierwasser steigt in meine Nase.

»Ich werde dir wehtun,«, sagt er, »aber es wird dir gefallen.«

Ich habe keine Angst.

Er zieht seine Krawatte aus, schnürt sie mir fest um den Hals, zerrt mich zum Bett herüber und schleudert mich neben seinen jungen Kollegen.

Der liegt mittlerweile ausgestreckt da, während Citcat, ebenfalls nur noch mit ihren Stilettos bekleidet, breitbeinig über ihm kniet und seinen rot glänzenden Schwanz zwischen ihren weichen Lippen walgt. Ihre Apfelbrüste wackeln auf und ab, sie knabbert an der kleinen Falte zwischen Vorhaut und Eichel, beißt in seine Eier, lässt ihre harte Zunge über seinen Schwellkörper gleiten und sieht dabei aus wie ein kleines Mädchen, das an der Bushaltestelle wartet und selbstversunken einen Lolli lutscht. Der Typ stöhnt und hebt den Kopf, um zu sehen, wie sie ihm mit geschlossenen Augen einen bläst. Dabei stützt sie sich mit nur einer Hand auf, damit sie mit der anderen zwischen ihren Beinen herumspielen und den Mittelfinger in ihre Vagina stoßen kann. Die schwarzen Schamhaare auf ihrer weißen Haut glitzern feucht. An ihrem Innenschenkel hat sich ein kleines Rinnsal gebildet; manchmal fällt ein Tropfen auf das graue Seidenlaken.

Unvermittelt reißt der Graue meine Leine hoch, ich muss husten und suche mit den Armen nach Halt. Er zieht mich in Citcats Richtung. Ich krabbele vorsichtig über die weiche Matratze und kann nur stoßartig atmen. Mein Kopf wird genau zwischen ihre Schenkel gezerrt. Ich stecke die Zunge tief in sie und spüre, wie ihr weiches nasses Fleisch vor und zurück wippt. Wir finden sofort den gleichen Rhythmus – ich sie leckend, sie dem Jüngeren einen blasend.

Der Graue steht hinter uns dreien vor dem Bett und hält die Krawatte fest gestrafft. Ich kann ihn nicht sehen, aber ich spüre, wie er auf uns herabblickt, während ich ihm mein weit gespreiztes Hinterteil entgegenrecke. Ein scharfer Schlag trifft mich auf der rechten Pobacke, ich zucke nach vorne, noch tiefer in Citcat. Dabei kommt es mir vor, als wäre ich ohnehin schon ganz in ihr versunken. Ein zweiter Schlag, ein dritter und vierter, immer fester, meine Haut glüht. Ich möchte mich umdrehen und sehen, *womit* er mich schlägt, aber ich bin in unserem Dreierrhythmus gefangen und bewege mich willenlos vor und zurück. Ich glaube, es ist eine Lederpeitsche, deren Griff er jetzt in meinen Hintern steckt und dabei die Leine noch fester spannt. Ich kann kaum noch atmen und spüre, wie die Peitsche sich immer weiter in mich bohrt. Es ist neu und es tut weh. Mit einem Ruck reißt er das Teil aus mir raus – genau in dem Moment, in dem der Jüngere kommt. Citcat hält jetzt ganz still, der

Typ wölbt unter ihr sein Becken mit einigen kräftigen Stößen, stöhnt laut auf und scheint dann im Seidenlaken unterzugehen.

Citcat dreht sich wie in Zeitlupe zu mir um, zieht mein Gesicht zu sich heran und presst ihre Lippen auf meine. Ich fühle, wie das warme Sperma über meine Zunge läuft und diesen seltsamen Geschmack nach *nichts* hinterlässt. Wir öffnen gleichzeitig die Augen, einige weiße Tropfen hängen an Citcats Unterlippe, laufen zäh über ihr Kinn und fallen dann auf ihre Apfelbrüste. Mit dem Zeigefinger wischt sie eine kleine Menge von ihrem Busen und reibt ihn mir in die Klitoris. Dann lässt sie sich nach hinten fallen und gräbt sich neben dem Jüngeren in das hellgraue Seidenlaken. Nun bin ich mit dem Grauen allein.

»Hier herüber«, sagt er leise.

Mit einer schwarzen schlanken Lederknute in seiner rechten Hand deutet er auf den Glastisch in der Mitte der Suite. Ich knie noch immer auf dem Bett und schaue über meine Schulter zu ihm auf. Knallrote Striemen prangen auf meinem Hintern. Auf allen vieren krieche ich hinter ihm her, die Krawatte um meinen Hals liegt locker in seiner Linken.

»Auf den Rücken«, flüstert er.

Ich setze mich auf die Glasplatte, lasse mich nach hinten sinken und winkle die Beine an. Er öffnet seine Hose. Ein kleiner, dick angeschwollener Penis springt aus dem Reißverschluss. Einige Adern zeichnen sich pulsierend unter der bräunlichen Haut ab. Seine Eichel ist dunkelrot und starrt mich herausfordernd an. Er kniet sich vor den Tisch und rammt seinen Ständer in mich. Ein paar heftige Stöße, ich muss laut stöhnen und rutsche über die Glasplatte, auf der sich eine kleine Lache gebildet hat.

Er zieht seinen Schwanz mit einem kriegerischen Schrei aus mir heraus, stellt sich auf und spritzt mir einen kräftigen Strahl ins Gesicht. Ich lecke nach den Spermatropfen und wende meinen Kopf erschöpft zur Seite, so, dass ich aus dem Fenster blicken kann. Die Stadt leuchtet.

»*You need new dress*«, kichert Citcat.

Die Sonne scheint. Sie sitzt auf der Reismatte in meinem Hotelzimmerwürfel und puhlt mit ihren Stäbchen in einer Schale Instant-Nudelsuppe.

»*True*«, grinse ich zurück und prüfe die gerissene Naht meines zerknitterten Seidenkleids.

»*We go shopping today, I help you, Miss Snowwhite.*«

Snowwhite ...

Mit diesem Namen würde ich eine Weile leben können.

Anke Bracht

Bellagio

Du denkst an nichts und du fühlst dich gut und dann streift dich dieser Geruch im Vorbeigehen, auf der Straße und auf einmal denkst du – an Italien. Besser, du denkst an Mailand. Doch, sag mir, was ist wirklich schön an dieser Stadt, an dieser Mischung aus Ruß und Qualm und Geschrei und blonden Schönheiten, die sich hüftwiegend mit klappernden Absätzen an dir vorbeibewegen. Gut, die Altstadt mit ihren kleinen Boutiquen ist unglaublich und die Eleganz der Geschäftsleute ist unbeschreiblich, aber das Beste an Mailand ist die Nähe zum See.

Von Mailand aus bist du schnell am *Lago di Como*. Der Fahrtwind flüstert dir Versprechungen ins Ohr, hüllt dich ein in laue Luft und Vorfreude und macht dich neugierig auf den Tag. Auf den Tag mit ihr. Von der Landkarte blickt dir ein umgedrehtes Ypsilon entgegen und du entscheidest dich – schnell und intuitiv – für Bellagio, die spröde Schöne mit viel Vergangenheit und viel Zeit für das Hier und Jetzt. Der kleine Ort erwartet euch mit hübschen, terrassenförmig angelegten Gassen und verwunschenen, von hohen Zypressen gesäumten Hotels an privaten Stränden. *Privado, si.*

Du nimmst deine Begleiterin bei der Hand, ziehst sie aus dem Wagen heraus, ein Cabrio, wie kitschig, ein Klischee jagt das nächste, denkst du, und dann mietet ihr ein Zimmer mit Blick auf den See. Ganz nah bei den Gärten der *Villa Melzi*. Und sie öffnet neugierig die dunklen, hölzernen Fensterläden und die Sonne bahnt sich ihren Weg in den hohen, stuckbeschwerten Raum. Endlich. Endlich angekommen.

Die Frau tritt auf den Balkon, nimmt ihn ein, besitzt ihn, wie sie dich besitzt, manchmal. Sie atmet tief, breitet die Arme weit aus, sieht dich wie staunend an und sagt fast trotzig: Ich war schon einmal hier. In diesem Hotel. Im Speisesaal hängt eine gerahmte Vogelspinne. Spinnen fressen ihre Liebhaber, wusstest du das? Und kaltes Neonlicht bescheint den großen Saal. Die Tische sind mit altem Silber eingedeckt und mit Kristallgläsern, aber Tischdecken gibt es nicht. Nur diese hellgrün getünchten Wände. Mit meiner besten Freundin hab ich hier gewohnt, es war Ostern. Du weißt schon, Ina. Die mit den kringeligen Haaren, die mir später meinen Freund ausgespannt hat ... Studentenzeit halt. Wir haben Kissenschlachten gemacht und ich wollte, dass sie mich nimmt. Hat sie aber nicht. Sie war schon in eine andere verliebt. Da sind wir Eis essen gegangen. Und wir zwei beide? Wann nimmst du mich?

Du schaust sie an, siehst, wie sie dich fixiert, scheinbar ohne jede Regung. Sie lässt die Arme um den Körper baumeln und du bist ein weiteres Mal vollkommen entzückt von diesem Wesen, kannst dich nicht entziehen – mal wieder nicht. Und du weißt, sie will keine Antwort. Sie will dich. So stellst du die schweren Reisetaschen ab und dann bringst du sie mit einer ungestümen Bewegung zum Straucheln und sie landet, wo sie landen will. Und da, endlich, strahlt sie dich an und schenkt dir diesen Blick, auf den du schon seit Stunden wartest. Und du tauchst ein in ihre Augen.

Das Bett ist groß und breit und hoch und alt und die Laken sind weiß und kühl. Und muffig. Sie rascheln unter deinen Bewegungen, als du dich zu ihr legst. Du lässt dir Zeit, sie zu betrachten. Du siehst, wie es in der Ader an ihrem hellen Hals immer schneller pocht. Sie bewegt sich nicht, allein ihre Augen verfolgen dich, sie erscheint dir wie eine Katze auf dem Sprung. Du magst keine Katzen.

Lange habt ihr das hier geplant. Nur beieinander sein. Nur einander gut tun. Sie hat dir so gefehlt. Und sie wird dir immer fehlen, wenn sie nicht bei dir ist. Das weißt du. Und jetzt, kaum, dass sie bei dir liegt, spürst du schon den Abschiedsschmerz in dir hochkriechen. Und du genießt ihn. Und könntest dich ohrfeigen dafür. Wann endlich wird das aufhören? Wann wirst du dir eingestehen, dass du sie wirklich – und wirklich heißt wirklich – magst …

Ihre Augen sind dunkel und groß und fast unmutig sieht sie dich an und du weißt, eine herrliche Zeit liegt vor dir. Vor euch. Du streichelst ihr die Haarsträhnen aus dem Gesicht, leckst schnell und hart über ihre Lippen und spürst sofort, wie sie unter dieser Geste erschauert. Wie einfach das ist. Irgendwie schade, denkst du. Ich kann sie immer haben. Du lachst sie an und sie lächelt schüchtern zurück. Im Bett scheint sie so klein und zart. So ein Biest. Du könntest lange und noch einmal so lange in ihr Gesicht sehen, in ihren Augen forschen. Du könntest dich daran berauschen, ihre Erregung wachsen zu sehen, du könntest … wenn du wolltest.

Und du lässt ihre Augen nicht los. Ziehst dein Hemd aus,

deine Jeans. Immer diese Knöpfe. Wer wohl aufgeregter ist, sie oder du? Jeden Knopf, den du öffnest, quittiert sie mit einem leisen Seufzen und ihre Finger nesteln ungeschickt an deinem Gürtel herum.

Wie oft wart ihr schon miteinander, ihr lasst doch keine Gelegenheit ungenutzt, fahrt Hunderte von Kilometern für ein kleines Abenteuer am Rande eures Lebens. Kleinste gemeinsame Schnittmenge, sagt sie immer. Ist das nicht billig, denkst du dir, als du in ihre Locken fasst, ihren Geruch tief einatmest, ist es nicht langsam an der Zeit, sich zu verabschieden, endgültig, anstatt sich immer wieder zu treffen und immer wieder zu lieben? Du siehst in diese wartenden Augen und denkst an Flucht und an die Begründung für dieses … Spiel. Besser: an die Rechtfertigung, wieder und wieder den Sex zu haben, den du immer wolltest, immer mit ihr wolltest, lange schon, bevor du sie getroffen hast. Sei ehrlich. Du willst endlich wieder eins sein mit ihr in Schweiß und Lust.

Deine Augen erhaschen ihren fragenden Blick. Es ist nichts, Liebste. Du legst dich wieder zu ihr, rückst ganz dicht an sie heran, fast kannst du ihr Herz schlagen hören, so nah bist du. Helle Haut, helle Brustwarzen. Und guck mal die feinen Härchen auf ihren Armen. Bist du etwa erregt, meine Schöne? Ich mach doch gar nichts, betrachte dich nur …

Dann sieh mich doch endlich an, sagt sie und hat ihre Bluse schon selbst aufgeknöpft, ungeduldig, schnell, fahrig und einen BH trägt sie eh nicht und du umfasst fest ihre Hand, als sie auch noch den Rock abstreifen will. Das ist mein Job, flüsterst du ganz nah an ihrem Mund. Da musst du wohl noch warten.

Und deine Zungenspitze streicht über ihre Lippen, öffnet

sie. Du weißt, wie sehr sie das erregt, schmeckst den Espresso in ihrem Atem und dann küsst du sie tief und fordernd und spürst, wie ihr Gesicht zu glühen beginnt.

Und wie nebensächlich streifen deine Hände ihre Brustwarzen. Du wanderst mit weichen Fingern eine gedachte Linie vom Kehlkopf bis zum Schambein entlang, über den Nabel hinweg, musst aufpassen, dass du nicht zufällig in ihrem Höschen landest. Die Verlockung ist groß. Du weißt, wie gut sie sich dort anfühlt, und du weißt, wie nass sie jetzt schon dort ist. Du spürst den Venushügel unter der weißen Baumwolle, merkwürdig, dass sie immer diese Sportwäsche trägt. Du streichelst sie, durch den dünnen Stoff hindurch, zeichnest mit deinem Daumen die Konturen der Schamlippen nach, alles so weich und warm da und es brauchte nur eine kleine Bewegung und du wärest in ihr. Wenigstens mit deinen Fingern. Sie errät deine Gedanken und sie lacht dich an und entspannt sich. Und deine Fingerkuppen wandern streichelnd weiter.

Diese Frau wird dir wohl immer ein Rätsel bleiben. Nicht nur in der Dessous-Frage. Heute die Empfindung selbst, einfach nur totale Hingabe und Verstehen, dass es für ein ganzes Leben reichen könnte, morgen unnahbar und so weit weg und nicht einmal ein Anruf nach drei Tagen. Vielleicht will sie, dass ich warte, denkst du. Vielleicht … sollte ich mal den Ventilator anwerfen. Was meinst du?

Als du dich an den Schaltern zu schaffen machst, spürst du ihre Augen. Sie beobachtet dich. Geht jeder Kontur deines Körpers nach, streift dich wie zufällig mit der Wucht ihrer Blicke und nach anfänglichem Sträuben gibst du auf und lässt dich von der Frau auf dem Bett betrachten. Was willst du eigentlich? Sie vergeht fast vor Sehnsucht und Lust und du denkst nur, ob du ihr auch wirklich gefällst. Also nichts wie zurück ins Bett und unter die kühlen Laken gehuscht und spüren, wie weit du sie schon hast. Wie weit sie dich hat.

Diese weiche Haut. Du streichelst fast abwesend kleine Kreise um ihre Brustwarzen, die werden ja sofort ganz hart, denkst du leicht amüsiert, wie ein Beobachter, ein Forscher, ein Wissenschaftler, der einen besonders hübschen Schmetterling für seine Sammlung aufgespießt hat. Und schämst dich ein wenig für diese Distanz. Natürlich könntest du mehr Nähe geben. Mehr Nähe zulassen. An Sympathie fehlt es nicht, es ist mehr die Frage – würde sie es aushalten?

Deine Gedanken schweifen ab und du denkst an eure erste Begegnung. Ihr Auto war mal wieder reif für die Werkstatt und du wirst nie vergessen, wie sie damals um die Ecke gefahren kam, viel zu schnell und viel zu wütend, um dich zu bemerken. Dein Wagen war ja auch kaputt und du versuchtest gerade mit dem Werkstattmeister die Sicherung für die Türbeleuchtung deiner *Guilietta* zu wechseln. Da trafen sich eure Blicke. Zwischen Kühlerhaube und Ölstab, ganz schön trivial, oder? Du hast geschluckt und weggesehen und sie ist fast vor die Mauer gefahren. Aber nur fast.

Küss mich, sagt ihr Mund. Ich erwarte dich so sehr.

Wie viel Temperament in diesem Geschöpf ist. Sie gefällt dir noch immer, nach all der Zeit, nach all dieser intensiv gelebten, im Ausnahmezustand verbrachten Zeit. Du magst ihre Hüftknochen und ihre Brüste und ihre Erregbarkeit und dass sie sich einen Dreck darum schert, dass du in ihr lesen kannst. Sie beherrscht dieses Spiel zwischen Distanz und Nähe, du kannst dir nie sicher sein, dass es ein nächstes Mal gibt. Einer solchen Frau bist du noch nie begegnet und wenn du Momente wie diesen mit ihr teilst, weißt du, wie glücklich du bist – mit ihr.

Mitten in den Gedankenstrom hinein bäumt sie sich unter deinem Streicheln auf. Deine Hand liegt jetzt fast regungslos zwischen ihren Schenkeln, auf der weißen Baumwolle und du spürst, wie es immer heißer und feuchter dort wird. Du kannst ihre Lust fast schon riechen und du weißt genau, wie sie schmecken würde, wenn du deinem Drang, sie mit der Zunge weiter zu treiben, nachgeben könntest. Und schreien würde sie und vielleicht in Tränen ausbrechen, weil du ihr so nahe kommst damit. Aber du hast noch so viel vor heute Abend. So viel. Freu dich, Süße.

Ja, sie ist tief in dir drin, in deinem Wesen, gesteh es dir ruhig ein. Und irgendwie tut es jedes Mal ein bisschen weh, wenn sie dich verlässt, und irgendwie bist du jedes Mal ein bisschen erleichtert. Und schämst dich dafür. Wie hat sie neulich beim Japaner gesagt? Ich erwarte nichts. Und da hast du verstanden. Sie ist wie du.

Ihre Haare sind irgendwie lang und irgendwie kraus und erinnern dich an helles Terrakotta. Oder ist es bloß blond? Du fasst so gern hinein in diesen Haarschopf. Du findest, sie riechen immer ein wenig nach ... irgendwas, schlecht zu beschreiben, diese Locken, und jetzt greifst du danach und ziehst ihren Kopf zu dir hoch. Sie atmet schon ganz flach, ihre schwarzen Augen blicken dich ernst an und sie biegt sich dir entgegen in Erwartung der Berührungen, die deine Hände versprechen.

Mit warmen, lachenden Lippen drückt sie dir viele kleine alberne Küsse auf dein Gesicht, will dich necken, will mit dir spielen. Aber du bleibst beherrscht, zumindest äußerlich, und sie weiß bald nicht mehr, was sie fühlen soll. Es ist doch nur ein Spiel, denkt sie und es gibt Regeln. Die haben wir selbst gemacht. Also spiel schon mit.

Du siehst an ihr vorbei, über das schmiedeeiserne Balkongitter hinweg auf die Weite des Comer Sees. Es ist inzwischen dämmerig und du hast das Gefühl, dieser Abend hält noch eine ganz neue Erfahrung für dich bereit. Und wenn du dich auf eines verlassen kannst, dann auf deine Intuition. Hattest du nicht Wein mitgebracht? Mit einem zarten Kuss auf ihr Handgelenk verlässt du sie und gehst zu deiner Reisetasche und findest schnell, wonach du gesucht hast. Als du die Flasche öffnest, spürst du ihre Lippen an deinem Nacken, ganz vorsichtig, und du möchtest dich am liebsten auf der Stelle umdrehen und in sie eindringen. Einfach so. Oh ja. Einfach so.

Was sie wohl an dir findet. Du bist nicht ihr erster … Begleiter und du wirst auch nicht der letzte sein. Was hält sie bei dir? Du gibst ihr doch nichts außer etwas Respekt und angenehmer Entspannung. Komplimente auch, ja. Und sie weiß, wie die zu werten sind. Eigentlich nimmst du nur. Genau wie sie. Geben ginge auch. Aber Geben ist etwas anderes, Geben ist Innigkeit und tiefes Gefühl. Und Gefühle hat sie, ja, und zwar für dich. Aber daran denkst du jetzt lieber nicht, sonst wirst du traurig.

Ihre Haare kitzeln dich. Sie steht noch immer hinter dir. Ihre Arme umfassen dich, erst zögernd, dann immer fester. Sie zieht dich auf die Knie, ihre Nägel schreiben Linien auf deine Haut und du hältst den Atem an, als sie sich hinter dich kniet und mit ihren Händen immer tiefer geht. Instinktiv öffnest du deine Schenkel, lässt es zu, dass sie fest zugreift, und während sie dir ins Ohr flüstert, oder besser, an deinem Ohr flüstert und dich beißt und küsst, packt sie zu. Sie fasst deinen Schwanz mit immer festeren Bewegungen und du möchtest nichts lieber, als diese Hände festhalten und ihren Kopf tief in deinen Schoß drücken, damit sie dir endlich gibt, was du von ihr willst.

Aber das wäre zu einfach.

Du entwindest dich dieser Umarmung und gießt die tiefrote, nach Beeren duftende Flüssigkeit in zwei Gläser und ihr setzt euch auf den Balkon, auf den Boden, auf die harten, sonnenwarmen Fliesen. Es ist ein alter Wein: Du hast ihn vor Monaten im Internet ersteigert und für diese Reise wie einen Schatz verwahrt.

Deine Gefährtin ist ganz still, ganz versunken in den Anblick, der sich ihr bietet, und sie legt vorsichtig den Kopf an deine Schulter. Ihr Hasenherz klopft ganz schnell, sie ist immer noch total erregt und wahrscheinlich nimmt sie es dir ziemlich übel, dass du nicht auf sie eingegangen bist. Sei's drum. Leicht berührt sie dich, ganz leicht. Nur nicht so viel Zärtlichkeit zulassen. Wir wollen doch gut aus der Nummer herauskommen.

Der Comer See schenkt euch sein schönstes Abendrot, ihre Haare schimmern wie Kupfer und der Wein ist ganz dunkel und du möchtest diese Frau am liebsten in den Arm nehmen und nie mehr loslassen. Diese Nähe ist unglaublich. Sie ist durch und durch – Weib. Du fühlst dich wie fremd gesteuert. Nur nicht schwach werden jetzt. Du bist dir sicher, diese Gedanken verfliegen wieder, du hast sie schon so oft gehabt und nach ein paar tiefen Atemzügen hattest du sie jedes Mal wieder verscheuchen können.

So wie damals an der Elbe. Du hattest ihr deine Visitenkarte hinter die Wischblätter gesteckt und sie hatte umgehend angerufen. Es war die reine Neugierde gewesen, hatte sie schon am Telefon zugegeben. Weißt du, ich bin halt ein Spieler, hatte sie lachend gesagt und manchmal habe ich eben Glück ... Am selben Abend seid ihr an den Elbstrand gefahren, es ergab sich alles wie von selbst, sie lag neben dir, fast zu nah für deinen Geschmack, und du hast die Haut um ihren Nabel gestreichelt. Mehr nicht. Die Spannung war unerträglich und du wolltest sie schon damals nur für dich.

Auf uns, meine Schöne, auf den Augenblick. Lass uns trinken. Eure Lippen treffen sich über den Gläsern, behutsam und zart berührt deine Zunge ihre Lippen. Sie ist schier verzückt, wie immer, wenn du ihr so begegnest. Und für dich ist dieser Kuss ein Versprechen. Du wirst den Abend nicht vergessen, *Bella*. Und die Nacht schon gar nicht. Du wirst mich nicht vergessen. Nie mehr. Da nimmt sie einen großen Schluck und sieht dich an. Skeptisch. Was war das, ein Zaubertrank?

Sie stellt ihr Glas beiseite und sucht deinen Blick. Lässt den Rock einfach fallen und während sie sich über dir niederlässt und du im Gegenlicht nur ihre schmalen Umrisse siehst, zieht sie langsam ihren Slip zur Seite. Und dann, in einer einzigen langen Bewegung, setzt sie sich auf dich, ohne ein Wort. Ihre Augen sind geschlossen, sie lächelt. Oh ja, so ist sie. Du spürst ihren Herzschlag, ihre Wärme, ihre Weiblichkeit, ihr Vertrauen und du genießt den Moment. Und sie genießt dich, das fühlst du. Es ist ein intimer Augenblick, sie scheint alles um sich herum zu vergessen und sie nimmt, was sie kriegen kann: Sie ist glücklich.

Ihre Brustwarzen streifen deine Schultern, als sie sich bewegt. Du fühlst, wie sich ein nasser Schleier auf ihren Körper legt, und du siehst ihr an, wie konzentriert sie ist in ihrer Lust. Das magst du. Du könntest sie stundenlang so betrachten, es erregt dich, wenn sie sich selbst berührt und du dabei zusiehst …

Nimmst du sie oder nimmt sie dich? Ist ja egal. Sie bewegt sich weiter auf dir und mit dir und du trinkst zwischen den Küssen, die du ihr gibst, den alten Wein. Sie ist so zärtlich und sacht und verhalten und du kennst sie gut genug, um zu wissen, dass das nur die glatt gezogene Oberfläche ist, die sie dich sehen lässt. Darunter tobt ein Sturm und es ist nur eine Frage der Zeit, wann er über dir losbricht.

Sanft streichst du mit der Hand über ihr Gesicht und sie schnappt nach deinen Fingern. Wenn sie etwas an dir liebt, dann deine Hände, das weißt du. Sie hat es oft genug gesagt. Ob sie ahnt, dass du fast jeden Tag von ihr träumst? Davon, wie du hart, einfach nur hart, in sie hineinstößt, sie stumm machst mit der Wucht deiner Bewegung, sie unter deinem Körper begräbst, ihr den Mund verschließt mit Küssen, die sie in deine Lust zwingen, davon, wie du sie zittern und beben machst, davon, wie du sie vollkommen besitzt. Vollkommen heißt ganz und gar. Ob dich deine Augen verraten?

Ihr bewegt euch. Im Takt. Auf diesem kleinen Balkon oberhalb des Sees. Und es wird dunkel. Und du spürst ihre kitzeligen Haare an deinem nassen Hals, ihren heißen Atem an deinem Ohr und du bist dankbar für den Moment, den du gerade mit ihr erlebst. Und sie bewegt sich weiter. Stoisch langsam und kontrolliert und du möchtest sie am liebsten auf den Rücken werfen und ihr dein Ding bis zur Wurzel reinjagen. Mal sehen, was dann passiert, mal sehen, wie lange die Fassade hält, mal sehen, wann sie loslässt und dich endlich zu dir lässt. Ganz und gar. Wie in deinem Traum.

Der Abend am Elbstrand hat sich in dein Gedächtnis gegraben. Da war etwas, von Anfang an, diese merkwürdige

Mischung aus Distanz und Nähe und das Gefühl, dass da mehr war, als beide wahrhaben wollten. Darum trefft ihr euch. Seit Jahren geht das schon. Sie mag dich sehr, das weißt du, und vielleicht ist es gerade das, was dir Angst macht. Nur ein Wort von dir, sagen ihre Augen, und ich bleibe bei dir. Für immer.

Genug damit. Die langsamen Bewegungen machen dich rasend; es ärgert dich mehr, als es dich erregt, und du löst dich von ihr und ziehst sie mit dir hoch und ehe ihr verwunderter Mund einen Laut von sich geben kann, drückst du sie, stehend, mit dem Rücken an die Wand und gleitest in sie hinein. Sie genießt es, das hast du nicht anders erwartet. Sie öffnet sich deinen fordernden Stößen bereitwillig und sie spürt dich so gut, diese Härte und Hitze, sie atmet deinen Geruch so tief ein, wie es geht, und kann nicht genug bekommen und denkt: Warum passiert mir das? Warum kann ich nicht einfach das Interesse verlieren und weiter auf die Jagd gehen. Warum ist er drin in meinem Kopf, so tief, wie er in meinem Schoß ist. Wollte ihn nie dort haben, wollte mich nur ein wenig verwöhnen lassen und ihn dann zum Teufel schicken. Jetzt muss ich aufpassen, dass ich nicht die Verletzte bin, danach, irgendwann.

Es ist dunkel über dem See. Einem schwarzen, polierten Edelstein gleich, ruht er unter euch, keine Boote, keine Menschen, nur ihr beide und das Gefühl, dass morgen nichts mehr so sein wird, wie es heute war.

Du weißt, du bist ein guter Liebhaber. Du gibst jeder Frau das Gefühl, einzigartig und besonders zu sein, und dafür erntest du selbst bei abgelegten Bekanntschaften positive Kritiken. Aber diesmal hängt dein Herz mit drin und du bist froh, dass sie das nicht weiß, und sie soll es auch nie erfahren und du wünschst dir mal wieder, du wärest an jenem Tag nicht in die Autowerkstatt gefahren. Diese Frau, die sich gerade geschmeidig und lasziv an dir zu schaffen macht, die dir den Mund mit unverschämten Küssen verschließt, die dich immer weiter in deine Erregung hineintreibt, diese Frau hat dich eingefangen. Und du hast es zugelassen.

Was denkst du nur?, flüstert sie. Bin ich so langweilig für dich, dass du Zeit hast, zu träumen. Und dann zieht sie sich zurück von dir, hält deinen Schwanz ganz fest in der Hand, sucht deine Augen, deinen Mund, will in deinem Gesicht lesen. Was willst du eigentlich von mir, fragt sie dich ganz leise. Du spürst ihr Herz schlagen, so schnell – ist das nur der Wein? Ihr Blick ist so anders. Unergründlich. Was kommt da auf dich zu. Gibt es überhaupt noch etwas, was dich wirklich wundern machen kann?

Sie fühlt das Blut heiß in ihm pulsieren, nimmt ihn wieder in sich auf, ihre Schenkel zittern ein bisschen und sie denkt an die erste Begegnung mit diesem Mann zurück.

Ihr Auto war nach der letzten Reparatur weniger in Ordnung als vorher und sie war aufgebracht gewesen, zu Recht. Als sie vor der Werkstatt hielt, bemerkte sie ihn sofort und ihr Jagdtrieb erwachte im selben Moment. Kurze, dunkle Haare, ein unverschämtes Grinsen und sehr helle graue Augen, wie sie Stunden später feststellen konnte. Eine Punktlandung.

Ein schlauer Mann war ihr da über den Weg gelaufen, sehr eigensinnig, sehr interessant. Und einfach schön. Gelangweilt hatte er sie angesehen, als sie ihm am Elbstrand Geschichten und Geschichtchen aus ihrem Leben erzählte, und nach ein paar Minuten war sie still geworden unter seinem Blick und hatte sich darauf konzentriert, abwechselnd auf das Wasser und auf seine Hände zu starren, die sich zärtlich mit ihrem Nabel befassten. So schöne Hände. An diesem Abend küsste er sie nicht und sie war sich sicher, als sie ihn vor seiner Wohnung abgesetzt hatte, dass sie ihn nie mehr wieder sehen würde. Aber wenn eines nicht ihre Stärke war, dann ihre Intuition.

Ein heller Mond leuchtet über dem dunklen See und taucht die Silhouette des Mannes in ein silbriges, fahles Licht. Wenn sie seine Augen sehen könnte, sie würde so viel darin entdecken. So viel, was er selbst nicht wissen will. Aber sie schaut ihn nicht an, hat die Augen geschlossen, sie spürt ihn so gut, oh ja, verfolgt seine Bewegungen tief in sich und mit jedem Stoß, den er ihr gibt, lässt sie ihn näher an sich heran, an ihr Innerstes. An ihr Wesen. Umschließt ihn. Immer tiefer. Immer fester. Wenn er ihre Augen sehen könnte, er würde so viel darin entdecken, was sie selbst nicht wissen will …

Der Elbstrand. So weit weg. So viel erlebt seitdem. Sie spürt seine Kraft, seine tiefe Emotion, sie kann nicht anders. Sie wird mutig.

Nimm mich, sagt sie ganz leise. Sie lutscht an seinem Ohr und sie flüstert: von hinten mein Liebling, nimm mich – wirklich – wenn du magst. Mehr kann ich dir nicht schenken als diese eine wirkliche Jungfräulichkeit. Bitte, sei der Erste. Sieh mich nicht an, tu mir nicht weh, aber komm zu mir. Bitte. Sei in mir.

Eine heiße Welle durchströmt dich. Ist es das, was du wolltest? Du weißt es nicht, ist auch egal, der Blick dieser dunklen Augen macht dich stumm, betroffen, erregt dich, befreit dich, alle Leidenschaft und Hingabe dieser Welt liegen in ihrer Miene und Furcht und Vertrauen und Lust …

Und sie wartet, schau nur. Sie wartet ... auf dich.

Das Angebot ist verlockend, sie ist ganz dicht bei dir und flüstert: Das geht nur, wenn man sich liebt, und dann entspannt sie und macht sich frei und du spürst, es ist eine echte Premiere für sie und du weißt nicht, ob du das willst, und ihre Augen blitzen kurz auf, ihr seid noch immer auf diesem Balkon, steht auf den noch immer warmen Steinen, noch immer an die Wand gedrückt und dein Herz rast und du sagst ja zu dieser Situation und du suchst wieder ihren Blick und du erkennst, wie verletzlich sie ist und wie scheu auf einmal und du spürst: Ich werde der Erste sein.

Und du tust ihr so gut. Ihre Augen sind schwärzer als Schwarz und ihre Angst krallt sich an dir fest. Sie will dir so viel schenken. Versau es nicht.

Und du bist einfach du. Wieder einmal. Und dafür ist sie dir in diesem Augenblick so dankbar. Es hat sie so viel Mut gekostet, das auszusprechen, was sie so lange geträumt hat. Und mit deiner ureigenen Selbstverständlichkeit beruhigst du sie, holst sie runter von ihrer Gedankenachterbahn, siehst sie an, berührst sie. Alles ist gut, denn du bist bei ihr – wie konnte sie zweifeln?

Du liest die Zeichen. Sie nimmt deine Hand, führt sie zwischen die Schenkel, hinter die Scham. Spürst du die Pobacken, die Enge dazwischen, möchtest du dahin, traust du dich – traut sie sich?

Oh, bitte, so nimm mich doch, sagen ihre Augen, ich vertraue dir. Sie gibt sich hin und du machst sie staunen.

Und sie führt dich, bewegt dich, hält dich und dann senkt sie sich auf dich herab, weit geöffnet. Ihr Herz schlägt so schnell, du bist in ihr, aber ganz anders diesmal, und der Kopf droht dir zu zerspringen, weil es so intim ist, was du erlebst.

Sie gibt den Takt vor, sie zerfließt vor Lust, das kannst du riechen und fühlen und du möchtest die Zeit anhalten.

Und sie küsst dich. Tief und nass und hart und mit einer Hingabe, als wolle sie nur dieses eine Gefühl mitnehmen auf eine lange Reise. Du lässt deine Zunge über ihre zitternden Lippen tanzen. Sie hat schon lange aufgehört, nur die Liebhaberin zu sein, sie spürt dich und nur dich und ist eins mit dir und will sonst nichts auf der Welt, als dich weiter spüren, immer weiter. Ganz einfach.

Wer hätte das gedacht, nach diesem ersten verkorksten Abend an der Elbe, als sie stumm war wie ein Fisch und vollkommen uninspiriert und fast langweilig und eine uninteressante Geschichte nach der nächsten erzählte und sie dich später dann ohne einen Kuss vor deiner Haustür abgesetzt hat. Wer hätte gedacht, dass ihr euch einmal so innig begegnen würdet, denkst du. Willst du oder kannst du dich nicht einfach nur auf deine Bewegungen und auf deine Lust konzentrieren?

Fort, nur weg von hier, sagt dein Verstand, sie nie mehr anblicken müssen. Du möchtest nicht, dass sie in dich hineinsehen kann. Du möchtest frei sein – im Kopf und im Herzen.

Cuore mio. Mein Herz. Bin schon lange nicht mehr frei, denkst du. Und du? *Anima mia*. Meine Seele. Wo soll das bloß enden?

Der Mond, inzwischen groß und hell, beleuchtet lächelnd die Szenerie auf dem Balkon. Zwei Menschen sind dort miteinander – ein Paar? Zwei, die mit ihren Bewegungen und ihren Küssen mehr sagen können als andere mit vielen Worten. Zwei, die füreinander nicht mehr haben als eben diese Sprache.

Das ist gut, flüsterst du, das ist so gut.

Meinst du die Lust, sie zu halten, oder die Lust, sie so zu halten? Deine hellen Augen lachen sie an und sie kann sich nicht mehr beherrschen, fühlt dich einfach zu gut, zu intensiv. Es ist ihr egal, dass du sie so erlebst, dass du – mal wieder – in ihr lesen kannst. In ihr ist nur dieses wunderbare Gefühl, zu wissen, dass es sie gleich wegreißen wird; dass sie sich verströmen wird in diesem Gleiten und Stoßen. Und sie möchte dein Gesicht mit Küssen bedecken und dir zuschreien, wie dankbar sie dir ist, nicht nur für heute und jetzt und dieses Gefühl, nein, für alles, für immer. Aber sie hat keinen Atem, braucht alle Kraft für sich, lässt sich los, lässt sich in deine tiefen Bewegungen hineinfallen, ergibt sich vollkommen dieser Lust, so mit dir zu sein. Deine Hände setzen ihre Haut in Flammen, ihre Brustwarzen brennen, sie glüht, verglüht in deiner Umarmung, spürst du das – willst du das?

Dein Blick trifft sie, du kennst sie, du weißt, was sie empfindet, du weißt, wie gut du ihr tust, und du genießt sie, erwartest ihre Kapitulation. Und sie kommt und du siehst sie an, du strahlst, deine hellen Augen blitzen und sie weiß, dass es gut ist. Dass alles gut ist. Ganz einfach.

Sonja Santos

Der Laptop

»Du Freibeuter!«, sagt Anne, während ihre grünen Katzenaugen das Spiegelbild prüfen, »das kannst du doch nicht machen.«

Sie kennt Paula ein halbes Leben lang.

»Und ob ich das kann«, erwidert Paula und lächelt süffisant in den großen Spiegel.

Der Spiegel steht in einem riesigen Schlafzimmer, als wäre er der Mittelpunkt der Welt, und lacht zurück. Paula trägt nichts außer roter Unterwäsche.

»Er schleppt mich zu dieser Wahnsinnsparty. Schatzi, komm sei lieb, ich muss dahin, wir müssen dahin, Plattner will mich groß rausbringen …«

Paula verzieht ihren hübschen Mund zu einer halb beleidigten Schnute. Das macht sie besonders gerne und mindestens einmal am Tag. Anne hat sich häufig gefragt, ob Paula dies schon als Baby einstudiert hat. Die vollen Lippen kräuseln sich zu einem Kussmund und scheinen doch irgendwie zu schmollen. Und würde Anne Paula nicht schon ein halbes Leben lang kennen, würde sie auch unweigerlich alles für diesen Schmollmund geben. Manchmal tat ihr Carlos doch ein bisschen Leid. Eigentlich hatte er keine Chance. Aber welcher Mann hat überhaupt eine Chance?

»Und jetzt werde ich den heutigen Abend in der längsten Langeweile seit meiner Konfirmation verbringen. Eingezwängt zwischen wollüstigen älteren Herren und ihren Was-sind-Sie-doch-noch-so-jung-hüstelnden Ehedamen, werde ich sechs Gänge lang lächeln und vornehm dreinschauen. Ab und zu lasse ich dann ein bisschen Mousse au Chocolat auf mein Kleidchen fallen oder stoße ein Gläschen Champagner auf die hübsche Tafel. Dann rennen die einen los, um mir zu helfen, die anderen schauen, als sei nichts passiert, und Carlos redet noch ein bisschen schneller. Auf jeden Fall ist dann auch mal was los. Heute Abend werde ich noch nicht einmal mit Mousse au Chocolat kleckern dürfen. Plattner ist oberwichtig. Vor zwei Jahren war es Hübner. Dann hat Carlos die nächsthöhere Etage genommen und …

Du siehst, ich kenne mich bestens aus, glaub mir. Nach einem solchen Abend fällst du über niemanden mehr her, sondern nur noch in dein Kissen. In deinem Kopf schwirren Sätze und Wörter durcheinander. Und das Schlimmste: Carlos scheint das alles zu genießen. Irgendwie ist er da hineingeraten. So, als gehöre es zum Erwachsenwerden dazu. Carlos wird mir heute Abend vis-à-vis sitzen und vor lauter Karrieremachen einen steifen Hals kriegen. Da macht es doch nix, wenn auch sein kleiner Prinz …«

Paula lächelt verschwörerisch und siegessicher wie ein Pirat, der auf offener See eine pralle Kaufmannsflotte erspäht hat.

»Sieh mal.« Ihre Finger streichen geradezu liebevoll über die dunkelroten Träger. »Ist das hier nicht wunderschön? Ich werde ihm in die Augen schauen, wenn er vor der Party nach Hause kommt, während meine Hände unter seine Jacke gleiten, meine Finger mit seinen Hemdknöpfen spielen, und ihm erzählen, dass ich unter meinem kleinen feinen schwarzen Kleid einen Body trage, der so teuer ist wie eine Reise nach Rom. Und so rot wie die Sünde.«

Paulas Augen blitzen diebisch.

»Ich werde seine schöne neue Krawatte zurechtzupfen, seine süßen Ohrläppchen küssen, erst das rechte, dann das linke, und ihn dann zur Eile rufen. Komm schon, Schatzi, wir dürfen uns nicht verspäten. Du weißt doch, Plattner hasst Leute, die nicht pünktlich sind. Sag jetzt nix, Anne, ich weiß ja, das ist die Rache der Frauen, aber ich will ihn mal wieder daran erinnern, dass es noch mehr gibt als Macht und Karriere.«

Paula dreht dem Spiegel, der aus einem vergessenen Jahrhundert stammt und mit goldenem Rahmen prunkt, den Rücken zu.

»Hier«, sie tätschelt ihre rückseitige Rundung, die die dunkelroten Spitzen freizügig freigeben, »hier liegt die Wahrheit der Welt, hier wird Macht gemacht, nicht in irgendwelchen ...«

Das Telefon läutet.

»Wetten, dass das Carlos ist? Soll ich dir sagen, was er sagen wird? Er hängt fest. Er kann nicht nach Hause kommen. Unmöglich. Ich soll ihm für heute Abend seine Sachen ins Auto packen und ...«

Nach fünf Mal Läuten schaltet sich Paulas Anrufbeantworter ein.

»Paula?«

Es ist tatsächlich Carlos, der jetzt auf den AB spricht.

»Geh doch mal dran ... Schatzi?!« Die Stimme macht eine ungeduldige Pause. »Du, ich häng hier fest. Oberchaos, total. Ich kann unmöglich noch nach Hause fahren. Bring mir doch einfach meine Sachen mit. Wir treffen uns dann vor Plattners Haus, ich meine, in der kleinen Seitenstraße, okay?«

»Na, dann eben nicht.« Paula verdreht die Augen und schnauft ärgerlich. »Dann leg ich Rom eben in die Schublade zu Paris und London.«

Paula zupft den schmalen Träger Richtung Oberarm.

»Wieso denn nicht?«, fragt Anne. »Rom kann doch nichts für Carlos' Arbeitswut.«

»Na, hör mal, das macht er immer so. Als wär ich sein Butler. Ich sitz da im Auto und warte in irgendwelchen komischen Straßen auf Plattners Sklaven. Wenn er dann endlich kommt, reicht's noch nicht mal für einen Kuss auf die Wange, nur für tausend Fragen. Hast du an meine Lieblingskrawatte gedacht? Wo sind denn die Socken? Kannst du mal den Knopf hier? Wie viel Uhr ist es denn?«

Paula rupft und zupft an den zarten Spitzen.

»Jetzt hilf mir bloß aus diesem blöden Ding raus.«

»Hey,«, sagt Anne und streift den dunkelroten Träger und die verzupften Spitzen wieder an ihre Plätze. »Carlos zieht es also vor, sich in irgendwelchen Straßen umzuziehen ...?«, fragt Anne gedehnt.

»Sag ich doch, schwebt dann in Boxershort und halb zugeknöpftem frischen Hemd in die Ausgehhose und schimpft wie ein Rohrspatz, weil sich die Zehen zwischen Gaspedal und Kupplung verheddern und das Knie im Lenkrad festhängt.« Paula klingt nicht amüsiert, sondern eindeutig beleidigt. »Jetzt lass doch mal!«, schimpft sie und zupft den Stoff wieder von Schulter und Brust.

»Ihr trefft euch also in einer Straße und dann zieht er sich aus und an und …«, rekapituliert Anne und schiebt Träger und Spitzen zurück.

»Genau.« Paula verfolgt Annes Hände. »Sag mal, willst du mich ärgern?«

»Nee, ich will dir nur mal klar machen, was du mit einem halb nackten Carlos in einem engen Auto in einer halb dunklen Straße alles machen könntest, wenn du wolltest und dich nicht ärgern würdest.«

Anne streckt Paulas Spiegelbild die Zunge raus, während ihre Katzenaugen flirren.

»Ach, komm«, sagt Paula, »das hab ich doch alles hinter mir. Mit 16 ist das ja noch ganz lustig, aber heute? Nee, nee, keine Lust auf eine Handbremse unterm Knie und die Windschutzscheibe im Rücken …«

»Aber, aber, du kleiner Freibeuter.« Anne streichelt über Paulas Rücken. »Wer nimmt denn schon den Hauptgang im Auto? Denk doch mal Richtung Amuse-Gueule. Vielleicht noch eine winzige Vorspeise dazu und dann geht ihr zu Plattner. Du wirst dich wundern, wie schnell dein lieber Carlos nach Hause drängt.«

»Du hast …?«

Paula sucht im Spiegel nach einem verräterischen Blitzen in Annes Gesicht.

»Du willst wissen, ob ich auch schon einmal einen Carlos hatte?«

Anne lacht übermütig.

»Jetzt komm, sei ehrlich.«

Paula liebt solche Ehrlichkeiten, fast noch mehr als dunkelrote Bodys und Carlos.

»Du möchtest also, dass ich ehrlich bin?«

Anne lächelt geheimnisvoll und flüstert Paula ein Wort ins Ohr.

»Tantra-Laser?«, flüstert Paula zurück.

»Psst«, sagt Anne und legt ihren rechten Zeigefinger sanft auf Paulas Lippen. »Du hörst nur zu, keine Frage, keinen Laut, nichts. Du hörst mir zu und vergisst alles, was ich dir erzähle. Versprichst du mir das?«

Paula nickt und spürt, wie Erregung in ihr aufsteigt.

»Und jetzt schließ die Augen«, sagt Anne, »und hör mir nur zu.

Ich hatte ihn noch nie gesehen. Er stand einfach nur da, während alle redeten und lachten. Vielleicht war er mir nur deshalb aufgefallen. Er stand da und schwieg und beobachtete uns, als wären wir alle nur da, um ihn zu unterhalten. Eine ideale Beute, dachte ich, meine Beute. Eigentlich hatte ich gar keine Lust gehabt, an diesem Abend mitzukommen. Es war irgendeine Vernissage von einem Freund einer Bekannten, zu der man geht, weil man nicht nein gesagt hat. Meine Bekannte hatte sich bei mir untergehakt und schleppte mich von einem Freund zum nächsten. Das ist Anne, sagte sie jedes Mal, als wäre ich die wichtigste Frau an diesem Abend. Wir haben zusammen studiert und jetzt schreibt sie, woran man einen guten Lover erkennt, und zwar, *bevor* es passiert. Ihre Bekannten lächelten zurück, als wäre das alles wirklich wichtig, und ich redete und lachte und tat, als würde ich mich amüsieren.

Hey, sagte ich zu meiner Bekannten, *ich hab noch etwas vor*, und deutete vage in die Richtung, in der ich meine Beute vermutete.

Okay, antwortete sie und fischte sich einen anderen Begleiter. *Aber du erzählst mir alles*, schwipste sie noch leise zu mir hin, während sie mit dem Mann an ihrer Seite davonschwebte. Der war mindestens einen Kopf kleiner als sie und schien sie seit ewigen Zeiten zu verehren.

Ich tauschte mein leeres Glas gegen zwei volle und arbeitete mich, ohne Eile, aber auch ohne Zögern, quer durch den vollen Raum. Der Mann schien jeden meiner Schritte, jede Bewegung genau zu beobachten. Ich war felsenfest davon überzeugt, ihm überlegen zu sein, die Sache wie immer in der Hand zu haben.

Wollen Sie mich küssen, bevor ich Ihnen meinen Namen verrate, oder erst danach?, fragte ich meine Beute.

Ich glaube, erwiderte der Mann, *Sie können viel besser schweigen als reden.*

Soso, sagte ich und versuchte, entwaffnend zu klingen. *Und woher wollen Sie das wissen?*

Weil Sie wissen, was Sie anziehen. Seine Worte klangen leichthin.

Ich balancierte die beiden Champagnergläser und sagte so keck, als würde ich es jeden Abend drei Mal sagen: *Und was soll ich für Sie als Erstes ausziehen?*

Nichts, antwortete der Mann und griff nach einem der beiden Gläser. *Ich möchte, dass Sie nichts ausziehen. Ich will Sie so.*

Ich schwieg, aber offensichtlich verrieten mich meine Augen.

Er sagte: *Kommen Sie her, kommen Sie ganz nahe, ich werde Ihnen erzählen, was wir tun, und dann können Sie entscheiden, ob Sie mit mir kommen.*

Eigentlich hatte ich mich ja schon längst entschieden. Ich war sicher, er konnte erzählen, was immer er wollte, ich würde mitkommen. Sofort. Es gab mittlerweile einfach zu viele Männer, die zu viel gelesen hatten. Über fesselnde Spiele, zum Beispiel, und dann vergaßen sie im wichtigsten Moment die Schlüssel. Oder sie wussten angeblich genau, welche Musik am besten zu welcher Stellung passt, und dann krachte die ganze Akrobatik in sich zusammen. Ehrlich gesagt, von all diesen Akademisierereien und Stellungsakrobaten hatte ich schon lange mehr als genug. Der Mann mit dem Champagnerglas sah weder wie ein Akademiker aus noch wie ein Akrobat.

Ich stand dicht vor ihm. So dicht, dass ich die Wärme seiner Haut durch den Stoff meines Kleides fühlen konnte. Der Mann schloss die Augen. Lange Wimpern, schwarz und dicht, verschlossen seinen Blick.

Er sagte: *Die Menschen wollen heute alles sehen. Alles berühren. Und dann haben sie alles gesehen und alles berührt und sie beginnen, sich zu langweilen. Ich will Sie nicht berühren und auch nicht sehen. Ich will mir nur vorstellen, was Sie alles anhaben und was Sie wohl als Erstes ausziehen würden, wenn ich Sie darum bitten würde. Ich werde alles tun, was Sie wollen, solange Sie schweigen.*

Ich sah mich schnell und verstohlen um. Hörte man uns zu? Sah man zu uns her? Niemand hüstelte verlegen, niemand deutete auf uns, alle waren mit sich beschäftigt. Noch. Das Bild von einem Mann und einer Frau, die offensichtlich Champagner tranken, war zu normal, um auffällig zu sein. Ich versuchte uns, den Mann und mit mich, mit den Augen der anderen zu sehen. Eine Frau steht vor einem Mann, dicht, sehr dicht. Der Mann hat die Augen geschlossen und bewegt die Lippen. Die Frau schweigt und sieht sich um. Vielleicht langweilt sie sich, weil sie den Mann schon ewig kennt und er immer das Gleiche erzählt. Vielleicht wollte sie ihn nur um eine Zigarette bitten und er redet und redet, weil er allein ist und niemanden kennt.

Sehen Sie sich nur um, flüsterte der Mann so dicht an meinem Ohr, dass ich erschrak. *Niemand sieht zu uns her. Ich könnte meine Hände Ihren Körper entlangtreiben, ich könnte Sie küssen, und keiner würde es bemerken, keiner würde sich wundern. Wir alle sind zu sehr an Öffentlichkeit gewöhnt.*

Mein Körper begann zu zittern, ganz sanft.

Zittern Sie nicht, sagte der Mann mit den geschlossenen Augen. *Fühlen Sie nur, dass Ihr Körper gerne beben würde. Ich will nicht Ihren Körper, ich will nur Ihre Seele. Hören Sie nur meine Stimme, vergessen Sie alle anderen Geräusche.*

»Oh nein«, stöhnt Paula, als das Telefon erneut läutet.

Sie bewegt sich nicht und lässt es klingeln. Fünf Mal. Wieder der AB.

»Und?«, fragt Paula, während Carlos mit dem AB bespricht, dass Paula noch Blumen besorgen soll. Für Plattners Frau.

»S.O.«, sagt Anne und lächelt.

»S.O.?«, fragt Paula.

»Er hat es tatsächlich geschafft. Ein stiller Orgasmus. Ich stand da, mitten auf der Vernissage und hätte am liebsten geschrien.

Und er sagte: *Sie haben versprochen, dass Sie schweigen können.*

Also schwieg ich und nahm mein Champagnerglas und ging. Ich ging durch den vollen Raum, hinaus in den Abend, durch die Straßen, bis ich irgendwann nach Hause fand. Als ich mich auszog, entdeckte ich einen winzigen Zettel. Er klemmte unter dem rechten Träger meines Kleides.«

»Und?«

»Es stand kein Name drauf, nur das Wort *Tantra-Laser* und die Erklärung: *transcendental activities in non-terrestric room areas with light amplification by stimulated emission radiation.* Ich lag auf meinem Bett und versuchte zu verstehen, was das alles bedeutet.«

Anne zupft an einer schwarzen Strähne, die sich in Paulas Stirn hineinkräuselt.

»Und?«, fragt Paula.

»Ich weiß es nicht. Ich habe den Mann nie wieder gesehen. Meine Bekannte sagte, sie würde ihn nicht kennen; keiner auf der Vernissage hätte ihn gekannt. Keiner hat je etwas von einem Tantra-Laser gehört. Vielleicht ist alles nur in meinem Kopf passiert.«

»Aber der Mann, er war doch da«, fragt Paula, »oder?«

»Ja«, lächelt Anne. »Er war wohl da. Ich könnte es beschwören.«

»Wie lange ist das her?«

Paula vergisst beinahe ihren roten Body und Carlos.

»Zehn Jahre, fünf Jahre, drei Monate, ich weiß es nicht mehr. Ich glaube, ich will gar nicht, dass es vorbei ist.«

Anne versucht zu lachen.

»Du hast nie davon erzählt.«

»Hättest du mir denn geglaubt, dass es so etwas gibt?«, fragt Anne und sieht Paulas Spiegelbild in die Augen.

»Vielleicht«, antwortet Paula, »aber vielleicht auch nicht.«

Sie sieht Anne fragend an.

»Okay, okay, nun aber zu dir.«

Annes Hände gleiten über den dunkelroten Body, als könnten sie alle Fragen beantworten. Sanft und kundig ziehen sie die Kurven von Paulas Körper nach und wenn Paula nicht wüsste, dass Anne eindeutig Männer mag, würde sie glattweg rot werden.

»Was siehst du?«

»Mich?«

Paula klingt unsicher.

»Was noch?«

»Ähm, einen dunkelroten Body, Spitzen … hey, was meinst du?«

»Was noch?«

Anne kann manchmal gnadenlos sein.

»Beine …«

»Nackte Beine, genau, halb nackte Brüste, rote Lippen, halb offen, ein bisschen Po, falsch, jede Menge Po.«

Dabei dreht sie Paulas Körper vor dem Spiegel hin und her.

»Genau das wird Carlos auch sehen, wenn er zu dir ins Auto steigt.«

Jetzt wird Paula doch rot. Dunkelrot. Von einer Sekunde zur nächsten. Und weil sie sich kein bisschen bei der Vorstellung schämt, sondern sie geradezu lustvoll und tollkühn findet, wird sie immer roter und roter.

»Natürlich wird er all das nicht gleich sehen, du hast ja deinen braven Trenchcoat drüber. Und während du ihm seine Sachen für Plattners Abend reichst, ziehst du deinen hübschen Mantel langsam aus. Ganz langsam. Du streifst ihn langsam über deine Schultern und tust so, als wärest du damit voll und ganz beschäftigt.«

»Und was sag ich?«, fragt Paula und hofft, dass Anne nicht sieht, wie ihre Wangen glühen.

»Was du sagst?«

Anne klingt wie ein Profi.

»Ich kann doch nicht einfach halb nackt da sitzen und so tun, als wär das völlig normal …«

Paula schaut in den Spiegel und probiert eine neue Schmollmund-Variante.

»Nun, ich finde, das könntest du durchaus. Du weißt doch, schweigen ist manchmal die beste Lösung. Aber wenn du meinst, das wäre zu wenig und Carlos wird dich nicht verstehen, dann sag ihm doch einfach was Nettes oder hilf ihm beim Ausziehen oder bitte ihn, dir beim Anziehen zu helfen. *Du, Schatzi, ich habe es einfach nicht mehr geschafft, das Kleid hat so viele Knöpfe und die Strümpfe hatten plötzlich eine Laufmasche …*

Aber weißt du was? Ich fürchte, du wirst gar nicht zum Reden oder Denken kommen. Ein roter Body wirkt immer, in jedem Aufzug und in jedem Auto.«

Annes Hände wuseln Paulas schwarze Locken nach oben.

»Da machst du ein paar Haarnadeln rein, die sich ganz schnell in nichts auflösen. Aber geh nicht zu weit, sonst hast du tatsächlich die Windschutzscheibe im Rücken. Gib nur ein bisschen Gas, bis Carlos' Motor heult …«

Ach ja, denkt Anne, seufzt und hackt die letzten Wörter und Sätze in ihren schönen kleinen Laptop. Dann liest sie noch einmal alles von vorne und bastelt ein bisschen am Ende. Sie lässt ihre Paula Carlos verführen und beide zu spät zu Plattner kommen – Paula ohne Body unterm kleinen Schwarzen, weil er Carlos' Reise nach Rom nicht überstanden hat, und Carlos mit rotem Lippenstift an beiden Ohren.

Irgendwo läutet ein Telefon. Dann ist es wieder still. Es ist mitten in der Nacht. Anne liebt die Nacht. Es ist die beste Zeit, um nachzudenken und das Leben neu zu erfinden.

Eigentlich könnte sie Paula ja auch erlauben, den Tantra-Laser einzusetzen. Wie Carlos wohl darauf reagieren würde? Die Tafel ist aufgehoben, alle stehen zusammen und pflegen Konversation. Carlos steht neben Plattner und gibt sein Bestes. Und dann kommt Paula langsam auf die beiden zu. Sie sieht nur Carlos und Carlos sieht nur, dass der rote Body unter ihrem Kleid fehlt. Plattner lächelt höflich und Paula beginnt zu erzählen. Von der Freundin, die zu einer Vernissage eingeladen war …

Ach ja, denkt Anne noch einmal laut: Das nächste Mal komme ich nicht als Geschichtenschreiberin auf die Welt, sondern einfach nur als Frau.

DIE AUTORINNEN UND AUTOREN

ANKE BRACHT, geboren 1962 in Bielefeld, lebt und arbeitet in Hamburg, wenn sie nicht gerade irgendwo unterwegs ist. *ankebracht@web.de*

SUSANNA CALAVERNO, geboren 1955, lebt in der Nähe des Bodensees. Im Knaur Taschenbuch Verlag erschienen bereits ihre beiden erotischen Romane *Verborgene Blüten* und *Das Erwachen der Tigerin.*

ANDREW CRAWFORD, geboren 1965, ist groß und schlank und arbeitet als Designer für eine Werbeagentur in Amsterdam. Obwohl er aus Australien stammt, hat es ihn nach Holland verschlagen, wo er in einem hohen, schmalen Haus an einem Kanal neben einer Windmühle lebt – zusammen mit seinem Lebensgefährten und zwei Goldfischen. Alle drei heißen merkwürdigerweise Frank.

KATINKA DIETZ, geboren 1967, wuchs in der kühlen Exotik der Lüneburger Heide auf, wo man die Wörter aus-

spricht, wie sie geschrieben werden. In jungen Jahren lebte sie unter Menschen, die extreme Dialekte sprachen: im Allgäu, am Bodensee, in Oberschwaben. Traumatisiert begab sie sich auf die Suche nach dem Hochdeutschen und wandte sich der Buchwelt zu. Sie fand eine Heimat in Münchner Verlagen und machte zwischendurch Ferien in einer Online-Redaktion. Ihre erotischen Kurzgeschichten *Süßes zum Dessert* und *Kuba, libre* erschienen im Knaur Taschenbuch Verlag in den Anthologien *Nimm mich hier und nimm mich jetzt* und *Fühl mich!*.
kat.juschka@freenet.de

MARTIN FRAAS, geboren 1965, studierte Musik und Opernregie, absolvierte dann die Henri-Nannen-Schule in Hamburg und schrieb unter anderem für *Tempo*, *Cosmopolitan*, *Amica* und *Gala*. 2004 erschien sein Buch *Traumfrau gesucht!*. Derzeit arbeitet er in München beim Lifestyle-Magazin *Instyle*.

NINA GEORGE, geboren 1973 in Bielefeld, lebt als freie Autorin in Hamburg. Sie schreibt Krimis *(Kein Sex, kein Bier und jede Menge Tote*; *Bube, Dame, Karo, Tod)*, Kurzgeschichten und Sachbücher (*Der Weg der Kriegerin. Die neuen Waffen der Frauen*), die größtenteils im Knaur Taschenbuch Verlag erschienen sind. Sie ist als Journalistin und Kolumnistin für *Cosmopolitan*, *TV Movie* und andere tätig und steht als rechte Hälfte des Literatur-Kabarett-Duos »Böses Damen Doppel« mit Sybille Schrödter auf der Bühne. Nina George lebt in wilder WG mit der Erotikratgeberin

Anne West, glaubt an Universumsbestellungen, Liebe auf den ersten Blick und die Macht erstklassiger italienischer Küche.

Hanne Helten, geboren 1972, studierte Psychologie an der Universität Köln. Ihre Diplomarbeit schrieb sie zum Thema »Sexualität in japanischen Manga-Comics«. Nach dem Studium lebte sie vier Jahre in Tokio und arbeitete als Einkäuferin von Manga-Filmen für verschiedene deutsche TV-Sender. Nebenbei verfasste sie erste englischsprachige Kurzgeschichten, die in Zeitschriften und Büchern für europäische Auswanderer in Japan veröffentlicht wurden. Hanne Helten wohnt heute in der Nähe von Genf und arbeitet als freie Unternehmensberaterin.

Tobias Königshausen, geboren 1971, lebt als Musiker und Produzent in Berlin. Das zweite Album seiner Band *Naomi* ist 2004 erschienen. Gemeinsam mit Thomas Mersch schrieb er den Roman *Treibsand* und veröffentlichte Kurzgeschichten in folgenden Anthologien: *Nimm mich hier und nimm mich jetzt*; *Einmal Ku'damm und zurück*; *Love for Sale; Fühl mich!*

Lola Lindberg, geboren 1970 in Düsseldorf, gibt gerne zu, dass sie mit ihrem Vornamen etwas schummelt. Nach stürmischen Jahren voller windiger Männerbekanntschaften lebt sie heute als Vollzeitgeliebte eines kleinen Mannes mit beeindruckendem Aktiendepot in München. Neben vielen Artikeln, die Lola unter abenteuerlichen Pseudonymen in ebensolchen Magazinen veröffentlicht, hat sie bereits zahlreiche Kurzgeschichten und Bücher geschrieben, unter anderem den vergnügten Ratgeber *Kamasutra ohne Leistenbruch* (gemeinsam mit Anne West und Rani Asam). Lola Lindberg freut sich stets über nette Reaktionen auf ihre Texte: *lolalindberg@yahoo.de*

Wiebke Lorenz, geboren 1972 in Düsseldorf, lebt als freie Journalistin und Autorin in Hamburg. Neben zahlreichen Kurzgeschichten und ihrem Erstling *Männer bevorzugt* veröffentlichte sie den Roman *Liebe, Lügen, Leitartikel* und das auf dem Roman beruhende Drehbuch, das unter dem Titel *Welcher Mann sagt schon die Wahrheit?* fürs Fernsehen verfilmt wurde. Im Herbst 2003 erschien ihr dritter Roman *Was? Wäre? Wenn?*. Weitere Infos zur Autorin unter: *www.wiebke-lorenz.de*

Simone Meier, geboren 1970, lebt in Zürich und hat seit März 2004 eine tägliche Kolumne im *Tages-Anzeiger.* Bevor sie in den Journalismus geriet, studierte sie Germanistik, Amerikanistik und Kunstgeschichte in Basel, Berlin und Zürich. 2000 erschien ihr erster Roman *Mein Lieb, mein Lieb, mein Leben.* Sie durfte in den letzten Jahren viele schöne Erfahrungen im Backstage-Bereich und mit den dazugehörigen Männern sammeln und steht auch gerne in engem Kontakt mit MTV-Moderatoren. *www.simonemeier.ch*

Thomas Mersch, geboren 1970, lebt in Köln und arbeitet als freier Journalist. Gemeinsam mit Tobias Königshausen schrieb er den Roman *Treibsand* und veröffentlichte Kurzgeschichten in folgenden Anthologien: *Nimm mich hier und nimm mich jetzt*; *Einmal Ku'damm und zurück*; *Love for Sale; Fühl mich!*

SONJA SANTOS, geboren 1963. »Liebe ist kein Job für Feiglinge!«, sagte einmal ein Mann zu mir. Da war ich Mitte 20. Ich habe gelacht, meine Sachen gepackt und bin gegangen. Hinaus ins Leben, um die Liebe zu suchen. Gefunden habe ich alles Mögliche, vor allem Geschichten. Manchmal erfinde ich sie neu, so wie meine Geschichte. Wie alt ich bin? Was ich tue? Wo ich lebe? Wen ich liebe? Leben ist keine Sache von Zahlen und Fakten. Es will immer neu erzählt werden.

DAVID SCHALKO, geboren 1973 in Österreich, lebt und arbeitet in Wien. Für den ORF gestaltet und schreibt er die Kultsendung *Sendung ohne Namen*, die 2003 unter anderem mit der Goldenen Romy ausgezeichnet wurde. Seit Januar 2003 läuft ebendort seine zweite Sendung mit dem Titel *Sunshine Airlines*. David Schalko arbeitet im Augenblick an einem Drehbuch und einem Roman. Und denkt – wie die letzten zehn Jahre auch – daran, aus Wien wegzuziehen, was er aber vermutlich auch die nächsten zehn Jahre nicht tun wird.

ANNE WEST, geboren 1971 in Köln, begann mit 19 Jahren erotische Kurzgeschichten für diverse deutsche und amerikanische Männermagazine zu schreiben. Sie arbeitete unter anderem für PENTHOUSE. Heute lebt sie als freie Autorin *(Gute Mädchen tun's im Bett, böse überall; Sag Luder zu mir; Warum Männer so schnell kommen und Frauen nur so tun als ob)*, Co-Autorin *(Kamasutra ohne Leistenbruch)* und Journalistin in Hamburg, wo sie zusammen mit der Schriftstellerin Nina George auf anthropologische Freizeitstudien geht. Ergebnis: der Erzählband *Schmutzige Geschichten* (wie alle anderen Bücher der Autorin im Knaur Taschenbuch Verlag erschienen).

RECHTENACHWEIS

Anke Bracht, ***Bellagio.*** Originalbeitrag. Copyright © 2004 by Anke Bracht. Alle Rechte vorbehalten. Abdruck mit freundlicher Genehmigung der Autorin.

Charles Bukowski, ***Hundekuchen in der Suppe.*** Aus: Kaputt in Hollywood. Copyright © 1976 Maro Verlag, Augsburg. Herausgegeben und aus dem Amerikanischen von Carl Weissner.

Susanna Calaverno, ***Heute Abend …*** Originalbeitrag. Copyright © 2004 by Susanna Calaverno. Alle Rechte vorbehalten. Abdruck mit freundlicher Genehmigung der Autorin.

Andrew Crawford, ***Calvin Boy.*** Originalbeitrag. Copyright © 2004 by Andrew Crawford. Alle Rechte vorbehalten. Abdruck mit freundlicher Genehmigung des Autors. Aus dem Englischen von Katja Volkmer. Copyright © der Übersetzung 2004 by Knaur Taschenbuch Verlag. Ein Unternehmen der Droemerschen Verlagsanstalt Th. Knaur Nachf. GmbH & Co. KG, München.

Katinka Dietz, ***Drei Minuten Zähneputzen.*** Originalbeitrag. Copyright © 2004 by Katinka Dietz. Alle Rechte vorbehalten. Abdruck mit freundlicher Genehmigung der Autorin.

Marguerite Duras, ***Blaue Augen, schwarzes Haar.*** Aus: *Blaue Au-*

gen, schwarzes Haar. Übersetzt von Maria Dessauer © Suhrkamp Verlag, Frankfurt 1987.

MARTIN FRAAS, ***Abendmaschine.*** Originalbeitrag. Copyright © 2004 by Martin Fraas. Alle Rechte vorbehalten. Abdruck mit freundlicher Genehmigung des Autors.

NINA GEORGE, ***Cash.*** Originalbeitrag. Copyright © 2004 by Nina George. Alle Rechte vorbehalten. Abdruck mit freundlicher Genehmigung der Autorin.

BENOÎTE GROULT, ***Von Sandzungen und Mitternachtsbädern*.*** Aus: Salz auf unserer Haut. Copyright © 1988 by Editions Grasset et Fasquelle. Aus dem Französischen von Irene Kuhn. Copyright © 1988 der deutschsprachigen Ausgabe bei Droemer Verlag. Ein Unternehmen der Droemerschen Verlagsanstalt Th. Knaur Nachf. Gmbh & Co. KG, München.

HANNE HELTEN, ***Snowwhite.*** Originalbeitrag. Copyright © 2004 by Hanne Helten. Alle Rechte vorbehalten. Abdruck mit freundlicher Genehmigung der Autorin.

MILAN KUNDERA, ***Der Schrei*.*** Aus: *Die unerträgliche Leichtigkeit des Seins.* Roman. Aus dem Tschechischen von Susanna Roth. Copyright © 1984 Carl Hanser Verlag, München – Wien.

LOLA LINDBERG, ***Zum ersten Mal im ZDF.*** Originalbeitrag. Copyright © 2004 by Lola Lindberg. Alle Rechte vorbehalten. Abdruck mit freundlicher Genehmigung der Autorin.

WIEBKE LORENZ, ***Das erste Mal – Liebe?*** Originalbeitrag. Copyright © 2004 by Wiebke Lorenz. Alle Rechte vorbehalten. Abdruck mit freundlicher Genehmigung der Autorin.

SIMONE MEIER, ***Robbie, der schönste Arzt der Welt und ich.*** Originalbeitrag. Copyright © 2004 by Simone Meier. Alle Rechte vorbehalten. Abdruck mit freundlicher Genehmigung der Autorin.

THOMAS MERSCH & TOBIAS KÖNIGSHAUSEN, ***Stille Post.*** Originalbeitrag. Copyright © 2004 by Thomas Mersch & Tobias Königshau-

* *Titelformulierungen der Herausgeberin mit freundlicher Genehmigung der lizenzgebenden Verlage.*

Im Garten der Lust

Susanna Calaverno
Verborgene Blüten

Ein erotischer Roman

Annette ist seit Jahren verheiratet. Ihre Leidenschaft konzentriert sich daher voll und ganz ... auf ihren Garten. Doch dann lernt sie Markus kennen, einen jüngeren, experimentierfreudigen Liebhaber, der die kühnsten Fantasien in die Tat umsetzt!

»So prickelnd wie Champagner!«
Lea

»Heiß!«
Joy

Ein prickelnder Reigen
lustvoller Geschichten.

Fühl mich!

Herausgegeben von
Nora Dechant

Sex und Musik: eine explosive Mischung! Da entdecken brave Ehefrauen ungeahnte Sehnsüchte, wandern Pastorensöhne auf Abwegen, enthüllt eine Journalistin das Geheimnis einer bekannten Boyband ... Erotische Fantasien von Ethan Hawke, Haruki Murakami, Lola Lindberg und vielen anderen!

Liebesspiele

Herausgegeben von
Marie von Helden

Was passiert, wenn Frauen und Männer erotisches Neuland betreten? Wenn eine brave Köchin mit dem Haushaltsgeld erstmals einen knackigen Liebesdiener kauft? Ein Mann zum ersten Mal zwei Frauen verführt? Ein Paar die Natur für sich entdeckt? Sinnliche und humorvolle Fantasien über erotische Premieren!

Höhepunkte

Herausgegeben von
Crestina di Raimondi

Lange Nächte voll verführerischer Blicke, heißer Liebesschwüre und leidenschaftlicher Berührungen – manchmal lassen sich diese erotischen Momente des Leben auch gerne allein genießen! Mit diesen erotischen Geschichten schenken Sie sich – und anderen – unvergessliche Stunden voll sinnlicher Geheimnisse, die die Fantasie beflügeln und Lust machen auf mehr …